Splitterseele

Lea Freidinger

Über die Autorin

Lea Freidinger wurde 2001 in Saarbrücken geboren und lebt seitdem im gemütlichen Saarland. Geschichten waren schon immer ein großer Teil ihres Lebens und die Autorin saß nicht selten mit einem Buch auf einer Familienfeier. Mit ihrem Debütroman »Splitterseele« erfüllt sie sich nun ihren größten Traum, Autorin zu werden und möchte mit ihren Geschichten Menschen berühren.

Lea Freidinger

SPLITTER SEELE

1. Auflage

Lea Freidinger
Lampennester Str. 16c
66292 Riegelsberg
Lea.Freidinger@t-online.de

Coverdesign: Christin Giessel, Giessel Design [www.giessel-design.de]
Zierden: Kathleen Saevecke [www.farbsplitter.jimdofree.com]
Lektorat & Korrektorat: Marie Döling [www.writeinpieces.jimdofree.com]

ISBN: 978-3-96966-388-2
Druck: booksfactory
Vertrieb: Nova MD

Instagram: @papierzeiten
leafreidinger.wixsite.com

Einige Inhalte könnten Betroffene triggern. Eine Liste der Triggerwarnungen findest du sowohl auf Seite 403, als auch auf meiner Website unter: https://leafreidinger.wixsite.com/autorin/triggerwarnung

Für alle,
die das Gefühl haben,
in Splitter
z e r f a l l e n zu sein.

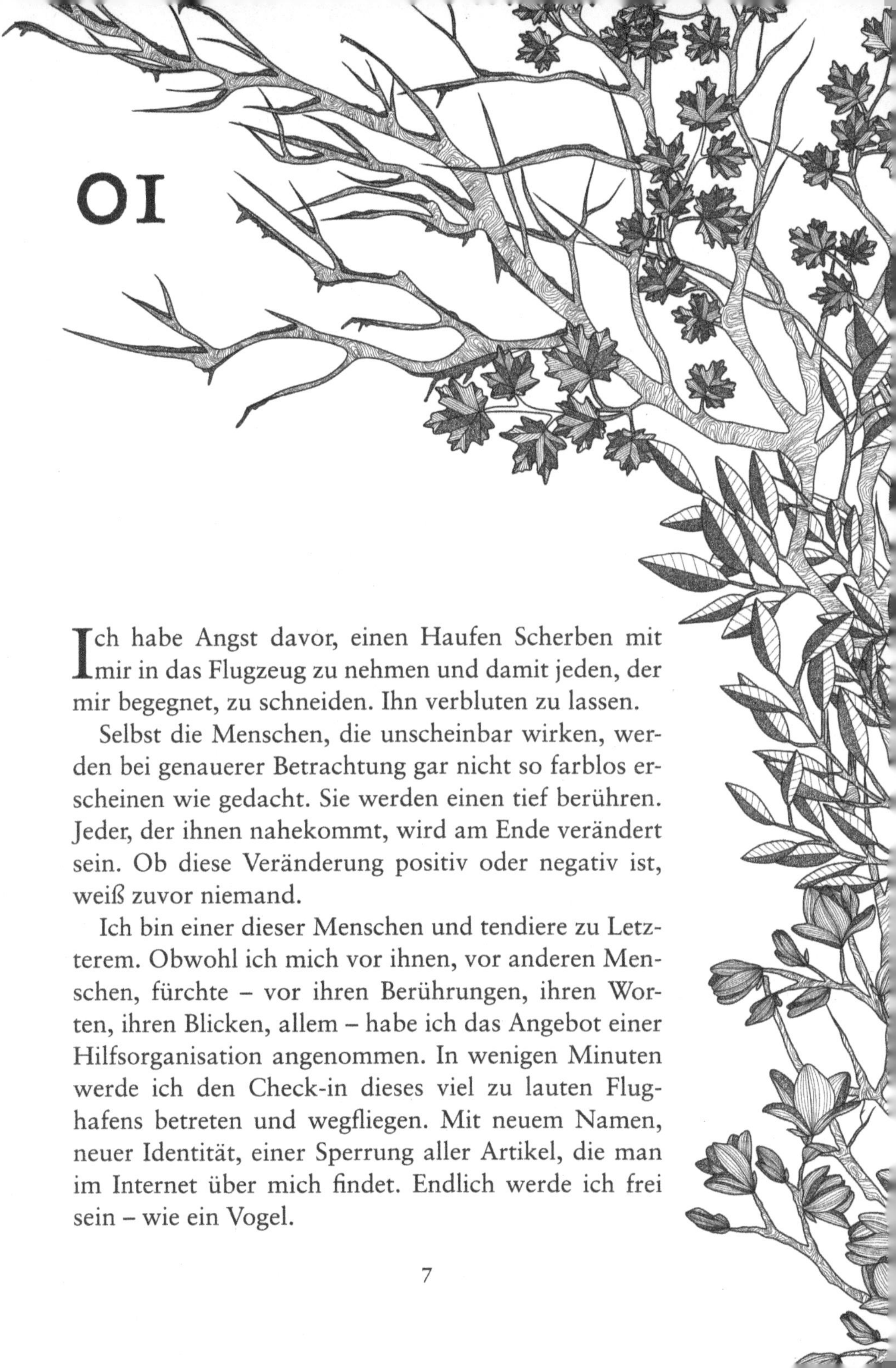

01

Ich habe Angst davor, einen Haufen Scherben mit mir in das Flugzeug zu nehmen und damit jeden, der mir begegnet, zu schneiden. Ihn verbluten zu lassen.

Selbst die Menschen, die unscheinbar wirken, werden bei genauerer Betrachtung gar nicht so farblos erscheinen wie gedacht. Sie werden einen tief berühren. Jeder, der ihnen nahekommt, wird am Ende verändert sein. Ob diese Veränderung positiv oder negativ ist, weiß zuvor niemand.

Ich bin einer dieser Menschen und tendiere zu Letzterem. Obwohl ich mich vor ihnen, vor anderen Menschen, fürchte – vor ihren Berührungen, ihren Worten, ihren Blicken, allem – habe ich das Angebot einer Hilfsorganisation angenommen. In wenigen Minuten werde ich den Check-in dieses viel zu lauten Flughafens betreten und wegfliegen. Mit neuem Namen, neuer Identität, einer Sperrung aller Artikel, die man im Internet über mich findet. Endlich werde ich frei sein – wie ein Vogel.

Würde mich mein Psychotherapeut Domenik nun fragen, was ich fühle, würde ich wahrscheinlich mit ›*Angst*‹ antworten. Allerdings ist lediglich meine Betreuerin Anna bei mir, worüber ich froh bin. Schließlich bin ich siebzehn und brauche niemanden mehr, der meine Hand hält, wenn ich mich fürchte. So rede ich es mir zumindest ein, damit das Bevorstehende erträglicher wird. Denn wie soll ich in einer fremden Familie, an einem fremden Ort überleben, wenn ich eigentlich einen Aufpasser benötige?

Domenik meint, ich solle das aus einer differenzierten Sicht betrachten, doch Empathie ist nicht meine Stärke und so fällt es mir nicht leicht, mich in eine andere Perspektive zu versetzen.

»Bist du dir wirklich sicher, dass du das durchziehen willst? Du kannst dich jederzeit dagegen entscheiden«, wendet Anna ein, während sie durch ihre braunen Haare streicht, die die ›*Love*‹ Aufschrift ihres weißen T-Shirts bedecken. Sie erhält nur ein Nicken von mir.

Was soll ich sonst tun, wenn nicht wegfliegen? Solch eine Chance auf ein ganz neues Leben erhalte ich nicht erneut und ein winziger Teil in mir hofft darauf, dass es wirklich ein neues Leben sein wird. Andernfalls würde ich jeden verletzen, der etwas mit mir zu tun haben wird. Und damit würde ich die Familie Scale ein für alle Mal davon abhalten, fremde psychisch kranke Menschen aufzunehmen und ihnen eine Heimat zu geben.

»Ich will neu anfangen, Anna. Das weißt du.« Nicht zum ersten Mal frage ich mich, wieso ihr der Abschied so schwerfällt. Während sie für mich die erste Kontaktperson seit Jahren war, die mir Aufmerksamkeit geschenkt hat, bin ich für sie doch lediglich ein Mädchen von vielen, das ihre Eltern verloren hat. Wobei das nicht einmal mein Hauptproblem ist.

»In deinem neuen Leben werde ich keinen Platz mehr haben, nicht wahr, Lena?«

Vielleicht ist es ja meine Krankheit, die es ihr so schwermacht, mich gehenzulassen. Wenn ich sie danach fragen würde, würde sie es bestimmt abstreiten. Wer gibt schon zu, dass er jemanden nur einer Krankheit wegen ins Herz geschlossen hat?

»Ich heiße jetzt Kanela«, korrigiere ich sie mit entschlossener Stimme, wahrscheinlich etwas zu harsch, denn sie schließt kurz die Augen und atmet tief durch. »Und nein, vorerst nicht. Du wirst immer in meinem Herzen bleiben, Anna, und eines Tages werde ich dich anrufen. Wenn ich bereit bin. Wenn ich *lebe*. Mit jeder Faser meines Körpers lebe.«

Sie nickt und greift nach meiner Hand, streicht über meine Schulter. Widerwillig lasse ich ihre Berührungen zu, da ich weiß, dass sie das braucht, obwohl ich es nicht verstehe. Ihre glänzenden Augen verraten sie. Warum sie den Tränen nahe ist, verstehe ich ebenfalls nicht.

»Versprochen?«, fragt sie nach und sucht meinen Blick, wohingegen ich versuche, dem ihren auszuweichen. Jetzt ihrem traurigen Blick zu begegnen, würde mich letztendlich doch noch zu Boden zwängen und mich ausknocken. Einmal will ich etwas durchziehen, ohne einen Rückzieher zu machen.

»Versprochen«, erwidere ich ehrlich. Ich werde mich melden, wenn ich alles im Griff habe. Nicht früher, nicht später. Dann, wenn ich dazu bereit bin. Ob das jemals passiert? Das weiß ich nicht. Und sie weiß es auch nicht.

Meine Aufregung steigt mit jedem Schritt. Anna ist längst nicht mehr bei mir und je näher ich meinem Platz im Flugzeug komme, desto bewusster wird mir, dass es tatsächlich wahr ist. Dass ich wirklich allein – mutterseelenallein – in ein fremdes Land fliegen werde. Mit einer neuen Identität. Einer neuen Version von mir.

Mir fällt auf, dass ich einen Fensterplatz habe, als ich die Nummer des Sitzes überprüfe und mich an den Beinen meines Sitznachbars und der vorderen Stuhlreihe hindurchquetsche. Unbeholfen setze ich mich und schnalle mich an, ratlos, was nun folgt. Ich hätte recherchieren sollen, wie ein Flug abläuft.

»Ich bin Anton«, ertönt eine Stimme neben mir und ich zucke erschrocken zusammen. Wortlos mustere ich den Herren, der bereits älter sein muss, und antworte nicht. Was denn auch?

»Fliegst du zum ersten Mal?«

Ein Nicken meinerseits. Über sein Gesicht huscht ein scheues Lächeln und unwillkürlich frage ich mich, wieso.

»Es wird dir unheimlichen Spaß machen. Erst recht am Fenster, ich bin ja ganz neidisch.«

Kurz sehe ich hinaus, erblicke den Asphalt, auf dem die Flugzeuge stehen und auf ihre Passagiere warten, und den Grünstreifen daneben. Irgendwo in dem großen gläsernen Gebäude hinter uns ist Anna, ein winziger Punkt in einer Masse von Menschen, die ihre Freiheit in der Struktur des Lebens verloren haben. Während ich hier neben einem alten Mann sitze und gleich abheben, weg sein, nicht wiederkommen werde. Ich wende meinen Blick ab, richte ihn auf braune Augen, Altersflecken und Falten.

»Sie können sich auch gerne auf meinen Platz setzen«, biete ich ihm an, doch er lehnt mit einem Kopfschütteln ab. Also bleibe ich stumm und sage nichts mehr. Er hingegen hört nicht auf, zu reden.

»Mein Sohn wohnt in Kalifornien und wird in drei Tagen seine Verlobte heiraten. Ich wünschte, Marianne wäre noch hier und könnte dabei sein, doch sie ist unglücklicherweise vor sieben Jahren gestorben. Was machst du in …« Er wird von der Durchsage unterbrochen, die alle auffordert, sich anzuschnallen. Gleich wird die Maschine starten.

Drei Minuten. Das sagt zumindest die Stimme, die aus den Lautsprechern dröhnt und in meinen Ohren schallt. In drei Minuten werde ich Deutschland verlassen und eine seltsame Ruhe breitet sich in mir aus. Die Vorfreude steigt und begräbt die Furcht unter sich.

»Was machst du in Kalifornien?«, fragt Anton dann doch noch und ich blicke ihn mit meiner neugewonnenen Euphorie an. Ich kann ihm nicht einmal böse sein, obwohl ich durch ihn die Sicherheitsanweisungen nicht mitbekomme.

»Ich werde leben.«

Ein Lächeln auf meinem Gesicht, eins auf seinem – und wir heben ab. *Fliegen.* Ich sehe aus dem Fenster und lache. Anton blickt mich so vielsagend an, als wüsste er genau, was ich gerade empfinde.

»Leben«, murmelt er leise, doch ich verstehe ihn klar und deutlich. »Leben ist wie die See, mal stürmisch und unaufhaltsam, mal ruhig und schleppend, gleichzeitig jedoch wieder aufregend und unberechenbar.«

Seine Worte schweben zwischen uns und bringen uns zum Schweigen. Wir sprechen nicht mehr, verharren in diesem Gedanken. Ist das Leben wirklich wie die See?

Vielleicht sollten wir das Leben viel häufiger als Verb statt als Nomen verstehen. Denn um ein Leben zu führen, muss man ihm in seiner reinsten Form begegnen. Man muss es leben.

Ich runzle meine Stirn und betrachte die Wolken unter uns, betrachte Anton, der schläft und vielleicht doch nicht mehr an seine Worte denkt, die mich so sehr beschäftigen. Er scheint seine Antwort bereits gefunden zu haben: Das Leben ist für ihn wie das Meer – jedoch kann ich das nicht glauben. Wie soll etwas so Beständiges mit etwas vergleichbar sein, das mit dem Tod endet? Das Meer wird es immer geben, doch das Leben eines Menschen ist niemals beständig. Wie kommt er also auf die Idee, diese beiden Dinge gleichzusetzen? Ich verstehe Anton nicht, gerade er muss doch sehen, dass alles endet, da Marianne gestorben und nicht mehr bei ihm ist.

Meine Hände haben ihn schneller wachgerüttelt, als ich denken kann. Träge öffnet er seine faltigen Augen und blickt mich an.

»Sind wir schon da?«, fragt er grummelnd und schmatzt leise, irgendwie wohlig, obwohl es doch eklig ist. Eigentlich.

»Nein, bald. Ich wollte Sie fragen, warum Sie das Leben mit der See vergleichen.«

Er reibt sich über die Augen, sieht auf seine altmodisch aussehende Uhr am Handgelenk und dann verwirrt zu mir.

»Hast du denn gar nicht geschlafen? Wir fliegen schon seit elf Stunden.«

Verständnislos sehe ich ihn an. Wie kann er denken, dass ich schlafe, nachdem er so etwas Wichtiges gesagt hat?

»Sie haben das Leben mit dem Meer verglichen und ich finde, dass Sie Unrecht haben«, sage ich dann etwas lauter. Menschen drehen sich zu uns herum und funkeln mich wütend an. Eingeschüchtert sinke ich in den Sitz, sehe zu Anton, dann wieder durch das Fenster. Er bleibt still.

»Tut mir leid, ich wollte Sie nicht beim Schlafen stören. Ich finde nur, dass Sie mit ihrer Annahme falschliegen. Dennoch hätte ich Sie nicht wecken dürfen.«

Anton legt eine seiner runzligen Hände auf meine. Die Wärme lässt mich zusammenzucken und ein Stück von ihm wegrücken. Als hätte er sich verbrannt, zieht er sich wieder zurück und betrachtet mich schweigend, interessiert, eingehend. Als wäre ich ein Gemälde, eine Skulptur in einer Kunstausstellung und verkörpere alle Dämonen, die es auf der Erde gibt.

Wir reden nicht mehr miteinander. Ich glaube, dass ich ihn verstört habe. Irgendwann, nach all den Überlegungen, was das Leben ist, schlafe ich ein, ohne eine Lösung gefunden zu haben. Ich werde erst wieder wach, als eine Stewardess an meinem Arm rüttelt. Ihre Berührung hinterlässt dasselbe Brennen wie Antons Hand zuvor.

Seltsamerweise scheine ich so fest geschlafen zu haben, dass ich die Landung verpasst habe, da ich – bis auf die Stewardess – niemanden mehr sehe und auch von meinem Sitznachbarn jede Spur fehlt. Enttäuscht greife ich nach meinem Rucksack, in den Anna Proviant gepackt hat, den ich nicht einmal angerührt habe, und stehe auf, verlasse das Flugzeug ohne ein Wort an die Frau. Keinen Dank dafür, dass sie mich geweckt hat.

Ich hätte Anton gern viel Spaß mit seinem Sohn gewünscht, doch er ist gegangen, hat sich davongeschlichen, ohne mich zu wecken und sich zu verabschieden. Ich werde ihn nie wiedersehen.

Der Flughafen ist so groß und verwirrend, dass ich einige Zeit brauche, bis ich das Gepäckband mit meinem Koffer gefunden habe, obwohl die Schilder mir eigentlich eindeutig zeigen, wohin ich muss. Dadurch, dass ich ohnehin nicht viel Kleidung besitze, hat mir die Gewichtsbegrenzung keine Probleme bereitet und so stehe ich nun hier, mit einem Koffer und einem Rucksack in einem fremden Land, ohne Plan, was auf mich zukommen wird.

Dass ich vorher zumindest nachgesehen habe, wo ich mich mit meiner Gastfamilie treffe, erleichtert mir die Suche nach der passenden Rolltreppe.

Erst als ich unten ankomme, entdecke ich das Ehepaar, das ein Schild mit der Aufschrift ›*Kanela Hardin*‹ in die Höhe hält. Selbst wenn der Name immer noch ungewohnt ist, ziehen mich die Buchstaben magisch an. Wie von selbst tragen mich meine Füße zu meiner neuen Familie.

Neue Familie. Die Bezeichnung hinterlässt einen bitteren Beigeschmack auf meiner Zunge, fühlt sich falsch an.

»Bist du Kanela?«, fragt die Frau, die weiterhin das Plakat festhält und nun noch freundlicher lächelt als zuvor.

Sie haben zwar Fotos von mir zugesendet bekommen, allerdings hatte ich auf diesen noch braune, kurze Haare. Nun reichen sie mir wieder über die Brüste und sind hellblond, fast weiß. Ich weiß immer noch nicht, was ich mehr mag.

»Ja, ich bin Kanela. Es freut mich, euch kennenzulernen«, begrüße ich sie freundlich und reiche ihnen meine Hand, genauso, wie ich es gelernt habe.

»Herzlich willkommen. Es freut mich, dass du da bist. Ich bin Grace«, stellt sich die Frau vor und zeigt auf ihren Mann, der mit gerunzelter Stirn auf seine Uhr schaut, »und das ist Clint. Unser Sohn, Aaron, hatte leider noch etwas vor, weshalb er nicht mitkommen konnte. Du wirst ihn aber heute noch kennenlernen.«

Ich nicke und versuche mich an einem zaghaften Lächeln. Mir gefallen Grace' dunkelbraune, kurze Haare, die mich an meine eigenen vor einem Jahr erinnern. Sie passen zu ihren grünen Augen, in denen Freundlichkeit schimmert. Allerdings sage ich ihr das nicht, denn Komplimente aus meinem Mund klingen immer verkehrt.

»Schön, dass du da bist. Darf ich deinen Koffer nehmen?«, fragt Clint und ich nicke nur, zu verunsichert von seiner herrischen Stimme, die mir eine Gänsehaut bereitet.

Ohne Umschweife greift er nach meinem Gepäck, bedenkt mich mit einem kurzen Blick, bevor er sich umdreht und losläuft.

Durch seine Hektik verwirrt, runzle ich die Stirn und bleibe unschlüssig stehen. Als Grace sich bei mir einhaken will, weiche ich ihr aus, sehe auf den Boden zu unseren Schuhen. Sie trägt rote Sandalen und ich nagelneue schwarze Sneaker, die Anna mir zum Abschied geschenkt hat. Betreten denke ich daran, dass ich nicht direkt auffallen wollte.

»Lass uns Clint hinterher gehen, bevor wir ihn aus den Augen verlieren«, meint Grace jedoch, ohne die Freude in ihrer Stimme zu verlieren.

Noch verwirrter als zuvor, weil es ihr egal zu sein scheint, dass ich ihre Annäherung ablehne, sehe ich wieder auf. Als ich losgehe, schließt sie sich mir an, stets mit einem Strahlen und nach vorne gewandtem Blick.

Ich frage mich, wie sie dauerhaft ein solches Lächeln auf dem Gesicht tragen kann – und ob es wirklich so echt ist, wie es scheint.

02

Ich habe mir vorher viele Gedanken darüber gemacht, wie es sein wird, in Kalifornien anzukommen, und ob Los Angeles wirklich so großartig ist, wie alle sagen. Die anderen Waisenkinder haben mich damit zugetextet, wie neidisch sie auf mich wären und wie gerne auch sie bei dem Hilfsprogramm mitmachen würden. Ich habe ihnen nicht zugehört. Ihnen war nicht einmal klar, was sie sich damit wünschten. Dass dieser Wunsch damit einherging, geistig krank zu sein. Verwirrt, verrückt, gestört, psychisch labil – all das, was man nicht sein will, bis es ein Hilfsprogramm gibt, das einem die Möglichkeit gibt, an einen Ort zu fahren, an den man sonst nie hinkäme. Als würde der Verlust ihrer Eltern nicht bereits schwer genug auf ihren Schultern lasten.

Ich würde gerne mit ihnen tauschen, doch das habe ich nicht gesagt, denn dann hätten sie mich gefragt, warum ich überhaupt fliege. Sie verstehen es genauso wenig wie ich, denn ich habe selbst keine Ahnung,

wieso ich nun hier stehe, vor dem Auto der Familie Scale. Wieso ich dem Mann namens Clint dabei zusehe, wie er den Koffer mit meinem gesamten Besitz in das Auto hebt.

So viel habe ich mir ausgemalt und doch war keiner meiner Träume vergleichbar mit dem Jetzt, keine Vorstellung von den Gefühlen reichte annähernd an das hier heran. Die Aufregung und Angst, die ich fühle, waren nicht vorhersehbar.

»Du kannst ruhig schon einsteigen, Liebes.« Grace weiche Stimme in Verbindung mit dem Kosewort bewegt mich dazu, mich in den Wagen zu setzen. *Lieb,* wer ist das schon? Ich jedenfalls nicht.

Während ich mich anschnalle, höre ich die Autotüren vorne auf- und zugehen, als meine Pflegeeltern einsteigen.

»Du darfst dich nicht wundern, falls wir mal Deutsch mit dir sprechen. Clint und ich haben vier Jahre in Deutschland gelebt, um einen Firmensitz aufzubauen, und da in dieser Zeit unser Sohn Aaron geboren wurde, haben wir ihn zweisprachig erzogen«, erzählt mir Grace.

Überrascht hebe ich die Augenbrauen. Das ist eine Neuigkeit, die mich mehr als erfreut. Es wird mir den Einstieg wesentlich erleichtern. Wieso mir das niemand gesagt hat, als mir die wenigen Informationen über meine Gastfamilie übermittelt wurden, weiß ich nicht.

Grace beginnt, über ihre Arbeit zu reden und wie sie es erreicht haben, den Durchbruch mit ihrer eigenen kleinen Designerfirma zu schaffen. Allerdings bin ich viel zu müde und weil mich das Thema ohnehin nicht wirklich interessiert, driften meine Gedanken immer wieder ab. Auch wenn ich dagegen ankämpfe, kann ich die Schwere meiner Lider nicht verdrängen. Mit Grace' Stimme im Hintergrund, schlafe ich ein, ohne Los Angeles gesehen zu haben. Ohne beurteilen zu können, ob die Stadt ihrem Ruf gerecht wird.

Mein Lachen hallt durch das ganze Gebäude und erfüllt meinen Körper mit Glücksgefühlen. Meine nackten Füße patschen auf dem Boden, während ich durch das Zimmer rase und mich hinter der Couch verstecke, schnaufend und nach Atem ringend.

»Ich weiß, dass du hier bist.« Die Stimme ist fremd und doch läuft mir ein angenehmer Schauer über den Rücken. Ich bleibe still, halte den Atem an.

»Hab ich dich!« Ich quietsche lachend auf, als sich Hände um meinen Bauch legen und ich über eine Schulter geworfen werde. Mein Instinkt will mich dazu treiben, das Weite zu suchen, doch es scheint, als gäbe es ihn überhaupt nicht mehr. Da ist nur diese Berührung, die ich so sehr genieße; das raue Lachen des unbekannten Mannes. Und ich – glücklich.

Das Einzige, was mir von meinem Traum bleibt, ist die Erinnerung an ein Lachen, an eine Wunschvorstellung von etwas Unerreichbarem. Das Glücksgefühl pumpt immer noch durch meine Adern, verlässt mich nur langsam. Benommen von den Empfindungen, blinzle ich ein paar Mal. Noch bevor ich mich richtig orientieren kann, höre ich erneut die Stimme meiner Gastmutter – kann ich sie wirklich so nennen? Mutter? Ich schüttle den Gedanken ab und richte meine Aufmerksamkeit auf sie, schließlich bin ich einfach eingeschlafen, während sie mir etwas anvertraut hat. Das darf mir nicht nochmal passieren. Es ist unhöflich.

»Du bist ja endlich wach. Clint ist bereits mit unserem Zweitauto zur Arbeit gefahren, aber ich wollte dich noch schlafen lassen, bevor ich dir alles zeige. Du sahst so müde aus.« Ich kann nichts dagegen tun, dass mein Gehirn Grace sofort in die Schublade ›*Vielredner*‹ einsortiert. Das Schubladendenken hilft mir, egal, wie sehr andere es auch verteufeln.

Immerhin: Je mehr sie redet, desto weniger muss ich es tun.

»Danke. Du hättest mich auch wecken können«, wende ich ein, öffne die Autotür und werde von einer salzig-warmen Brise überrascht.

Sie lullt mich in einen Schleier, erinnert mich vage an die wenigen Male, die ich an der Ostsee verbracht habe. Für einen Moment erlaube ich mir, die Augen zu schließen und den Geruch von Meer in mich aufzunehmen, mich von ihm erfüllen zu lassen. Als ich sie wieder öffne und meine Aufmerksamkeit Grace widme, bemerke ich, dass sie bereits ausgestiegen ist und mit mir redet – wieder einmal ohne, dass ich auf sie geachtet habe.

»… Deswegen konnte Aaron auch nicht mitkommen.« Ich nicke als Antwort, da ich mit den wenigen Worten, die ich mitbekommen habe, nichts anfangen kann.

Als ich die Autotür hinter mir zuschlage, gibt diese ein lauteres Geräusch von sich, als ich erwartet habe. Ich beiße die Zähne zusammen, kann aber nicht verhindern, dass ich zusammenzucke.

»Dein Koffer wartet bereits drin auf uns, jetzt komm, Aaron wartet schon auf uns«, spricht Grace weiter, ohne auf mein Verhalten einzugehen.

Erst jetzt richte ich meinen Blick auf das Haus, vor dem wir stehen. Es ist nicht sonderlich groß, aber der hellgelbe Anstrich gefällt mir. Abgesehen davon, müssen wir uns in der Nähe des Meeres befinden, sonst würde der Geruch von Salz nicht in meiner Nase liegen.

Ich folge Grace über die roten Pflastersteine der Einfahrt zur Haustür, beobachte, wie sie die Tür aufsperrt. Nachdem sie eingetreten ist, folge ich ihr und sehe mich im Flur um. Der Boden ist mit schwarzen Fliesen ausgelegt, während an einer der cremefarbenen Wände eine Reihe Bilder von der Familie hängen, die ich eingehend mustere.

Bilder von Grace und Clint, als sie noch jünger waren, in manchen halten sie ein Baby im Arm. Einen Jungen. Man kann regelrecht beobachten, wie alle Beteiligten altern, bis zu dem Zeitpunkt, als der lächelnde kleine Junge nur noch genervt und trotzig in die Kamera sieht. Wie er beginnt, seinen eigenen Kleidungsstil zu kreieren und ihn auszuleben, hier und da mal geändert, bis er wieder in die Kamera grinst und aus dem trotzigen Teenager herausgewachsen ist.

Die Entwicklung eines Kindes ist unheimlich interessant, aber man bemerkt auch an Clint und Grace die Veränderung – nicht zuletzt, weil sie teurere und hochwertigere Kleidung tragen als auf den Bildern davor. Neben den unzähligen Bildern der Familie, hängen auch welche von Großeltern und Hochzeitsbilder von Verwandten – ich vermute mal, dass es sich um die Verwandten handelt, es könnten aber auch Freunde sein. Wer es auch ist, etwas in der Art hing bei mir nie.

»Es ist sehr schön hier«, unterbreche ich Grace' Redeschwall, was ihr nichts auszumachen scheint. Erfreut lächelt sie, während sie mir einen Schlüssel überreicht.

»Wie schön, dass es dir gefällt. Der Schlüssel ist für die Haustür, wie du dir bestimmt schon denkst. Falls du ihn mal vergessen solltest, kannst du bei unseren Nachbarn klingeln. Wir sind sehr gut mit den Thompsons befreundet, deswegen haben sie ebenfalls einen Schlüssel. Ich hoffe, dir gefällt dein Zimmer genauso gut wie unser Eingangsbereich. Beides habe ich selbst eingerichtet.«

Noch bevor ich etwas zu ihr sagen kann, ertönt eine ganz andere Stimme.

»Nerv sie doch nicht direkt am Anfang mit deinem ununterbrochenen Gerede und lass sie erstmal ankommen.«

Ich drehe mich in die Richtung, aus der die Stimme gekommen ist, und erblicke den Mann, dessen Entwicklung ich bereits auf den Bildern beobachtet habe.

Schublade: Selbstbewusst.

Vorsichtig mustere ich seine großgewachsene Figur, während er es mir gleichtut. Seine grünen Augen finden meinen Blick, bevor ich den Kopf erneut zu Grace wende, die ihren Sohn rügt. Nicht böse oder nachtragend, mehr als wäre es ein Spaß. Verwirrt darüber runzle ich die Stirn.

»Und du sollst nicht so unhöflich sein, Aaron. Sag doch erst einmal Hallo, bevor du deine arme Mutter in die Schranken weist.«

Mit erhobenem Finger sieht sie Aaron an, doch beide grinsen. Er verdreht die Augen, während ich die Luft bei seinem respektlosen Verhalten scharf einziehe. Nun liegen wieder alle Blicke auf mir, weshalb ich peinlich berührt meine Füße anstarre.

»Ist sie da?«, unterbricht eine weitere Stimme die Stille. Während ich Aaron ein »Ja« schreien höre, ist von Grace ein »Was macht der denn schon wieder hier?« zu vernehmen. Doch auch diesmal klingt es nicht wie ein Vorwurf.

»Sieht sie gut aus?« Mein Blick schnellt nach oben, meine Augen geweitet.

»Hallo Kanela, ich bin Aaron. Beachte Luke einfach nicht, er ist ein Idiot«, begrüßt mich der Blonde nun doch und ich erwidere schüchtern die Begrüßung.

»Wie soll man mich denn bitte nicht beachten? Dafür sehe ich viel zu gut aus – oh ja, gar nicht schlecht. Nur etwas zu dünn.«

Ein Junge mit dunkelbraunem Haar erscheint hinter Aaron und lässt seinen Blick viel zu offensichtlich an mir hoch- und hinuntergleiten. Automatisch schrumpfe ich noch ein wenig mehr und beginne, mich unwohl zu fühlen – was soll das Ganze?

»Luke«, zischt Grace und schüttelt warnend den Kopf, diesmal tatsächlich vorwurfsvoll und tadelnd. Ich bin verwirrt.

»Und sie ist so ruhig und ängstlich, als würden wir sie gleich auffressen wollen.«

»Vielleicht rede ich einfach nicht mit Menschen, die einen niedrigeren IQ haben als ein Stein«, entgegne ich stotternd, verhasple mich mehrmals, doch meine Worte sind laut genug, um sie zu verstehen. Überrascht von mir selbst und darüber, dass ich mich getraut habe, meinen Mund zu öffnen, werden meine Augen wieder größer. Verdammt, was habe ich getan?

»Das saß«, stellt Aaron amüsiert fest und schlägt seinem Freund mehrmals auf den Rücken, als hätte er sich am Essen verschluckt.

Allerdings sieht Luke nicht aus, als hätte er sich verschluckt, sondern eher, als wäre er wütend. Grace schaue ich gar nicht erst an, so sehr schäme ich mich für den Kommentar und bin gleichzeitig glücklich darüber. Mal wieder können sich meine Gefühle nicht einigen.

»Könnte mir bitte jemand mein Zimmer zeigen?«, frage ich leise, um aus dieser Situation zu flüchten und nicht mehr Lukes grimmigem Blick ausgeliefert zu sein. Er geht mir durch Mark und Bein.

»Natürlich. Aaron, zeig Kanela doch bitte ihr Zimmer und Luke, du verschwindest jetzt. Du hast genug Schwachsinn angestellt und ich bin mir sicher, dass du noch genügend Zeit hast, um mit Aaron irgendetwas Unnötiges zu veranstalten. Immerhin hast du noch eine Woche, bis die Schule losgeht, und wenn ich mich recht entsinne, hat Aaron sich in dieser Zeit ebenfalls Urlaub genommen.«

Grace scheint meinen Ausweichversuch als solchen erkannt zu haben und bedenkt Luke mit einem auffordernden Blick, der daraufhin seufzt und an mir vorbeigeht, mich erneut unverhohlen mustert, um dann nach einem Paar ausgelatschter Schuhe zu greifen.

»Auf Wiedersehen, Grace. Bis morgen, Aaron, pass auf die Kleine auf.«

Ich runzle die Stirn, bin mir sicher, dass er mich damit meint, nur weiß ich nicht, wieso er das sagt. Er kann es allerdings nicht positiv gemeint haben, das würde nicht zu seinem Gesichtsausdruck passen und überhaupt – ich sollte mir nicht so viele Gedanken um ein Kosewort machen, ich verstehe es ohnehin nicht.

»Kommst du, Kanela? Unsere Zimmer sind die Treppe rauf im oberen Stock. Meine Eltern haben hier im Erdgeschoss ihr Schlafzimmer, so sind wir unter uns und sie nerven nicht«, meint er grinsend und geht auf die hölzerne Treppe zu, legt im Vorbeigehen eine Hand auf Grace' Schulter und lächelt sie an. Wollte *sie* mir nicht eigentlich das Haus zeigen?

»Bis später«, murmle ich an Grace gewandt, die den Eingangsbereich durch die Tür verlässt, aus der Luke und Aaron kamen, und gehe die Treppe hoch.

Im Flur blicke ich mich erst einmal um, betrachte das schöne Eichenparkett. Auch hier sind die Wände cremefarben gehalten und es gibt genau vier Türen. Erneut sehe ich zu Aaron, der sich gerade durch die Haare fährt und ebenfalls umherschaut, als wäre er das erste Mal hier. Sobald er meinen Blick bemerkt, dreht er sich um und erklärt mir, was sich hinter den Türen verbirgt.

»Also hier, direkt links, befindet sich dein Zimmer, die zweite Tür führt in meins und gegenüber von deinem ist das Bad. Im letzten Raum ist ein kleines Fitnessstudio, in dem mein Vater und ich ab und zu trainieren. Ich denke, du willst jetzt erstmal dein Zimmer sehen, danach kannst du dir gern alles andere anschauen. Bevor du zum Internat fährst, kann ich dir auch die Stadt zeigen.«

Ich stocke, sehe ihn mit geweiteten Augen an. »Welches Internat?«

Auf Aarons Stirn bilden sich Falten, als er mich nachdenklich mustert. »Du weißt nichts davon? Die High School in der Nähe hat keinen guten Ruf. Deshalb gehen viele Schüler auf ein Internat, das sich etwa eine Stunde von hier entfernt befindet. Es wundert mich, dass dir niemand davon erzählt hat, aber es ist wirklich sehr schön dort und du wirst dich leicht einleben.«

Beklommen ziehe ich meine Schultern nach oben. Kann nur daran denken, dass ich in einem Internat mit anderen Menschen in einem Raum schlafen muss. Dass ich das nicht möchte. Eine der Voraussetzungen für das Hilfsprogramm war, nicht mehr als den Namen der Gastfamilie erfahren zu dürfen. Der Rest sollte unbekannt bleiben.

Schöne Überraschung.

»Meine Freundin Sam hätte dich am Samstag gern mitgenommen, aber sie ist heute schon hingefahren. Sie hilft in der Bibliothek bei der Digitalisierung der Bücher. Ihr Bruder Luke nimmt dich deshalb mit.«

Erschlagen von den ganzen Informationen, plustere ich meine Backen auf und lasse langsam die Luft entweichen. Das kann ja heiter werden.

03

Was ich sehe, als sich die Zimmertür öffnet, lässt mich die Sorgen über meine so ungenaue Zukunft vergessen. Denn was ich sehe – ist Meer. Blaues, tiefblaues Meer, dessen Wellen an den Strand gespült werden, der sich direkt hinter einem Garten befindet. Nicht irgendeinem Garten, sondern dem Garten der Scales. Das Gras ist zwar größtenteils verdorrt, weil sie scheinbar auf Rasensprenger verzichten, doch es ist tatsächlich ihr Garten. *Mein* Garten.

Wie erstarrt bleibe ich im Raum stehen, sauge den Anblick, den die Fensterfront freigibt, in mich auf und gehe dann, ganz langsam, als wäre der Boden etwas Heiliges, in Richtung Fenster. Zum Balkon.

Vorsichtig öffne ich die Glastür und schiebe sie zur Seite, setze meine Füße auf das dunkle Holz und stütze mich auf dem Geländer ab. Meine Hände fühlen das raue Material und ich muss aufpassen, mir keinen Splitter einzufangen. Ich achte so sehr darauf, dass ich meine Hände gar nicht erst bewege. Doch selbst wenn ich wollte, könnte ich nicht, denn ich befinde mich nicht länger im Hier.

Ich befinde mich im Ozean, unter den Wellen, außerhalb meiner Reichweite. Gefangen im Meer, das mich verschluckt und mitreißt. Weg von allem, was real ist. Hier gibt es nur mich und das Wasser – und das Wasser und ich sind eins. Wir verschmelzen zu einem Ganzen und ich lasse mich tragen, wo auch immer es mich hinbringt. Ich höre das Rauschen der Wellen und das Kreischen der Möwen, rieche und schmecke das Salz und die Freiheit. Ich spüre den Wind, der meine Haare streift, in alle Richtungen hinfort weht – und ich lasse sie. Lasse sie dem Wind folgen.

Und dann breite ich meine Arme aus und lache. Ich lache laut und unbeschwert, lege meinen Kopf in den Nacken, sehe mit meinem Körper und nicht mit meinen Augen.

Frei. Ich bin frei!

Die Sonne wärmt mich, während die Luft mich wieder kühlt. Dieses Zusammenspiel der Natur ist unheimlich faszinierend. So faszinierend, dass es mir egal ist, was Aaron von mir denkt oder was irgendwer anderes von mir denken könnte, wenn er mich sieht oder hört. Denn gerade spüre ich etwas, das ich schon lange nicht mehr gespürt habe. Zwar ist es nur flüchtig, aber doch so intensiv für mich, dass es mich meine Umgebung vergessen lässt.

Domenik würde es Glück nennen, doch ich nenne es Freiheit. Freiheit von meinen Gedanken, meinen Zweifeln, mir. Es ist die Befreiung von mir selbst. Mir ist egal, wie man es nennt, denn es gefällt mir.

Manchmal reicht es, etwas zu fühlen, selbst wenn man es nicht beschreiben kann.

Aaron lächelt, als ich meine Augen wieder öffne und ihn ansehe. Ich denke, das ist ein gutes Zeichen.

»Es ist wunderschön«, teile ich ihm unnötigerweise mit. Meine Reaktion hat bereits alles gezeigt, was ich mit Worten nicht annähernd beschreiben könnte. Doch ich wollte es sagen: Dass es wunderschön ist.

»Das ist es«, erwidert er. »Ich weiß noch genau, wie ich früher mit meinen Eltern Wasserball gespielt habe. Einmal hat mich eine riesige Welle von den Füßen gerissen. Meine Mutter war vollkommen aufgelöst, weil sie dachte, ich sei ertrunken.«

Leise lachend wandert Aarons Blick in die Ferne. Seine Erinnerung wärmt mein Herz und lässt es gleichzeitig vor Sehnsucht schmerzen.

Er hebt die Arme und lässt sie wieder fallen. »Wie du siehst, bin ich aber nicht ertrunken. Willst du dir vielleicht auch dein Zimmer ansehen oder lieber weiter die Aussicht bewundern?«

Genau das habe ich vor. Hier stehen und die Aussicht bewundern. Doch dann kommt mir Grace und ihre Freude über mein Kompliment im Eingangsbereich in den Sinn. Ich beiße mir auf die Zunge und nicke schließlich, drücke mich vom Geländer ab und folge Aaron zurück in das Zimmer. Vielleicht wird sich Grace bei ihm darüber erkundigen, wie ich reagiert habe, als ich das erste Mal mein Zimmer gesehen habe. Dann soll er nichts Negatives antworten müssen, denn ich finde alles an diesem Haus wunderschön.

Weil man es ein Zuhause nennen kann.

Ich bin nicht sicher, ob ich die Einzige bin, der es so geht, da ich noch nie jemanden danach gefragt habe, aber ich bewerte Zimmer meistens nach ihrem Geruch und nicht nach ihrer Einrichtung. Und der Geruch der Scales ist eine Mischung aus frischem Holz, sauberen Böden und Meer. Ich liebe den Geruch. Ich liebe dieses Haus. Ich liebe dieses Zimmer.

Von meinem Bett aus, das mit dem Kopfende sowie einer Längsseite in der Ecke neben der Tür steht, habe ich ungehinderte Sicht nach draußen. Auf der linken Seite des Zimmers befindet sich ein Kleiderschrank aus Eichenholz, der mir viel zu groß erscheint, und ein bisher leeres Bücherregal. Auf der rechten Seite steht ein Schreibtisch an der Wand.

»Es ist wirklich wunderschön«, sage ich noch einmal. Er muss mich für beschränkt halten, weil ich diesen Satz wiederholt hervorbringe. Vielleicht schenkt er den Worten auch keinen Glauben mehr.

Ich habe damit gerechnet, dass das Bett bequem und weich sein wird, und doch bin ich überrascht, als ich mich hinsetze und in einer flauschigen Wolke versinke. Auf etwas Bequemerem habe ich noch nie gesessen oder gar gelegen.

»Hast du denn noch irgendwelche Fragen zu deiner Zeit hier oder dem Internat?«

Während Aaron sich neben mir niederlässt, mache ich mir Gedanken darüber, ob ich noch irgendetwas wissen will. Dann fällt mir etwas Entscheidendes ein. Zumindest für mich. »Wie ist das denn mit der …«

Ich breche ab, als mir auffällt, dass ich vergessen habe, was ›*Wahl*‹ heißt. Mir war bewusst, dass ich früher oder später Probleme haben werde, mich zu verständigen, weil mir ein Wort nicht einfällt oder ich etwas nicht verstehe, aber ich habe gehofft, es würde nicht so früh passieren. Erst recht nicht bei einem einfachen Wort wie ›*Wahl*‹.

»Sag es einfach auf Deutsch«, meint Aaron sanft, der meine Situation erkannt hat und mich freundlich anlächelt. Allerdings bin ich gerade zu sauer auf mich selbst, um ihm eine Antwort zu geben, sehe es nicht ein, dass mir dieses einfache Wort nicht einfällt, obwohl ich bisher mit der Sprache ohne Probleme zurechtgekommen bin.

Wie ein Geistesblitz durchfährt mich die Lösung und damit ich sie nicht vergesse, platze ich damit heraus: »Wahl der Fächer.«

»Wenn du im Internat angekommen bist, wirst du einem Zimmer zugeteilt und musst deine Wahlfächer im Sekretariat abgeben. Alle anderen haben schon vor den Ferien gewählt, deswegen macht es keinen Unterschied, ob du es heute oder am Sonntag tust. Ich kann dir die Website der Schule geben, dann kannst du dir schon einmal das Gebäude und die Kurse ansehen. Ich glaube, das macht alles etwas einfacher. Ansonsten ist es dort echt in Ordnung, vor allem das Essen ist fabelhaft. Frag mich nicht, wieso die meisten Kantinen hier kein leckeres Essen kochen können, aber diese ist wirklich gut. Außerdem ist in der Nähe eine kleine Stadt mit Kino, Eisdiele und Geschäften, aber das wirst du noch früh genug sehen. Die Zimmer sind in Ordnung, auch wenn sie etwas klein sind, und die Lehrer sind okay. Manche sind für gar nichts zu gebrauchen, andere wirst du wie Götter betrachten, aber ich denke, das ist in Deutschland auch so.«

Ich freue mich über seine detaillierten Ausführungen, höre ihm aufmerksam zu und nicke ab und an – auch wenn es nicht stimmt, bei mir war es nicht so.

»Erzähl mir mehr über dich«, fordere ich ihn auf.

Aaron beißt sich auf die Unterlippe und bläst seine Backen auf, bevor er mich mit gerunzelter Stirn ansieht. War ich zu forsch? Ich weiche seinem Blick aus.

»Was willst du denn gern wissen?«

Ich verhake meine Finger ineinander, überlege, was ich ihm antworten soll. Es war leicht, ihm zuzuhören und ich habe gehofft, er würde bereitwillig mehr von sich erzählen. Fragenstellen liegt mir nicht. »Kannst du dich denn an Deutschland erinnern? Wie hast du Luke und deine Freundin – wie heißt sie gleich? – kennengelernt?«

»An meine Zeit in Deutschland kann ich mich nicht mehr erinnern, aber meine Eltern haben mich zweisprachig erzogen. Das finde ich super und hat mir einerseits in der Schule weitergeholfen, andererseits auch bei meiner Arbeit. Es ist immer gut, mehrere Sprachen zu können, und wenn man es bereits als Kind lernt, ist es bekanntlich leichter. Ich hatte immerhin nie Schwierigkeiten mit Fremdsprachen. Im Gegensatz zu Luke.« Er grinst mich an und weil ich nicht unhöflich wirken will, lächle ich zurück. Ich wurde weder zweisprachig erzogen noch habe ich sonderliche Schwierigkeiten mit fremden Sprachen in der Schule gehabt.

»Jedenfalls leben wir, seit ich mich erinnern kann, in diesem Haus. Vor ein paar Jahren sind auch Luke und seine Schwester Sam mit ihren Eltern in unser Nachbarhaus gezogen. Dir ist vielleicht eben der Balkon aufgefallen, den man von deinem aus sehen kann. Der ist von Luke. Er und ich haben uns direkt verstanden und waren zusammen mit zwei weiteren Freunden auf einem Zimmer im Internat. Allerdings bin ich ein Jahr vor ihnen fertig geworden. Mit Sam bin ich mittlerweile schon fast drei Jahre zusammen.«

Es wundert mich ein wenig, dass er so bereitwillig von sich erzählt, aber ich versuche, es mir nicht anmerken zu lassen.

»Mich freut es, dass du so glücklich mit Sam bist. Als was arbeitest du eigentlich?«

»Ich arbeite bei meinen Eltern in der Firma und belege nebenbei Kurse an einem College.«

Dann schweigen wir. Es ist unangenehm, weil er vorhin so viel gesprochen hat und nun niemand mehr etwas sagt. Hat ihn etwas abgeschreckt?

»Soll ich dich vielleicht allein lassen, damit du deinen Koffer ausräumen und dich noch umsehen kannst? In etwa einer halben Stunde gibt es Mittagessen«, sagt er mit einem Blick auf die Uhr.

Ich runzle die Stirn. Mittagessen? Ich sehe auf die Uhr und stelle fest, dass es ein Uhr mittags, was mich noch mehr verwirrt.

Natürlich habe ich mich vorher über die Zeitverschiebung informiert, allein schon deshalb, weil ich Sitzungen mit Domenik halten muss. Allerdings ist es irritierend, wenn man elf Stunden geflogen ist, laut der Uhr aber bereits fünf Stunden später in seinem neuen Zimmer steht. In Deutschland wäre es nun 20:00 Uhr.

Ich sollte schlafen. Ganz dringend.

»Danke, Aaron, aber eigentlich habe ich noch gar keinen Hunger. Meine Betreuerin hat mir sehr viel Proviant mitgegeben und im Flieger gab es ja auch was. Ich bin schon echt lange wach und würde am liebsten schlafen«, antworte ich ihm, lüge ihn an. Er muss nicht wissen, dass ich nichts gegessen habe. Zu meinem Glück nickt er und steht auf.

»Klar. Verstehe ich!«, erwidert er lächelnd und geht Richtung Tür. »Ich wecke dich dann später, sonst liegst du heute Nacht noch wach.«

Diesmal bin ich es, die nickt. Sein Zeichen, das Zimmer zu verlassen, und meines, aufzustehen und meinen Koffer zu öffnen. Ich packe meine Sachen aus und verstaue sie im Kleiderschrank, der, wie bereits vermutet, viel zu groß für meine Kleidung ist, bevor ich mir einen Schlafanzug anziehe und auf die Toilette gehe.

Ich bin zu müde, um über meine gesammelten Eindrücke nachzudenken. Kaum habe ich einen Gedanken erfasst, entgleitet er mir wieder. Seufzend sehe ich in den Spiegel, bevor ich meinen Blick abwende und das Bad verlasse.

Nur ungern ziehe ich die dunklen Gardinen zu, sperre das Licht aus, das nun nur noch spärlich in mein Zimmer scheint. Allerdings weiß ich, dass ich bei Helligkeit ohnehin nicht einschlafen kann und die Aussicht kann ich nicht genießen, wenn meine Augen geschlossen sind.

An was denke ich da?

Als mein Magen grummelt, gebe ich dem Bedürfnis meines Körpers nach und krame meinen Proviant aus dem Rucksack. Annas Proviant. Mit wenigen hungrigen Bissen, habe ich das Brot mit Butter und Wurst verschlungen.

Während ich mich in meinem Bett verkrieche, hoffe ich, dass die dunklen Träume ausnahmsweise einmal fernbleiben. Dass sie mich in Ruhe schlafenlassen, aber vor allem, dass sie mich nicht aufwühlen und verwirren. Dass sie mich nicht umstrukturieren und mir so sehr Angst machen, dass ich in Panik gerate. Dass ich nicht in all meinen Gefühlen das Essen, welches ich zu mir genommen habe, abstoße.

Wie schon so oft davor.

Lasst mich einfach schlafen, flüstere ich in Gedanken meinen Dämonen zu und schließe meine Augen.

04

Luft. Ich brauche Luft.

Ich fasse an meinen Hals und versuche, zu atmen, doch meine Lunge füllt sich nicht mit Sauerstoff. Ich ersticke. Panisch krabble ich aus dem Bett, verheddere mich in der Bettdecke und falle auf den Boden. Mein einziger Gedanke –

Luft.

Meine Arme zittern, als ich mich abdrücke und auf die Füße stemme, meine Beine zittern, als ich stehe. Mein ganzer Körper vibriert. Ich halte mich an allem fest, was in meiner Reichweite ist, stolpere zum Balkon, knalle gegen die Scheibe.

Luft.

Meine Finger greifen nach dem Stoff des Vorhangs und ziehen ihn zur Seite, schieben die Tür auf. Ich stürze nach draußen. Breche zusammen.

Luft!

Ich ziehe den Sauerstoff in meine Lungen, lasse mich davon erfüllen, ausfüllen, einnehmen. Meine Hände liegen auf meiner Brust, die sich unruhig hebt und senkt und ich unterdrücke das Schluchzen, welches meine Kehle verlassen will. Der salzige Geschmack meiner Tränen vermischt sich mit dem Geruch von Meer und kreiert etwas Neues, Einzigartiges, für niemanden Spürbares. Mein Herz rast, stolpert in dem Versuch, einen Rhythmus zu finden.

Es schmerzt.

Mein Herz, die Bilder in meinem Kopf, mein gesamter Körper – alles schmerzt! Und obwohl mir dieses Gefühl nicht unbekannt ist, ist es nicht weniger intensiv. Nicht weniger erdrückend.

Die Finsternis verschlingt mich, lässt meinen Geist verblassen, während die Nacht meinen Körper versteckt. Meinen hässlichen, knochigen Körper.

Es raschelt – oder täusche ich mich? Ich kann meinen Sinnen nicht mehr trauen. Die Dunkelheit macht mich blind. Von wegen Aaron weckt mich zum Abendessen. Er hat mich vergessen oder wollte bereits nach dem ersten Tag seine Ruhe vor mir, verübeln kann ich es ihm nicht.

Auf einmal erblicke ich doch etwas. Ein Vorhang wird ein Stück zur Seite geschoben, lässt Helligkeit in die Welt scheinen. Blinzelnd, meine Hände vor den Augen haltend, sehe ich auf, durch meine Finger hindurch in das Licht. Luke steht auf dem Balkon unseres Nachbarhauses.

»Prinzessin? Was machst du da?« Diese arrogante, abfällige Art und Weise, mit der er den Kosenamen ausspricht, lässt mich würgen. Schnell reibe ich mir über meine Augen, damit er die Tränen nicht sieht.

»Ich genieße die Ruhe«, erwidere ich mit erstickter Stimme; hoffe, er bemerkt nicht, dass sie tonlos ist, rau, schwankend, »die du zerstört hast.«

»Ist alles in Ordnung?«

Ich will ihm den Kopf abreißen. Wieso muss er fragen? Wieso kann er nicht einfach gehen und mich allein lassen wie jeder andere auch? Warum muss er auf einmal so nett sein?

Ich weiß nicht, was ich antworten soll. Vielleicht sollte ich auch einfach in meinem Zimmer verschwinden, ohne etwas zu erwidern. Keine Ahnung, warum ich nicht lüge, so wie jedes Mal, aber ich bin in dieses Land gekommen, um ein neues Leben zu beginnen. Nicht, um mit dem weiterzumachen, weshalb ich mein altes zurückgelassen habe.

»Was sollte schon sein?«, frage ich stattdessen, entscheide mich für eine Zwischenlösung.

»Man antwortet nicht mit Gegenfragen«, erwidert er, woraufhin ich die Augen verdrehen muss. Dennoch sorgt er mit seiner unerwartet kindischen Antwort dafür, dass meine Mundwinkel sich ein Stückchen heben.

Meine Augen gewöhnen sich langsam an die Lichtverhältnisse. Nun erkenne ich auch seinen Gesichtsausdruck, der in meinem Bauch ein seltsames Gefühl hinterlässt, welches ich erneut nicht zuordnen kann. Warum scheint er besorgt?

»Manchmal habe ich eine Art Asthma-Anfall und bekomme sehr schlecht Luft«, erkläre ich mit einem geübten Lächeln auf den Lippen, das ich über Jahre hinweg perfektioniert habe. In Kombination mit einem bedauerlichen und hilflosen Tonfall ergibt es eine Lüge, die leicht über die Lippen geht und glaubhaft ist.

Somit scheitert mein Vorhaben, nicht zu lügen, schon am ersten Tag. Doch die Worte kommen aus meinem Mund, bevor ich mir überhaupt Gedanken darüber hätte machen können. Um ehrlich zu sein, bin ich froh, dass mein Mund schneller war als der Rest meines Körpers. Das erspart mir, darüber nachzudenken.

»Das ist ja scheiße«, meint er gleichgültig.

Ich sehe, wie er seine Augen zusammenkneift und mich eingehend mustert, bevor er eine Hand zur Faust ballt und seine Finger knacken lässt. Meine Gesichtszüge entgleisen, verzerren sich, als das Geräusch bei mir ankommt und durch Mark und Bein geht.

Ich habe es schon immer verabscheut, wenn irgendwer seine Finger knacken lässt, und verstehe nicht, dass es andere vollkommen kaltlässt.

Knochen, die knacken; die brechen.

Ein raues Lachen erfüllt die Luft und verwundert sehe ich zu Luke, der mich ansieht und dann seinen Blick zur Seite dreht, als würde er verstecken wollen, was ich längst gesehen habe – den amüsierten, ausgelassenen Gesichtsausdruck.

Was mich jedoch mehr verwundert als die Tatsache, dass er seine Belustigung vor mir verstecken möchte, ist, dass ich mich nicht ausgelacht fühle. Und das, obwohl ich Luke nicht kenne, ihn weder ausstehen kann noch genau weiß, worüber er sich so freut. Das ist fraglich, verwunderlich und ich habe keine Ahnung, warum ich nun mit ihm grinsen muss.

»Sam hasst das Geräusch auch sehr«, erklärt er mir, als müsste ich wissen, wer Sam ist, oder was daran witzig ist, dass wir es beide nicht mögen.

Einige Sekunden, die mir wie eine Ewigkeit erscheinen, schweigen wir. Lachen nicht, reden nicht, grinsen nicht. Wir schweigen und denken, richten unseren Blick zum Meer, das wir von hier aus nicht erkennen können, da es zu dunkel ist. Als mich Luke das nächste Mal ansieht, ist der Schalk aus seinen Augen verschwunden und hat einer Ernsthaftigkeit platzgemacht, die mir eine Gänsehaut beschert.

Ich streiche über meine nackten Arme und warte. Warte auf das, was er tun oder sagen wird.

»Weißt du, Kanela, du bist –«, er bricht nach dieser seltsamen Anrede ab. Was bin ich?

Schon wieder sind wir zurück bei dem Wissen, über das Menschen verfügen, von dem ich keine Ahnung habe. Mein Kinn in die Höhe gereckt, reagiere ich nicht, weil ich meinen Stolz bewahren möchte.

»Ich meine, du machst bei einer Hilfsorganisation für psychisch gestörte Leute mit, die nicht mehr auf ihr Leben klarkommen und neu anfangen wollen. Keine Ahnung, ob Grace und Clint wirklich dachten, dass Aaron nicht herausfindet, dass sie keine normale Austauschschülerin aufnehmen wollen, aber sie haben ihm dennoch nichts davon erzählt. Wir sind einfach misstrauisch, okay? Du verhältst dich merkwürdig und, um ehrlich zu sein, habe ich keinen blassen Schimmer, wieso die beiden sich darauf eingelassen haben, dich aufzunehmen, nach allem, was in letzter Zeit passiert ist«, fährt er fort, macht eine Pause, in der ich nichts erwidere, und ergreift erneut das Wort. »Aber jetzt bist du hier und ich will nicht, dass du irgendwen in deine Scheiße mit reinziehst, okay? Vor allem meine Schwester nicht. Ich will nicht, dass du sie irgendwie runterziehst oder sonst was. Du hast sicherlich deine Gründe, warum du diesen Neuanfang brauchst, aber das hat nichts mit uns zu tun.«

Während er spricht, wende ich meinen Blick von ihm ab, kann ihn nicht mehr ansehen, will es nicht. Stattdessen zupfe ich am Band meiner Schlafanzughose, wickle es um meine Finger, ziehe daran. Es tut weh, seine Gedanken zu hören, und auch wenn die Mitarbeiter der Hilfsorganisation andere Worte benutzt haben, trifft seine Einschätzung es ziemlich genau. *Menschen, die nicht mehr auf ihr Leben klarkommen.*

Oder überhaupt noch nie auf ihr Leben klargekommen sind.

Mit seinen Worten hat er die Erinnerung an das Lachen und an mein eigenes Grinsen vertrieben und neuen Platz für tiefe Schmerzen geschaffen, die unaufhaltsam durch meine Adern pulsieren. Erneut blicke ich ihn an, erwarte und hoffe, dass er von selbst den Balkon verlässt, mich allein lässt, allerdings besitzt er Hartnäckigkeit. Hartnäckigkeit, die ich irgendwann verloren habe.

»Ich sollte wohl besser wieder reingehen.«

Meine Stimme bebt und ich weiche seinem Blick aus. Ich will ihm nicht zeigen, wie sehr ich verletzt bin und dass ich kurz davorstehe, zu weinen. Mein Traum nagt immer noch an mir, ernährt sich von den Resten meiner brüchigen Seele.

Ich kämpfe mich auf die Beine und verschwinde nach drinnen, höre seine Antwort nicht mehr, wenn er denn überhaupt geantwortet hat. Orientierungslos bleibe ich mitten im Zimmer stehen und sehe an die weiße Decke, zähle in Gedanken die 6er Reihe, weil das üble Gefühl in meinem Bauch immer schlimmer wird.

6, 12, 18, 24, 30, 36, 42, 48, 54, 60, 66, 72, 78, 84, 90, 96, 102, 108, 114, 120, 126, 132, 138, 144, 150.

Er kann nicht verstehen, wie man jemanden wie mich aufnehmen kann – das verstehe ich auch nicht.

Sie sind misstrauisch – das wäre ich auch.

Er will, dass ich mich von seiner Schwester fernhalte, obwohl ich sie nicht kenne – und er mich nicht. Aber man muss mich nicht kennen, um zu wissen, dass etwas bei mir nicht richtig ist.

Ich bin falsch, so falsch, und doch habe ich gehofft, dass in Luke ein Funken Herzlichkeit steckt. Immerhin hat er mich zum Lächeln gebracht und für einen Moment auch dazu, mich ihm anvertrauen zu wollen. Ich habe ernsthaft gedacht, dass er sich Sorgen um mich macht, denn seine Miene war so ernst und sanft zugleich, dass ich es glauben wollte. Ich *habe* es ihm geglaubt.

Dabei hat Luke mich ausgelacht. Und ich habe gegrinst, weil ich dachte, er wäre einfach nur amüsiert.

Er hat meine Hoffnung zerstört, bevor sie aufkeimen konnte; hat den Samen zwischen seinen Fingern zerdrückt, bevor er überhaupt gesät war. Mein kleiner, verkrüppelter, mühsam zusammengekratzter Samen, bestehend aus einer zerbrechlichen Hoffnung, die auf der Klippe steht, bereit zum Absprung.

Ich lasse sie nicht springen.

156, 162, 168, 174, 180, 186, 192, 198, 204, 210, 216, 222, 228, 234, 240, 246, 252, 258, 264, 270.

Meine Füße tragen mich wie von selbst zum Badezimmer und ich bin froh, dass niemand da zu sein scheint. Denn ich komme nicht mehr dazu, die Tür zu schließen, bevor ich mich über die Toilette beuge und mich übergebe.

05

Schlaf kann so schön sein, wie er auch hässlich sein kann. Menschen können nur böse sein, weil sie auch gut sein können.

Und ich? Ich habe den grauenhaften Schlaf verdient, auch wenn Domenik etwas anderes behauptet. Auch wenn Anna etwas anderes behauptet.

Seit genau acht Stunden und fünfundzwanzig Minuten liege ich wach in dem weißen, großen, unheimlich gemütlichen Bett, brauche exakt eine Sekunde, um das Wort fünfundzwanzig zu hauchen und zu denken. Und darüber mache ich mir Gedanken, während ich auf jedes Geräusch achte und darauf warte, dass sich im Haus etwas regt.

Doch ich höre nichts. Nichts außer meinen Atemzügen und dem Knistern der dünnen Bettdecke, wenn ich mich bewege. Das mache ich ungefähr alle zehn Minuten, vielleicht sind die Abstände mal länger, vielleicht auch kürzer. Denn obwohl ich die kleine Uhr auf dem Nachtschränkchen beobachte, bemerke ich nicht, wenn wieder eine Zahl die andere ablöst. Weshalb ich dennoch weiß, dass ich seit acht Stunden und mittlerweile siebenundzwanzig Minuten wach bin, kann ich nicht erklären.

Doch dann – ein Geräusch. Oder vielleicht irre ich mich, irrt mein Gehirn sich? Ein weiteres, es sind Schritte, ganz eindeutig! Nun registriere ich auch die Zahlen auf meinem Wecker.

Es ist 12:00 Uhr Mittags und die schlurfenden Tritte gehören bestimmt zu einem verschlafenen Aaron. Ich spitze meine Ohren, höre, wie eine Tür in meiner Nähe geöffnet und geschlossen wird. Wenig später ertönt die Klospülung.

Die Schritte kommen näher und als sie verstummen, wird meine Tür leise und vorsichtig geöffnet. Mit verschlafenen Augen und zerzausten Haaren schaut Aaron in mein Zimmer.

»Guten Morgen, Kanela«, murmelt er, während ich mich im Bett aufrichte.

»Guten Mittag, besser gesagt.«

Es ist merkwürdig, die ganze Zeit auf Deutsch zu denken und sich dann auf Englisch zu unterhalten.

Seine Mundwinkel heben sich, bevor er sich die Augen reibt. Aaron scheint wirklich noch sehr müde zu sein, obwohl es bereits so spät ist, allerdings weiß ich auch nicht, wann er sich gestern hingelegt hat.

»Tut mir übrigens leid, dass ich dich nicht mehr geweckt habe, aber meine Mutter meinte, ich solle dich schlafenlassen. Jetzt sind sie und Clint auf der Arbeit. Vermutlich kommen sie auch erst heute Abend wieder, deswegen müssen wir selbst etwas kochen oder bestellen. Wie du magst, ich lasse dich entscheiden. Willst du denn bis zum Schulbeginn noch irgendetwas unternehmen? Immerhin sind es noch drei Tage.«

Verwundert darüber, dass er trotz Müdigkeit einen solchen Redeschwall von sich gibt, versuche ich, das Gesagte zu verarbeiten. Warum habe ich seine Eltern heute Morgen nicht gehört? War ich so in meinen Gedanken gefangen? Etwas überfordert sehe ich ihn an und zucke mit den Schultern.

»Darüber habe ich, ehrlich gesagt, noch gar nicht nachgedacht«, gebe ich zu.

Er nickt und stützt sich mit seinen Händen am Türrahmen ab, als würde er Dehnübungen machen, dabei bläst er seine Wangen auf. Ich schätze mal, dass er ebenso ratlos ist wie ich und aus meinen kurzen, nicht sehr informativen Sätzen keine Schlüsse ziehen kann.

»Wäre Pizza für dich okay? Wie gesagt, wir können auch etwas kochen.« Die Tatsache, dass mir eine solche Entscheidung bereits schwerfällt, ist deprimierend. Kurz beiße ich auf meine Lippe, um Zeit zu schinden.

»Mir egal …«, beginne ich, bemerke jedoch die tiefe Furche zwischen Aarons Augen und seine gekräuselten Lippen. »Pizza ist gut.«

Er nickt, scheint jedoch immer noch nicht ganz zufrieden mit meiner Antwort zu sein. Unbehaglich ziehe ich die Decke enger um meinen Körper und wende meinen Blick auf den Boden. Ich höre ihn seufzen und meine Gedanken schweifen erneut dorthin, wo ich sie nicht haben will. Ich nerve ihn.

»Was für Pizza möchtest du denn und wie viel isst du?«, fragt er mich dann, während ich versuche, meinen Gedanken nicht weiter nachzugehen.

»Ich esse eigentlich jede Pizza, aber ich habe nicht so viel Hunger.«

Abermals runzelt er die Stirn und öffnet den Mund, schließt ihn jedoch wieder, ohne etwas zu sagen. Ich vermute, er denkt an dasselbe wie ich. Dass ich gestern aus seiner Sicht nichts gegessen habe – gewissermaßen hat er damit ja recht. Immerhin blieb es nicht lange in meinem Körper.

Außerdem ist es gelogen, dass ich nicht so viel Hunger habe. Ich weiß aber, dass ich nicht viel werde essen können, daher lüge ich ihn lieber an.

Mein Körper hasst Nahrung. Das Gedankenkarussell, das sich unaufhaltsam in meinem Kopf dreht, sorgt dafür. Doch das weiß Aaron nicht, er denkt bestimmt, ich bin ein Mädchen, das ihre

Eltern verloren und deswegen Depressionen hat. Mehr braucht er auch nicht zu wissen oder zu denken.

»Okay, ich rufe dann mal an und bestelle dir eine Schinkenpizza.« Er nickt mir noch einmal zu und verschwindet aus dem Zimmer.

Gerade, als ich meine Beine aus dem Bett schwinge und meine Füße den kalten Holzboden berühren, kommt er wieder zurück. Überrascht blicke ich ihn an und er zeigt auf sein Handy, als wäre das eine plausible Erklärung für sein erneutes Auftauchen.

»Du hast ja nichts dagegen, dass Luke mit uns isst«, meint er, drückt es eher als Aussage aus und nicht als eine Frage, auf die ich mit etwas anderem als ›Nein, ich habe nichts dagegen‹ antworten könnte. »Oder?«

Dass das letzte, nach einer kurzen Zeit der Stille hinzugefügte Wort nur aus reiner Höflichkeit einen Platz in seiner Frage gefunden hat, weiß ich, und doch würde ich gern das lauteste ›*Doch*‹ schreien, das meine Lunge und meine Stimmbänder zuließen.

Langsam schüttle ich den Kopf, was ihm als Antwort zu genügen scheint, denn er verschwindet daraufhin wieder aus der Tür und lässt mich mit Furcht zurück.

Furcht vor diesem grauenerregenden Mittagessen, dem ich am liebsten entgehen würde.

Ich vergrabe meine Hände in meinen Haaren und ziehe an ihnen, als würden sie mich aus dieser Situation befreien können. So einfach ist das aber nicht. Geschlagene 20 Minuten vergehen, ehe ich tief durchatme, mich gerader hinsetze und einen Entschluss fasse. Ich will doch gar nicht fliehen.

Mein Mut wächst und bevor ich die Entschlossenheit verliere, die sich in mir ausbreitet, stehe ich auf. Niemand darf meinen Keim der Hoffnung zerstören. Niemand, auch nicht ich selbst.

Ohne in den Spiegel zu sehen, weiß ich, dass meine Haut bleich und meine Augen geschwollen sind. Doch das ist nichts Seltenes und nichts, was mich davon abhält, das Leben zu leben, das ich mir erträumt habe. Wissend, dass es zwar niemals so sein kann, aber vielleicht annähernd so gut, vielleicht auch nur halb so gut, vielleicht nur ein ganz kleines bisschen. Aber immerhin – ein bisschen.

Das weite T-Shirt und die Jogginghose verstecken meinen viel zu dünnen Körper. Damit will ich heute nicht auch noch konfrontiert werden. Ich weiß, irgendwann wird mir nichts anderes übrigbleiben, als ihn zu zeigen, denn es ist hier viel zu warm, um ihn die ganze Zeit zu verhüllen – aber ich möchte es so lange hinauszögern wie möglich. In diesem Haus gibt es hoffentlich eine Klimaanlage, ansonsten werde ich in meiner eigenen Schweißpfütze ertrinken.

Angewidert über mich selbst, rümpfe ich die Nase, als ich auch schon die Klingel höre. Die Pizza ist da. Ich straffe meine Schultern, wappne mich auf alles Erdenkliche, was kommen könnte – doch wahrscheinlich nicht auf das, was wirklich kommt – und gehe die Treppe hinunter.

Ich trete durch die Tür, aus der Luke und Aaron gestern ebenfalls kamen. Es gibt zwar noch eine weitere Tür im Eingangsbereich, aber ich vermute, dass sich dort das Schlafzimmer von Clint und Grace befindet.

Alles ist offen und hell, der Boden und die Wände gleichen der oberen Etage. Einzig in der offenen Küche wurden Fliesen verlegt. Das Wohn- und Esszimmer bildet mit der Küche einen großen Raum und tatsächlich gibt es einen Deckenventilator, der stetig seine Kreise zieht. Der Geruch von Pizza steigt mir in die Nase und mein Magen knurrt verdächtig. Mit heißen Wangen sehe ich zu Aaron und Luke, die bereits vor ihren Pizzaschachteln sitzen.

Luke starrt mich mit gehobenen Augenbrauen an. Besser gesagt betrachtet er meine Beine oder das, was man durch die Jogginghose als solche erkennen kann.

Logischerweise, was sollte da auch sonst sein?, driften meine Gedanken ab. Mal wieder.

Ich räuspere mich und gehe auf den Stuhl neben Aaron zu, weil dort eine dritte Pizzaschachtel auf dem Tisch liegt.

»Luke«, begrüße ich ihn leise, sobald ich sitze. So, als wäre gestern Nacht nichts von dem passiert, was passiert ist.

Erstaunt sieht er mich an, bevor er sich wieder seiner Pizza widmet und ebenfalls eine Begrüßung murmelt, die man beinahe nicht als solche erkennen kann.

Ich klappe den Pizzakarton auf und starre auf eine viel zu große, aber doch zu kleine Schinkenpizza.

»Dafür, dass du eben meintest, dass du kaum Hunger hast, siehst du die Pizza sehr verliebt an«, scherzt Aaron.

Ich lächle, um ihm einen Gefallen zu tun, bin aber mehr mit der Frage beschäftigt, wie viel ich von dem Leckerbissen essen kann, bevor mir schlecht wird.

»Bei Pizza kann nun mal niemand nein sagen, Aaron«, erwidere ich, um die Stille zu durchbrechen, die unangenehm auf uns lastet.

Luke sagt kein Wort.

»Das stimmt wohl.« Nach seinen Worten nicke ich und greife nach dem ersten Stück.

»Hast du Bock, heute an den Strand zu gehen?«, fragt Luke sehr deutlich an Aaron gerichtet. Jedoch stört es mich nicht, da ich sowieso nicht vorhabe an den Strand zu gehen, wo irgendwelche Menschen mir dabei zusehen könnten, wie ich halbnackt herumliege, laufe oder schwimme. Erst recht nicht mit Luke.

Ich bemerke, wie Aaron mich von der Seite ansieht, weshalb ich mich zu ihm drehe und seinen fragenden Blick bemerke. Dass ich keine Vorstellungen davon habe, was ich bis zum Schulbeginn machen möchte, habe ich ihm bereits mitgeteilt. Deshalb wundert es mich, dass er dennoch nach meinem Einverständnis fragen möchte. Ich bin es nicht gewohnt, dass ich bei einer solchen Entscheidung mitsprechen darf und eigentlich will ich auch gar nicht mitentscheiden.

Es ist klar, dass Aaron bei diesen Temperaturen lieber mit seinen Freunden an den Strand geht, statt mir irgendetwas in dieser Stadt zu zeigen, das mich nicht mal interessiert.

Schulterzuckend wende ich mich also wieder meiner Pizza zu und hoffe, dass er daraus schließen kann, dass es mir völlig egal ist. Dass Luke die Augen verdreht sehe ich, obwohl meine Aufmerksamkeit dem Essen gilt, allerdings versuche ich, mir deswegen keine Gedanken zu machen. Funktioniert nicht ganz so gut wie gewünscht, aber immerhin ein bisschen.

»Warum nicht? Direkt nach dem Essen? Wer kommt denn noch so?«, antwortet Aaron seinem Freund dann doch noch.

Dieser grinst glücklich und nickt zu der ersten Frage, bevor er mit vollem Mund auf die zweite antwortet – ein Wunder, dass man ihn überhaupt verstehen kann.

»Nate wollte endlich mal wieder vorbeikommen. Evan und Fynn sowieso.« Er pausiert, um zu schlucken. »Nate bringt bestimmt noch Freunde mit. Kennst ihn ja.«

Interessiert höre ich zu, sauge Namen und Informationen auf, obwohl ich sie keinen Gesichtern zuordnen kann. Nebenbei verschlinge ich ein weiteres Pizzastück, mittlerweile habe ich sogar über die Hälfte gegessen.

Als Aaron sich mir abermals zuwendet, sehe ich verwundert auf. »Ich habe dir doch von unseren Freunden aus dem Internat erzählt. Weißt du noch?«

Ich nicke träge.

»Das sind Evan und Fynn. Nate kennen wir von einer echt krassen Party. Er besorgt uns Alkohol.« Grinsend sieht er zu Luke, der sich durch die Haare fährt.

»Erinnere mich nicht daran«, murrt er.

Ich freue mich darüber, dass er mir erklärt hat, wer die Menschen sind, die Luke erwähnt hat. Sagen tue ich aber nichts.

»Selbst schuld«, erwidert Aaron amüsiert. »Ich habe die beiden ewig nicht mehr gesehen. Hast du sie gut im Griff?«

»Natürlich habe ich sie im Griff, ich hatte doch das beste Vorbild. Obwohl sie ja eher auf mich aufpassen müssen.« Mit einem Stück Pizza in der Hand lehnt er sich nach hinten. Das blaue T-Shirt spannt an seinen Schultern, als er die Arme streckt und seinen Freund ansieht. »Du fehlst in diesem Drecksloch, Scale.«

Mit diesem Satz und wie er ihn sagt, wird mir klar, dass Luke und Aaron eine Bindung haben, die viel tiefer geht als eine oberflächliche Nachbarschaftsfreundschaft. Und es zeigt mir auch, dass Luke nicht so egoistisch ist, wie ich angenommen habe.

Er sorgt sich einfach nur um seine Freunde – und ich, ich gehöre eindeutig nicht dazu.

06

Ich bin wie ein Geist, der betrachtet, aber nicht gesehen wird, und so verbringe ich die gesamte Zeit allein in meinem neuen Zuhause. Fast allein, denn ab und an ist Aaron hier und auch Grace und Clint habe ich ein paar Mal gesehen, obwohl sie sehr viel arbeiten. Nächste Woche soll eine wichtige Kampagne auf den Markt kommen. Zwar wollte sich Grace für mich freinehmen, aber ich habe ihr versichert, dass ich allein zurechtkomme. Ich möchte sie nicht von ihrer Arbeit abhalten. Einen Tag blieb sie dennoch bei mir und wir schauten gemeinsam Filme. Es war merkwürdig, aber schön.

Abgesehen davon gehen sie davon aus, dass Aaron sich um mich kümmert und mir die Stadt, den Strand und alles andere zeigt – und ich habe nicht vor, ihnen die Wahrheit zu sagen. Ich fühle mich wohl, allein zu sein.

Noch nie in meinem Leben bin ich allein in einem Haus gewesen und wenn doch, war es kein schönes

Alleinsein, bei dem man sich selbst finden, sich über viele Dinge Gedanken machen oder einfach nur ausruhen könnte. Kein Alleinsein, bei dem man frei entscheiden kann, irgendwann nicht mehr allein zu sein.

Doch die letzten Tage habe ich genau das gefühlt. Ich war frei und hätte es jederzeit beenden können, doch ich wollte nicht.

Denn es gibt niemanden, der mich reizt oder verletzt, und so kann ich essen, ohne Angst zu haben. Natürlich könnten mir meine Gedanken einen Strich durch die Rechnung machen, aber ich will zumindest einmal in meinem Leben halbwegs optimistisch sein. Immerhin habe ich bisher nichts von dem erbrochen, was ich gegessen habe, weil ich kaum Stresssituationen ausgesetzt bin. Bisher konnte ich sogar das Gespräch mit Domenik hinauszögern mit der Begründung, ich müsse mich erst einleben. Morgen muss ich dann wirklich mit ihm telefonieren, denn ich habe Angst davor, in einem Internat zu leben.

Dort werde ich mir ein Zimmer teilen müssen und Menschen sind neugierig. Nur habe ich nicht vor, diese Neugierde zu stillen.

Da ich beginne, mich völlig nutzlos zu fühlen, weil ich die ganze Zeit nur auf meinem Bett liege und lese oder denke, beschließe ich, den Fitnessraum auszuprobieren. Aaron ist zu irgendeinem Freund gefahren, dessen Namen ich bereits wieder vergessen habe, und selbst an einem Sonntag arbeiten meine Gasteltern den ganzen Tag. Ich glaube, freie Zeit gibt es bei ihnen wirklich nur selten und wenn, dann wird sie voll ausgekostet.

Immerhin haben sie die ganze Familie bei sich, während sie arbeiten, da es ein Familienbetrieb ist. Die Temperaturen sind um einige Grad gefallen, allerdings ändert das nicht viel an der Hitze. Es wird wahrscheinlich noch einige Wochen dauern, bis ich mich an das Wetter gewöhnt habe, wobei es dann auch nicht mehr so heiß sein wird. Selbst wenn es hier keinen richtigen Winter gibt, ist es doch kühler.

Ich ziehe mir ein Top und eine kurze Hose an. Da niemand hier ist, muss ich nicht befürchten, dass man mich sieht. Bevor ich jedoch in den Fitnessraum gehe, mache ich einen Abstecher in den Keller, den Aaron mir gestern gezeigt hat, und nehme mir eine Flasche Wasser mit. Als ich die Tür des Fitnessraums öffne, bin ich wirklich erstaunt darüber, was ich zu Gesicht bekomme. Mitten im Raum hängt ein Boxsack, der meine Aufmerksamkeit auf sich zieht, denn zu boxen ist eine gute Möglichkeit für mich, angestauten Frust loszuwerden.

Zuerst jedoch widme ich mich dem Laufband. Ich stecke meine Kopfhörer in die Ohren und schalte auf meinem wohl einzigen, wertvollen Besitz – ein kleiner MP3 Player – Musik ein, die mich gleich einen Takt finden lässt, der meine Füße vorantreibt.

Außer Atem hebt sich meine Brust bei meinen bemüht tiefen Atemzügen, während meine Finger die Trinkflasche umklammern und ich meinem Körper einen Augenblick Ruhe gönne. Ich habe lange keinen Sport mehr gemacht und nun fordert es seinen Tribut.

Mit voller Wucht trifft meine Faust auf den Boxsack vor mir und mit diesem Schlag nehmen mich die Gefühle, die ich die letzten Stunden so gut zurückhalten konnte, wieder ein. Ich habe damit gerechnet, wusste, dass es so kommt, aber dennoch schnürt es mir die Kehle zu. Ein Schlag folgt dem nächsten, bis ich keuche, schnell ein- und ausatme. Dann ein Fußtritt. Ich spüre, wie meine Muskeln langsam nachgeben, wie sie brennen und streiken, doch ich werde nicht aufhören, ehe ich meine Gefühle unter Kontrolle habe.

Bei einer Therapie habe ich einmal gelernt, dass es hilft –und tatsächlich hat es mich jedes Mal ein Stückchen befreit. Jedoch habe ich auch die Erfahrung gemacht, dass, wenn man zu früh aufhört, alles Aufgestaute mit einem Mal wieder hervorkommt, einfach so, irgendwann.

»Achte mal darauf, dass du gleichmäßig, aber dafür schneller schlägst«, weist mich jemand an. Erschrocken fahre ich zusammen, drehe mich mit dem Rücken zum Boxsack und blicke Luke mit großen Augen an, während ich meine Kopfhörer herausnehme.

Verwundert über meine Reaktion, neigt er seinen Kopf leicht zur Seite, bevor er seinen Blick an mir herunterwandern lässt. Ich fühle mich nackt.

»Äh«, stammle ich. »Danke. Ich ... ich werde es mal ausprobieren«, stammle ich.

Als er ein paar Schritte näherkommt, schlucke ich, presse mich noch enger an den Boxsack.

»Warte, ich zeig's dir!«, meint er versöhnlich, während er seine Hand an meine Schulter legt, um mich zur Seite zu schieben.

Doch bevor er überhaupt dazu kommen kann, mich wegzuschieben, zucke ich zusammen, drücke ihn von mir weg und weiche von selbst einen Schritt zur Seite. »Fass mich nicht an!«

Ruckartig hebt er die Hände in die Luft, woraufhin ich ein weiteres Mal zusammenzucke.

Fass mich bitte nicht an.

Obwohl er nichts macht, weiche ich weiter vor ihm zurück. Merke, wie meine Atmung unkontrolliert über meine Lippen geht – nicht nur wegen der Anstrengung von vorhin. Mit vorsichtigen Schritten kommt Luke näher. Ich weiß nicht genau, wieso, und das verunsichert mich umso mehr.

Ein dumpfer Schmerz durchfährt mich, als ich mit meinem Rücken gegen die Wand stoße, doch alles ist mir lieber, als seine Hand auf meiner Haut zu spüren.

Wieso kommt er mir so nahe?

Nicht anfassen.

Nicht anfassen.

Nicht anfassen.

Lass mich einfach alleine.

Als eine Träne meine Wange entlangläuft und ich mich nicht regen kann, um sie wegzuwischen, bleibt er endlich stehen. Sieht ihr dabei zu, wie sie von meinem Kinn auf mein Top tropft – und sagt kein Wort, reagiert nicht. In seinen Augen erblicke ich Mitgefühl und Sorge, doch dann dreht er sich weg, verwehrt mir, seine Gesichtszüge zu studieren. Als er mich wieder ansieht, sind seine Augen zusammengekniffen, verstecken die Gefühle, die sich in ihnen gespiegelt haben.

»Es war nur eine Berührung, komm mal wieder runter, Prinzessin.«

Ich schnappe lautstark nach Luft, presse augenblicklich meine Hand auf meinen Mund, um jeglichen weiteren Laut zu verhindern, der über meine Lippen treten will. Mit diesen Worten bricht mein Damm, weitere Tränen laufen aus meinen weit aufgerissenen Augen.

Luke kommt einen weiteren Schritt auf mich zu, ein halber Meter trennt uns noch voneinander. Stumm flehe ich ihn an, anzuhalten, mich in Ruhe zu lassen, einfach zu gehen. In meinen Augen muss er es doch sehen.

Die Adern an seiner Stirn treten hervor, so sehr spannt er seinen Kiefer an, während er mich mustert.

Bitte, nicht noch näher. Vier Wörter, die in meinem Kopf herumschwirren und nicht aufhören, präsent zu sein.

Wieso kommt denn niemand, befreit mich aus dieser Lage? Wieso ist niemand da, um mir zu helfen? – *Weil alle weg sind, weil du alleine in diesem Haus bist. Allein mit Luke.* Als mir ein Schluchzen entfährt, weicht er zurück, fährt sich durch die Haare und sieht an die Decke. Sieht alles an – außer mich. Und ich sehe ihn an, als ich an der Wand entlang nach unten rutsche und meine Beine schützend an meinen Körper ziehe, in der Hoffnung, zu verschwinden. Einfach nicht mehr da zu sein. Er soll mich nicht so sehen. Niemand soll mich so sehen.

Luke hat alles kaputtgemacht. Ich wollte meine Gefühle verarbeiten und er, er macht es kaputt. Niemand anderes als er trägt die Schuld daran, dass ich nun wimmernd und zitternd auf dem Boden sitze, die Hände unkontrolliert über meine Beine fahren lasse. Meine nackten Beine, die Luke sehen kann. Die Luke nicht sehen soll. Niemand soll sie sehen.

Er will sich zu mir herunterbeugen, als eine Tür zugeschlagen wird. Wir zucken beide zusammen. Er sieht mich eindringlich an, bevor er kurzerhand nach meinen Handgelenken greift und mich hochzieht. Mein Schrei bleibt mir in der Kehle stecken, als ich seinen warnenden, von Panik gezeichneten Blick sehe.

Dort, wo er mich berührt, brenne ich. Es schmerzt. Es schmerzt höllisch, doch das versteht er nicht, kann es nicht verstehen, kann *mich* nicht verstehen.

»Lass mich los«, hauche ich leise, während Aaron im Erdgeschoss meinen Namen ruft. Er will mir sagen, dass er wieder zu Hause ist. Er will, dass ich es weiß.

»Du sagst kein Wort zu niemandem, hast du das verstanden?«

Ich nicke – kraftlos, weinend, schwach. Luke sieht mich noch kurz an, lässt mich dann los und verschwindet so schnell aus dem Zimmer, dass ich nicht kontrollieren kann, ob es wirklich Mitleid war, das ich in seinem Gesicht erkannt habe.

Während ich ebenfalls das Zimmer verlasse, halb stolpernd, höre ich, dass Luke sich unten mit Aaron unterhält, als wäre nichts von alldem geschehen. Irgendwie schaffe ich es bis ins Bad, schaffe es, die Tür zu schließen, mich vor das Klo zu knien.

Doch bis auf ein wehleidiges Wimmern, verlässt nichts meine Kehle. 15 Minuten warte ich, doch nichts passiert. Dann stehe ich auf und ziehe mich aus. Gehe in die Dusche und drehe das Wasser auf, das sich mit den Tränen auf meinen Wangen vermischt.

Ich presse meine Hand auf meinen Mund, unterdrücke die Schreie, die in meiner Kehle sitzen, die sich tief in mir gesammelt haben, mich verlassen wollen.

Noch immer spüre ich seinen Griff um meine Handgelenke und wenn ich daran denke, wird mir schlecht.

Wieso hat er mich angefasst? Wieso wollen sie mich alle immer anfassen? Wieso verstehen sie nicht, dass ich das nicht will?

Alles ist beim Alten. Ich stehe in der Dusche und weine; bin verzweifelt und will schreien. Doch eins ist neu – ich darf nicht es nicht, weil Luke und Aaron mich hören könnten. Damals hat mich jeder gehört, doch da ist es egal gewesen.

Ich möchte um mich schlagen, schreien, treten – meinen Gefühlen Luft machen, möchte sie nicht mehr spüren. Ich beiße auf meinen Finger, um keinen Laut von mir zu geben – hier habe ich noch eine Chance. Heute habe ich eine Chance, damals nicht.

Ich liege unter meiner Bettdecke, obwohl ich schwitze. Trage Strümpfe, obwohl es zu heiß ist.

Niemand soll mich sehen.

Niemand.

Niemand.

Niemand.

Niemand kann mich sehen.

Niemand.

Niemand.

Morgen muss ich mit Luke zum Internat fahren, meinte Grace.

07

Ich werde weder von meinem Wecker noch von einem Albtraum geweckt. Es ist Grace, die in mein Zimmer stürmt.

»Kanela, wir haben verschlafen. In 15 Minuten fährt Luke los, mach dich fertig«, ruft sie in einer Lautstärke, die mich gänzlich in die Realität zurückbringt.

Leise brumme ich, fahre über meine verschwitzte Stirn und streiche mir die Haare hinter mein Ohr. Ich habe immer noch Bauchschmerzen, allerdings wird mich das nicht davon abhalten, in besagten 15 Minuten fertig zu sein.

»Kein Wunder, dass du so schwitzt. Warum schläfst du denn auch in langen Kleidern und Socken?«, fragt mich Grace, als sie mein feuchtes Gesicht bemerkt.

Ich weiche ihrem Blick aus und zucke mit den Schultern, was sie hinzunehmen scheint, da sie lediglich nickt und das Zimmer verlässt.

Mit meinen Händen forme ich eine Mulde, fange das kühle Wasser auf, um damit mein Gesicht zu waschen. Meine Haut ist heiß, ändern kann ich allerdings nichts daran. Also putze ich mir die Zähne, ziehe mich währenddessen aus und streife mir die Kleidung über. Eine dreiviertellange, hellblaue Hose und ein graues, weites T-Shirt.

Als ich wieder mein Zimmer betrete und meinen Koffer in der Ecke bemerke, fällt mir ein, dass ich noch gar nicht gepackt habe. Nun doch etwas gestresst, greife ich nach meiner Tasche und öffne den Schrank. Kurzerhand werfe ich willkürlich Kleider hinein.

Mit dem Koffer in der Hand gehe ich zur Treppe, an deren Ende Luke an der Wand lehnt und beobachtet, wie ich an dem Griff des Gepäckstücks herumhantiere. Natürlich muss dieser auch noch klemmen. Ihn um Hilfe bitten will ich nicht. Ich kann ihn nicht einmal ansehen, ohne an gestern zu denken.

»Luke, steh doch nicht nur rum. Hilf Kanela bitte mal. Ihr seid ohnehin schon spät dran«, meint auf einmal Grace, keine Ahnung, wie sie so schnell auftauchen konnte, ohne dass ich es bemerkt habe.

Mit einem Grummeln kommt er die Treppe zu mir nach oben, schlägt einmal auf den Griff und löst damit scheinbar den Mechanismus, denn nun lässt sich dieser ganz normal einfahren. Währenddessen bin ich einen Schritt nach hinten gewichen und sehe ihm kritisch dabei zu, wie er letztlich meinen Koffer die Treppe nach unten trägt. Das hätte ich selbst geschafft, so schwer ist er auch nicht.

»Ich will ja nicht morgen noch hier stehen«, kommentiert er, wirft einen Blick zu mir nach hinten und hebt seine Brauen. »Kommst du nun endlich oder willst du noch weitere Löcher in die Luft starren?«

Ich verdrehe nur die Augen. Das sagt der Richtige.

Kurz bevor ich das Haus verlasse, hält mich Grace auf. »Ich habe hier noch ein Willkommensgeschenk für dich, Kanela. Mir ist aufgefallen, dass du nur ein altes Tastenhandy besitzt. Wir wollen, dass wir jederzeit für dich erreichbar sind, falls du mal telefonieren möchtest. Unsere Nummern sind schon eingespeichert«, erklärt sie mir ruhig, während sie mir ein Handy überreicht.

Unwohl presse ich meine Lippen zusammen, will ihr sagen, dass ich das nicht annehmen kann, allerdings wäre das auf andere Weise genauso unhöflich.

»Danke, Grace«, erwidere ich also. »Wirklich, danke. Ich weiß nicht, womit ich es verdient habe, bei euch wohnen zu dürfen.«

Sie lächelt mich so an, dass um ihre Augen kleine Fältchen erscheinen. Ich glaube, jetzt wäre der Moment, in dem man sich umarmt, allerdings kann ich das nicht. Stattdessen versuche ich mit einem Lächeln, Gefühle zu zeigen, die ich anders nicht ausdrücken kann.

»Und jetzt geh zu Luke, er wartet auf dich. Ich wünsche dir einen schönen Start in der Schule und tolle Mitbewohner. Denk dran, egal, was sein sollte, du kannst mich jederzeit anrufen.«

Ihre Sorge rührt mich. »Danke, Grace.«

Die Beifahrertür steht offen, weshalb ich mich auf den Sitz neben Luke fallenlasse, der ungeduldig auf sein Lenkrad trommelt.

»Danke fürs Mitnehmen«, murmle ich und sehe aus dem Fenster.

»Ist mir ein Vergnügen, Prinzessin«, erwidert er. Das Wort allein lässt mich meine Schultern an die Ohren ziehen.

Allerdings bleibt es danach ruhig. Nur schwer kann ich mich wieder entspannen, indem ich die vorbeiziehende Landschaft betrachte.

Nachdem wir dreimal links und fünfmal rechts abgebogen sind, habe ich es aufgegeben, mir den Weg zu merken. Nun befinden wir uns auf einer etwas abgelegenen Straße.

Ich zucke zusammen, als auf einmal laute Musik durch das ganze Auto schallt, und sehe böse zu Luke, der amüsiert grinst.

»Noch lauter geht es wohl nicht, oder?«, schreie ich über den Lärm hinweg zu ihm herüber.

»Hä?«, fragt er, um mich zu ärgern. Ich bin mir zu hundert Prozent sicher, dass er mich verstanden hat. »Achso, doch. Natürlich.«

Provokant sieht er mich an und stellt die Lautstärke noch lauter, sodass ich mir die Ohren zuhalte. Das hält doch niemand aus.

Als wir vor einem alten Industriegelände stehenbleiben, runzle ich die Stirn. Niemals ist das hier das Internat. Fragend sehe ich zu Luke, der die Musik nun endlich leiser dreht und mich vielsagend ansieht.

»Wir holen Nate noch ab und bringen ihn zu seinem Kumpel. Verzieh dich nach hinten.«

Empört öffne ich die Autotür und steige aus, während ich Luke mit einem Blick erdolche, weil er mich herumkommandiert und ich solche Angst vor ihm habe, dass ich mich herumkommandieren lasse. Als ich mich wieder umdrehe, steht direkt vor mir ein schwarzhaariger Mann, der auf mich herunterschaut.

Kommentarlos entferne ich mich von der Person, die scheinbar Nate ist, und setze mich auf die Rückbank. Auch er steigt ein und gibt Luke ein High Five.

»Wer ist das denn eigentlich?«, fragt er und deutet hinter sich, auf mich, ohne mich anzusehen. Ich mag ihn noch weniger als Luke. Er ist nicht nur Schublade ›*Selbstbewusst*‹, sondern auch ›*Arrogant*‹.

»Das? Das ist die Austauschschülerin der Scales«, erwidert er, startet den Wagen und fährt wieder auf eine Straße.

»Hast du sie schon flachgelegt?«

Ich schnappe nach Luft und halte mir die Hand vor den Mund, weil es mir peinlich ist. Nates Stimme war vollkommen ernst, keine Spur von Humor war zu finden. Während Luke beginnt, zu lachen, als hätte Nate den lustigsten Witz überhaupt gemacht, läuft mir ein Schauer über den Rücken. Um ihn nicht ansehen zu müssen, kneife ich meine Augen zusammen.

»Nur über meine Leiche, Nate.«

»Idioten«, murmle ich, kann mich nicht zurückhalten, doch Luke beachtet mich gar nicht, fährt mit dem Wagen an die Straßenseite und wendet sich an seinen Freund.

»Sag ich ja – nur über meine Leiche. Du kommst am Samstag, oder?«

Samstag? Was ist am Samstag?

»Klar, sowas werde ich mir doch nicht entgehen lassen«, erwidert Nate und ich bin genauso ratlos wie zuvor.

Als wir nach weiteren zwanzig Minuten Fahrt endlich wieder halten, öffnet Nate die Tür und steigt aus, dreht sich allerdings noch einmal zu Luke um. »Viel Spaß mit der da.«

Der da? Der da. Der da!

Hat der sie noch alle? Meine geballten Fäuste verhindern, dass ich etwas sage, was ich später bereuen würde. Und doch drängt alles in mir danach, den Worten freien Lauf zu lassen.

Nate schließt die Tür und verschwindet, bevor Luke noch etwas antworten kann. Ich habe keine Ahnung, ob ich noch mehr ausgehalten hätte. Da ich keine Anstalten mache, mich wieder nach vorne zu setzen, startet Luke den Wagen und fährt los. Erschöpft lehne ich meinen Kopf erneut gegen die Scheibe. Trotz Klimaanlage ist es unheimlich warm.

»Wir kommen übrigens zu spät«, teilt Luke mir mit, möchte mich scheinbar noch mehr provozieren – was er auch schafft.

Ich koche vor Wut. Wut auf ihn, auf Nate, auf mich. Vor allem auf mich.

»Fick dich, Luke.«

Ich habe keine Ahnung, wo das gerade herkam. Wirklich nicht. Ich will es zurücknehmen – wieso kann man Wörter nicht zurücknehmen? Ein leiser Pfiff ertönt und seine Finger umgreifen das Lenkrad fester, doch er sagt nichts mehr, bleibt ruhig. Das macht mir mehr Angst, als wenn er mich beleidigt oder angeschrien hätte.

Als wir am Internat ankommen, springe ich aus dem Auto und nehme mein Gepäck aus dem Kofferraum. Ungeduldig warte ich auf Luke, da ich keine Ahnung habe, wo ich hin muss. Währenddessen betrachte ich das schöne Gelände und das prachtvolle Internatsgebäude. Es wirkt alt, wie aus einem Märchen, aber gut gepflegt. Am liebsten würde ich losrennen, um nicht noch mehr Zeit zu verlieren, aber Luke scheint absichtlich langsamer zu gehen. Ich verkneife mir einen Kommentar, da ich ihn nicht noch mehr verärgern möchte.

Die Steine unter unseren Füßen knirschen, als wir über den Parkplatz Richtung Eingang gehen, und ich bereue es zutiefst, keine kurze Hose angezogen zu haben. Wobei – ich bereue es nicht. Ich wünsche mir nur, dass ich eine hätte anziehen können.

Wir betreten das Internat durch zwei große Flügeltüren und befinden uns direkt im Gebäude. Über dem Eingang prangt ein Schild mit der Aufschrift ›*Evergreen Boarding School*‹, das ich einige Zeit bewundere. Blätterranken schlängeln sich um die Messingbuchstaben, passend zum Namen der Schule.

Kein Flur, keine weitere Tür trennt uns von dem riesigen Raum, in dem wir stehen. Staunend betrachte ich die Innenarchitektur, die mich etwas verwirrt. Rechts von uns befindet sich die Treppe, die ins Obergeschoss führt, während vor uns eine große Fläche mit Sofas, Tischen und Regalen eingerichtet ist. Eine Gruppe von Schülern sitzt, sich lautstark unterhaltend, an einer Tischgruppe und spielt Karten. Auch eine Bühne ist im Raum aufgebaut. An den Seiten befinden sich in regelmäßigen Abständen Türen und anhand der Zahlen kann ich erkennen, dass hier bereits die ersten Zimmer sind.

»Kommst du endlich?«, reißt mich Lukes Stimme aus meinen Gedanken und ich nicke nur, folge ihm die Treppe hinauf.

Auch wenn mein Koffer nicht sonderlich schwer ist und ich recht schnell bin, komme ich nicht hinterher, was Luke allerdings nicht veranlasst, auf mich zu warten.

»Du könntest ruhig auch mal Rücksicht nehmen, Luke!«, ruft auf einmal eine Mädchenstimme hinter mir empört, erschrocken zucke ich zusammen und drehe mich um.

Vor mir steht ein Mädchen mit mir nur allzu bekannten blauen Augen, das mich breit anlächelt. Braune Locken fallen ihr über die Schulter bis zur Mitte ihres Rückens. Ich bestaune ihre weiße Bluse und die silberne Kette, fühle mich ein wenig unwohl mit meiner zotteligen Frisur.

»Entschuldigung, ich wollte dich nicht erschrecken. Ich bin Samantha, aber bitte nenn mich einfach Sam. Du bist Kanela, oder?«

Ihre Freundlichkeit überfordert mich, weshalb ich lediglich nicke und ebenfalls etwas lächle.

»Wunder dich nicht über Lukes Verhalten, manchmal ist er ein richtiger Idiot«, scherzt sie und sieht zu ihrem Bruder, der seufzt und die Augen verdreht, aber die Stufen nach unten kommt, die uns voneinander trennen.

»Aber immerhin dein Lieblingstrottel. Hey Schwesterherz«, murmelt er, zieht seine Schwester in eine Umarmung und wuschelt ihr durch die Haare, als sie sich wieder voneinander trennen.

»Hey!«, beschwert sie sich lautstark und schlägt auf seine Schulter, woraufhin er so tut, als hätte sie ihn ernsthaft verletzt.

»Oh nein! Ich sterbe, ruft einen Krankenwagen!«, stöhnt er theatralisch.

Ich kann mir ein Schmunzeln nicht unterdrücken, als Sam ihm einen weiteren Klaps gibt und ihn anmeckert. »Jetzt stell dich nicht so an, Weichei.«

Empört sieht Luke seine Schwester an, grinst dann aber. »Ich hab dich echt nicht vermisst, Kleine.«

»Jaja, wer es glaubt. Du hast wahrscheinlich geheult wie ein Schlosshund, weil ich dir so gefehlt habe«, meint sie trocken, woraufhin er sie total ernst ansieht.

»Bestimmt«, erwidert er sarkastisch, woraufhin Sam stolz nickt.

»Gut, dass du endlich über deinen Schatten gesprungen bist und es zugeben kannst.«

Ich mag diese Stimmung zwischen den beiden, bei der ich vollkommen verschwinde und nur sie zu existieren scheinen.

»Bist du wieder mit Jane in ein Zimmer gekommen?«, fragt Luke auf einmal interessiert und auch ein wenig besorgt nach. Als Antwort bekommt er ein Nicken, was ihn erleichtert aufatmen lässt. Sam sieht so aus, als würde sie noch etwas sagen wollen, entscheidet sich aber dagegen und zeigt die Treppe nach oben.

»Ich komme noch ein Stück mit euch mit, unser Zimmer ist im zweiten Obergeschoss.« Luke und ich nicken beide und so gehen wir zu dritt die Treppe nach oben – nebeneinander, ohne, dass irgendwer hinterherhängt. Zwei Mädchen kommen uns entgegen, die Sam anlächeln und sie grüßen. Sie scheint gemocht zu werden.

Dafür, dass es unten keine Gänge gibt, gibt es hier umso mehr. Während Luke und ich geradeaus zum Sekretariat müssen, läuft Sam einen anderen Gang entlang weiter.

»Also, ich muss dann mal, aber wir sehen uns ja sicher nochmal«, ruft sie uns hinterher. »Kanela, ich hoffe. wir werden mal zusammen ins Kino gehen oder so.«

Lukes Worte gehen mir durch den Kopf. Ich sollte Sam in Ruhe lassen, doch ihr Lächeln ist ansteckend, ihre Art herzlich. Also nicke ich eifrig, bevor sie es sich anders überlegen kann. Sie wirbelt mit einem heftigen Winken herum. Mein Blick folgt ihr.

»Na dann, lass uns mal ins Sekretariat gehen«, meine ich zu Luke, doch als ich dorthin sehe, wo er eben noch stand, sehe ich gar nichts.

Er ist ohne mich weitergegangen.

08

Ich folge den Schildern, die extra für Neuankömmlinge aufgestellt wurden, zum Sekretariat. Neben der Tür, an die Wand gelehnt, entdecke ich Luke. Offensichtlich wollte er sich nicht die Blöße geben und wenigstens den Schein wahren.

»Da bist du ja endlich«, beschwert er sich, keine Spur von der vorigen Ausgelassenheit mit Sam ist mehr übrig.

Stattdessen klopft er an die Tür und wartet, bis wir hereingebeten werden. Ich öffne sie und betrete den Raum dahinter.

Sofort weht mir der Geruch von Kaffee und Papier entgegen, der mich einlullt. Luke steht neben mir und grinst eine ältere Frau, die auf einem Sessel hinter einem riesigen Schreibtisch sitzt, charmant an. Es ist der größte Schreibtisch, den ich je in meinem Leben gesehen habe. Überall stapeln sich Unmengen Papier und Akten, aber trotzdem wirkt es geordnet – diese Frau scheint eine Meisterin in ihrem Beruf zu sein. Ich frage mich, ob es in ihr selbst auch so strukturiert ist und beneide sie darum.

»Guten Tag, Mister Thompson. Schön, dass Sie uns auch noch Ihre Aufmerksamkeit widmen«, spricht sie zu Luke, bevor sie sich mir zuwendet. »Und Sie müssen Miss Hardin sein, nicht wahr? Ich begrüße Sie im Namen unserer Schule! Wir hatten noch nie eine Schülerin aus einem anderen Land, deshalb entschuldige ich mich für eventuelle Organisationsschwierigkeiten. Ihnen wird bestimmt unser Deutschkurs gefallen. Darauf sind wir sehr stolz.«

Sie beugt sich etwas weiter nach vorne und schiebt ihre Brille auf die Nasenspitze, sieht nun aus wie die typische, strenge Lehrerin mit perfekt sitzender Hochsteckfrisur, die man aus Filmen kennt. Allerdings passt das nicht zu ihrem freundlichen Lächeln, den funkelnden Augen, mit denen sie mich mustert, und der melodischen Stimme, mit der sie spricht.

Ich gehe auf sie zu und reiche ihr meine Hand, die sie schüttelt. Dieser Name klingt so ungewohnt, kommt nur schwerfällig über meine Lippen.

»Ja, Kanela Hardin. Guten Tag. Es tut mir wirklich sehr leid, dass wir zu spät kommen!«

»Roalstad«, stellt sie sich knapp vor.

Luke hingegen tut und sagt gar nichts, außer mitten im Raum zu stehen. Meine Aufmerksamkeit gehört der Frau vor mir, die uns auffordert, uns hinzusetzen. Dieser Bitte gehe ich natürlich direkt nach. Luke hingegen braucht etwas länger. Als er, nach einem entnervten Schnauben, endlich sitzt, lehnt die Sekretärin sich in ihrem Sessel zurück und faltet die Hände auf dem Tisch.

»Luke, Sie wissen bestimmt schon über unsere neue Regelung Bescheid, allerdings werde ich alles nochmal ausführlich für Kanela erklären.« Sie wendet sich wieder mir zu. »Mir wurde mitgeteilt, dass Sie erst bei Ihrer Ankunft von unserem Internat erfahren haben und Sie deshalb noch nichts von der Regelung wissen.«

Ich verstehe nicht, wieso sie uns auf einmal bei unseren Vornamen nennt. Mein Blick wandert zu Luke, der seine schwarze

Uhr beiseiteschiebt und sich am Arm kratzt. Er scheint ebenfalls nichts gewusst zu haben.

»Was für eine Regelung?«, unterbricht er Mrs. Roalstad, die ihn mahnend ansieht, woraufhin er die Lippen zusammenpresst und den Mund hält.

»Unsere Neuerungen sind – zugegeben – ein wenig unkonventionell. Wir nehmen an einem Projekt teil, dass dafür sorgen möchte, dass der leider noch immer existierende Grat zwischen Mädchen und Jungen verkleinert wird. Hierfür werden Schüler ab 16 Jahren zusammen in ein Zimmer gelegt. Wie Luke bereits weiß, gibt es sowohl Zweier- als auch Viererzimmer mit eigenen Bädern. Das Projekt wird an verschiedenen Internaten stattfinden, mit denen wir in regelmäßigen Kontakt stehen. Falls Probleme auftreten sollten, würden wir natürlich sofort einschreiten und das Projekt beenden. Die Zweierzimmer wurden größtenteils an die Schüler vergeben, die uns schon länger bekannt sind.«

Ich schlucke. Kann nicht glauben, was ich gerade gehört habe, und ein ungutes Gefühl nistet sich in meiner Magengegend ein. Lukes gesamter Körper steht unter Spannung. Wir warten beide darauf, dass sie endlich weiterspricht.

»Allerdings blieb ein Zweierzimmer übrig und da ihr als Letztes gekommen seid, werdet ihr euch die kommenden Wochen das Zimmer teilen. Die Betreuer werden natürlich jeden Tag bei euch vorbeisehen.«

Mein Herz setzt aus, kaum nehme ich den Blick der Sekretärin wahr, der auf mir ruht. »Ich kann mir vorstellen, dass die Information schockierend ist und die Vorstellung erstmal unangenehm scheint, aber ich bitte euch, euch darauf einzulassen. Natürlich könnt ihr jederzeit etwas sagen und ihr werdet neuen Zimmern zugeteilt. Hier sind eure Zimmerschlüssel. Luke, Ihr Stundenplan. Ihnen, Kanela, gebe ich die Informations- und Wahlzettel mit, die Sie bitte heute noch ausgefüllt bei mir vorbeibringen.«

Das kann nicht ihr Ernst sein. Ich kann mir doch kein Zimmer mit Luke teilen, wie soll das gehen?

Benommen greife ich nach meinem Zimmerschlüssel, auf dem eine große 208 steht, und den Zetteln. Sie zerknittern zwischen meinen Fingern, doch das ist mir egal. Das kann nur ein schlechter Scherz sein. Meine Sicht verschwimmt und ich blinzle hektisch, will nicht anfangen, zu weinen. Doch das Atmen fällt mir immer schwerer, die Luft wird dünn und stickig.

Ein Zimmer.

Mit Luke.

Als dieser von seinem Stuhl aufspringt, der quietschend über den Boden nach hinten rutscht, zucke ich zusammen. Er beachtet mich nicht. Sieht nicht, wie ich kleiner werde, die Gedanken auf meiner Schulter zu schwer.

»Das kann doch nicht Ihr Ernst sein. Lieber schlafe ich auf dem Flur als mit ihr in einem Raum«, flucht er sichtlich wütend.

Ich presse meine Lippen aufeinander, um nichts zu sagen, was ich bereue. Tränen brennen in meinen Augen. Ein Schlag auf den Tisch lässt mich tiefer in den Sitz rutschen. Ich würde es Luke am liebsten gleich tun, mich sofort gegen das Projekt entscheiden, aber das würde heißen, mich gegen Regeln aufzulehnen. Außerdem würden sie erfahren, dass ich psychische Probleme habe. Mich anders behandeln. Ich will nicht mehr anders behandelt werden, sondern sein, wie jeder andere.

Aber mit Luke in einem Zimmer? Wie soll das gehen?

»Luke, reißen Sie sich zusammen. So etwas Respektloses will ich nie wieder von Ihnen hören, haben Sie das verstanden? Wenn Sie einen guten Grund haben, warum Sie sich gegen das Projekt stellen, kommen Sie zu mir und erklären es. Aber lassen Sie ihre kindische Wut nicht an Kanela aus«, rügt ihn Mrs. Roalstad.

Ich stehe auf, stolpere dabei über meine eigenen Füße und kann mich rechtzeitig an ihrem Tisch festhalten. Der Turm ordentlich gestapelter Akten bricht zusammen. Die Ordnung ist zerstört.

Ich kann nichts sagen, mich nicht verabschieden oder entschuldigen. Der Schock sitzt zu tief, um mich überhaupt mit Lukes verletzenden Worten zu befassen.

Meine Füße laufen automatisch nach draußen vor die Tür. Meine Kehle ist nichts weiter als eine trockene Wüste. Ich träume. Es ist nur ein elendiger Albtraum, gleich wache ich wieder auf und es ist alles wie früher. Keine Flugreise, kein Hilfsprogramm, keine Gastfamilie, kein Luke. Ich kneife mir in den Arm, spüre den Schmerz, lehne mich an die Wand.

Ich soll mit Luke ein Zimmer teilen. Ich soll mit einem Typen das Zimmer teilen, der mich wegen meiner Vergangenheit hasst, obwohl er diese nicht kennt. Nicht kennen soll. Was er nur sagen wird, wenn er von ihr erfährt? Was er denken wird, wenn er meine Träume mitbekommt? Wem er es sagen wird?

»Das glaube ich einfach nicht!«, flucht Luke direkt neben mir, seine Stimme schallt durch den Gang und ich bin so dankbar dafür, dass niemand hier ist und uns sieht.

Am liebsten würde ich ihn anschreien, dass es seine Schuld ist, weil er unbedingt Nate mitnehmen wollte und wir deswegen zu spät sind, aber das traue ich mich nicht. Seine Stimme ist bereits aggressiv genug.

Er schnaubt und stützt seine Hand direkt neben meinem Kopf an der Wand ab. Rein aus Reflex schließen sich meine Augen. Ich habe Angst; Angst vor seinen Taten und der Zukunft; Angst vor ihm.

Ich will etwas sagen, damit diese Stille mich nicht erdrückt, doch ich weiß nicht, was ich sagen könnte. Ich weiß nicht, wie ich reagieren soll. Kann nicht einmal auf mein Zimmer rennen, mich vor ihm im Bad verstecken und den Tränen freien Lauf lassen. Ich bin auf den wutgeladenen Jungen angewiesen, der mich finster ansieht, als ich meine Augen wieder öffne.

Ohne Vorwarnung läuft er los, so plötzlich, dass ich mich erst einmal sammeln muss. Als ich ihm mit meinem Koffer folge, ist er schon an der Treppe angekommen, die er weiter nach oben geht. Ich beeile mich, will nicht nach ihm rufen, jedoch verliere ich ihn aus den Augen, sobald ich selbst bei der Treppe angekommen bin. Ich atme tief ein, springe über meinen Schatten und sehe nach oben.

»Luke?«, rufe ich nach ihm. Es kommt keine Reaktion. Entweder ich war zu leise oder er will mich nicht hören.

»Luke«, rufe ich diesmal lauter und höre ein übertriebenes Seufzen, das nur von ihm stammen kann.

Als ich oben ankomme, steht er da, wartend. Dann geht er langsamer zu Zimmer 208, sodass ich ihm folgen kann. Sprechen tun wir nicht – wieso auch? Weil ich es mir wünschen würde? Weil es die Panik in mir lindern würde? Die Stille lässt meine rasenden Gedanken noch schneller werden. Sie werden zu einem Film, der zu schnell abgespielt vor meinem inneren Auge läuft, mich verwirrt, auseinanderreißt, einnimmt.

Wir stehen in unserem Zimmer. Ein gemütlicher Raum, wobei er mit Luke nicht mehr so gemütlich sein wird wie ohne ihn, mit einem Kleiderschrank direkt neben der Eingangstür und zwei Betten, die ungefähr anderthalb Meter voneinander entfernt in den hinteren Ecken des Zimmers stehen. Zwischen ihnen befindet sich ein Fenster, aus dem man auf eine Grünfläche sehen kann. Das Bad ist wahrscheinlich hinter der Tür auf der rechten Seite.

Luke donnert bereits mit grimmiger Miene seine Sachen in den Kleiderschrank, während ich wieder mal an der Wand lehne und in die Luft starre.

»Willst du nicht auch deine Kleider einräumen?«, fragt er nach einer Weile, sichtlich angestrengt.

Ich frage mich, warum er überhaupt etwas zu mir sagt. Ob er ein Gespräch anfangen will, wieso auch immer, oder irgendwelche Hintergedanken hat. Vielleicht hofft er ja, dass ich persönliche Sachen in meinem Koffer habe und er sie so sieht. Dass ich selbst nicht einmal weiß, was ich heute Morgen völlig überstürzt eingepackt habe, kann er ja nicht wissen.

»Ehm, ja. Klar«, murmle ich und gehe ein paar Schritte auf den Kleiderschrank und somit auf ihn und meinen Koffer, den ich dort abgestellt habe, zu.

Als ich zwei Pullover einräume, runzelt Luke die Stirn. Ich bin nicht wirklich überrascht, da ich heute Morgen ja alles einfach in den Koffer geschmissen habe, aber dumm fühle ich mich trotzdem. Was soll ich im Hochsommer mit zwei Pullovern anfangen? Doch Luke wendet seinen Blick von mir ab, ohne etwas zu sagen.

Ich weiß nicht, warum, aber ich will mit ihm sprechen. Immerhin werde ich ein Jahr lang mit ihm in einem Zimmer verbringen und er wird mehr über mich erfahren als ich möchte. Müssen wir uns also wirklich hassen? Muss er mich so sehr hassen, dass ich Angst vor ihm habe?

»Seit wann lebst du denn schon auf dem Internat?«, frage ich zögernd, versuche das Schweigen zu brechen und starre sein rotes T-Shirt an.

Überrascht, wahrscheinlich, weil ich etwas gesagt habe – ich bin selbst überrascht von mir – sieht Luke mich an, will gerade antworten, als die Tür aufgerissen wird. Meine inneren Freudensprünge, weil er mir tatsächlich antworten wollte, verwandeln sich in Frust.

Finster sehe ich die zwei Jungen an, die ungebeten in unser Zimmer geplatzt sind. Luke jedoch fängt sofort an, zu grinsen, seine Laune hebt sich um hundert Prozent, als er aufsteht, um die beiden zu begrüßen. Sind das Fynn und Evan?

Völlig fehl am Platz, weil mich niemand beachtet und die drei ein Gespräch anfangen, als wäre ich nicht existent, räume ich meine Kleider weiter in den Kleiderschrank. Als ich damit fertig bin, wird eine der Stimmen lauter.

»Bist du nicht Kanela?« Da der etwas kräftigere Junge mit den hellbraunen Haaren der Einzige ist, der mich freundlich ansieht, ordne ich ihn der Stimme zu. Er trägt eine grüne Hose und ein knallrotes T-Shirt – eine auffallende Kombination, die mir aber gefällt. Es wirkt fröhlich.

Ich weiß nicht, woher er meinen Namen kennt, doch ich nicke. Der andere Fremde hat blonde Haare und braune Augen, das sehe ich von hier. Ich sehe auch, dass er mich noch missbilligender ansieht als Luke. Dass das möglich ist, hätte ich nicht gedacht.

»Lasst uns von hier verschwinden«, murmelt mein Zimmergenosse und sieht mich nicht einmal an. Mir ist es eigentlich recht, dann kann ich mich auf das kommende Gespräch mit Domenik vorbereiten, das heute irgendwann stattfinden muss. Aber auch Pläne schmieden, wie ich Luke davon überzeugen kann, dass er mich nicht mehr so behandelt, wie er mich nun mal behandelt.

»Bis dann, Kanela«, verabschiedet sich der Braunhaarige als Einziger von mir, bevor die Truppe nach draußen verschwindet.

»Tschüss ...«, flüstere ich, als die Tür schon längst verschlossen ist. Dann erlaube ich mir, zusammenzubrechen.

Ich bin duschen gegangen und liege jetzt mit Jogginghose und weitem T-Shirt im rechten Bett - ich war so frei und habe mir eins ausgesucht – in eine Wolldecke eingekuschelt, obwohl mir nicht kalt ist. Ich will Domenik nicht brauchen, ihn nicht anrufen müssen, doch ich muss, das ist mir klar. Nicht nur, weil es von der Organisation aus Pflicht ist und sie mich schlimmstenfalls wieder zurück nach Deutschland holen, sondern auch, weil ich es brauche.

Aber ich will es nicht brauchen. Ich will nicht auf eine Person angewiesen sein; will mein Leben allein bewältigen können. Der Teil in mir, die Angst, immer und immer wieder zu versagen, sträubt sich davor, ihn anzurufen. Zu versagen, es nicht allein zu können und somit die Wahrheit sagen zu müssen. Ich könnte einfach lügen.

Eine Träne verlässt mein Auge, als ich die Nachricht auf Skype versende, die Domenik fragt, wann er heute Zeit hat.

Ich wische mir mit dem Handrücken über meine Augen. Als ein Klopfen ertönt, ziehe ich die Decke wie einen schützenden Mantel um mich.

»Ja?«, rufe ich und sehe auf, während die Tür geöffnet wird.

Vor mir steht Sam mit einem undefinierbaren Blick, der sich schnell in Sorge verändert. »Du siehst traurig aus. Was hat er getan?«

Sie stellt es fest, erkennt, dass ich geweint habe; dass ich traurig bin, ohne mich lange betrachtet zu haben. Sie ist die Erste, die es erkennt, dabei bin ich ihr fremd. Genauso wie sie mir. Ich bin zu verwirrt und zu erstaunt darüber, dass ich es nicht abstreiten kann.

»Er hat nichts gemacht.«

Mein Blick weicht dem ihren aus, der so forschend ist, als könnte sie mir jede Lüge von den Lippen ablesen. Ich höre ihre Schritte, als sie dem Bett näherkommt, und verkrampfe sofort, weil ich annehme, dass sie mich umarmen will – wie jeder andere – doch sie setzt sich nur vor mich auf das Bett, lächelt mich an.

Wie soll ich mich von ihr fernhalten, wie Luke es verlangt hat, wenn sie sich mir gegenüber so verhält, als würden wir uns Jahre kennen? Als wäre ich ihr in einer Weise, die ich nicht verstehe, wichtig?

»Weißt du, egal, was in deiner Vergangenheit passiert ist oder wieso du traurig bist, du kannst es mir erzählen, wenn du magst. Oder auch nicht, das ist okay. Du sollst nur wissen, dass du nicht allein bist. Vergiss das nicht. Egal, was Luke sagt, wie falsch und gemein es klingt – er kann ein richtiges Arschloch sein, aber er meint es nicht böse, auch wenn es oft so wirkt. Er sorgt sich nur sehr um andere.«

09

Ich sehe sie an, sprachlos und mit großen Augen, kann nicht glauben, was sie gesagt hat. Sie kennt mich nicht. Sie kennt mich nicht. Sie kennt mich nicht. Wieso hält sie zu mir?

Ich bin es nicht wert.

Ein kleiner Teil von mir möchte nachgeben und sich ihr öffnen, doch mein rationaler Part weiß, dass ich es ihr nicht erzählen kann. Sie wird nicht bei mir bleiben, wird gehen und mich stehenlassen. Ich kann nicht. Dennoch schenke ich ihr eine kleine Flamme des Vertrauens, die seit ihrem Angebot in mir lodert. Still und heimlich, ohne, dass sie es jemals herausfinden wird. Es wäre dumm von mir und viel zu gefährlich, mich ihr anzuvertrauen. Sie ist fremd und könnte mir schaden, dennoch weiß ich, dass ich meinen Schatten der Angst überwinden muss, um endlich leben zu können.

Es zeigt mir, wie gestört ich bin.

Sam scheint zu wissen, dass ich nichts sagen kann; nicht bereit dazu bin, ihr meine Geheimnisse anzuvertrauen, denn sie steht langsam auf.

»Musst du nicht noch deinen Wahlzettel abgeben?«

Ich nicke, erhebe mich ebenfalls und falte die Wolldecke, die mich vor wenigen Sekunden noch gewärmt hat.

»Ich ziehe mich noch schnell um«, teile ich ihr mit und greife nach meiner Kleidung, die ich vorhin getragen habe, und gehe damit ins Badezimmer.

Als ich zurückkomme, hat sich Sam wieder auf mein Bett gesetzt, die Zettel in der einen und einen Stift in der anderen Hand.

»Weißt du denn schon, was du wählen wirst?«, fragt sie und ich nicke, nehme ihr den Zettel aus der Hand und kreuze an.

Mathe, Deutsch – ich bin so froh darüber, dass sie hier Deutsch als Fremdsprache anbieten – und Englisch sind klar. Dazu wähle ich Chemie, Biologie, Geschichte und Musik. Sport ist Pflicht, allerdings muss ich mich für verschiedene Sportarten entscheiden, wobei Schwimmen eindeutig wegfällt.

»Welche Sportmodule hast du?«, frage ich Sam.

»Ballsportarten und Tanzen, turnen mag ich nicht und schwimmen kann ich nicht sonderlich gut. Leichtathletik ist ätzend.«

Ich grinse und setze mein Kreuz ebenfalls bei Ballsport und Tanzen. Kann ich das so wählen? Was ist, wenn ich einen Fehler mache, in zwei Jahren durch die Prüfung falle? Keinen Abschluss bekomme? Was ist, wenn ich meinen Einserschnitt verliere?

Das ist das Letzte, worum ich mir Gedanken machen sollte, aber …

»Was ist mit Religion?«

Religion? Was soll damit sein? Fragend sehe ich sie an, woraufhin sie sich am Nacken kratzt.

»Bist du denn getauft? Katholisch, evangelisch?«

Ich schüttle den Kopf.

»Ist hier sowieso freiwillig, du könntest dafür ja das Wahlfach ›*ausländische Kulturen und Sitten*‹ nehmen. Da wird ein halbes

Jahr Deutschland drangenommen. Ich denke eher nicht, dass du in den Theaterkurs möchtest, oder?«

Ohne etwas zu sagen, kreuze ich das Fach an, von dem sie gesprochen hat, denn mit dem Theaterunterricht hat sie recht und über Philosophie will ich sicherlich mit niemandem hier sprechen. Wobei, vielleicht mit Sam?

»In welcher Klasse ist Luke eigentlich?«, frage ich sie, während wir beide aufstehen und zur Tür gehen.

»In der Abschlussklasse«, antwortet sie mir.

Wäre ich in Deutschland geblieben, würde ich nächstes Jahr ebenfalls meinen Abschluss machen.

Auf dem Weg zum Sekretariat haben wir nicht mehr gesprochen und während ich hineingehe, um meinen Wahlzettel abzugeben, bleibt Sam vor der Tür stehen. Mrs. Roalstad nimmt mir mit einem Lächeln und einem ›*Danke*‹ den Zettel ab und fragt, ob ich zurechtkomme. Ich versichere ihr, dass alles gut laufen würde, und verschwinde so schnell wie möglich aus dem Raum.

Als ich die Tür öffne, unterhält sich Sam mit einem großen schlanken Mädchen mit brauner Kurzhaarfrisur und einigen Pickeln im Gesicht. Sie trägt eine bunte Perlenkette um den Hals, die meine Aufmerksamkeit auf sich lenkt. Um die beiden nicht zu stören, bleibe ich ein Stück entfernt stehen und lausche ihrem Gespräch, beobachte sie dabei.

»Es freut mich, dass du wieder mit Jane in einem Zimmer bist. Aber dass du nun auch Fynn und Evan bei dir hast ... Mein Beileid«, lacht die Fremde. Nicht boshaft oder als würde sie das Gesagte ernst meinen. Ihr Lachen ist wunderschön.

»Du weißt doch, dass ich sie alle im Griff habe. Schließlich konnte ich dank Luke früh genug lernen, wie man sich durchsetzt. Jane und Fynn verstehen sich ja sowieso super«, erwidert Sam schmunzelnd und mit einem gespielt selbstverliebten Unterton.

Sie richtet ihren Blick auf mich. Das Augenpaar der Fremden folgt. »Das ist Kanela. Sie hat die Ehre, ebenfalls zu lernen, was es heißt, mit Luke zusammenzuwohnen. Kanela, das ist Emmy.«

Ich lächle Emmy an und gehe einen Schritt auf die beiden zu.

»Hey Emmy«, begrüße ich sie und warte auf eine Erwiderung.

Sie jedoch mustert mein Gesicht mit einer beunruhigenden Genauigkeit, bis sie auf einmal kreischt. Wieso auch immer. »Deine Haare, Himmel. Und deine Augen. Wunderschön!«

Verblüfft und sprachlos starre ich Emmy an. »Da... Danke«, stottere ich mit hochrotem Kopf und wende meinen Blick von ihr ab, kann mit ihrer offenen Art nicht umgehen.

»Keine falsche Bescheidenheit, Kanela. Sowas wirst du doch bestimmt öfter hören«, erwidert Emmy übermütig und fröhlich.

Nein, tue ich nicht. Ich weiß nicht, was ich noch sagen soll, also lächle ich. Gezwungen und alles andere als wunderschön.

»Du, Emmy, wir sehen uns ja bald wieder, ich will Kanela noch alles zeigen. Bis nachher!«, wimmelt Sam sie für mich ab.

»Tschüss ihr beiden. Ich nehme dich beim Wort, Sam. Den ein oder anderen Kurs werden wir bestimmt zusammen haben.« Mit diesen Worten macht sie kehrt und verschwindet in die entgegengesetzte Richtung.

»Wir beide werden jetzt das leckerste Willkommensessen essen, das du jemals gegessen hast.«

Obwohl mir eindeutig zu viel *›Essen‹* in diesem Satz steckt, folge ich ihr Richtung Erdgeschoss.

»Liest du eigentlich?«, fragt Sam auf einmal.

»Natürlich, was ist das für eine Frage?«, erwidere ich grinsend und denke an all die Schätze, die ich bei Anna in Deutschland zurücklassen musste.

Sam klatscht in die Hände und beschleunigt ihre Schritte, als sie die Treppe hinuntergeht.

»Was ist denn?«, frage ich verwundert.

Doch sie sieht mich nur verschmitzt an. Ohne mir eine Antwort zu geben, öffnet sie eine Tür und bittet mich mit einer ausschweifenden Handbewegung in das Zimmer.

»Wow«, hauche ich, als ich die Ausmaße dieses Raumes erkenne. Ich gehe ein paar Schritte in die Bibliothek hinein, drehe mich im Kreis, genieße den Geruch von Büchern und fühle mich direkt geborgen.

»Wow«, hauche ich abermals, lächelnd.

»Ich habe gehofft, dass es dir hier gefällt«, meint sie und setzt sich auf einen roten Plüschsessel, während ich auf Streifzug durch die Reihen ziehe.

Ich finde alles Mögliche. Wirklich! Schulbücher, fremdsprachige Bücher, alte Schmöker und alle erdenklichen Genres. Ich streiche über den Einband von Romeo und Julia, fühle das Leder unter meinen Fingern und schließe entspannt meine Augen. Bis Sam mich aus meiner Blase reißt.

»Wir müssen langsam wieder raus, eigentlich ist die Bücherei nämlich geschlossen, bis wir komplett fertig mit katalogisieren sind. Das alles sind gespendete Bücher. Faszinierend, wie viele es geworden sind, nicht?«

Ich gehe zu ihr zurück und nicke. Absolut.

Mit einem Lächeln im Gesicht verlassen wir den Raum. Vielleicht würde es hier besser laufen als gedacht. Vielleicht ist Luke nicht so schlimm und wird irgendwann aufhören, mich zu hassen, sodass wir ohne Probleme in einem Zimmer schlafen können.

Okay, ich gebe zu, man kann nicht normal in einem Zimmer schlafen, wenn ein Junge im selben schläft. Korrektur: *Ich* kann nicht in einem Zimmer schlafen, wenn ich weiß, dass ein anderer Mensch nicht einmal zwei Meter entfernt von mir liegt – was heute und den Rest dieses Jahres der Fall sein wird. Insgeheim hoffe ich immer noch, dass zufälligerweise ein Komet aus dem Weltall geflogen kommt und Luke zwischen sich und dem Asphalt zerquetscht, um meine Wenigkeit vor diesem Schicksal zu bewahren.

Habe ich nicht eben daran gedacht, mich eventuell mit ihm anzufreunden? Und jetzt wünsche ich ihm den Tod? Meine Gedankengänge sind wieder sehr logisch. Ironie, wo bist du? Ah. Da.

Was denke ich da?

Warum muss ich mir überhaupt Gedanken darum machen und kann nicht leben, wie jeder andere? Ich bin es leid. Ich bin es verdammt leid, dass ich so unfähig und dumm und schüchtern und verklemmt bin. Aber ich kann die Erinnerungen nicht aus meinem Kopf bannen. Sie begleiten mich jeden Tag, in jeder freien Stunde, Minute, Sekunde, Millisekunde, Mikrosekunde, Nanosekunde … und selbst in der Nacht halten sie mich gefangen.

Sie lassen mich nicht schlafen oder sie halten mich im Schlaf gefangen, bis sie mich wieder loslassen und ich schreiend, weinend, um mich schlagend zurückbleibe. Sie lassen mich mit einer Hand auf meinem Hals erwachen, die mir die Luft verwehrt, die ich so dringend benötige. Eine Hand, die niemand sieht.

Niemand kann verstehen, in einem so realen Traum gefangen zu sein, die Schmerzen zu spüren und dann aufzuwachen. Zwiegespalten. Nicht sicher, ob das Erwachen nun Erleichterung oder Elend bringt. Nicht sicher, welche Realität erträglicher ist.

Bisher hat mich niemand gesehen, wenn ich an einem solchen Tag aufgewacht bin, Stunden gebraucht habe, um mich halbwegs zu beruhigen. Wie sehr ich geweint und mich in meiner Decke festgekrallt habe. Wie heftig ich sie um mich geschlungen habe, als wäre sie der Kokon, der mich vor allem Bösen auf dieser Welt beschützt.

Luke hat mich in einem solchen Moment schon gesehen.

Und ich weiß, dass ich eines Tages aufwachen werde, schreiend und am Boden zerstört. Ich weiß, dass er nachfragen wird und dass ich ihm keine Antwort geben werde. Ihm keine Antwort geben *kann.* Ich habe solche Angst. Solche Angst davor, dass er jemandem erzählt wie armselig, wie zerbrechlich ich bin. Solche Angst davor, dass ich im Schlaf rede und er etwas erfährt. Dass er mehr über mich erfährt als er darf. Mehr als jeder andere.

»Kanela?«, werde ich von Sams Stimme aus meinen Gedanken gerissen.

Hat sie zuvor etwas zu mir gesagt? Weder weiß ich, wie lange ich ihr schon nicht mehr zuhöre, noch, seit wann ich stehengeblieben bin. Zerstreut sehe ich zu ihr, kann nicht reden, habe keine Kraft. Da ist nur noch Angst.

»Ich …«, beginne ich, meine Stimme ist gedämpft, zerbrechlich und kaum zu hören.

Einatmen. Eins, zwei, drei. Ausatmen, ihrem Blick ausweichen, Ausreden hervorholen. »Ich habe keinen Hunger. Tut mir leid, Sam. Ich kann nicht – ich will …«

Sie schüttelt den Kopf, unterbricht mein monotones Gestotter. »Geh ins Bett, schlaf noch eine Runde, denk an deinen Wecker und fahr runter, Kanela. Niemand tut dir was, okay?«

Ich bringe ein Nicken zustande und drehe mich um.

Niemand tut dir was, denke ich, als ich den Blicken derer ausweiche, die an mir vorbeilaufen.

Niemand tut dir was, denke ich, als ich meine Schritte beschleunige, als verfolge mich jemand.

Niemand tut dir was, denke ich, als ich durch meine geöffnete Zimmertür gehe und in drei Augenpaare blicke.

10

Sie durchwühlen meine Sachen.

Sie durchwühlen meine Sachen.

Sie durchwühlen meine Sachen.

SIE DURCHWÜHLEN VERDAMMT NOCHMAL MEINE SACHEN!

Wut. Sie ist in mir. Sie ist überall. In meinem Herzen, meinen Beinen, Armen, Fingerspitzen. Ich bin so verdammt wütend.

»Was zur Hölle fällt euch ein?«, fauche ich, erkenne meine eigene Stimme nicht wieder, habe die Kontrolle über mich verloren.

Während der Blonde mich unbeeindruckt ansieht, blickt der andere beschämt zu Boden. Oder will er bloß sein Grinsen verstecken?

»Wie erbärmlich seid ihr denn?« Ich donnere die Tür hinter mir zu, gehe zwei Schritte in den Raum hinein. Sehe Luke an, der meinen Blick kommentarlos erwidert.

Lachen. Jemand lacht. Jemand lacht schallend und trocken. Jemand lacht mich aus. Der Jemand ist der Blonde.

Ein Beben durchläuft meinen Körper, die Konturen der Möbel verschwimmen zu einem Ganzen. Sein lachender Mund ist das Einzige, was ich sehe. Ich balle meine Finger zur Faust, öffne sie wieder, spüre das Zittern, höre wie das Blut in meinen Adern pulsiert. Einem Drang in mir folgend, gehe ich auf ihn zu, hole aus, schlage ihn. Ins Gesicht. Direkt auf die Nase.

Was habe ich getan?

Er ist mein Spiegel: Ein Schritt nach hinten, vor Schreck geweitete Augen. Wie armselig bin ich? Schmerz zuckt durch meine Finger.

Luke will etwas sagen, ich komme ihm zuvor. Mein Gehirn kommt ihm zuvor. »Du hast Recht, Luke. So kann man mehr Kraft aufwenden.«

Zorn schlägt mir entgegen, prallt an meinem eigenen ab, bevor er mich erreichen kann. Ich verbarrikadiere mich hinter einer Schutzmauer aus Wut, die mich davon abhält, seine Gefühle an mich herankommen zu lassen. Der Gedanke, dass ich es nun gänzlich vermasselt habe, setzt sich trotzdem in meinem Kopf fest. »Ich gehe jetzt ins Bad und wenn ich gleich herauskomme, sind deine Freunde weg. Hast du verstanden?«, zische ich.

Es braucht nur wenige Sekunden und der Braunhaarige ist verschwunden, ohne, dass Luke irgendetwas sagen musste. Nur der Blonde steht noch immer vor mir und wischt sich das Blut unter seiner Nase weg, bevor er mich mit zusammengekniffenen Augen anschaut. Auch seine Wut erreicht mich nicht.

»Du hast wirklich Glück, dass ich niemanden schlage, Psycho«, murmelt er, als Luke ihn an mir vorbei vor die Tür zieht.

Der Nebel des Zorns, der meine Sicht getrübt hat, verschwindet langsam, als mir auffällt, dass Luke gegangen ist. Ohne ein weiteres Wort.

Habe ich ihnen Angst eingejagt? Erschien ich so unberechenbar, dass sie gegangen sind, weil sie *Angst* vor mir haben?

Langsam hebe ich meine Hand, betrachte sie, spüre den Schmerz, als ich meine Finger bewege. Wie dämlich bin ich, dass ich Leute schlage, nur weil sie meine Sachen durchsucht haben? Wenn Domenik oder die Organisation davon erfahren, schicken sie mich sofort zurück nach Deutschland.

Scheiße, scheiße, scheiße!

Während ich mir die Zähne putze, kreisen meine Gedanken immer schneller und schneller um das, was vorhin geschehen ist. Ich denke an den Blonden, an den Schlag und das Blut unter seiner Nase, das er sich wegwischte. An den Schmerz, den er spüren musste. Wegen mir.

Ich hasse mich dafür.

Als ich aus dem Badezimmer komme, ist Luke immer noch verschwunden und ich male mir aus, wie sie im Kreis auf dem Boden sitzen und Pläne für ihre Rache schmieden.

Ein Blick auf die Uhr erinnert mich daran, dass ich noch mit Domenik telefonieren muss. Doch wie soll ich das jetzt tun? Eine Nachricht von ihm blinkt bereits auf meinem Handy. Ich muss mir irgendetwas überlegen … irgendetwas. Ich kann nicht. Ich kann jetzt nicht mit ihm sprechen.

Wann kannst du denn?
LG Domenik

Heute nicht ... Gibt Abendessen
und danach bin ich nicht mehr
allein. Tut mir leid. Kanela

Kanela, du weißt, dass wir diese Sitzung halten müssen?

Natürlich weiß ich das. Ich habe vorhin jemanden geschlagen.

Ja. Das weiß ich, aber ich bin nicht mehr allein. Habe mir das auch anders vorgestellt. Lass uns morgen schauen, muss, wie gesagt, essen gehen.

Was hast du dir anders vorgestellt?

Domenik, ich kann echt keine Sitzung über Schriftverkehr halten.

Morgen, Kanela. Sonst muss ich das der Organisation melden, die dir einen neuen Psychotherapeuten in deiner Nähe organisiert. Je weniger du kooperierst, desto mehr Konsequenzen hat dein Handeln. Sei dir dessen bewusst.

Ich weiß, Domenik … Morgen. Versprochen.

Ohne seine Antwort zu lesen, lege ich mein Handy zur Seite. Domenik hat ja recht. Je häufiger ich die Sitzungen vermeide, desto schlimmer wird es. Einen anderen Therapeuten als ihn kann ich mir definitiv nicht vorstellen, und zurück nach Deutschland zu gehen, ist ebenfalls keine Option. Ich muss diese Chance nutzen.

Nachdem ich das Licht ausgeschaltet habe, ziehe ich die Bettdecke bis zu meinen Schultern und frage mich, was Luke tut, wenn er zurückkommt. Ob er mich anschreien, ignorieren oder beleidigen wird – oder ob er gleich mit den anderen kommt.

Seufzend schließe ich meine Augen, als ich es leid bin, an die Decke zu starren. Ich muss lernen, meine Emotionen unter Kontrolle zu halten, ansonsten wird aus meinem ohnehin schon großen Problem ein noch viel größeres. Doch es ist so viel schwerer, es umzusetzen, als es nur zu sagen. Als zu sagen, dass man darüber hinweg kommt und es vergessen kann. Was man denkt und was man tut, was man letztendlich schafft und was nicht, sind zwei völlig verschiedene Dinge.

Gedanken sind stark, aber niemals so stark wie Wörter, die man von Menschen hört, die man liebt. Und Wörter wiederum sind niemals so stark wie Taten. Ganz egal, ob diese Taten positiv oder negativ sind – sie sind umso tiefgehender, wenn sie von Geliebten ausgeführt werden.

Wirklich ernstgemeinte, überzeugende Worte – wirklich prägende Taten – vergisst man niemals. Man vergisst sie nicht. Und ich auch nicht.

Ich kann die Wörter nicht vergessen, die mich mehr als einmal trafen und mich immer und immer wieder aufs Neue berührten; mich mehr und mehr zerstörten. Wörter, die so wahr klangen, dass ich ihnen noch heute glaube. Und ich kann die Taten nicht vergessen, die ihre Spuren hinterlassen haben und mich für immer daran erinnern werden, was damals passiert ist.

Ich frage mich, ob ich vergessen könnte, wenn ich stärker wäre.

Ich lausche meinem Atem, kann nicht einschlafen, denke.

Und denke.

Und denke.

Und denke.

Kann nicht aufhören damit. Schafe. Ich zähle Schafe.

Ein fluffiges, weißes Schaf. Zweites fluffiges, weißes Schaf. Drittes fluffiges, weißes Schaf. Viertes –

Was habe ich mir dabei gedacht, ihn zu schlagen?

Ich hätte mit Domenik reden sollen.

Ich sollte nicht rumjammern.

Viertes fluffiges, weißes Schaf. Fünftes fluffiges, weißes Schaf. Sechstes fluffiges, weißes Schaf.

Luke wird mich umbringen.

Im Schlaf. Ja, er bringt mich im Schlaf mit einem Kissen um. Elendig werde ich ersticken und ich habe es ver-

SIEBTES FLUFFIGES, WEIẞES SCHAF.

Die Tür geht auf. DIE TÜR GEHT AUF!

Und meine Augen gehen zu.

Vielleicht merkt er nicht, dass ich wach bin. Vielleicht lässt er mich in Ruhe und fühlt sich schuldig. Ich frage mich, ob er weiß, wie viel Angst ich vor ihm habe. Davor, was er tun und über mich in Erfahrung bringen könnte; ob es ihm etwas ausmachen würde, wenn er es wüsste.

Ich frage mich, ob er wirklich ist, wie er ist, oder ob er nur so tut. Denn ich kann mir nicht vorstellen, dass eine Person wie Sam einen Bruder hat, der böse ist.

Er hat bestimmt eine gute Seite – viel eher als ich. Aber ich habe keine Kraft, mich der Herausforderung zu stellen und sein Vertrauen zu gewinnen. Bin dafür nicht stark genug.

Es macht mich zu einem egoistischen Menschen, dass ich seine Freundschaft möchte, damit er meine Geheimnisse nicht weitererzählt. Ich weiß, dass mich das zu einem schlechten Menschen macht.

Aber so bin ich nun mal, egoistisch und schlecht. Schlecht für jeden, der etwas mit mir zu tun hat, schlecht für diese Welt.

Es ist sowieso nur Wunschdenken, denn eine Freundschaft zwischen uns ist unmöglich.

Denn ich bin ich und er ist er.

Aber warum legt er sich, ohne mich anzuschreien, anderthalb Meter von mir entfernt ins Bett?

II

Schrilles Piepen neben meinem Ohr reißt mich aus dem Tiefschlaf. Orientierungslos sehe ich mich um, brauche ein paar Sekunden, um zu realisieren, wo ich mich befinde und woher das Geräusch kommt. Mein Wecker.

Protestierende Laute kommen von Lukes Zimmerseite – seine Zimmerseite, wie das klingt, als würde sie ihm gehören – weshalb ich zügig nach meinem Handy greife und den Wecker ausstelle. Erst jetzt bemerke ich, dass ich auf dem harten Boden liege.

»Endlich«, brummt er und zieht sich die Decke bis zum Kinn.

Während ich aufstehe, richtet er sich auf und sieht erst auf seine Uhr, dann zu mir.

»Schlaf weiter, ich wecke dich, sobald ich fertig bin«, schlage ich vor, was ihn misstrauisch die Augen zusammenkneifen lässt. »Versprochen.«

Er nickt, legt sich wieder hin und dreht sich um. Ich jedoch bin erstaunlich wach. Es wundert mich, dass ich heute Nacht schlafen konnte.

Sobald ich aus dem Bad komme, sehe ich zu Luke. Seine gleichmäßigen Atemzüge beruhigen mich, auf eine komische Art und Weise. Ich frage mich immer noch, wieso er gestern nichts gesagt hat. Immerhin habe ich seinen Freund geschlagen.

Scheiße. Warum muss ich jetzt daran denken?

Ich gehe zum Bett und blicke auf die schlafende Gestalt herab, bevor ich mich ein Stück herunterbeuge. Zuerst mache ich nichts, außer ihn zu betrachten. Braune Strähnen fallen in sein Gesicht, auf seiner Wange hat sich ein Kissenabdruck gebildet. Verhalten räuspere ich mich – meinetwegen, nicht seinetwegen.

»Luke?«, frage ich, erhalte aber keine Antwort.

Logischerweise, er schläft. Es mag komisch klingen, aber ich habe noch nie zuvor jemanden geweckt. Mit lauterer Stimme rufe ich erneut seinen Namen, doch er regt sich immer noch nicht.

Unschlüssig stehe ich da, überlege, was ich machen soll, bevor ich ihn an der Schulter packe und rüttle. Erschrocken reißt er seine Augen auf und greift reflexartig nach meinem Arm. Ich bin zu langsam, um rechtzeitig zu reagieren, und so stehen und liegen wir da. Ich, über ihn gebeugt, und er, mich kampfbereit anblickend.

»Mann, Kanela. Erschreck mich doch nicht so«, keucht er und lässt mein Handgelenk los, ohne dass ich ihn darum bitten muss.

Ich sehe zwischen meinem Arm und ihm hin und her. Wieso ist er nett? Gehört das zum Plan? Ich gehe einen Schritt zurück, drehe mich um und greife nach meiner Schultasche, die ich vorhin gepackt habe.

»Das Bad ist frei, du kannst dich fertig machen. Ich gehe dann«, nuschele ich, verwundert über diese verzwickte Situation.

Als ich mich erneut Richtung Tür umdrehe, kann ich im Augenwinkel sehen, dass er halbnackt vor mir steht. Neben mir. Zumindest in meinem Blickwinkel. Augenblicklich werde ich rot.

Ich habe noch nie den nackten Oberkörper eines Mannes, der nicht mein Vater war, aus der Nähe gesehen.

»Also, tschüss.«

Er hebt seine Augenbrauen, vermutlich versteht er meine Reaktion nicht. Ich verstehe sie auch nicht. Im nächsten Moment bin ich durch die Tür nach draußen verschwunden.

Auf dem Weg in die Kantine, die ich hoffentlich finde, indem ich der Vielzahl der Schüler hinterherlaufe, mustere ich die verschiedenen Personen eingehend, aber unauffällig.

Schon immer beobachte ich Menschen in meiner Umgebung und könnte stundenlang nichts anderes tun, als dabei zuzusehen, wie sie mit anderen umgehen. Über was sie lachen oder wie sie aussehen, wenn sie gestresst sind. Wie sie auf verschiedene Reaktionen, Gesichter, Stimmlagen Anderer reagieren und wie sich dadurch ihre eigenen Handlungen verändern. Dabei lerne ich nie die Persönlichkeit anderer kennen, muss ihnen niemals nahekommen und kann ihre Welten in meinem Kopf kreieren, wie ich sie haben möchte. Das soll man nicht, ich weiß. Ich würde das auch nicht bei mir wollen. Doch da ich die Menschen ohnehin nicht näher kennenlerne, ist es ein guter Zeitvertreib.

Dieses Mädchen da drüben hat einen Hamster, dieser Junge eine Vorliebe für Schachbrettfiguren und die Frau, die mir entgegenkommt, hat einen geheimen Fable für Punkkleider. Die Blonde hat Stress, ihr Freund ist zu ehrgeizig, und die Lehrerin dort links hat Streit mit ihrer Ehefrau, weil sie Kinder möchte und ihre Partnerin nicht. Das Mädchen neben mir ist glücklich und der Junge direkt hinter mir verliebt. Und sie hat Angst und er hat nicht geschlafen und er vermisst seine Familie und sie will nicht mehr hier sein.

Und dort bin ich, in der Menge all jener und gehe unter, als wäre ich nicht existent. Ich bin in der Masse und werde nicht gesehen, weil niemand mehr sieht. Weil jeder nur spricht und niemand mehr sagt. Weil jeder nur blind durch die Welt läuft. Oder war das immer so?

Ich bin nicht gut darin, auf Gefühle anderer einzugehen, doch wenn Schmerz in einem von ihnen aufblitzt, erkenne ich ihn. Wäre ich nicht selbst eines dieser Gesichter, würde ich versuchen, zu helfen. Doch ich gehöre dazu. Gehöre zu den Gesichtern voller Schmerz, die mit krampfhaftem Lächeln jedes Körnchen Glück in sich aufsaugen müssen.

Ich frage mich, frage mich, frage mich, frage mich. Ja, was frage ich mich?

Als ich die Kantine betrete, sehe ich viele Menschen. Zu viele, um mir für jeden ein Leben auszudenken. Ich entdecke Sam, die in der linken Raumhälfte am dritten Tisch sitzt. Bei ihr ein Mädchen mit blauen, schulterlangen Haaren und schwarzer Kleidung. Diese azurblauen Haare mit helleren Strähnen sehen oberhammermegakrass aus. Nicht, dass ich meine Haare jemals bunt färben würde, aber ich mag es, wenn Menschen merklich anders sind. Sogar dann, wenn es den Leuten nicht steht, denn alles steht jedem, wenn es ihm selbst gefällt. Finde ich zumindest.

Bevor ich zu den beiden gehe, schaue ich bei der Essensausgabe vorbei und lege ein Brötchen, Butter und Trauben auf meinen Teller. Grüne Trauben. Ich hoffe, Sam ist nicht sauer auf mich. Immerhin ist es auch ihr Freund, den ich geschlagen habe.

»Guten Morgen, Kanela. Das ist Jane«, begrüßt sie mich jedoch freundlich.

Auch Jane nuschelt eine Begrüßung, dabei klingt sie so verschlafen, dass es auch ein ›Geh weg‹ hätte sein können. Es fällt mir schwer, sie einer Schublade zuzuordnen.

»Guten Morgen, ihr beiden«, erwidere ich, während ich mich hinsetze.

»Ihr und euer ›*Guten Morgen*‹. Kein Morgen ist gut. Ich will in mein Bett zurück. Sofort«, beschwert Jane sich, reibt sich über die Augen und verschmiert dabei ihren Lidschatten, was ihr egal zu sein scheint. Plötzlich hält sie in ihrer Bewegung inne, lässt ihre Hand von ihren Augen an ihr Kinn wandern und sieht mich an.

»Warte. Du bist die, die Fynn geschlagen hat.«

Mir wird kalt und warm zugleich. Bisher habe ich gehofft, dass Sam nichts davon weiß. Nun weiß sie es auf jeden Fall. Wer weiß es noch alles?

»Leider«, murmle ich, sehe beschämt auf meinen Teller, kann nun immerhin endlich die Namen den Personen zuordnen.

»Abgesehen davon, dass er die ganze Nacht rumgejammert hat wie ein Baby, fand ich es echt genial«, erwidert sie und als ich sie ansehe, grinst sie. *Sie grinst.*

Verwirrt sehe ich zwischen Jane und Sam hin und her.

»Wir sind mit Fynn und Evan in einem Zimmer«, erklärt Sam.

»Verdammt«, fluche ich und erinnere mich an die Wortschnipsel, die ich dem Gespräch zwischen Emmy und ihr entnommen habe.

Noch schlimmer. Noch viel schlimmer.

»Laut Evan hatte er es verdient. Dass sie deine Sachen durchsucht haben, ist nicht in Ordnung. Wer kommt auf eine solch bescheuerte Idee?«, beruhigt Sam mich, neigt den Kopf.

»Allerdings solltest du beim nächsten Mal nicht direkt zuschlagen. Fynn kann wirklich ein Jammerlappen sein.«

Sprachlos nicke ich. »Ehrlich gesagt habe ich Angst, dass sie irgendeine Racheaktion planen. Luke ist anders zu mir«, merke ich an, woraufhin Jane ihre Stirn kräuselt.

»Wow, du hast echt zu viele Filme geschaut.«

Ich kratze meinen Nacken und esse eine grüne Traube. Sie hat einen Kern. Ich hasse Kerne.

»Sie werden sich nicht rächen, weil sie wissen, dass sie im Unrecht sind«, erwidert Sam, überzeugt mich aber nicht.

Zu ihnen sind sie aber anders als zu mir.

»Außerdem fahren sie insgeheim sowieso drauf ab«, schaltet sich Jane erneut ein und sieht mich vielsagend an.

»Wie?«

Sie pustet eine blaue Haarsträhne, die ihr ins Gesicht gefallen ist, zur Seite. »Na ja, Jungs mögen sowas.«

»Wenn man sie schlägt?« Ich bin absolut und unwiderruflich verwirrt, beiße in mein Brötchen – ohne es mit Butter zu bestreichen.

Jane und Sam brechen in Gelächter aus, was mich noch mehr verwirrt.

»Das ist nicht witzig, klärt mich auf«, jammere ich.

»Es geht darum, dass du dich gewehrt hast. Was nicht körperlich geschehen muss, Wörter tun's auch, aber scheinbar ist das nicht deine Stärke.«

Was du nicht sagst, Jane.

»Ich muss jetzt jedenfalls los. Ray will mir seine neuen Kunstwerke zeigen, die er in den Ferien gezeichnet hat. Schließlich muss ich sehen, ob etwas dabei herumkommt, wenn ich für ihn Porträt stehe, sitze, liege – was auch immer. Vielleicht ja nackt?«

Jane steht auf, sieht uns vielsagend an und zwinkert, bevor sie mit ihrem Teller verschwindet, den sie auf einen Servierwagen stellt. Verblüfft sehe ich ihr hinterher. Nackt?

»Ich weiß, sie ist echt –« Ich unterbreche Sam, bevor sie ihren Satz beenden kann.

»Wundervoll!«

Sam beginnt, zu strahlen. »Ich habe gehofft, dass du das sagst.«

Ich sitze zwischen Sam und meiner neuen besten Freundin, der Wand, in der zweiten Reihe des Klassenzimmers und versuche, dem todlangweiligen Unterricht zu folgen. Dieser Lehrer hat noch nie etwas von dem Wort ›strukturieren‹ gehört. Nie und nimmer. Sein Unterricht ist katastrophal und seine Aussagen unmoralisch. Sowas von. In einem Moment spricht er von Hitler, dann von Himmler und dann von Konzentrationslagern, ohne Bezüge oder Ähnliches zu ziehen. Es ist nicht einmal die Sprache, die mir Schwierigkeiten bereitet, denn ich verstehe alles hervorragend. Seine Sätze sind nur so zusammenhangslos, dass ich den

Überblick verliere. Meine Banknachbarin piekt mir in die Seite – Sam, nicht die Wand – weshalb ich zusammenzucke.

»Was ist denn?«, frage ich verwirrt, als sie meinen Ellenbogen nimmt und nach oben drückt.

Panisch sehe ich sie an, was macht sie da?

»Sind Sie Kanela?«, fragt der Lehrer.

Ich schlucke, bewege meinen Kopf langsam auf und ab. Kurz räuspere ich mich, bevor ich ein »Ja, die bin ich« herausbringe. Nun liegen nicht nur die Augen des dicken Mannes auf mir, sondern die der gesamten Klasse. Ich rutsche auf meinem Stuhl hin und her. Von rechts nach links. Ich hasse es, wenn ich nicht weiß, um was es geht.

»Und was halten Sie vom zweiten Weltkrieg?«

Ich runzle die Stirn, was soll ich davon halten? Die Antwort ist doch klar – wobei, anscheinend nicht. Was will er von mir?

»Ich verstehe nicht, worauf Sie hinauswollen. Für mich gibt es darauf nur eine Antwort – er war grauenvoll.«

Er legt seinen Kopf schief und lächelt ein Lächeln, das ich nicht mag. »Nur eine Antwort? Für die Deutschen scheint es da mehrere Antworten zu geben.«

Ich merke, dass es nichts bringt, mit ihm zu diskutieren. Und ich merke, dass er mich die nächsten zwei Jahre auf dem Kieker haben wird, weil ich Deutsche bin. Eine Deutsche, die sich bereits jetzt in den USA heimischer fühlt als in ihrem Geburtsland. Aber davon hat er keine Ahnung.

Er scheint sich mit meinem Schweigen zufriedenzugeben, mustert mich den Rest der Stunde aber mit Argusaugen. Selbst, wenn er mit jemand anderem spricht, sieht er nicht von mir weg. Es ist unheimlich, macht mir Angst. Aber das ist egal, es spielt keine Rolle – das tat es nie.

Zusammen mit Sam verlasse ich am Ende der Doppelstunde den Raum und sie zeigt mir den Weg zum Chemielabor, während sie zu Physik muss. Also sitze ich neben Emmy, die wie ich Chemie gewählt hat. Da wir uns jedoch beide auf den Unterricht konzentrieren, reden wir nicht miteinander.

Zumindest ist meine Chemielehrerin nett. Emmy ist es auch.
Denke ich. Hoffe ich.
Woher soll ich es auch wissen?

12

Ich wache schreiend und schluchzend und wimmernd auf.

Seit meinem Telefonat, das ich am Montag mit Domenik geführt habe, hatte ich keine Albträume mehr. Jetzt sind sie wieder da.

Welcher Tag ist heute?

Mein Rücken tut weh.

Wie viel Uhr ist es?

Ich brauche Luft.

07:00 Uhr, Freitag.

Ich blute. Oder doch nicht?

Abrupt höre ich auf, Geräusche von mir zu geben. Wo ist Luke? Er ist nicht in seinem Bett – im Bad? Ich höre nichts. Habe ich im Schlaf gesprochen und er ist gegangen?

Ich halte mir die Bettdecke vor den Mund, damit die Laute gedämpft werden, die aus meinem Mund treten. Jemand steckt den Schlüssel in unser Schloss, dieses Geräusch kenne ich. Wenn es ertönt, schließe ich die Augen, da Luke das Zimmer betritt, und hoffe, dass er nicht merkt, dass ich wach bin.

Heute allerdings springe ich auf und hetze ins Bad, donnere die Tür hinter mir im selben Moment zu, in dem sich die andere öffnet. Ich wische über meine Augen, fächere mir Luft zu und atme tief ein. Beruhigen, beruhigen, beruhigen.

Jemand klopft an die Tür.

Die Stimme, die ich vernehme, beruhigt meinen Puls ein wenig. Sam ruft meinen Namen, doch ich kann nicht antworten. Was macht sie hier?

»Kann ich reinkommen?«, setzt sie nach, worauf ich erneut keine Antwort gebe. Stattdessen lehne ich mich an die Wand, starre die Fliesen an und versuche, nicht zu weinen. Mein Körper zittert.

Sam kommt rein – ich habe vergessen abzusperren.

Für einen Moment mustert sie mich, dann sieht sie auf das Waschbecken, in den Spiegel. Ich folge ihrem Blick, beiße die Zähne zusammen und wende mich von der Gestalt im Spiegel ab. Kann nicht mehr in die geschwollenen Augen sehen, in die toten Augen, in meine Augen.

»Sieh hin.«

Mein Kopf schnellt zu Sam, die neben mir steht und mich betrachtet.

»Was?«, frage ich, obwohl ich weiß, was sie will.

Nur weiß ich nicht, ob ich das kann. Meine Stimme ist kaum hörbar, sie krächzt wie ein Rabe.

»Sieh in den Spiegel, Kanela. Sieh dir diese wunderschöne Person an.«

Sie meint sich. Natürlich meint sie sich.

Verdammt nein, sie meint mich.

Bei dem Adjektiv, das mich beschreiben soll, rümpfe ich die Nase, alles in meinem Körper sträubt sich. *Wunderschön.* Wer soll das sein? Ich nicht.

Sam seufzt, bevor sie mich sanft weiter nach vorne schiebt. Ihre Berührungen treiben mir Tränen in die Augen. Am liebsten würde ich schreiend davonlaufen. Fort von der monströsen Welle, die mit zunehmender Geschwindigkeit auf mich zurollt.

»Siehst du das?« Ihre Stimme ist kaum mehr als ein Flüstern und sie zwingt mich, in den Spiegel zu sehen.

Die tiefblauen Augen ihres Spiegelbildes halten mich gefangen. In einem Gefängnis ohne Mauern, ohne Barrieren, ohne Hindernisse – und doch zwingt ihr Ausdruck mich, zu bleiben. Ihre Iriden sind so schön.

»Siehst du diese grünen Augen?«

Ich will nicht hinsehen und doch tue ich es, starre in das Grün. Ich starre in das Gift, das aus ihnen sprüht und alles in naher Umgebung verpestet.

»Siehst du die goldenen Sprenkel in ihnen, Kanela? Siehst du sie?«

Ich gebe keine Antwort. Früher habe ich sie gesehen. Früher, als ich naiver war. Als ich noch länger in den Spiegel gesehen habe. Sie schienen schöner als das Gift. Zu schön.

»Weißt du, dass sie strahlen und glänzen, wenn du lächelst? Sie werden bewundernswerter als ohnehin schon. Als ich dich in der Bibliothek angesehen habe, hat es mein Herz erwärmt«, haucht sie.

Sie erwähnt die Röte nicht. Das Geschwollene. Ich will, dass sie aufhört. Dass sie aufhört, mich anzulügen, denn meine Augen leuchten nicht. Sie glänzen nicht. Sie sind finster und böse und furchteinflößend und – sie soll aufhören, zu lügen.

»Eines Tages wirst du es auch sehen, Kanela.«

Ich presse meine Lider zusammen, kann nicht mehr hinsehen. Ich halte meine Ohren zu, kann nicht mehr zuhören.

Mein gesamter Körper zittert und die Flut, die Flut kommt immer näher. Ich taumele nach hinten, bis ich erneut gegen die Wand stoße, und lege meinen Kopf in den Nacken. Zu viel. Alles ist zu viel.

»Scheiße!«

Ich bin zu schwach und erbärmlich und krank. Wieso bin ich überhaupt hierhergekommen?

Ich muss aufhören. Aufhören. Aufhören. Aufhören zu lügen, obwohl ich selbst die reine Lüge bin. Ich heiße nicht einmal Kanela.

Die Flut kommt und die Welle bricht über mir zusammen, vergräbt mich unter sich.

Wieso kann ich nicht vergessen? Wieso kann ich diese Einsamkeit nicht vergessen, wie ich mein erstes Wort vergessen habe?

Ich will rennen. Über ein weites Feld rennen, meine Arme ausbreiten und die Sonne auf meinem Gesicht spüren. Ich will lachen und tanzen und singen. Ich will frei sein – ohne meine Gedanken. Ich will spüren, wie das Korn des Feldes über meine Haut kratzt und sich ein herzhaftes Lachen aus meinem Körper schleicht, langsam über meine Stimmbänder nach außen dringt, bis es überall zu hören ist und anschließend vom Wind davongetragen wird. Ich will frei sein.

Das Zittern verlässt meinen Körper, sobald ich die Sonne spüren kann, die auf meine Haut trifft. Den Wind in meinen Haaren. Ich atme tief ein und aus, öffne langsam meine Augen. Mit dem gewohnten Anblick meines Zimmers verschwindet das Feld. Goldene Ähren weichen den braunen Strähnen von Sam, die mich aufmerksam ansieht.

Völlige Ruhe herrscht zwischen uns, nur mein Keuchen ist zu hören, und ich warte auf ihre Reaktion. Es passiert nichts. Ich warte auf ein Wort oder einen Satz, doch sie sieht mich nur an, mit einem Blick voller Zuneigung. Zuneigung, die mich packt und ausfüllt.

Dieses Mädchen – sie ist es, die wunderschön ist.

Kommentarlos streckt sie mir ihre Hand hin, die ich ergreife, und zieht mich auf die Beine.

»Was soll ich jetzt machen?«

Eine Frage, die ich nie gehört, mir nie vorgestellt, die ich nirgends gelesen habe.

»Ich würde mich gerne fertigmachen«, murmle ich und Sam nickt, ist dabei, die Tür zu öffnen, als sie sich umdreht.

»Soll ich dich krankmelden?«

Ohne zu überlegen nicke ich. Dann geht sie.

Als Sam wenig später wiederkommt, hält sie eine dampfende Tasse in der Hand, die sie auf den Nachtschrank stellt, während ich wieder unter der Bettdecke liege. Ich weiß nicht, wie ich mich fühle. Das Gefühl ist anders als alles, was ich bisher kannte.

»Ich habe dir Fencheltee mitgebracht. Du meintest ja, du magst ihn gerne.«

Kurz heben sich meine Mundwinkel. »Mit zwei Würfeln Zucker?«

Sie nickt bestätigend, woraufhin ich seufze, mich frage, womit ich sie verdient habe.

»Danke«, hauche ich, als sie sich auf das Fußende meines Bettes setzt. »Wo ist eigentlich Luke?«

»Er hat bei uns geschlafen, weil er mit Fynn und Evan in der Stadt war und dich nicht wecken wollte.«

Ich runzle die Stirn. »Hat er das gesagt?«

Sam schüttelt den Kopf. »Gesagt nicht, aber gemeint.«

Das ist bestimmt irgendeine verzwickte Geschwisterlogik, die ich nicht verstehe, weil ich keine Geschwister habe. Also frage ich nicht weiter nach, sodass sich eine angenehme Ruhe zwischen uns ausbreitet. Nach einiger Zeit steht Sam nochmal auf und sieht mich bedauernd an.

»Ich muss jetzt zum Unterricht, aber ich komme heute Mittag mit Jane vorbei und bringe dir die Materialien und ein Buch mit. Ich habe gerade einen Fantasyroman angefangen, der wirklich klasse ist. Wir können ihn ja zusammen lesen. Wenn du sonst noch was brauchst, melde dich bei mir!«

Ich sehe ihr dabei zu, wie sie zur Tür geht.

»Danke«, rufe ich, bevor sie aus der Tür verschwunden ist.

Ich hoffe, sie hat es gehört.

Nun liege ich hier, starre an die weiße Decke und zähle Zahlen. Zahlen sind so faszinierend, wurden einzig und allein aus zehn simplen Ziffern erschaffen und können dennoch gigantische Dinge, wie die Anzahl von Stunden oder Minuten oder Sekunden umschreiben.

365 Tage. 365 Tage hat ein Jahr und jeder einzelne fängt um Mitternacht an und hört um Mitternacht wieder auf. Oder fängt der Tag eigentlich um 6 Uhr in der früh an, wenn wir aufstehen und uns für die bevorstehenden Stunden fertig machen, um abends wieder möglichst spät zu schlafen und am nächsten Tag wieder um 6 Uhr aufzustehen, da ein neuer Tag bevorsteht? Neue Stunden, die wir bewältigen müssen.

Manchmal fürchte ich mich vor ihnen. Dann habe ich das Gefühl, dass sie auf mir lasten wie Steine, weil sie zu mächtig sind. Die Zahlen verfolgen mich, als wäre ich ein Mörder auf der Flucht. Sie drohen mich zu ersticken, denn die Zahlen sind zu groß für die Zeit, in der ich rasten möchte. Doch leider kann man im Leben nicht haltmachen. Kontinuierlich dreht sich die Erde weiter und mit ihr wir, die Menschen, Tiere, Lebewesen. Jede Stunde, die verstreicht, in der wir nichts tun, in unserem Bett liegen und Zahlen zählen, während wir an die Decke starren, ist vergeudet.

Und das wissen wir. Wir wissen es und lassen dennoch das Leben an uns vorbeiziehen, verschieben die essentiellen Dinge auf morgen.

Meine Finger greifen den rauen Stoff der Bettdecke, während ich mich langsam aufsetze und mir meine Haare aus dem Gesicht streiche. Ein vorsichtiges Lächeln umspielt meine Lippen, da ich meinen Gedanken glauben schenke. Ich weiß, dass ich mich nicht hassen sollte, weil es mir wertvolle Lebenszeit raubt, und ich nehme mir – wie schon so oft – vor, mich zu bessern.

Diesmal will ich mein Leben in den Griff bekommen. Nicht umsonst bin ich hierhergezogen. Ich will daran glauben, dass ich diesen Neuanfang verdient habe.

Vielleicht akzeptiert jemand Lena, wie sie ist, mit jeder zerschundenen und hässlichen Macke, die sie zu bieten hat, und ich kann lernen, mich zu akzeptieren.

Ich will nicht, dass man mich liebt.

Ich will akzeptiert werden.

13

Als ich am nächsten Tag aufwache, steht Luke angezogen vor meinem Bett und sieht mich an. Ich lecke mir über meine Lippen, die sich rau und trocken anfühlen, während ich mich langsam aufsetze und schlucke. Meine Augen brennen und meine Haut ist straff. Das Gefühl ist mir bekannt genug, um zu wissen, dass ich in der Nacht geweint habe.

Hastig wende ich meinen Blick von dem Jungen ab, der immer noch wortlos vor mir steht, und fahre mir beschämt durch die Haare.

»Ich hoffe, ich habe dich nicht vom Schlafen abgehalten.«

Meine Stimme klingt belegt und kratzig, hoffentlich habe ich im Schlaf nicht geredet.

»Hast du nicht«, erwidert er. Seine Stimme ist gedämpft.

Als ich mich ihm erneut zuwende, sehe ich dunkle Ringe, die sich unter seinen Augen abzeichnen und beweisen, dass er diese Nacht nicht zur Ruhe gekommen ist. »Du lügst«, flüstere ich, ziehe meine Knie näher an meinen Körper.

Diese Situation ist komisch. Beschämend.

»Ja«, antwortet Luke und fährt sich durch die Haare. »Aber ich habe nicht deshalb wenig geschlafen, weil du geweint hast.« Noch bevor ich mir Gedanken darüber machen kann, fügt er hinzu: »Ich war die Nacht über in der Stadt. Ich wollte gestern nach Hause fahren, aber Sam meinte, du wärst krank und sie wollte zu Aaron.«

Ich nicke, glaube ihm nicht, will ihm nicht glauben.

»Ich gehe kurz zu Fynn und Evan. Komm in 30 Minuten zu meinem Auto – Essen habe ich eingepackt.«

Diesmal ist er derjenige, der mir den Rücken zuwendet und den Raum verlässt, ohne dass ich hätte antworten können.

Als ich Richtung Badezimmer gehe, konzentriere ich mich auf das Geräusch meiner nackten Füße auf dem Zimmerboden, um mich abzulenken. Auch wenn ich mich alles andere als ausgeruht fühle und ich am liebsten im Bett geblieben wäre, muss ich mich beeilen. Ich will Luke nicht unnötig ärgern und zu spät kommen.

Im Spiegel fahre ich meine Konturen nach, versuche in meinen Augen die goldenen Sprenkel zu sehen, die Sam beschrieben hat. Nach wenigen Sekunden wende ich meinen Blick jedoch ab, da ich es nicht mehr ertrage. Verdammte scheiße. Ich sehe extra noch einmal hin. Dann mache ich mich fertig.

Obwohl ich zehn Minuten zu früh bin, wartet Luke schon am Auto auf mich. Als ich bei ihm ankomme, steigt er ein und ich tue es ihm gleich.

»Hast du etwas dagegen, wenn wir vorher für Aarons Party einkaufen gehen, oder soll ich dich zuerst nach Hause fahren?«

Warum fragt er auf einmal nach meinem Einverständnis? Ich zucke mit meinen Schultern, zu perplex, dass ich mitentscheiden darf. »Mir egal, können wir machen.«

Ob ich das bereuen werde?

»Okay, gut. In der Tüte ist eine Brezel. Habe ich dir vom Buffet mitgebracht.«

Ich sehe auf die Tüte vor mir und nicke dankend, mache aber keine Anstalten, die Brezel zu nehmen. Stattdessen lehne ich meinen Kopf ans Fenster. Luke sieht mich an, dann die Tüte, beschließt, nichts zu sagen, und richtet seinen Blick wieder auf die Straße. Gut.

»Brauchen wir noch etwas?«, frage ich Luke und sehe das Regal vor mir an, in dem unzählige Süßwaren stehen.

Ich habe mich zum Einkaufswagenschieber erklärt, ohne zu wissen, dass damit eine Menge Arbeit auf mich zukommt. Der Wagen ist bis oben voll. Wie viel das wohl kostet?

»Nein, aber du kannst dir etwas aussuchen, wenn du magst.«

Verwirrt sehe ich Luke an, der meinen Blick erwidert.

»Ist was?«, fragt er.

»Wieso bist du so nett?«, platze ich heraus, sonst komme ich noch um vor Verwirrung.

Luke jedoch erlöst mich nicht von meinem Leiden, nimmt lediglich eine Packung Marshmallows in die Hand und hält sie mir vor das Gesicht. »Die sind gut, nicht?«

Ich schiebe seine Hand samt Tüte zur Seite, damit ich ihn ansehen kann. »Luke–«, beginne ich, runzle meine Stirn, will etwas hinzufügen, doch sein Blick verhärtet sich.

»Nerv mich nicht, Kanela.«

Es verletzt mich mehr, als ich dachte - und als es tun sollte – doch ich lasse es mir nicht anmerken. *Seine Worte sind Show,* sage ich mir, *Show, um von sich abzulenken.*

»Marshmallows sind gut«, erwidere ich seufzend und schiebe den Einkaufswagen zur Kasse.

»Danke, dass du geholfen hast, alles umzustellen und die wichtigsten Sachen zu verstecken«, meint Aaron zu mir und ich nicke nur. Wie so oft heute.

›Kannst du die Chips in die Schüssel schütten?‹

Ich nicke.

›Kannst du die Vase in den Trainingsraum bringen und abschließen?‹

Ich nicke.

»Ich habe gehört, dass du dich mit Sam und Jane angefreundet hast«, fügt er hinzu und sieht mich mit seinen grünen Augen erfreut an.

Ich nicke.

»Und dass du Fynn geschlagen hast.«

Ich nicke nicht – ich werde rot. »Das ist mir unfassbar peinlich und ich bereue es wirklich!«, gebe ich zu und merke, dass das Thema mir weiter anhängen wird. Diesmal ist er derjenige, der nickt.

»Gleich kommen die ersten Gäste. Ich kann verstehen, wenn du dich lieber in deinem Zimmer verkriechen willst, aber gib dem Ganzen doch eine Chance.«

Ich kratze mich im Nacken und sehe nicht sonderlich überzeugt zu ihm auf. »Partys sind eigentlich nicht so meins, Aaron«, erwidere ich.

»Jane und Sam sind doch da. Lass es einfach auf dich zukommen und wenn es dir zu viel wird, kannst du immer noch verschwinden.«

Ich verspreche ihm, dass ich es versuchen werde, um ihn abzuwimmeln. Außerdem hat Jane mir damit gedroht, dass sie mich aus dem Zimmer zerren wird, wenn ich mich verbarrikadiere – sie würde sogar die Tür eintreten, meinte sie. Ich habe das Gefühl, dass sie das tatsächlich machen würde und möchte es nicht auf die Probe stellen.

Ich gehe ins Wohnzimmer, setze mich aufs Sofa und warte darauf, dass Sam oder Jane kommen. Wer noch da sein wird? Ich frage mich, ob Grace und Clint von dieser Party wissen oder ob sie ahnungslos eine ihrer Geschäftsreisen machen und denken, hier wäre alles in Ordnung.

Immer mehr Menschen betreten das Haus und füllen es mit Lautstärke, die mir missfällt. Viele der Mädchen sind geschminkt und haben Kleider an, die in ihrer Kürze konkurrieren, während die Jungen vermutlich das tragen, was sie sonst anhaben.

Auch ich trage mein rotes T-Shirt und die dunkelblaue, dreiviertellange Hose von heute Morgen. Es stört mich nicht. Eigentlich. Trotzdem fühle ich mich momentan wie das hässliche Entlein.

Ich glaube, das liegt nicht an meiner Kleidung.

Es ist faszinierend, wie manche sich schminken können. Niemals würde ich den Lidschatten so hinbekommen wie das dunkelblonde Mädchen mir gegenüber, das sich mit einem Jungen über Autos unterhält. Ihr Wissen darüber ist wirklich beeindruckend und ich versuche, ihnen nicht zu auffällig zuzuhören. Vielleicht beschließe ich sogar, Partys doch nicht so schlimm zu finden. Vorerst.

Neben mir lässt sich jemand auf das Sofa fallen. »Ach, da muss ich ja gar keine Türen eintreten«, begrüßt Jane mich lautstark und ich drehe mich mit gehobenen Augenbrauen zu ihr um.

»Scheinbar nicht.« Wir grinsen uns an.

»Sam kommt gleich nach. Sie telefoniert mit ihren Eltern und das könnte länger dauern, da sie nicht mit den Worten ›*Ey, Mama. Papa. Ich gehe jetzt auf die Party meines Freundes, ihr stört und nervt total*‹ das Gespräch beenden kann.« Grinsend verdreht sie die Augen und macht es sich auf der Couch bequem, nimmt den meisten Platz für sich ein, doch es ist mir egal. Ich brauche nicht mehr als den schmalen Streifen in der Ecke.

Schneller, als ich erwartet habe, erscheint Sam und kommt auf uns zu. »Na ihr zwei.«

Wir grüßen zurück und Jane macht ihr auf dem Sofa Platz. Keine von beiden scheint trinken zu wollen und das erleichtert mich. Partys steigen in meinem Ansehen.

»Habt ihr Lust, mitzuspielen?«, unterbricht ein rothaariger Junge unser Gespräch über gefärbte Haare und Piercings. Ich weiß nicht, wovon er spricht.

»Was spielt ihr denn?«, fragt Jane und rümpft die Nase.

»Ich habe noch nie …«

Jane fängt an zu grinsen, scheinbar hat das Spiel bei ihr bestanden. »Klar spielen wir mit, oder?«

Sie wendet sich zu uns und da Sam nichts dagegen hat, stimme ich zu, obwohl ich keine Ahnung habe, was das überhaupt ist. Doch bereits während wir aufstehen, wünsche ich mir das Sofa zurück.

Sam erzählt mir, dass der Junge Samuel heißt und sie ihn nicht mag. Außerdem erklärt sie mir die Spielregeln und mir wird mulmig zumute. Worauf habe ich mich da eingelassen?

»Ich muss kein Alkohol trinken, oder?«, flüstere ich ihr ins Ohr, als wir uns zu einer Gruppe gesellen, die auf dem Boden im Kreis sitzt. Wenn, dann würde ich die Treppe hinaufstürmen und mich in meinem Zimmer verstecken.

Luke, Fynn, Evan und Aaron sind auch da. Außerdem Samuel mit einem Freund und zwei andere Mädchen – alle drei wirken wie typische Partygänger auf mich.

»Nein, natürlich nicht«, erwidert Sam und reicht mir einen Becher und eine Flasche mit Fanta. Der Rest füllt Bier in ihre Becher und niemand sagt etwas zu meinem Ausweichgetränk – wobei mich Samuel kritisch beäugt. Ich will hier weg.

»Ich habe noch nie mit jemandem geschlafen«, sagt eines der Mädchen lahm und sieht dabei Fynn eingehend an.

Wie unkreativ, aber was habe ich erwartet? Jeder trinkt – ich nicht.

»Ich habe noch nie geklaut«, meint Evan daraufhin.

Diesmal trinken alle bis auf Sam und die Freundin des unkreativen Mädchens – und mir.

So geht das weiter, bis erneut das unkreative Mädchen an der Reihe ist, wobei meine eigene Frage nicht kreativer war. Ich habe bisher kein einziges Mal getrunken, außer bei meiner eigenen Frage.

»Hast du überhaupt schon mal irgendetwas gemacht?«, fragt Samuel und sieht mit erhobenen Augenbrauen auf mich herab. Ich verstehe nun, weshalb Sam ihn nicht mag und gebe ihm keine Antwort.

»Ich habe mich noch nie geritzt«, sagt das unkreative Mädchen.

Ein Moment verstreicht, in dem ich zögere, doch Samuels abfällige Worte hallen in meinen Ohren wider und lassen mich handeln. Ich trinke das Glas auf Ex. Als Einzige.

Alle sehen mich mit gemischten Gesichtsausdrücken an, jedoch bin ich zu stolz auf meine Ehrlichkeit, als dass ich mich unwohl fühlen könnte. Ich warte darauf, dass Evan das Spiel fortsetzt, allerdings tut er es nicht und ich fange an, zu bereuen.

Mein Blick weicht denen der anderen aus und ich merke, wie sich meine Atmung beschleunigt. Zitternd streiche ich mir eine Strähne hinter mein Ohr. Wieso dachte ich, dass Ehrlichkeit etwas Gutes sei?

Dann passiert etwas Seltsames – Evan setzt an und trinkt sein Glas aus, Jane und Sam tun es ihm gleich. Verwirrt sehe ich sie an. Machen sie das, weil sie sich schon mal geritzt haben oder damit mich nicht mehr jeder anstarrt?

Evan setzt das Spiel fort, doch ein Augenpaar lässt mich nicht mehr in Ruhe – Samuels. Er beobachtet mich die ganze Zeit, besonders als er an der Reihe ist. »Ich habe noch nie eine Sitzung bei einem Psychiater gehabt.«

Jane und ich trinken, Samuel keucht.

»Was sind das für Psychos?«, flüstert er seinem Sitznachbarn zu, laut genug, dass es jeder verstehen kann.

»Scheint, als hättest du ein Problem damit«, faucht Sam und verengt die Augen zu schlitzen.

»Ach was. Nein, natürlich nicht«, säuselt er, »ich unterstütze Emos total. Diese Spezies darf auf keinen Fall aussterben. Sonst hätten die Psychotherapeuten ja keine Kunden mehr.« Wieso sind Menschen solche Arschlöcher?

Meine Hand ballt sich zur Faust und ich muss meine Augen schließen, mich zwingen, Ruhe zu bewahren. Auf einmal steht jeder auf, ich höre es – also mache ich es ihnen nach. Dann wird es laut.

Die Wörter, die sie sich gegenseitig an den Kopf werfen, vermengen sich zu einem großen Einheitsbrei, den ich nicht verstehe. Also konzentriere ich mich lediglich auf das Zittern meiner Hände, das aufhören soll. Es soll aufhören. Genau wie die Gedanken aufhören sollen, die mir zuflüstern, dass er recht damit behält, mich zu verachten.

Jemand umfasst meine Hand und ich zucke zusammen, werde aus meinen Gedanken geschleudert und komme trotzdem nicht in der Realität an.

»Komm«, flüstert eine Person in mein Ohr, deren Stimme ich niemandem zuordnen kann. Meine Augen öffnen, um nachzusehen, wer es ist, möchte ich aber auch nicht. Es reicht mir, dass dieser Jemand meine Hände hält. Das Zittern stoppt.

»Komm«, flüstert die Stimme erneut und ich folge ihr bereitwillig. »Mach deine Augen auf, Kanela. Alles ist gut.«

Ich öffne sie und bin mehr als überrascht, wer vor mir steht.

14

Luke. Luke? Luke!

Ich keuche auf, zu viel. Mit geweiteten Augen sehe ich ihn an, verstehe nicht, wieso er bei mir ist und nicht bei seinen Freunden. Nachzufragen gelingt mir nicht.

Eine tiefe Furche bildet sich zwischen seinen Augenbrauen und er mustert mich besorgt – BESORGT.

Mein Atem schnellt mir zitternd über die Lippen, während wir uns gegenüberstehen und uns ansehen. Er darauf wartend, dass ich mich beruhige, und ich, dass er etwas sagt. Wir enttäuschen uns gegenseitig.

Ein schmerzhafter Stich in meiner Brust lässt mich nach Luft japsen, ich muss mich nach vorne beugen, um atmen zu können.

Ich will kein Psycho sein. ICH WILL KEIN PSYCHO SEIN. Wieso bin ich ein verdammter Psycho?

»Kanela?«, fragt er oder fragt er nicht? Immerhin hat er nur meinen Namen gesagt. »Alles in Ordnung?«

Das ist eine Frage, eine dumme Frage in Anbetracht der Tatsache, dass ich nach Luft ringe, als wäre ich zwei Bahnen getaucht. Ich schüttle dennoch den Kopf, um ihm zu zeigen, dass nichts in Ordnung ist; ich nicht in Ordnung bin.

»Setz dich hin, hier ist niemand. Keiner kann dich sehen, Kanela«, meint er seufzend zu mir und ich höre, dass er in die Knie geht.

Seine Hose spannt sich über seinen Knien und sein schwarzes T-Shirt rutscht nach oben, sodass ein Stück seiner Haut am Rücken zu sehen ist. Haut, die schön ist. Haut, die nicht wie meine ist. Hässlich. Vernarbt.

Ich lasse mich auf den Boden fallen und schlinge die Arme um meinen Körper, frage mich, wo mein Optimismus von gestern geblieben ist.

»Ich will kein Psychopath sein«, flüstere ich.

»Du bist kein Psychopath, Kanela«, sagt Luke zu mir, setzt sich mir gegenüber auf den Boden und lässt mich nicht aus den Augen.

Weiß er, dass man den Namen hinter jeden Satz stellen soll, wenn man mit wirren Personen spricht, damit man sie besser beruhigen und erreichen kann? Oder ist es sein Instinkt, der meinen Namen – der nicht mein Name ist – hinter jeden seiner Sätze schiebt.

»Doch«, hauche ich, schluchze auf und vergrabe meine Hände in den Haaren. »Du hast es doch mitbekommen. Ich schlage Menschen und flippe bei jeder Kleinigkeit aus, habe mich geritzt. Und nun mache ich bei einer Hilfsorganisation mit!« Ich pausiere, ahme seine Worte vom ersten Abend nach. »Weil ich nicht mehr auf mein Leben klarkomme. Du wusstest es von Anfang an und du hast recht damit.« Ich will nicht, dass er recht behält. Tränenlos weine ich.

»Hör auf, dich fertigzumachen, Kanela«, spricht er auf mich ein und will mich mit seiner klaren, ruhigen Stimme besänftigen, versucht es zumindest, doch er ist die falsche Person dafür. Eine komplett falsche Person. Er beruhigt mich nicht, er macht mich wütend. Wütend auf mich, weil ich es nicht schaffe, mich zu beruhigen.

Ich streiche meine Haare nach hinten und stehe auf, sehe mich kurz um, um mich zu orientieren, und bemerke, dass wir uns im Flur neben Grace' und Clints Zimmer befinden. »Sag Sam und Jane bitte, dass ich schlafengegangen bin«, sage ich mit einer Stimme, die so gezwungen fest ist, dass sie geradezu erbärmlich klingt. Luke steht ebenfalls auf und sieht mich mit gerunzelter Stirn an.

»Ka-, was?«

Endlich gibt er es auf, mich bei diesem Namen zu nennen, den ich momentan nicht hören will. Ich will überhaupt nichts hören.

»Ich gehe schlafen. Jetzt. Sag den anderen Bescheid«, wiederhole ich, doch als er nichts sagt, blicke ich ihn eingehend an. »Verstanden?«

Er nickt wortlos und hält mich nicht auf, als ich an ihm vorbeigehe und mit polternden Schritten die Treppe nach oben laufe. Zum Glück ist niemand hier oben. Zum Glück begegnet mir auf dem Weg in mein Zimmer niemand.

Etwas in mir drängt danach, mit Domenik zu telefonieren.

Doch ich bin zu müde, zu aufgewühlt, zu panisch.

Ich kann ihn nicht anrufen.

Ich kann einfach nicht.

»Und dann bist du nach oben gegangen und hast dich schlafengelegt?«, fragt Domenik und ich nicke. Er kritzelt in sein Buch und widmet seine Aufmerksamkeit dann wieder mir. Eine seiner roten Strähnen ist ihm in die Stirn gefallen, doch er scheint es nicht zu bemerken. »Und was ist dann passiert?«

Ich zucke mit den Schultern. »Nichts.«

»Nichts?«, fragt er und ich nicke erneut. »Und am nächsten Tag? Montag? Dienstag? Mittwoch? Irgendetwas muss doch passiert sein, nach deiner, sagen wir, Konfrontation mit Luke. Das ist ja immerhin schon fünf Tage her.«

Ich seufze, kratze mich am Nacken und sehe aus dem Fenster, habe wenig Lust, Domenik zu schildern, was in den letzten Tagen passiert ist. »Am Sonntag kamen Jane und Sam kurz vorbei, allerdings haben wir nicht über die Party oder über irgendetwas gesprochen, was dort passiert ist. Wir haben einen Film geschaut, uns über die Handlung aufgeregt und danach ein paar Szenen nachgestellt. Grace hat mich noch angerufen und wir haben ein bisschen geskypt. Sie hat sich tausendmal entschuldigt, dass sie keine Zeit hatte, nach Hause zu kommen. Ich bin mit Sam und Jane zum Internat gefahren, da mir Luke aus dem Weg gegangen ist – das tut er immer noch. Und wenn wir uns sehen, dann verhält er sich distanziert.«

Domenik macht sich weiterhin Notizen und sieht mich ab und zu an. Wäre ich es nicht gewohnt, würde es mich aus der Fassung bringen, dass er mitschreibt. Am Anfang hat es das. »Wie fühlst du dich dabei?«

Die Frage war vorhersehbar und ich habe mir vorher Gedanken darüber gemacht, was ich ihm antworten könnte, bin allerdings zu keinem Entschluss gekommen. »Ich habe keine Ahnung. Ich bin verwirrt von seinen Stimmungsschwankungen. Als wir einkaufen waren, war er so nett zu mir. Vielleicht hatte er Mitleid, weil er gesehen hat, wie ich weine. Oder er war in der Nacht bei mir und ich habe etwas gesagt, was ihn erschüttert hat, und nun kann er nicht mehr fies sein. Ich weiß nicht, ob mir das gefallen würde. Dass er deswegen nett zu mir ist.« Wenn ich mit Domenik rede, bin ich immer wieder erstaunt über meinen eigenen Sprechanteil.

»Du weißt, dass es nicht schlimm ist, in psychotherapeutischer Behandlung zu sein, oder Kanela?«, beendet er unsere Sitzung, in der uns zum Glück niemand unterbrochen hat. Ich zögere und das reicht ihm als Antwort. »Es ist nicht schlimm. Viel mehr Menschen brauchen eine Behandlung, bekommen oder akzeptieren sie aber nicht. Dass wir zwei hier sitzen und reden, zeugt nicht von Schwäche. Das Akzeptieren von Hilfe ist der wichtigste Schritt in Richtung Besserung und es zeugt von Stärke, diesen Schritt zu wagen.«

Ich schließe die Augen, damit ich seine Worte besser in mich aufnehmen kann. »Ja«, sage ich und bin unsicher, ob ich ihm glauben kann.

Gerade als ich auflegen möchte, stellt Domenik eine weitere Frage. Sie scheint ihm spontan in den Sinn gekommen zu sein, denn sein Buch liegt bereits auf dem Beistelltisch vor ihm. »Isst du mittlerweile wieder mehr?«

Ich sehe an mir herab und presse die Lippen aufeinander. »Ich versuche es zumindest«, erwidere ich.

»Du musst aufpassen, Kanela«, ermahnt er mich sanft. Sein Blick ist in die Kamera gerichtet. Mir gehört seine ganze Aufmerksamkeit. »Du musst versuchen, dein Stresslevel herabzusetzen, um deinem Körper eine Auszeit zu geben. Aktuell steht er so unter Spannung, dass ein falscher Gedanke schon zu viel sein kann. Versuch, dich zu entspannen, nichts zu machen, was dich überfordern könnte. Nimm dir Zeit für bewusste Mahlzeiten. Ansonsten könnte sich die Angst vor der Übelkeit schnell manifestieren und sich zu einer Essstörung entwickeln.«

»Ich weiß, Domenik«, hauche ich, schaue an der Kamera meines Handys vorbei. Kann und will ihn nicht ansehen.

Das Lachen meiner Mitschüler dröhnt in meinen Ohren, als hätte ich eine Stereoanlage auf volle Lautstärke gedreht, doch Jane neben mir gibt sich alle Mühe, mich abzulenken. Scheinbar spürt sie meine innere Unruhe, denn sie erzählt von ihrem Hund und redet dabei so stürmisch, dass ich mich ganz auf sie konzentrieren muss, damit ich überhaupt etwas verstehe. Sie berichtet mir, wie sie mit ihm in den Wald gelaufen ist und er so heftig an der Leine zog, dass sie stolperte und in eine Schlammpfütze fiel. Ich kann den Impuls nicht unterdrücken und pruste los, als mir das passende Bild in den Kopf schießt.

»Hey, ich habe gesagt, dass du nicht lachen sollst«, beschwert sie sich, zieht die Unterlippe vor und schmollt, bevor auch sie ihr Grinsen nicht mehr zurückhalten kann. »Das Beste kommt ja erst. Weißt du, wieso er losgelaufen ist?«, fragt sie. Überflüssigerweise, denn woher soll ich das wissen?

Dennoch schüttle ich den Kopf und sehe sie abwartend an.

»Da war«, sie macht eine dramatische Pause, imitiert mit ihren Fingern einen Trommelwirbel auf dem Tisch und sieht mich mit aufgerissenen Augen an, »eine Pudeldame.«

Ich runzle die Stirn. »Und?«

»Überleg dir mal, ein Pudel! Und seitdem scheint das Vieh alias mein Hund, den ich nicht mehr so nennen kann, weil er mich gnadenlos im Stich gelassen hat, so verknallt in sie zu sein, dass er abhaut, um zu seiner Pudelfreundin zu kommen. Ich glaube, sie fühlt sich bedrängt und außerdem«, sie macht eine weitere Pause, »ist sie ein verdammter Pudel. Was will ein süßer finnischer Lapphund von einem Pudel?«

»Das ist, wortwörtlich, rassistisch, Jane!«, entgegne ich mit einem Grinsen, das ich verzweifelt versuche zu unterdrücken, um meiner gespielten Empörung Ausdruck zu verleihen. Es gelingt mir nicht. Ihre Erzählweise, Betonung, Mimik und Gestik ist so amüsant, dass ich vor Lachen meinen Bauch halten muss. »Du hättest in die Theater AG gehen sollen«, japse ich und sehe ihr dabei zu, wie sie beleidigt die Arme verschränkt.

»Ich bin zu gut für die. Was stellst du mich mit denen gleich, huh?«

Ich lache lauter.

Jemand kommt in die Klasse und verkündet lautstark, dass die Mathelehrerin krank sei und die Schulleitung uns um Ruhe bitte. Was zur Folge hat, dass das laute Gemurmel zu tosendem Geschrei wird.

Jemand dreht deutsche – DEUTSCHE – Musik auf und beschallt den Raum mit sämtlichen Schimpfwörtern. Angewidert verziehe ich das Gesicht, vor den Flüchen und der furchtbaren Musik im Hintergrund.

»Ist es so schlimm?«, fragt Jane, amüsiert über meinen Gesichtsausdruck. Ich setze zu einer Antwort an, als ich von drei Möchtegern Rappern unterbrochen werde, die die Box in der Hand halten, aus der die furchtbaren Töne kommen.

»Du bist die, die aus Deutschland hergezogen ist, oder?«, fragt einer von ihnen.

Er hat eine Kappe auf, die ihm zu groß ist und dauernd vom Kopf rutscht, doch das kümmert ihn nicht. Er schiebt sie immer wieder an Ort und Stelle. Eine Narbe prangt neben seinem rechten Auge. Ich nicke zur Antwort. »Wie heißt du noch gleich? Ach ja, Kanela. Wir wollten –«

Der Junge mit der Kappe wird von seinem Freund unterbrochen, ich glaube, er heißt Josh. Oder Jeremy?

»Komischer Name. Der klingt überhaupt nicht Deutsch.«

Ich runzle die Stirn und Jane hinter mir kichert. »Vielleicht sollte ich mich schnellstmöglich umbenennen lassen, damit ich deine Vorstellungen von der deutschen Bevölkerung und ihren Namen nicht zerstöre?«, erwidere ich eine Spur zu schnippisch, zu abgehoben, doch das fällt mir zu spät auf. Die Erwähnung meines Namens brachte mich aus der Fassung. Sie sehen sich mit gerunzelter Stirn an – ich war absolut zu abgehoben. »Was wolltet ihr?«, frage ich, um davon abzulenken, und da ich nicht verstehe, was sie sagen, drehe ich die Musik leiser. Viel leiser.

»Kannst du uns die Texte übersetzen?«

»Damit ihr Jungs total verstört werdet? Ich glaube, dass die Wörter, die sie da singen, zu krass für euch sind«, antworte ich, stelle erschrocken fest, dass es mir gefällt, dass die anderen anfangen zu lachen und die drei in sich zusammenfallen.

Wieso sage ich so etwas?

»Schreibt mir eine Liste von den Wörtern, die ihr wissen wollt, und die übersetze ich euch dann, okay?«, schlage ich eilig vor, will wieder gutmachen, was ich gesagt habe.

Will wiedergutmachen, was ich nicht wiedergutmachen kann, denn mehr als zehn Leute haben uns zugehört und gelacht und werden es den anderen erzählen, bis es jeder weiß. Bis jeder weiß, dass ich mich über sie lustig gemacht habe. Es tut mir leid.

Die Jungs verschwinden mit ihrer Musik zurück in die letzte Reihe und als ich mich zu Jane umdrehe, sieht sie mich mit einem seltsamen Blick an. Ein Blick, den ich nicht zuordnen kann und bei dem ich Angst habe, dass er Missgunst symbolisiert.

»Was ist?«, frage ich zögerlich, woraufhin sie sich zu mir nach vorne beugt und in mein Ohr flüstert.

»Ich glaube es nicht, wusstest du, dass Kanela Hardin nicht nur ihren Mund aufbekommt, sondern auch noch schlagfertig ist?« Ehrfürchtig sieht sie mich an und ich weiß nicht, wie ich darauf reagieren soll. Ob ich mich darüber freuen soll, weil ich mich getraut habe, den Mund aufzumachen, oder ob ich mich schämen soll, weil ich mich über sie lustig gemacht habe. »Mach dir keine Sorgen um die, Nel. Sie haben es verdient, dass sie mal etwas zurückbekommen«

Ich bin erleichtert, als es klingelt und ich nichts mehr sagen muss, denn ich will verdrängen, was mich dazu gebracht hat, andere zu behandeln, wie ich selbst behandelt wurde. Und ich mich dabei auch noch gut gefühlt habe.

15

Es ist zwei Wochen her, seit ich mich über meine Mitschüler lustig gemacht habe – und ich kann es nicht vergessen.

Kein einziges Mal bin ich seitdem mit Sam am Wochenende zurückgefahren, obwohl sie mir angeboten hat, mich mitzunehmen. Jedes Wochenende habe ich mit Grace telefoniert, die traurig darüber war, dass ich im Internat bleibe. Ihr Bedauern bereitet mir ein schlechtes Gewissen, aber ich bin nicht bereit, das Haus zu betreten. Stattdessen bleibe ich im Internat, helfe dabei, die restlichen Bücher der Bibliothek in die Regale einzuordnen, und darf mir deshalb schon welche vor der Eröffnung ausleihen. Immerhin ist Grace glücklich darüber, dass ich hier scheinbar Anschluss und eine Aufgabe gefunden habe.

Heute Morgen hat sie mich allerdings gebeten, zum gemeinsamen Mittagessen nach Hause zu kommen und ich kann ihr diese Bitte einfach nicht abschlagen.

Ich habe sogar versprochen gemeinsam mit ihr zu kochen. Da Sam krankgeworden ist, muss ich mit Luke fahren.

Mir graut es davor – er verhält sich weiterhin komisch, distanziert, kalt. Er versucht, bei jeder Gelegenheit einen Kommentar von sich zu geben, um mich in die Enge zu treiben, doch ich kann seinen besorgten Blick nicht mehr vergessen.

Seine Worte treffen mich, aber sie treffen mich nicht so, wie er es gerne hätte. Sie treffen mich auf eine Art und Weise, die ich nicht kenne und auch nicht beschreiben kann. Mir geht es besser, nicht gut, aber ich fühle mich unbeschwerter und freier.

Letzte Woche ist Jane mit mir im Internat geblieben und wir haben zusammen gelesen. Über die Party haben wir immer noch nicht gesprochen, doch sie hängt über uns wie eine Gewitterwolke, bereit zum Ausbruch.

Luke schlägt die Autotür mit einem lauten Knall hinter sich zu, doch dieses Mal erschrecke ich nicht, zucke nicht unter der Lautstärke zusammen. Es ist das erste Mal seit zwei Wochen, dass wir wieder eng beieinander sind.

Mit ihm im selben Auto zu sitzen, wenige Zentimeter voneinander entfernt, ist anders als mit ihm in einem Zimmer zu schlafen, immer so weit wie möglich voneinander entfernt. Wobei er meistens nicht mal in unserem Zimmer schläft, sondern bei Sam, Jane und seinen Freunden. Ich weiß nicht, wieso die Betreuer das erlauben, aber scheinbar hat er mit ihnen gesprochen. Manchmal kommt Sam zu mir, damit ich mich nicht so einsam fühle. Es ist merkwürdig und schön zugleich, dass sie das macht, allerdings will ich nicht so viel darüber nachdenken. Ich möchte versuchen, nicht alles zu dramatisieren. Bisher funktioniert das erstaunlich gut. Na ja. Irgendwie.

Wir sind beide angespannt. Unsere distanzierte Körperhaltung verrät, dass wir nicht beieinander sein wollen. Anstatt Musik anzumachen, damit diese Stille aufhört, fährt Luke los. Ich spiele mit meinen Fingern, sehe abwechselnd aus dem Fenster und wieder zu ihm. Das muss ihn stören, zumindest auffallen, doch er sagt nichts, macht nichts – außer fahren.

»Kannst – können wir Musik hören?«, frage ich nach einer Weile.

Stille treibt meine Gedanken an, bis sie dröhnen und schreien, wie jetzt auch. Meine Stimme zittert und Luke schaltet das Radio an.

»Ist alles klar bei dir?«

Was für eine dumme Frage. Sie macht mich wütend. Schnaubend zucke ich mit den Schultern und starre auf die Straße, um ihn nicht ansehen zu müssen.

»Wieso bist du die letzten Wochenenden nicht zu den Scales gefahren?«, fragt er weiter und ich wundere mich, woher seine Redelaune kommt.

»Ich konnte nicht«, murmle ich erschöpft und schließe meine Augen, um meine Gedanken zu vertreiben.

»Wegen der Party?« Ich beiße mir auf die Lippe, hebe erneut die Schultern, weil es mir peinlich ist, zu antworten. Plötzlich greift er fester um sein Lenkrad, bis seine Fingerknöchel weiß werden. »Du warst ziemlich außer dir.«

Ich zische auf, als der Schmerz so überraschend über mich kommt, dass ich nicht mit ihm rechnen kann, und die Gedanken wegschwemmt, als wären sie nie vorhanden gewesen. Meine Augen beginnen zu brennen und ich blinzle, um die Tränen davon abzuhalten, über meine Wangen zu laufen. Nicht jetzt. Nicht hier.

»Du bist so ein Arsch, Luke. Du weißt nichts über mich, also wäre ich dir dankbar, wenn du deine verdammte Klappe hältst. Lass mich einfach in Ruhe!«, fauche ich in dem elendigen Versuch, meinen Stolz zu bewahren. Stolz, den ich nicht besitze.

Ich bohre meine Zähne in meine bebende Unterlippe und sehe aus dem Fenster, damit er nicht sieht, wie schwach ich bin; wie ich immer weiter zerfalle.

»Ich weiß echt nicht, was meine Schwester an dir mag. Du bist so egoistisch.«

Mein Bauch verkrampft sich und ich krümme mich, blinzle die Tränen aus meinen Augen, kämpfe gegen sie an. Hör auf, will ich schreien, doch in meinem Hals ist ein Kloß, der mich davon abhält, es zu tun.

»Ich weiß«, flüstere ich.

»Ich weiß.« Meine Stimme wird lauter.

»Ich weiß.« Meine Stimme ist wie ein erstickter Schrei, halb nach Luft schnappend.

Ich schluchze auf und verdecke meine Augen mit den Händen, fühle mich unendlich miserabel. Es fühlt sich an, als würde er meine Hoffnung in der Hand zerdrücken. Als würde er mir die Luft abschneiden.

»Kanela«, sagt er meinen Namen, der nicht mein Name ist.

Ich wimmere und versuche, mich zu verstecken, Hauptsache ich muss ihm nicht in die Augen sehen. Wenn ich ihn nicht sehe, sieht er mich auch nicht. Er würde mit Sicherheit das Gift sehen, das ich versprühe, sollte mein Blick auf seinen treffen. »Kanela, sieh mich an.«

Ich spüre einen Luftzug an meinem rechten Arm, schiele auf die Seite und sehe, dass die Autotür geöffnet ist. Bestimmt will er mich rauswerfen und stehenlassen, denn wer fährt freiwillig mit jemandem wie mir, einem jammernden Etwas, in seinem Auto?

»Kanela, hey, beruhige dich.« Seine Stimme ist so sanft, als würde er mir helfen, mich aufmuntern wollen. Ich zwinge mich, meine Hände von meinem Gesicht zu nehmen, und sehe auf. Meine Unterlippe bebt, während ich Luke ansehe, der mir seine Hand hinhält. Er hält mir seine verdammte Hand hin.

Was soll ich tun?

Mit zitternden Fingern schnalle ich mich ab, greife nach ihm und klettere ungeschickt aus dem Auto, ohne den Blick von ihm abzuwenden.

Was mache ich hier?

Meine Füße sind zu schwach, um mich zu tragen, und ich spüre das unverständliche Bedürfnis, mich in seine Arme fallenzulassen.

Wieso möchte ich das?

Ich darf das nicht! Hastig lasse ich ihn los, stütze mich stattdessen am Auto ab und lehne mich gegen das sonnenwarme Metall.

Ich muss mich ablenken. Von diesem absurden Bedürfnis ablenken. Ich darf das nicht, ich darf es nicht verspüren.

Autos sind wirklich faszinierend. Sie können uns von einem Ort zum anderen bringen und brauchen nur Benzin oder, je nachdem welches Auto es ist, Strom oder Gas. Autos können groß und klein sein, entweder mit zwei oder auch mit sieben Sitzen. Zählen Busse eigentlich zu Autos? Ich denke nicht, immerhin würde man sie dann nicht Bus nennen. Es gibt Autos mit einem kleinen Kofferraum oder einem großen, in den ein Hund passt. In Busse passt sogar noch mehr. Doch die verschiedenen Arten von Autos sind am interessantesten. Mit den einen kann man im Wald durch den Schlamm fahren, ohne steckenzubleiben, mit anderen fährt man mit Höchstgeschwindigkeit über eine Rennstrecke, um erster zu werden. Ich habe gehört, es soll Autos geben, die schwimmen können. Ich bewundere die Erfinder solcher Fahrzeuge. Später will ich auch eines, das schwimmen kann und dann –

»Kanela, was ist los? Ist alles in Ordnung?«

Ich kneife die Augen zusammen, ich hatte mich doch so gut abgelenkt und nun zerstört er alles, indem er mich vom Thema abbringt. Indem er mich fragt, ob alles in Ordnung ist. NEIN, IST ES NICHT.

»Erzähl mir von Autos«, bitte ich ihn, während ich hektisch ein und ausatme. Ich will nicht hyperventilieren, doch das werde ich, wenn ich dieses Bedürfnis nicht in die hinterste Ecke meines Gehirnes zurückdränge, dorthin zurück, wo es hergekommen ist. Es hat mich so viel Zeit und Schmerzen gekostet, bis ich es vergessen konnte, und jetzt steige ich aus diesem verfluchten Wagen und es kommt wieder hoch. Eisern und standhaft pulsiert es durch mich hindurch - das Bedürfnis, mich in Lukes Arme zu schmeißen, die mich festhalten, mich beschützen und niemals wieder loslassen.

»Wieso versuchst du, dagegen anzukämpfen?«, fragt er stattdessen.

Er soll verflucht nochmal mit mir über Autos reden. Männer wollen doch immer über diese verdammten Fahrzeuge sprechen, wieso nicht jetzt?

»Ich darf nicht, Luke. Versteh doch. Ich darf nicht.« Ich sehe in sein verwirrtes Gesicht und in seine tiefblauen Augen, die in diesem Moment ganz und gar nicht abweisend sind. Die ganz und gar nicht sind wie sonst. »Deine Augen sind schön«, flüstere ich, um etwas zu sagen.

Er runzelt die Stirn und geht einen Schritt auf mich zu, weshalb ich mich fester gegen das Auto presse und meine Atmung sich beschleunigt. »Nicht! Bitte.«

Ich darf nicht.

Er kommt näher, so nah, bis er mit seiner Hand meinen Arm berührt. Ich presse meine Augen zusammen und unterdrücke einen Schrei, will davonlaufen, kann mich jedoch nicht bewegen. Kann nicht vor dieser Situation flüchten. Vor diesem Gefühl, diesem Wunsch nach –

Luke legt seine andere Hand an meinen Rücken und drückt mich von meinem sicheren Ort weg.

Direkt an seine Brust.

Ich weiß nicht, wohin mit meinen Armen; weiß nicht, was ich tun soll. Er berührt mich, meine Haut und meinen Rücken durch den Stoff meines T-Shirts, aber es fühlt sich an, als wäre es nicht vorhanden. Ich brenne, lodere wie ein Feuer.

Während mein Hirn nicht weiß, wie es reagieren soll, reagiert mein Körper und beginnt, zu zittern, verkrampft sich und wedelt mit den Händen, um ihn zu verscheuchen wie eine Fliege.

Es ist zu liebevoll. Zu nah!

»Lass mich los. Ich kann nicht«, flüstere ich, zu leise, als dass er mich hätte hören können. Meine Stimme wird lauter, flehender, panischer und schrill. »Lass mich bitte los, Luke. Bitte!«

Behutsam löst er seinen Griff und ich sinke auf den staubigen Boden, auf dem ich mich zusammenrolle und versuche, aufzuhören.

Hör auf zu weinen!

Hör auf zu weinen!

Hör auf zu weinen!

Ich will zurück in seine Wärme, die mich umgibt wie ein schützender Mantel; in seine Arme, die mich halten wie eine zerbrechliche Puppe aus Glas. Meine Gedanken wirbeln in meinem Kopf hin und her, können sich mit meinen Gefühlen nicht einigen. Sie wissen nicht, ob Lukes Umarmung geholfen hat oder nicht. *Ich* weiß es nicht.

Es war grausam und schön zugleich und es ist viel zu viel. Viel zu viel und doch zu wenig. Zu wenig vom Zu viel und zu viel vom Zu viel und es gibt zu viel Zu viel und zu wenig Zu viel, als das ich unterscheiden könnte, was es nun zu viel und was es zu wenig gibt.

Alles, was mit Luke zu tun hat, ist viel zu viel.

Wenn er bei mir ist, kann ich nicht mehr klar denken und bin durcheinander, denn ich verstehe ihn nicht und ich hasse es abgrundtief, wenn ich Menschen nicht verstehe. Normalerweise bin ich der Beobachter, der jeden mit einem Blick analysiert, der ihre Geschichten erfindet, doch das funktioniert bei ihm nicht.

Zuerst ist er ein riesiger Arsch und verletzt mich. Aber dann nimmt er mich in den Arm, tut etwas, was niemand tun soll, und ich fühle mich gut dabei.

Habe mich gut dabei gefühlt und gleichzeitig grausam. Habe mich geborgen gefühlt und gleichzeitig gefangen. Ich darf es nicht, verdiene es nicht, kann es nicht – aber ich will.

Luke lässt sich nicht vorschreiben, was er machen darf, respektiert meine Regeln nicht und das ist schlecht, mehr als schlecht.

Und doch so gut.

Langsam versiegen meine Tränen, die Übelkeit bleibt und liegt wie ein Stein in meinem Magen. Meine Schläfen pochen, als ich mich langsam aufsetze. Ich reibe sie mir mit einer Hand, während ich mich mit der anderen abstütze. Zuerst wage ich nicht, in Lukes Gesicht zu sehen, und starre seine schwarzen Schuhe an. Letztendlich hebe ich meinen Blick. Vermutlich sehe ich aus wie eine Vogelscheuche mit abstehenden Haaren und blutunterlaufenen Augen, doch wenn es Luke stört, dann zeigt er es nicht.

»Es tut mir leid, was ich gesagt habe. Du bist alles andere als egoistisch. Und es tut mir leid, dass ich zu weit gegangen bin und einfach ignoriert habe, was du gesagt hast. Du wolltest nicht umarmt werden und ich habe nicht darauf geachtet, weil in deinen Augen eine solche Sehnsucht lag. Wovor hast du solche Angst, Kanela?«

Wir wissen beide, dass ich ihm auf diese Frage nicht antworten werde. Gleichzeitig bin ich zu überrascht von seinen Worten, als dass ich ihm länger böse sein könnte. War ich das überhaupt jemals?

Ich rapple mich auf, während die Fragen in meinem Kopf herumschwirren, und steige in das Auto, starre auf das Armaturenbrett. Wenn ich Luke wäre, wäre ich einfach gefahren. Ohne mich. Aber Luke ist nicht ich.

Er hat mich umarmt.

»Es tut mir wirklich leid.«

»Mir auch.«

16

»Das geht so nicht mehr«, meine ich mit fester Stimme, als Luke das Auto in der Einfahrt parkt und die Musik verstummt.

Verwundert dreht er sich zu mir und sieht mich an. Um meine aufkeimende Unsicherheit zu unterdrücken, atme ich tief ein.

»Du kannst nicht in einem Moment nett sein und dann wieder ein Arschloch. Das ertrage ich nicht«, erkläre ich ihm, wende meinen Blick nicht ab, sehe ihn weiterhin an wie er mich. »Du musst dich entscheiden, ob du mich hasst oder magst. Ein Zwischending geht nicht. Entweder bist du immer fies oder nicht, aber ich schaffe das anders nicht, Luke, und ich weiß, dich interessiert das nicht, aber du musst dich entscheiden.«

Ich beobachte ihn dabei, wie er sich über die Lippen leckt und mit den Fingern im stetigen Rhythmus auf das Lenkrad trommelt.

»Ich hasse dich nicht«, erwidert er und ich sacke in mich zusammen. Er sollte mich hassen, sie alle sollten es.

Verzweifelt seufze ich auf, weil in mir ein warmes Gefühl aufsteigt. Denn diese Worte waren keine Show, sie sind wahr. Er hasst mich nicht.

»Können wir mal zusammen was machen? Schwänzen oder so?«, frage ich ihn, weil weder er noch ich Anstalten machen, auszusteigen, geschweige denn zu sprechen.

Er runzelt die Stirn und neigt den Kopf zur Seite. »Wieso sollte ich mit dir schwänzen? Wieso willst du das überhaupt?«

Ja, wieso sollte er? Ich dachte, sowas macht Luke Thompson, aber ich hätte bedenken sollen, dass Luke Thompson nicht ist, wie er sich anderen zeigt. Ich hätte bedenken sollen, dass niemand ist, wie er sich zeigt und ich ihm und allen anderen keine Interessen zuschieben sollte, die sie nicht haben. Mir sollte klar sein, dass sich nichts ändert, nur weil er mich nicht hasst.

»Ich wollte mal so sein wie alle anderen. Gehört Schule schwänzen nicht zu einem erfüllten Teenagerleben dazu?« Die Worte kosten Überwindung, mein Herz rast und ich habe eine Gänsehaut, weil ich auf seine Antwort warte, vor der ich solche Angst habe.

»Ja, kann schon sein, aber wieso willst du das mit mir machen und nicht mit einem deiner Klassenkameraden oder Sam?« Ich weiß nicht, was ich darauf erwidern soll, denn mein Kopf ist wie leergefegt. Kann er nicht einfach ja oder nein sagen?

»Du hasst mich nicht«, entgegne ich und schiebe hinterher, »und Sam mag so etwas nicht.« Dabei weiß ich das überhaupt nicht, aber ich will Luke näher kennenlernen und herausfinden, warum er das Bedürfnis in mir weckt, ihm nahe zu sein.

»Also bin ich deine zweite Wahl«, stellt er fest und fixiert mich mit seinen blauen Augen, um keine Reaktion zu verpassen. Ich glaube, er testet mich.

Nein, denke ich, sage es aber nicht. Stattdessen zucke ich mit meinen Schultern, lasse die Antwort offen. Wenn er sich darauf einlässt, braucht er nicht zu wissen, ob er meine erste oder zweite

Wahl gewesen wäre, denn letztendlich wird er es sein, mit dem ich das Erlebnis teile – oder eben nicht.

Luke streicht sich über sein Gesicht und drückt dabei seine Nase platt. Es bringt mich zum Schmunzeln, obwohl ich unter Spannung stehe. »Okay, aber unter einer Bedingung«, meint er und ich warte, bis er weiterspricht, bevor ich meine Freude zeige. »Drei Fragen. Ich möchte, dass du mir drei Fragen ehrlich beantwortest und dabei ist es egal, wann und wo ich sie stelle. Du wirst sie beantworten müssen.«

Langsam sauge ich seine Worte in mich auf und begreife deren Bedeutung. Der Preis für meinen Wunsch ist die Beantwortung von drei Fragen, die entweder bedeutungslos oder gravierend sein können. Mit drei Fragen könnte er erfahren, was meine oberflächlichen Interessen oder aber meine tiefsten Geheimnisse sind – und ich glaube, er findet Letzteres interessanter.

Meine Finger zittern, als ich mir durch die Haare fahre. Ich weiß nicht, was ich tun soll.

»Ich könnte dir meinen Lieblingsort zeigen. Dort könnten wir unter freiem Himmel schlafen. Etwas, was jeder mal in seinem Leben gemacht haben sollte«, fährt er fort, lockt mich mit Worten.

Ich stelle es mir vor. Wie ich die Sterne sehe, wenn ich einschlafe; den hellroten Himmel sehe, wenn ich aufwache. Ich möchte das Leben spüren, das mich umgibt, und es aufsaugen, in Rationen aufteilen – Erinnerungen, die mir Hoffnung geben und mich an das Leben binden. Ich möchte spüren, wie es ist, nicht nur zu existieren – und mir wird klar, dass ich dafür sogar meine Vergangenheit preisgeben würde.

»Okay«, flüstere ich. Sein Kopf ruckt zu mir, als wäre er überrascht, dass ich zustimme. Die Augenbrauen zusammengezogen, beiße ich auf meine Unterlippe und greife nach dem Stoff meiner Jeans. »Aber du wirst mich nicht berühren«, schiebe ich hinterher.

»Das werde ich nicht.«

Ich strecke ihm meine Hand hin, die er nimmt und schüttelt. Eine Berührung, die in Ordnung ist.

»Deal«, sagen wir gleichzeitig und ein Lächeln schleicht sich auf mein Gesicht; ein Gefühl, das mir sagt, dass alles besser wird.

Vielleicht.

Hoffentlich.

Irgendwann.

Gemeinsam steigen wir aus dem Auto, sagen kein Wort mehr zueinander und laufen in unterschiedliche Richtungen zu unseren Häusern. Dennoch vertieft sich mein Grinsen, da ich den Blick von Luke bemerke, bevor ich durch die Tür ins Haus verschwinde.

Sofort läuft Grace herbei und wuselt um mich herum wie ein hyperaktiver Dackel, der zu seinem Herrchen hinaufspringen will – ein wirklich erbärmlicher Vergleich. »Hallo Kanela, ich hab mir schon Sorgen gemacht. Normalerweise kommt Luke früher nach Hause, hat er etwas angestellt? Geht es dir gut? Ich habe schon mit dem Kochen angefangen, du musst mir nicht mehr helfen.«

Ich lache, als ich mich an meinen Zusammenbruch erinnere und wie rasant sich meine Gefühle wieder gewandelt haben, und streife dabei meine Schuhe von den Füßen, die ich ordentlich auf das Schuhregal stelle. Domenik blitzt in meinen Gedanken auf und was er nun sagen würde. Dass die Stimmungsschwankungen ein Anzeichen sind, dass meine Psyche an Stabilität verlieren könnte. Doch ich dränge ihn beiseite. Möchte nur die Freude spüren.

»Wir sind später losgefahren und mir geht es gut, Grace. Keine Sorge. Ich hätte dir gern beim Kochen geholfen.«

Wir sehen beide überrascht auf, als ein Poltern zu hören ist und kurze Zeit später Aaron mit zerzausten Haaren im Flur erscheint, der mich vorwurfsvoll anschaut und aussieht, als hätte er bis vorhin geschlafen. »Was hast du mit meiner Freundin gemacht? Sie kann über das Wochenende nicht kommen, weil sie krank ist. Sie war nie krank, bis du kamst«, meint er, verschränkt die Arme vor der Brust, ohne mich zu begrüßen, und ich kann mir ein Lachen nicht verkneifen, obwohl es natürlich nicht lustig ist, dass Sam krank ist.

»Ich habe keinerlei Schuld daran«, verteidige ich mich, während Grace verschwindet, nachdem sie etwas von ›*Ich muss nach der Ente sehen*‹ murmelt.

Aaron und ich laufen, als wäre es das selbstverständlichste auf der Welt, die Treppe hinauf in mein Zimmer, in dem ich schnell die Balkontür öffne, da uns abgestandene Luft entgegenkommt. Immerhin war ich lange nicht mehr hier.

Aaron hat es sich in Zwischenzeit auf meinem Bett gemütlich gemacht. »Wie liefen die letzten Wochen in der Schule?«, fragt er mich, während ich mich neben ihm niederlasse.

»Och, ganz gut. Mein Geschichtslehrer ist echt ein Fall für sich. Immerhin weiß ich schon viel aus meiner Schule in Deutschland. Außerdem haben Jane, Sam und ich verdammt viel Spaß miteinander!«

Ein Lächeln bildet sich auf seinem Gesicht. »Es ist schön, dass du dich eingelebt hast. Hat Jane dich auch schon wegen ihres Hundes vollgejammert?«

»Klaro! Der böse finnische Lapphund, der sich auf einen Pudel eingelassen hat. Wer kennt die Geschichte nicht? Sie hat sie mir fünfmal erzählt. Unfassbar!«

Wir lachen und während wir weiter über Janes Hund scherzen, wird mir bewusst, dass sich Aaron irgendwie in mein Herz geschlichen hat. Als hätte ich es nicht all die Jahre verschlossen und niemanden an mich herangelassen. Als hätte ich Freunde gehabt und eine Ahnung davon, wie man sich ihnen gegenüber verhält. Als wäre es normal für mich und nie anders gewesen. Als stünde keine Mauer um mein Herz.

Damals wusste ich nicht, dass es Menschen geben wird, die unabsichtlich meine Fassade zum Stürzen bringen. Egal, wie hoch und dick sie ist, man bekommt es nicht mit, denn es passiert schnell und unwiderruflich. Wie vieles, wie die wichtigsten Entscheidungen in unserem Leben, die wir nie mehr zurücknehmen können. Manche Dinge sind eben nicht wie gedacht oder geplant. Manche Dinge passieren.

Wie beispielsweise, dass ich mich nicht von Grace' Essen übergeben muss und essen kann, bis mein Bauch voll ist. Bis ich satt bin. Weil ich mich wohlfühle, mein Körper keinem Stress ausgesetzt ist, sich nicht wehren will. Oder dass Clint seine Geschäftsmannmaske absetzt und seinem Sohn einen Streich spielt. Er hat Aaron den Stuhl weggezogen, als er sich hinsetzen wollte – einen kindischeren Streich gibt es nicht – dennoch haben wir alle gelacht, sobald Aaron auf dem Boden saß.

Nun spielen wir ein Spiel und ich habe keine Ahnung, wie es heißt, aber es macht Spaß. Obwohl ich Letzte bin und Aaron mir dauernd helfen muss, weil ich nicht alle Regeln verstehe. »Hier, leg das ab«, flüstert er, ich bin mir sicher, dass ihn die anderen trotzdem hören.

Grace tut jedoch so, als wäre etwas mit ihrem Nagellack und Clint ist fasziniert von seinem Bier.

Ich bin glücklich. Ich bin glücklich, weil sie eine Familie sind. Keine perfekte Familie, aber eine, die nicht perfekter für *mich* sein könnte. Die Karten, die Aaron mir gezeigt hat, liegen auf dem Tisch und als mir auffällt, dass ich nur noch eine Karte habe, lege ich sie auf den Ablagestapel und grinse von einem Ohr bis zum anderen, weil ich gewonnen habe – das habe ich mittlerweile verstanden.

Alle Karten weg – gewonnen.

Grace reißt die Arme in die Luft, Clint schnappt empört auf und Aaron lehnt sich grinsend im Stuhl zurück.

Weil ich gewonnen habe.

Und mir? Mir steigen Tränen in die Augen, da sie sich für mich freuen, auch wenn es übertrieben und gespielt ist. Dieser Moment bedeutet mir unglaublich viel. »Danke«, flüstere ich lächelnd und Grace nickt mir kaum merklich zu.

Bis wir uns beruhigt haben und die Show der überraschten, empörten, begeisterten Gesichter vorbei ist, dauert es eine Weile. Eine lange Weile, in der ich an nichts anderes denke, nichts anderes fühle als Glück. Als Zufriedenheit. Niemand sagt, dass ich das Spiel dennoch verloren habe, weil ich die Runden davor versagt habe. Niemand sagt, dass ich die Schlechteste bin. Für diesen Abend bin ich die Gewinnerin, weil ich das letzte Spiel gewonnen habe.

Weil sie wollen, dass ich mich wie eine fühle.

Ich bedanke mich tausend Mal bei ihnen. Dann gehe ich erneut mit Aaron nach oben in mein Zimmer, wir setzen uns nebeneinander auf mein Bett und reden weiter, als hätten wir nie etwas anderes gemacht

»Wir sollten echt Mal schlafen gehen. Gute Nacht, Nelli.«

Mir gefällt der Spitzname. Spitznamen gibt man Menschen, die man mag, oder?

»Gute Nacht, Schnuffi«, erwidere ich grinsend, woraufhin er das Gesicht verzieht und sich die Ohren zuhält. Diese Geste bringt mich so zum Lachen, dass ich mich verschlucke und hustend zurück in mein Bett falle. Nun lacht er auch.

Er macht Anstalten, mich zu umarmen, kommt mir näher, doch ich ziehe mich zurück, höre auf zu lächeln. Er versteht, bleibt stehen, sieht verloren aus, verletzt. Ich kann ihn nicht ansehen, kann ihm nicht in die Augen schauen.

»Tut mir leid«, murmle ich, blicke zu ihm, damit er sieht, dass es mir wirklich leidtut.

»Nein, mir tut es leid«, erwidert er und weicht meinem Blick aus, bevor er aus meinem Zimmer verschwindet.

Ich hoffe, er verzeiht mir, dass ich nicht bin, wie er es sich erhofft hat.

17

Ich wälze mich im Bett hin und her, finde keine Position, in der ich einschlafen kann, da die Gedanken an Aaron mich immer noch zu sehr plagen. Außerdem schwirrt das Lachen meiner Gastfamilie in meinem Kopf und ich möchte es nicht vergessen, möchte nicht, dass der Tag vorbeigeht. Dieser Tag, an dem ich anders war. An dem ich war, wie ich gerne immer sein würde. Mutig, lustig, gesellig, gut.

Seufzend stehe ich auf und schleiche auf meinen Balkon, um in den Himmel sehen zu können. Aaron wollte eine Schwester, die er umarmen und mit der er Spaß haben kann – und jetzt hat er mich. Ein Mädchen, das sich nicht einmal beim Gutenachtsagen in den Arm nehmen lässt und deren Stimmung schwankt wie ein Schiff bei Sturm.

Ich stütze mich am Geländer des Balkons ab und sehe in den Himmel, beobachte die Sterne, die längst nicht mehr existieren. Die Entfernung zwischen ihnen und mir ist so groß, dass sie im Moment unserer Begegnung bereits erloschen sind. Verschwunden, als wären sie nie da gewesen – und dennoch sehen wir sie. Sie geben mir die Hoffnung darauf, dass ich nach meinem Tod gesehen werde. Dass sich jemand mit mir beschäftigt, mich nicht vergisst.

Das Rauschen des Meeres erfüllt die Nacht mit einem Klang, den ich mit Freude begrüße. Ein Klang nach Freiheit und Kraft, der selige Ruhe in sich trägt.

Mir wird klar, dass ich Deutschland nicht vermisse. Ich vermisse das Café nicht, in dem ich jeden Tag gesessen habe. Ich vermisse Anna nicht, habe kein einziges Mal an sie gedacht. Und auch wenn ich mich schlecht dabei fühle, fühle ich mich gleichzeitig unendlich frei, denn ich habe Freunde gefunden, nach nicht mal einer Woche, und habe Spaß mit ihnen. Oder zumindest das, was ich darunter verstehe. Mein Leben ist schwieriger, weil es fremder geworden ist, aber es ist nicht schlechter.

Fremde Menschen. Fremdes Land. Fremde Sprache.

Mein Zuhause.

Ein Lächeln ziert mein Gesicht und ich atme die frische Nachtluft ein, die meinen Körper mit purer Hoffnung ausfüllt. Es riecht salzig, wohlig, nach Meer.

»Warum bist du denn noch wach?«

Überrascht sehe ich zur Seite und erblicke eine Gestalt auf dem Balkon des Nachbarhauses. Knappe zwei Meter trennen uns voneinander, doch es macht mir nichts aus. Die Stimmung zwischen Luke und mir hat sich innerhalb eines Tages so drastisch verändert, dass es fast unmöglich scheint. So unmöglich, dass ich es nicht glauben kann, obwohl es wahr ist.

Seine Stimme ist ruhig und freundlich, hat nichts von der Arroganz, die in mir immer ein unwohles Gefühl verursacht hat. Das Angebot war das Beste, was mir passieren konnte, die beste Idee seit langem – abgesehen davon, hierherzukommen.

Ich gehe ein paar Schritte in seine Richtung und warte, bis meine Augen sich an die Dunkelheit gewöhnt haben.

»Ich konnte nicht schlafen«, gebe ich zu und er nickt, als wüsste er, was ich eigentlich meine. Als würde er mich Jahre kennen und

… ja, vielleicht weiß er tatsächlich mehr über mich als die Waisenkinder, mit denen ich einen Großteil meines Lebens verbracht habe. Wer weiß, was ich ihm erzählt habe, während ich schlief und nichts davon mitbekommen habe.

»Schicker Schlafanzug.«

Ich schaue an mir herunter, gebe ein Zischen von mir und funkle ihn wütend an. Nicht die Art Wut, die ich auf Fynn oder Samuel verspürt habe. Es ist mehr die gespielte Wut, die Grace an meinem ersten Tag auf Aaron hatte. »Lass meine Häschen in Ruhe auf meinem Schlafanzug hüpfen«, verteidige ich mich und meinen rosa Zweiteiler, über den ein Kleinkind glücklich wäre, und versuche, die Belustigung in meiner Stimme zu verstecken.

Ein leises Lachen ertönt von der anderen Seite des Abgrundes und ich fange an, zu grinsen, denn nun weiß ich, dass er mich nicht auslacht.

Kleider sind mir wirklich egal. Solange sie verstecken, was sie verstecken sollen. Wobei ich natürlich gerne einmal ein Kleid mit Rückenausschnitt anziehen oder eine kurze Hose tragen würde, mein Top über meinem Bauchnabel knoten oder bei Tageslicht schwimmen gehen möchte.

»Wenn du echte Häschen hüpfen sehen willst, kannst du ja rüberkommen«, schlägt er vor und macht eine einladende Handbewegung, während ich ihn verwirrt ansehe. »Sag bloß, Sam hat dir nicht erzählt, dass sie zwei Kaninchen hat. Sie redet doch sonst immer so viel über sie.«

Ich denke an die Gespräche, die wir bisher geführt haben, aber bis auf Janes verliebten Hund, weiß ich von keinen Haustieren. Also schüttle ich den Kopf.

»Kommst du nun?«, fragt er erneut.

Ich sehe die Meter hinab, die ich herunterfallen könnte, und reiße meine Augen auf. Will er wirklich, dass ich rüber springe? Ist er verrückt? Er beginnt, erneut zu lachen, lauter, und ich kneife meine Augen zusammen, als mein Misstrauen zurückkehrt. Vielleicht lacht er mich doch aus.

»Du müsstest deinen verschreckten Gesichtsausdruck sehen, Bunny.« Ich setze zu einer Erwiderung an, als er in seinem Zimmer verschwindet. Er hat mich Bunny genannt – Spitznamen gibt man Menschen, die man mag.

Frustriert und wütend, aber auch überfordert, weil er mich ›*Hase*‹ genannt hat und dann einfach abgehauen ist, verschränke ich meine Arme vor der Brust. Als er mit einer Leiter wiederkommt, bin ich immer noch wütend. Zumindest versuche ich, äußerlich den Eindruck zu vermitteln, als wäre ich es. Das gute Wütend, das übertrieben gespielte, obwohl man nicht wütend ist.

Die Leiter legt er auf sein Geländer und schiebt sie langsam zu mir herüber, sodass sie auch auf meinem Geländer liegt. Ich beäuge sie, während Luke mich abwartend ansieht. Als ich keine Anstalten mache, zu ihm zu klettern, breitet sich ein Grinsen auf seinem Gesicht aus, das immer breiter wird und ich ihm gerne aus dem Gesicht schlagen würde – nicht wirklich wie bei Fynn, sondern sinnbildlich.

»Ist Bunny etwa ein Angsthase?«, fragt er gespielt höhnisch.

Ich gebe einen zornigen Laut von mir, packe das Metall der Leiter, dessen Ende Luke festhält und klettere auf sie. Mit zusammengekniffenen Augen fixiere ich Luke, um nicht zu sehen, wie weit ich fallen würde.

Ich würde sterben.

Stoßweise atme ich aus, versuche, die Angst nicht Überhand gewinnen zu lassen. Als ich endlich auf der anderen Seite ankomme, schließe ich die Augen und lehne mich an Lukes Balkon.

»Wehe, du nennst mich noch einmal Bunny und machst dich über mich lustig«, grummle ich, als die Angst abgeflaut ist, und mustere ihn finster.

Er zuckt mit den Schultern und grinst mich an. »Geht klar, Bunny.«

Ich stapfe an ihm vorbei in das Zimmer, spiele weiterhin die Trotzige, weil ich es mag, zu trotzen. Doch als ich in dem Zimmer stehe, das offensichtlich sein Zimmer ist, halte ich überrascht inne und blicke auf das Chaos. Ich bin mehr als überrascht darüber, weil unser Zimmer im Internat so verdammt ordentlich ist, dass man kaum ein Staubkorn findet.

»Wow, Respekt für diese Unordnung«, meine ich ironisch, grinse und schiebe ein »Piggy« hinterher.

Empört kneift Luke die Augen zusammen, was mich zum Lachen bringt. »Warum denn Piggy?«

»Na, weil es hier aussieht wie im Schweinestall!«

Ich mag sein Zimmer, obwohl es unordentlich ist. Es riecht gut, besser als bei den Scales, und das macht es mir gleich sympathischer.

»Ich weiß gar nicht, was du hast. Ist doch gemütlich. Aber lass uns zu deinen flauschigen Artgenossen gehen«, erwidert er und öffnet seine weiße Zimmertür.

Augenverdrehend folge ich ihm auf den Flur, nachdem ich einen letzten Blick auf die Poster von Boxern geworfen habe und in das Zimmer gegenüber. Ich achte darauf, keinen Laut von mir zu geben, weil ich Angst habe, dass seine Eltern da sind. Allerdings trampelt Luke wie eine Herde Gnus, was den Anschein vermittelt, dass meine Bedenken umsonst sind. Wieso bin ich so entspannt?

Sams Kaninchen sind total süß. Sie sitzen die ganze Zeit da und knabbern an Heuhalmen, dabei ist nichts als das Mahlen ihrer Zähne zu hören. Manchmal springen sie herum, nur um unbeschwert weiter zu futtern. Ich will so essen können wie sie.

Ich deute auf das weiße Kaninchen mit braunen Flecken und sehr langem Fell. »Wie heißt sie?«

»Er heißt Luigi«, erklärt Luke mir mit einem Schmunzeln und zeigt auf das andere Kaninchen mit braunem Fell. »Und sie heißt Luna.«

»Sind eure Eltern nicht zu Hause?«, frage ich, nachdem wir Luigi und Luna ein paar Minuten beobachten, die eine seltsam beruhigende Wirkung auf mich haben.

Luke spannt sich an, gibt mir keine Antwort und ich dränge ihn nicht. Ich weiß, wie es ist, zum Sprechen gedrängt zu werden.

Was ist geschehen? Wie konnte das passieren? Was war denn?

»Ich spreche nicht gerne über sie«, murmelt er und ich nicke. Als meine Eltern noch lebten, sprach ich genauso gerne über sie wie heute – überhaupt nicht.

»Komm mit«, meint er, als das braune Tier eine weitere Runde gedreht und beschlossen hat, die Augen zu schließen, um an seinen weißen Kumpanen gelehnt zu dösen.

Ich bemerke Lukes Melancholie und seine Abwesenheit, folge ihm in den Flur zurück, durch den wir ein Zimmer am Ende betreten. Es ist nicht sonderlich großräumig, überall stehen ordentlich gestapelte Kisten und Luke geht auf eine zu – eine bestimmte, als würde er genau wissen, was sich in jeder einzelnen befindet – und holt Abzüge von Bildern heraus.

»Hier, schau«, haucht er und der Fußboden knarzt unter meinen Füßen, als ich langsam auf Luke zugehe.

Er sieht aus wie ein Junge, der aus Versehen seinen mit Helium gefüllten Luftballon losgelassen hat, dem er nun nachtrauert, ihn vermisst und sich vorwirft, nicht besser aufgepasst zu haben.

Ich sehe auf die Fotos, die Luke in der Hand hält, und mein Herz zieht sich schmerzhaft zusammen, sobald ich auf die lachende Familie schaue. Ich achte nicht auf meine Schmerzen, nicht jetzt. Denn jetzt zählt der leidende Ausdruck in Lukes Augen, der verschwinden soll.

Von meinen Lippen dringt kein Ton. Meine Wörter und Sätze hätten ihn sowieso nicht erreicht, aber er spricht von selbst, erklärt, was ich deutlich auf den Bildern erkennen kann. Erklärt es für sich.

»Wir waren so glücklich und haben viel Zeit miteinander verbracht, sind dauernd Fahrradgefahren, haben uns Baseballspiele angesehen und selbst gespielt. Auch wenn wir nicht viele Rücklagen hatten, sind wir jedes Jahr an diesen See in die Berge gefahren, der zu kalt zum Schwimmen war. Aber mein Vater ist dennoch hineingegangen, um meinen Ball herauszuholen.« Er verzieht den Mund zu einem Lächeln, das seine Augen nicht erreicht. Es ist voller Schmerz. Ihn so zu sehen, raubt mir den Atem. Ich muss hier raus, muss weg. Doch ich bleibe stehen. »Dann lernten sie die Scales kennen, durften ein Tochterunternehmen von ihnen führen und auf einmal hatten wir Geld.«

Nun lacht er trocken, abschätzig, verraten. »Nur haben sie nichts davon, wenn sie dauernd arbeiten müssen, nicht? Wir sind ans Meer gezogen. *Nicht in eine Villa, nur in ein Haus,* hat er gesagt. *Nur in ein Haus am Meer, direkt neben Aaron. Jetzt kannst du deinen Traum hier leben,* hat er gesagt und vergessen, dass es auch sein Traum war, am Meer zu leben. Dass es unser Traum war, nicht nur meiner. Ich vermisse sie, Kanela. Ich weiß, ich wäre in Deutschland volljährig und sollte unabhängig von meinen Eltern leben können, doch sie fehlen mir heute genauso sehr wie damals.« Er sieht mich eingehend an. »Vermisst du deine Eltern auch? Weinst du deswegen in der Nacht?«, fragt er und das Blut in meinen Adern gefriert zu Eis.

Ich schüttle den Kopf, weil ich es nicht aussprechen, ihn aber auch nicht anlügen will. Doch er scheint es nicht zu bemerken, als würde er keine Antwort wollen.

Ich glaube, dass Luke Angst davor hat, Sam zu verlieren. Sie ist die Einzige, die von seiner Familie wirklich da ist. Vielleicht befürchtet er, dass ich sie ihm wegnehmen könnte. Weil er weiß, dass ich einen psychischen Schaden habe.

Dabei kann ich ihn verstehen, kann seine Sorgen nachvollziehen, die er sich um Sam macht; die er sich meinetwegen gemacht hat. Die Sorgen darüber, ob ich mich zwischen ihn und die Personen stelle, die ihm so viel bedeuten. Die Befürchtung, dass ich sie verletzen könnte.

Doch etwas hat sich geändert; hat ihn umgestimmt. Was es war, weiß ich nicht, doch ich weiß, dass er sich mir geöffnet hat und es bereuen wird. Und ich weiß, dass ich alles dafür tun werde, damit das nicht geschieht.

18

Für einen Moment stehe ich ratlos da, dann kommt mir eine Idee. Eine Idee, die scheitern oder erfolgreich sein kann, aber ich nehme es in Kauf. Akzeptiere, dass sie grauenvoll sein könnte, denn ich will nicht, dass er bereut , sich mir anvertraut zu haben.

Luke ist so abwesend, dass ich das Zimmer verlasse, ohne dass er es bemerkt, und als ich einige Minuten später zurückkomme, sieht er genauso aus wie vorher. Ich sehe auf das Foto, präge mir jedes kleinste Detail ein, bevor ich meine Hand um seine lege.

Ein Zucken geht durch unsere Körper, woraufhin er mich anblickt. Ich kann dabei zusehen, wie seine Gefühle sich wieder sammeln, seine Mauer sich errichtet, jedoch habe ich ihn längst durchschaut, habe längst hinter die Fassade geblickt.

Mir fällt auf, jetzt, wo ich ihn ansehe, dass wir eins gemeinsam haben: In manchen Momenten würden wir jeder Person Geheimnisse anvertrauen, die wir nie in Erwägung zogen, überhaupt zu verraten.

»Hör zu, vergiss wa-« Ich unterbreche ihn, indem ich eine Badehose, die auf seinem Zimmerboden lag, an seine Brust drücke.

»Sei still und zieh die an, okay?« Er erwidert meinen Blick verwirrt, macht keine Anstalten, nach der Badehose zu greifen.

»Vertrau mir«, wispere ich. Abermals geht ein Ruck durch seinen Körper und er greift nach dem Kleidungsstück, das ich noch immer an seine Brust presse. Er weiß nicht, wie viel es mir abverlangt, ihm in den nächsten Minuten zu vertrauen.

Ich lasse ihn im Zimmer zurück und betrete den Flur, warte, bis er ebenfalls herauskommt, und greife nach seiner Hand. Er zieht sie nicht zurück, lässt zu, dass ich ihn mit mir ziehe, als wüsste ich genau, wie ich aus dem Haus komme. Mit einem Rucksack auf meinem Rücken, den ich eben in meinem Zimmer gepackt habe, und einen Bikini an meinem Körper, den ich nie tragen wollte. Ich finde die Berührung schöner, als ich es tun sollte.

Das Haus sieht ähnlich aus wie das der Scales, nur der Geruch ist ein anderer. Schnell finde ich die Terrassentür, öffne sie und trete hinaus, Luke neben mir, der immer mehr zu sich kommt. Ich beschleunige meine Schritte, denn ich will verhindern, dass er sich völlig findet; will, dass er offenbleibt für neue Empfindungen, für mich.

»Was zur Hölle tust du?«, fragt er scharf, sieht sich um, als wäre er das erste Mal hier, allerdings lässt er immer noch nicht meine Hand los. Lässt sich immer noch von mir Richtung Strand ziehen, ohne dass er eine Antwort erhält. Lässt sich immer noch von mir führen. Lässt sich immer noch auf mich ein. Hoffentlich nicht deshalb, um mich nicht zu verletzen, sondern weil er es mag.

Mit einem dumpfen Laut landet mein Rucksack auf dem Sand und ich gehe ein paar Schritte zur Seite, um Abstand zwischen Luke und mich zu bringen. Ich ziehe meine Socken aus, was mich frösteln lässt; ziehe meine Hose aus, was mich alle Kraft kostet; ziehe mein T-Shirt aus, was meinen ganzen Mut erfordert. Währenddessen beobachtet mich Luke mit geweiteten Augen, als stünde ich nackt vor ihm. Der Bikini ändert leider nichts daran, dass ich mich genauso fühle. Nackt. Er soll wegsehen. Er soll mich nicht ansehen.

Meinen Rücken drehe ich aus seinem Sichtfeld, denn ich traue der Dunkelheit nicht, traue ihr nicht, dass sie versteckt hält, was versteckt werden muss.

Ich habe eine Gänsehaut, die Luke nicht sehen kann, weil er zu weit weg steht, doch ich sehe sie. Ich sehe sie und weiß, dass es nicht an der Kälte liegt, sondern an der Angst, die aus ihrem Schlaf erwacht ist. Doch ich weiche seinem Blick nicht aus, warte, bis er versteht, dass er es mir nachmachen soll. Es dauert eine Weile, bis er seinen Blick von mir löst und ich endlich wieder frei atmen kann.

Er zieht sich das T-Shirt aus, streift seine Schuhe ab und blickt mich an. Er sieht mir ins Gesicht, nicht auf meine Beine, die zu dünn sind. Nicht auf meinen Bauch, an dem sich die Rippen abzeichnen. In mein Gesicht. In meine Augen. Und ich fühle mich nicht mehr ganz so hässlich.

Ich hole tief Luft, trete wieder näher zu ihm und beginne. »Ich höre Kinder lachen und wenn ich in ihre Richtung schaue, sehe ich mehrere Mädchen und Jungen, die mit einem roten Ball mit schwarzen Punkten Fußball spielen. Sie wirbeln den Sand auf. In der Nähe liegt ein Ehepaar. Sie scherzen miteinander, lachen, sehen immer wieder zu ihrer Tochter, die gebannt ein Buch liest. Und sie sehen auch immer wieder hierher zu dir, um dich mit Stolz zu betrachten.«

Meine Stimme ist verhalten und zittrig, dennoch erreicht sie ihn und er schließt die Augen, um sie in sich aufzunehmen. Ich hatte Angst, dass er meine Idee ablehnt, mich anschreit und davonläuft, aber ich sehe, wie seine Mundwinkel sich entspannen, während er erneut nach meiner Hand tastet, sie kurz drückt. Dankbar?

Ich schließe ebenfalls meine Lider und gleite in meine, *unsere* Fantasiewelt ab. Habe immer noch Angst, als er beginnt, zu sprechen.

»Ich sehe ein Mädchen, das sympathisch wirkt und gehe auf sie zu, um mit ihr zu flirten. Jedoch fällt mir auf, dass es meine anstrengende Urlaubsbekanntschaft ist, die mit meiner Schwester befreundet ist und mich ein paar Mal in die Pfanne gehauen hat. Diesmal ist sie aber ganz nett und nimmt meine Hand.«

Ich schnappe empört nach Luft, die Fantasiereise hat eine andere Wendung genommen als geplant, doch diese ist nicht weniger schön. Es macht Spaß, mit jemand anderem eine Gedankenreise zu machen. Man weiß nie, was als nächstes passiert. So sehr ich es sonst immer hasse, wenn etwas nicht nach Plan läuft, ich nicht abschätzen kann, wie die Person auf mich reagieren wird, hat es seinen Reiz. Lukes leises Lachen bestärkt mich in meinem Gefühl.

»Sie lächelt charmant und legt eine Hand auf deine Brust, bis du genüsslich die Augen schließt. Doch auf einmal wird dir etwas Eiskaltes übergeschüttet. Das Cocktailglas in ihren Händen ist nun leer.« Ich weiß nicht, ob er in Wahrheit seine Augen schließen und ich mich trauen würde, über ihn einen Cocktail auszuschütten. Vermutlich nicht. Doch es spielt keine Rolle. Nicht jetzt.

Er drückt meine Hand und es ist, als könnte ich die Wärme der Sonne auf meiner Haut spüren. Sorglosigkeit breitet sich in meinem Körper aus. Ich höre das Lachen von Luke, das das Rauschen des Pazifiks verblassen lässt.

»Das lasse ich natürlich nicht auf mir sitzen«, erwidert er. Auf einmal wird an meinem Arm gezogen und ich stolpere nach vorne. Überrascht reiße ich meine Augen auf und sehe, wie Luke mich immer weiter zum Meer zieht.

Zu perplex, um mich zu wehren, lasse ich es zu. Erst, als das Wasser um meine Füße spült, reagiere ich; will mich losreißen, doch Luke hält mich zu fest und wir landen mit einem lauten Schrei dort, wo ich nicht hinein wollte.

Mein Versuch, mich abzufangen, scheitert kläglich. Salzwasser spritzt mir ins Gesicht, sodass ich hastig versuche, es aus meinen Augen zu wischen. Die Kälte lässt mich nach Atem schnappen. Als ich probiere, aufzustehen, bemerke ich Luke, der mit ausgestreckten Armen und einem fiesen Grinsen näherkommt. Schnell weiche ich zurück, stolpere über meine eigenen Füße und verliere endgültig das Gleichgewicht, als Luke mich schubst.

Sein Lachen kann ich bis unter die Wasseroberfläche hören und ich registriere endgültig, dass ich im Meer bin; dass Wasser um meine Ohren und in meine Augen fließt; dass Salz auf meinen Lippen liegt. Als ich wieder auftauche, würde ich am liebsten mit ihm lachen, weil ich im Meer bin, doch ich bin trotzig. Mal wieder. Mal wieder nicht ernsthaft.

»Das war für den Cocktail auf meinem unbezahlbaren Körper, Bunny«, meint er arrogant und ich verdrehe die Augen.

Seitdem ich weiß, dass er diese Kommentare alles andere als ernst meint, finde ich sie amüsant. Meistens zumindest.

Ich versuche, ihn nasszuspritzen, allerdings trifft mich mehr Wasser als ihn. Beleidigt und schmollend ziehe ich die Unterlippe vor und schwimme weiter hinaus ins Tiefe, fange an, mit Luke zu lachen, der mir hinterherschwimmt. Fange an, über mich zu lachen.

Eine Zeit lang lassen wir uns von den Wellen hin und her schaukeln, treiben nach rechts, von unseren Häusern davon. Dann kommt mir eine Idee.

Konzentriert beiße ich auf meine Unterlippe, während ich so geräuschlos wie möglich an ihn heranschwimme. Doch gerade, als ich ihn unter Wasser drücken will, öffnet er die Augen und ist vorbereitet, schwimmt dagegen an, lässt sich keinen Millimeter untertauchen.

»Das gibt's nicht, wie unfair ist das bitte?«, jammere ich und versuche es wieder. Vergeblich. Mehr, als ihn mit meinen Händen berühren, will ich aber auch nicht.

»Versuch es nochmal, vielleicht klappt es dann«, meint er grinsend und zwinkert mir zu, erntet ein Augenrollen von mir.

Ich greife um seine Schultern und stemme mein Gewicht auf ihn, merke, dass er untergeht, merke, dass er absichtlich nicht dagegen anschwimmt, doch es ist mir egal. Wie beim Kartenspiel. Zufrieden schwimme ich auf dem Rücken zurück zum Strand, sehe dabei zu, wie er prustend auftaucht und mich vorwurfsvoll ansieht. »Ey, das war gemein!«, ruft er mir hinterher.

Ich muss grinsen und beobachte dabei die Sterne, merke, wie die Kälte des Wassers an mir zu nagen beginnt. Luke gesellt sich zu mir und wir beobachten gemeinsam den Himmel, ohne ein Wort zu sagen. Das hier ist ein Erlebnis, wie ich es wollte. Das, was ich für die zukünftigen Erlebnisse will. Eine Erfahrung, in der ich lebe und glücklich bin. Ein Erlebnis mit Luke, das mir gezeigt hat, dass er kein Arschloch ist. Dass er verletzlich ist – wie jeder andere Mensch. Das mir zeigt, dass ich leben kann – wie jeder andere auch.

Uns hat es beiden geholfen, die Fantasiereise. Eine Reise, die ich früher immer allein gemacht habe, die oft auf dem Feld oder in der Luft stattfand. Diesmal war die Reise wahrhaftig – nur die Sonne auf meiner Haut, die an meiner Nasenspitze kitzelt, bilde ich mir ein.

Irgendwann wird es zu kalt, um im Wasser liegenzubleiben, und ich wate die letzten Meter rückwärts aus dem Meer, tue, als würde ich das machen, damit ich Luke ansehen kann, der mir nachkommt. Ich drehe mich erst um, als er neben mir steht, da ich nicht riskieren will, dass er auf meinen Rücken sehen kann.

Die Nacht ist still, nur das stetige Rauschen des Meeres ist zu hören. Erneut wird mir bewusst, dass auf den Ozean Verlass ist. Nie wird er aufhören, Wellen an Land zu bringen, dort den Sand dunkel zu färben und Schaum zu hinterlassen, der sich in Sekundenschnelle wieder auflöst.

In Handtücher eingewickelt, sitzen wir nebeneinander und sehen auf die Weite des Ozeans, hängen unseren eigenen Gedanken nach, ohne uns dabei zu stören, bis Luke ein »Danke« murmelt. Ich sehe ihn an und lächle – und er lächelt auch. Wir lächeln gemeinsam.

Wenig später breite ich das Handtuch auf dem Sand aus und lege mich darauf, sehe weiter in die Sterne, die eine lange Zeit meine engsten Freunde waren. Man könnte meinen, es wäre langweilig, dauernd dasselbe anzusehen, aber es wird nicht öde.

Es ist nach all den Malen immer noch atemberaubend und der Nachthimmel in Kalifornien ist noch beeindruckender als der in Deutschland.

Luke bleibt noch eine Weile sitzen, bevor er sich ebenfalls hinlegt und nach wenigen Sekunden einschläft. Und ich denke daran, wie froh ich darüber wäre, es ebenfalls zu können.

Ich will unter freiem Himmel schlafen, möchte, dass die Sterne das Letzte sind, was ich sehe. Möchte in den roten Himmel blicken, wenn ich aufwache. *Ein bisschen schlafen,* sage ich mir, *nur ein bisschen und dann wache ich vor Luke auf.*

Nach langen Minuten, keine Ahnung, wie viele es sind, drifte ich in einen Schlaf ab, in dem ich keinerlei Bekanntschaft mit meiner Vergangenheit mache.

Von Sonnenstrahlen, die sich in meinen Rücken brennen, werde ich geweckt und als ich realisiere, dass sie wirklich meinen Rücken wärmen, reiße ich meine Augen auf. Abrupt setze ich mich auf und hoffe, dass Luke noch schläft, doch er sitzt auf seinem Handtuch und beobachtet mich.

Es ist zu spät.

Zu spät.

Zu spät.

Ich versuche, mit meinem Handtuch das zu verdecken, was er ohnehin schon gesehen hat, und warte panisch auf seine Reaktion. Mein Mund ist staubtrocken und ich habe das Gefühl, als würde ich gleich zusammenbrechen, denn es wird nicht viele Möglichkeiten geben, wie er reagieren könnte, und nur wenige, die mich nicht verletzen werden. Nein, es gibt *keine* Reaktion, die mich nicht verletzt.

Wieso bin ich eingeschlafen? Wieso habe ich es mir erlaubt, zu schlafen?

Scheiße.

Scheiße.

Scheiße!

Dass er nur dasitzt und mich ansieht, macht alles schlimmer. Ich spüre den dicken Kloß in meinem Hals, den ich verzweifelt versuche, hinunterzuschlucken. Das war so nicht geplant, ich wollte doch vorher aufwachen. Warum bin ich nicht vor ihm aufgewacht?

Er räuspert sich und mit panisch aufgerissenen Augen sehe ich ihn an; spüre die Tränen in meinen Augen, aber sie kommen nicht. Sie rollen nicht über meine Wangen, bleiben da, wo sie sind. Genau wie Luke.

»Der nächste Tag ist angebrochen und ich bin extra nochmal an den Strand gegangen, um sie zu sehen. In den Dünen sitzt sie, ein wunderschönes Mädchen, Sams Freundin. Ein Mädchen, das für ihr Alter viel zu viel erlebt hat«, flüstert er. Seine Reaktion zerstört mich auf einer Ebene, die ich nicht gewohnt bin. Sie zerstört mich auf einer Ebene, die ich nicht kenne.

Luke steht auf, gibt mir meine Kleidung und zieht sich an. Erst als ich mir meine Hose überziehe, realisiere ich seine Worte vollständig. Verstehe die Bedeutung dahinter. Eine Träne läuft meine Wange hinunter, die ich nicht versuche, wegzuwischen, denn Luke darf sehen, dass er mich berührt hat. Er darf hinter meine Mauer schauen. Ich erlaube ihm, einen Teil von mir zu verletzen, damit ein anderer heilen kann.

Die Träne landet im Sand und hinterlässt einen Fleck, der schon bald von der Sonne getrocknet wird, als hätte er nie existiert.

Licht ist immer stärker als Schatten.

19

Als ich auf dem Balkon stehe und Luke die Leiter zurückgebracht hat, stürzen Grace und Aaron in mein Zimmer.

»Wo warst du denn? Wir wollten dich eben zum Frühstück rufen, aber du warst nicht da«, fragt Grace besorgt und ich sehe ertappt auf den Boden.

Aaron sieht mich mit einem Blick an, den ich nicht deuten kann, und ich befürchte, er ist nach wie vor enttäuscht, weil ich ihn nicht umarmen wollte. Meine Finger durch mein Haar streichend, versuche ich, meine Frisur zu richten. Dabei fallen ein paar Sand-körner zu Boden. Sie glitzern und ich finde sie perfekt dort, auch wenn sie niemand außer mir sieht.

Bevor ich antworte, richte ich meinen Blick wieder zu Grace, damit ich nicht unhöflich wirke. »Ich habe mir mit Luke den Strand angesehen«, erkläre ich. Mir fällt auf, dass es nicht ausreicht. »Ich konnte heute Morgen nicht mehr schlafen und bin durch die Terrassentür nach draußen gegangen. Zufälligerweise war Luke auch da und ist mitgekommen.«

Grace nickt und ich befürchte, dass sie gleich ausflippt und mich anschreit, doch sie bleibt gelassen, lächelt sogar. »Ich bin froh, dass du dich eingelebt hast und dich scheinbar mit Luke verstehst. Das nächste Mal will ich jedoch einen Zettel auf deinem Bett, auf dem steht, wo du bist. Und wenn du weiter weggehst, sagst du einem von uns Bescheid. Wir haben uns wirklich Sorgen gemacht und das ganze Haus durchsucht.«

Ich nicke so heftig, dass ich Kopfschmerzen bekomme. Grace ist ein Traum. Sie kneift auf ihre gespielt wütende Art die Augen zusammen und verschwindet vom Balkon und aus meinem Zimmer.

»Er war zufällig da?«, fragt Aaron, der die Augen auf keine gespielt wütende, sondern auf eine misstrauische Art zusammengekniffen hat. Denke ich.

Verwirrt runzle ich die Stirn, wie Luke es immer macht, und nicke. »Ja, er war auf dem Balkon«, sage ich und zeige hinter mich, zu besagter Stelle.

»Ich hätte nicht gedacht, dass er dich so schnell rumkriegt«, meint er auf einmal trocken, total ernst.

Ich will darauf antworten, doch es kommt kein Ton heraus. Hat er das wirklich gesagt? »Ist das dein Ernst?«, frage ich fassungslos, als ich meine Stimme wiederfinde. Weil er nichts erwidert, weiß ich, dass er keinen Scherz gemacht hat. Meine Augen fangen an zu brennen. »Ich lasse mich nicht einmal von dir umarmen und du denkst, dass ich dann mit ihm … was mache? Ihn küssen? Mehr?«

Ein Ekelgefühl steigt in mir auf. Es drückt mir die Luft ab, ich kann nicht glauben, dass er das von mir denkt. Ich habe es verdient, aber ich habe gedacht, er bemerkt es nicht.

Ich wirble herum, kann ihm nicht länger in die Augen sehen, sonst wird die Wut auf mich nur größer. Stattdessen sehe ich in Lukes blaue Augen, denen ich nicht ausweiche, die auf einmal eine ganz andere Wirkung auf mich haben als vor zwei Tagen. Sie sind beruhigend, sie wissen Bescheid, sie haben viel gesehen, zu viel, aber sie klagen mich nicht an. Kurz erwidert er den Blickkontakt, dann sieht er an mir vorbei zu Aaron.

»Ist irgendetwas?«, fragt Luke ihn und ich bemerke, wie Aaron sich hinter mir anspannt.

»Nein, alles in Ordnung«, seufzt er. »Ich bin nur – habe schlecht geschlafen.«

Luke nickt und zieht die Stirn kraus. »Hast du heute schon was vor?« Aaron schüttelt den Kopf, das weiß ich, ohne hinzusehen. »Wie wäre es mit Kino?«

Aaron sieht zu mir. »Willst du mitkommen?«, fragt er verhalten, mir ist klar, dass dies ein Friedensangebot ist, seine Art, um Entschuldigung zu bitten. Ich sehe zu Luke, der mich anlächelt, und dann nicke ich.

»Ich gucke mal, was so läuft und schreib euch dann. Aaron, du kannst ja eine Gruppe aufmachen«, meint Luke und ich hebe verwirrt eine Augenbraue.

»Wir sind Nachbarn.«

Die beiden sehen mich an, als käme ich von einem anderen Planeten. »Ja und?«, erwidern sie gleichzeitig und ich fahre mir durch meine Haare, die nach Salz riechen. Nach Meer riechen.

»Na ja, wir können auch einfach reden?«

Aaron zuckt mit den Achseln und Luke verdreht die Augen, grinst dann. »Ich glaube, niemand von uns hat Lust, zum anderen herüberzugehen.«

Ich stöhne verzweifelt auf. »Gut, dann macht halt eine Gruppe, wenn es euch glücklich macht. Aber wehe, ihr schreibt irgendeinen Schwachsinn, dann gehe ich sofort raus!«

Beide nicken heftig und ich weiß nicht, ob ich dem trauen kann. Abgesehen davon muss ich dringend ins Badezimmer. »Also gut, bis später. Ich gehe duschen. Falls ihr weiter Balkongespräche führen wollt – nur zu.«

Ich bin den unzähligen *›Unnötige, aber eventuell nützliche Englischvokabeln‹*-Büchern dankbar für ihr unnützes Wissen, das gar nicht mal so unnütz ist. So kann ich damit prahlen, dass ich weiß, was ›*Balkongespräche*‹ heißt. Das ist zwar nicht unbedingt notwendig, aber es lässt mich schlauer erscheinen.

Während ich dusche, male ich mir aus, wie es sein wird. Im Kino. Ich bin erst dreimal im Kino gewesen und jedes Mal war es etwas Besonderes, einen Film auf einer riesigen Leinwand zu sehen. Im Waisenhaus hatten wir einen Kinoraum mit einem Beamer und einer kleinen Leinwand, doch ich habe diesen Raum gemieden, so wie ich fast alle anderen Gemeinschaftsprojekte gemieden habe. Und wenn ich mal einen Film mitgesehen habe, war es anders als im richtigen Kino. Ich habe nie etwas auf einem Fernseher geschaut, bis ich hierherkam, zumindest nicht lange und nur heimlich. So heimlich, dass ich meistens nur die Hälfte des Bildschirms gesehen habe und nach fünf Minuten wieder in mein Zimmer gegangen bin.

Sobald ich mich angezogen habe, greife ich nach meinem Handy und lese die verpassten Nachrichten – natürlich haben Aaron und Luke nicht nur das Wichtigste geschrieben, sondern auch einzelne Buchstaben, Zahlen und Wörter, die nicht mehr als Wörter zu erkennen sind. Nachdem ich Lukes Nummer eingespeichert habe, schicke ich eine Nachricht in die Gruppe, die ich daraufhin verlasse.

Ist das euer Ernst? Das ist mir jetzt echt zu viel. Mir egal, welcher Film. Hauptsache, es ist kein Horrorfilm. WEHE, ES IST EINER! Aaron, sag mir einfach Bescheid, wann der Film losgeht. Wenn ihr euch geeinigt habt und du zu faul zum Laufen bist, tut es EINE Nachricht auch. Oder du brüllst.

Keine zwei Minuten später ertönt Aarons gedämpfte Stimme durch die Wand. »Mann, Nelli. Du solltest nicht rausgehen.«

Als ich nicht antworte, ist es zuerst eine Minute still, dann brüllt er wieder. »Um 18 Uhr fahren wir.«

Ich schreie, dass ich verstanden habe, dann ist es wieder still. Keine Ahnung, ob Grace und Clint uns gehört haben und was sie von uns denken müssen. Ich krame meinen MP3-Player aus der Tasche und stecke mir die Kopfhörer ins Ohr, dann schalte ich auf volle Lautstärke, sodass man das Lied als Außenstehender bestimmt hören kann.

Leichtfüßig tanze ich durch das Zimmer, springe und drehe Pirouetten. Dabei fällt mir auf, dass ich gar nicht gefrühstückt habe und mich niemand danach gefragt hat – und das macht mich noch fröhlicher.

Leise summe ich die Melodie des Liedes mit und versuche, elegant zu sein, bin dankbar dafür, dass es hier nur einen Spiegel gibt, in den ich nicht schauen muss, denn ich bin sicher, dass ich wie ein Känguru auf Drogen aussehe.

Als ein rockiges Lied folgt, reiße ich meine Hände in die Luft, springe auf mein Bett und spiele Gitarre. Greife in nicht vorhandene Saiten. Meine Finger streifen über sie und ich spiele Akkorde, die niemand außer mir hören kann. Am Ende des Liedes lasse ich mich auf meine Knie fallen, sie versinken in der Matratze und meiner Bettdecke.

Ich verliere das Gleichgewicht und falle um, halb aus dem Bett, doch ich lache. Ich lache laut und huste, weil ich kaum Luft bekomme – und weil sich das so gequält anhört, lache ich mehr und mehr und mehr. Lache, bis ich Tränen weine. Nach Luft schnappe.

Als mein Blick zum Fenster schweift, entdecke ich Luke auf meinem Balkon, der mich lächelnd ansieht, die Hand hebt, als er bemerkt, dass ich ihn bemerkt habe, und winkt.

Vielleicht sollte es mir peinlich sein, dass er mich dabei gesehen hat, wie ich Luftgitarre spiele. Vielleicht sollte ich versuchen, meine Haare zu bändigen. Vielleicht sollte ich so tun, als wäre das alles nicht passiert, doch ich stehe auf, sehe bewusst in den Spiegel. Sehe meine gerötete Haut und meine Augen, die strahlen; Haare, die verknotet und zerzaust in alle Richtungen stehen, immer noch ein wenig nass von der Dusche.

Dann gehe ich weiter, öffne Luke die Balkontür und lasse ihn herein, sehe ihn keuchend an. Meine Brust hebt und senkt sich unter kräftigen Atemzügen, ein leises Lied spielt. »Willst du mitmachen?«, frage ich ihn und er legt den Kopf zur Seite, zuckt mit den Schultern und greift nach dem Kopfhörer, den ich ihm entgegenstrecke.

»Wieso nicht«, meint er grinsend.

Nun hören wir beide Musik. Laute Musik. Musik, die Luke im Auto hört, von wo ich sie kenne. Der Bass durchströmt uns und gibt den Rhythmus vor.

Ich bin der Lead-Gitarrist und Luke der Schlagzeuger, manchmal der Bassist – oder beides. Das, was gerade passt, was er sein will. Was wir sein wollen.

»Wie heißen wir?«, rufe ich ihm zu, damit er mich trotz der Musik versteht. Wir spielen die Endnote, die immer leiser wird, bis sie völlig verstummt.

»Wie sollen wir denn heißen?«, stellt er mir die Gegenfrage, sieht mich mit aufgeweckten Augen und mit spitzbübisch verzogenen Lippen an.

Ich überlege, trommle den Anfangstakt des nächsten Liedes. »Wir sind die *Full-Time Flyers«*, sage ich und er runzelt die Stirn, was mich grinsen lässt.

»Full-Time Flyers?«, fragt er ungläubig und ich nicke, übernehme das Schlagzeug und überlasse Luke die Gitarre.

»Genau«, erwidere ich und er nickt, ein-, zwei-, dreimal bis er mit mir in das Lied einsteigt und wir auf den Tönen davonfliegen.

In den Himmel.

In die Freiheit.

Außer Atem setzen wir uns auf mein Bett und er zeigt mir mehr Rock- und Metalbands. *Green Day, Rise Against, Nickleback, Metallica, Linkin Park, Panic! at the Disco* und seine Lieblingsband *Billy Talent*. Ich muss ihm versprechen, dass ich mir von jeder Band mindestens zwei Lieder aus jedem Album anhöre, damit er aufhört, Fakten herunterzurattern.

Nun sitzen wir nebeneinander, hören ›*Drown*‹ von ›*Bring Me The Horizon*‹ und schweigen uns an. Scheinbar können wir das am besten, jedoch hoffe ich, dass sich das bald ändern wird.

Luke isst mit uns zu Mittag. Die Stimmung am Tisch ist ausgelassen und Clint macht viele Scherze, sieht deutlich zufriedener aus als bei meiner Ankunft. Der Stress auf Arbeit scheint weniger geworden zu sein.

»Welchen Film sehen wir uns denn nun an?«, frage ich zum tausendsten Mal und bekomme die gleiche Antwort.

»Du hättest in der Gruppe bleiben sollen«, trällern beide im Chor wie zwei Kinder, die stundenlang etwas eingeübt haben, damit die Eltern stolz auf sie sind, wenn sie es aufführen.

Als wir eine halbe Stunde später endlich vor einem großen Gebäude halten, steigen wir aus, gehen in das Kino und kaufen die Karten. Verwirrt suche ich nach der Sitzplatzangabe, scheitere aber kläglich. »Wo sitzen wir?«, frage ich die beiden, gehe zwischen ihnen und fühle mich auf einmal ziemlich winzig.

»Die meisten Kinos hier haben keine Sitzplatzangaben, deswegen muss man schnell genug reinkommen, wenn der Saal geöffnet wird«, erklärt Aaron mir.

Wie unpraktisch.

»Oder man kennt die richtigen Leute«, fügt Luke hinzu und zeigt auf einen Mann, der mir, je näher wir ihm kommen, bekannt vorkommt.

Als wir vor Nate stehenbleiben, zieht sich etwas in mir zusammen und ich beiße nervös auf die Unterlippe. Er begrüßt seine Freunde, während er mich ignoriert, was mir nichts ausmacht, aber als sie sich über einen Jungen unterhalten, der scheinbar nach Australien ausgewandert ist, trete ich von einem Fuß auf den anderen. Immerhin kenne ich diesen Jungen nicht und kann nicht mitreden.

Meine Hände krampfen sich zu Fäusten zusammen. Luke merkt mir meine Nervosität an und zeigt auf die Tür hinter Nate. »Wir dürfen, oder?«, unterbricht er das Gespräch, scheint sich kein bisschen unhöflich zu fühlen.

Nate sieht sich kurz um und geht zur Seite, sodass Aaron die Tür öffnen kann. Wir murmeln eine Verabschiedung und betreten dann einen dunklen Raum, den Luke mit seinem Handy beleuchtet.

Wir suchen uns einen Platz hinten in der Mitte, Aaron packt eine Tüte Chips aus, die er reingeschmuggelt hat, und warten darauf, dass die anderen Leute kommen und sich darüber aufregen, dass wir die besten Sitze bekommen haben. Meine Wangen werden rot, was zum Glück niemand sehen kann, und Adrenalin strömt durch meinen Körper, als mir klar wird, dass wir quasi in einen Kinosaal eingebrochen sind – wobei eingebrochen vielleicht etwas übertrieben ist.

Als der Film beginnt, esse ich nicht einmal mehr von den Chips, da ich zu aufgeregt bin. Es ist ein Actionfilm, bei dem ich ein Viertel nicht verstehe, weil die Stimmen durcheinander reden. Aber es ist schön – wegen Aaron und Luke.

Wegen des Kinos.

Und wegen der Erkenntnis, dass mein Leben hier so viel schöner ist.

Dass das Leben schöner ist, wenn man nicht allein ist.

20

Ich telefoniere gerade mit Domenik und erzähle ihm von der letzten Woche und der Abmachung mit Luke, als dieser in mein Zimmer platzt. Überrascht sehe ich auf. Er muss über den Balkon reingekommen sein – natürlich ist er das – und drehe mein Handy um, damit er Domenik nicht sehen kann. Ein Rieseln prescht meinen Rücken hinab und lässt mich verkrampfen.

»Habe ich dich gestört?«, fragt er, mich eingehend beobachtend, woraufhin ich hastig den Kopf schüttle. »Okay, gut. Du hast nicht auf meine Nachrichten geantwortet und ich wollte dich fragen, ob wir morgen zu meinem Lieblingsort fahren. Es soll heiß werden, aber das wird kein Problem sein. Ich würde mich auch um das Gepäck kümmern.« Er spricht so schnell, dass ich eine Weile brauche, bis das Gesagte bei mir angekommen ist. Unsicher kratzt er sich am Hinterkopf, vermutlich, weil ich mir mit meiner Antwort sichtlich Zeit lasse.

»Klar, das hatten wir ja bereits abgemacht. Du kannst gern packen, wenn's dir Spaß macht. Vergiss dann aber nichts.«

Er nickt und strahlt auf einmal, als wäre seine Nervosität verflogen. »Wenn du mir die Sachen gibst, die du mitnehmen willst, lasse ich dich sofort in Ruhe. Bei irgendetwas scheine ich ja gestört zu haben.«

Ich stehe auf, bin dankbar dafür, dass Domenik nichts sagt, und gleichzeitig ist es mir unangenehm, dass er alles mit anhören kann. Es fühlt sich wie ein Eingriff in meine Privatsphäre an, obwohl ich ihm von dem Gespräch ohnehin erzählen würde. Aber ich hätte weglassen können, was ich weglassen wollte. So bekommt er alles mit.

Während ich aus meinem Schrank die nötige Kleidung nehme, überlege ich, Luke die Wahrheit zu sagen. Die Entscheidung ist gefallen, als er mich mit einer solchen Aufrichtigkeit ansieht, dass es mich beinahe umhaut. Unser Verhältnis zueinander hat sich um 180 Grad gewendet und dort, wo vorher Feindseligkeit war, ist nun Fürsorge und Rücksichtnahme. »Ich habe gerade eine Sitzung mit Domenik – meinem Psychotherapeuten«, sage ich, ohne rot zu werden. Ohne, dass es mir peinlich ist. Dafür ist es Luke peinlich, was mich schmunzeln lässt.

»Oh«, meint er und sieht auf das umgedrehte Handy, zeigt darauf und dann auf sein Ohr. Ich nicke, bin verwundert über seine Unsicherheit. »Na dann gehe ich mal, Bunny. Und wehe, du stehst und hüpfst morgen nicht rechtzeitig vor meinem Haus.« Er grinst mich an und mir wird klar, dass er das extra gesagt hat, damit Domenik auf jeden Fall von dem Kosenamen weiß. Dennoch verstehe ich nicht, wie er seine Gefühle so rasant umkehren konnte. Wie aus Unsicherheit eine Neckerei entstehen konnte.

»Raus hier!«, zische ich und zeige energisch zum Balkon.

Obwohl ich mir alle Mühe gebe, ernst zu bleiben, kann ich ein Prusten nicht unterdrücken, als Luke lachend nach draußen stolpert. Ich schließe die Glastür mit einem lauten Knall und sehe ihn finster an. Ihm entlockt mein Blick ein breites Grinsen und als er mir die Zunge herausstreckt, zeige ich ihm einen Vogel. Demonstrativ ziehe ich die Vorhänge zu, gehe zurück zu meinem Bett und nehme mein Handy wieder in die Hand.

»Das war also Luke«, kommentiert Domenik. Ich weiß nicht, wieso ich mich nicht dafür rechtfertigen will. Es ist einfach so. Und das Gefühl ist wunderschön. »Also würdest du ihm die Wahrheit sagen, wenn er nach deiner Vergangenheit fragt?«, möchte Domenik wissen und ich nicke entschlossen. »Denkst du denn, dass du dazu bereit bist?«

»Ich weiß es nicht«, gebe ich zu und sehe ihn ratlos an.

»Ich denke, Luke wird es verstehen, wenn du ihm in einem solchen Moment sagst, dass du nicht bereit bist, ihm die Wahrheit anzuvertrauen.«

Ich nicke wieder.

Wir reden über meine Albträume und dass sie zwar noch da sind, aber seltener werden, und dass ich glaube, dass Luke von ihnen nichts merkt, ich mir aber nicht sicher bin. Vor allem, weil er mich gefragt hat, ob ich in der Nacht weine, weil ich meine Eltern vermisse. Wir reden abermals über das Bedürfnis, von Luke umarmt zu werden, und Domenik meint, dass es vielleicht auf eine Reizüberflutung zurückzuführen wäre oder dass ich es einfach bräuchte. Dass es keine Erklärung dafür gebe, weil das Gefühl an sich Erklärung genug sei. Ich traue dem Ganzen immer noch nicht und weiß nicht, wohin es führen wird. Jedoch beschließen wir gemeinsam, dass ich mich erstmal darauf einlasse, auch wenn es mir unheimlich Angst macht.

Ich lehne mich an die Wand, falte meine Hände über meinem Bauch und sehe in den Spiegel. Auf den ersten Blick wirkt er klar und sauber, aber betrachtet man ihn genauer, bemerkt man die Staubkörner und den Dreck, der auf ihm haftet.

Wie Menschen, kommt es mir in den Sinn. *Von außen eine undurchdringbare Maske, im Inneren wie ein Spiegel voller Risse. Jeder falsche Satz ein weiterer Schlag auf die Scheibe, der weitere Furchen erzeugt.* Wenn ich mich ansehe, sehe ich sie ebenfalls. Tiefe Narben, die jedes Mal erneut aufreißen, wenn sie heilen. Lauter Wunden, die nicht verschwinden.

Ich muss an die Träne denken, die in den Sand gefallen ist. An die Sonne, die den Fleck zerstört; den Sand befreit hat. Nun ist er wieder rein, der Sand. Rein und sauber und niemand weiß, dass dort meine schmutzige Träne hineingefallen ist.

Ich frage mich, ob das Licht irgendwann auch bei mir so stark sein kann, dass es die Schatten vertreibt.

In manchen Momenten habe ich das Gefühl, zu heilen, aber gleichzeitig etwas von mir stehenzulassen, etwas vergessen zu haben, das nicht mit dem Rest von mir heilt. Etwas Wichtiges.

Und dieser bedeutsame Teil scheint meinen Untergang vorherzubestimmen.

»Es tut mir wirklich leid, dass ich gestern in deine Sitzung geplatzt bin«, entschuldigt sich Luke, sobald ich im Auto sitze, noch bevor er mich begrüßt.

»Es ist kein Problem, wirklich nicht«, erwidere ich und merke, dass er etwas sagen möchte, doch ich hebe meine Hand, unterbreche ihn.

Ich will nicht hören, dass es ihm leidtut, denn das gibt mir das Gefühl, dass es ihm leidtun müsste.

Luke grummelt und startet wortlos das Auto, fährt aus der Einfahrt und schaltet die Klimaanlage an. Diesmal trage ich eine kurze Hose, die ich mir mal gekauft habe, in der Hoffnung, irgendwann hineinzupassen. Damit sie nicht nach unten rutscht, habe ich einen bunten Gürtel von Anna durch die Schlaufen gezogen, den man durch mein hellgelbes T-Shirt erkennen kann. Trotz kurzer Hose schwitze ich und muss meine Hände zwischen meine Oberschenkel und den Autositz schieben, weil dieser so heiß ist.

Luke biegt auf eine abgelegene Straße und der Wagen ruckelt unter uns so heftig, dass ich mich am Haltegriff festkralle und dennoch gegen die Tür gestoßen werde.

»Willst du mir nicht doch sagen, wo du mich hinbringst?«, frage ich, zum gefühlt hundertsten Mal, doch Luke gibt mir keine Antwort, freut sich stattdessen über seinen Wissensvorteil.

Schon bald hält er zwischen Gebüschen, die mir jegliche Sicht auf den Rest der Umwelt verweigern und das Auto verstecken. Vorfreude macht sich in meinem ganzen Körper bemerkbar, meine Beine wippen auf und ab.

Als Luke meine Tür öffnen will – irgendwann ist er, ohne dass ich es bemerkt habe, ausgestiegen und um das Auto herum gelaufen – stoße ich die Autotür auf und schlage sie ihm beinahe ins Gesicht.

»Du willst mich scheinbar umbringen und mir die Gentleman-Show verderben«, beschwert er sich und ich zucke mit den Schultern, sehe mich mit einem Grinsen um, erblicke leider immer noch nichts außer den grünen Blättern der Büsche.

Dann sehe ich wieder zu ihm, recke das Kinn. »Gentlemen, zeig dem Leutnant den Weg zum Lager!«, befehle ich ihm und als er nichts tut, außer mich perplex anzusehen, hebe ich meine Augenbrauen. »Zack, zack. Beeilung bitte.«

Luke schüttelt langsam den Kopf, bevor er anfängt, zu lachen. »Unfassbar, du bist echt unfassbar.«

Ich denke, er meint es auf nette Weise, also lächle ich. Hoffentlich meint er es nicht auf die ›*Du bist gestört*‹-Weise, denn so fühle ich mich. Gestört. Aber er lacht, also ist es nicht so schlimm, gestört zu sein.

Luke drückt mir eine Kühlbox in die Hand, während er einen riesigen Rucksack schultert und nach einer Tasche greift. Ich versuche, einen Blick in den Rucksack zu werfen, doch er bemerkt es und dreht sich weg.

»Na, na. Wir wollen doch nicht schummeln«, ermahnt er mich mit gehobenem Zeigefinger, deutet dann auf die gelbe Box in meiner Hand. »Wenn sie zu schwer für deine Pfötchen wird, musst du nur Bescheid sagen, Bunny.«

Ich kneife meine Augen zusammen und umfasse den Griff fester. »Pass du auf, dass ich dich nicht zu meiner nächsten Mahlzeit mache, Piggy.«

Luke führt mich um das Gebüsch herum in einen Wald, dessen Schatten ich mit Freuden begrüße. »Ich habe gehört, Kaninchen soll lecker sein. Mal sehen, wer hier wen zuerst frisst«, kontert er und da mir nichts mehr einfällt, schlage ich auf seine Schulter, wie Sam es getan hat.

Doch bei mir verzieht er nicht das Gesicht, seine Miene bleibt unbewegt. »Wow. Dein Schlag hat mich ja fast umgehauen.« Sarkasmus trieft aus seiner Stimme. Er zieht mich weiter auf, doch ich sage nichts mehr, da ich das Gefühl habe, er wüsste direkt eine Antwort, die meine um Längen schlägt.

Es ist deprimierend, dass ich immer noch über einen Konter nachdenke, der passend sein könnte, obwohl bestimmt eine Stunde verstrichen ist. Außerdem habe ich das Gefühl, in meinem eigenen Schweiß zu baden und so unhygienisch zu sein wie lange nicht mehr. Hoffentlich sind wir bald da.

Schon zum dritten Mal droht mir, die Box in meinen Händen aus den Fingern zu rutschen, doch diesmal greife ich nicht nach, sondern stelle sie auf den Boden. Luke bleibt ebenfalls stehen, sieht mich mit gerunzelter Stirn an und wartet darauf, dass ich ihn um Hilfe bitte. Allerdings ist das Wetter auch an ihm nicht spurlos vorübergegangen und er trägt ohnehin schon so viel, dass ich mich frage, wie er es überhaupt packt.

Ich greife nach dem Saum meines T-Shirts und knote es vorne zusammen. Ich fühle mich unwohl, doch es gibt nichts, was Luke nicht bereits gesehen hat, und es ist so heiß, dass ich um jeden Zentimeter nackte Haut froh bin. Egal, wie hässlich sie ist.

Meine verschwitzten Hände reibe ich an meiner Hose ab, auch wenn es nicht viel bringt, und greife erneut nach der Kühlbox. Als ich wieder zu Luke sehe, ziert ein Lächeln sein Gesicht. »Du gibst nicht auf, oder?«, fragt er.

Eine Frage, die er nicht nur auf das Tragen der Box hätte beziehen können, und ich glaube, das hat er auch nicht getan. Ich gehe an genau fünfzehn Bäumen vorbei, bevor ich antworte. »Nein.«

»Wir sind da«, sagt er endlich.

Meine Erlösung!

Ich sehe von meinen Füßen auf und betrachte meine Umgebung, stütze mich an einen Baumstamm, lasse die Box auf den Boden fallen. Wow.

Ich blinzle und blinzle und blinzle, doch der See, in dem sich die Bäume und die Sonne spiegeln, in dem Schilf wächst, bleibt. Der hölzerne Steg bleibt ebenfalls, genau wie die Wiese vor mir. Alles bleibt.

»Das glaube ich nicht«, murmle ich und entdecke eine Ente im Wasser.

»Es ist wunderschön, oder?«, raunt er und ich kann nur nicken, bin zu fasziniert von alledem. Ich verstehe, warum es sein Lieblingsort ist.

Wir gehen einen Hügel hinunter und das Gras kitzelt mich an meinen Beinen, während ich mich frage, welche Tiere hier wohl leben. Ich entdecke einen größeren Stein und setze mich auf ihn, sehe Luke dabei zu, wie er den Rucksack auspackt. Als der Wind gegen mein Gesicht weht, schließe ich jedoch die Augen. Zu schön ist das kühlende Gefühl auf meiner erhitzten Haut.

Kurz darauf, als der Windhauch verschwunden ist, öffne ich sie wieder, sehe mir die Sachen an, die auf einer Picknickdecke vor mir liegen, und stelle erstaunt fest, dass er sogar an Zahnbürsten gedacht hat.

Mein Blick schweift weiter und ich runzle die Stirn, als mir auffällt, dass nirgends Sachen zum Schlafen sind, und tippe Luke auf die Schulter, der nach vorn gebeugt irgendetwas aufbaut. Er dreht sich um und sieht mich mit seinen blauen Augen abwartend an. Bevor ich jedoch etwas sagen kann, macht er einen Schritt zur Seite und zeigt auf das schwarze Ding vor ihm.

»Was ist das?«, frage ich, wodurch er noch begeisterter wirkt.

»Das, meine Liebe, ist ein Campinggrill.«

Meine Gesichtszüge entgleisen, bevor ich mich an meiner Spucke verschlucke und einen Hustenanfall bekomme. Er hat nicht ernsthaft einen Campinggrill mitgenommen.

Unbeirrt von meiner Reaktion, und meinen vergeblichen Versuchen, zu antworten, setzt er sich neben mich auf den Stein und wartet ab. Als mein Husten endlich verstummt ist, sieht er mich unschuldig an. »Was wolltest du von mir?«

Ich zeige auf die Decke und er folgt mit seinen Augen meinem Finger. »Wo sind Schlafsäcke oder ein Zelt?«

»Oh«, macht er, wirkt betroffen und sieht sich um, bis er realisiert, dass hier nichts von beidem liegt. Dann zuckt er mit den Schultern und kramt aus der Kühlbox zwei Wasserflaschen, überreicht mir eine davon. Misstrauisch drehe ich sie auf und nehme einen Schluck. Als hätte er auf diesen Moment gewartet, antwortet er mir. »Die hätte ich jetzt wirklich nicht mehr tragen können.«

Diesmal verschlucke ich mich nicht an meiner Spucke. Ich verschlucke mich am Wasser.

Und spucke alles wieder aus.

21

Ich werfe Luke einen finsteren Blick zu, als er anfängt, zu lachen, und sichtlich amüsiert wieder aufsteht. »Wir haben doch eine Decke, Bunny«, meint er provokant und grinst mich an.

Ich gebe ein Zischen von mir. »Pass auf, dass ich dich nicht kleinhacke und auf deinen verfluchten Grill schmeiße, Piggy«, erwidere ich sauer und wische mit meinem Handrücken meinen Mund trocken.

Ich habe mir tatsächlich auf die Füße gespuckt.

Angewidert ziehe ich meine Schuhe aus und trinke erneut, lasse Luke über mich lachen.

Während er sich weiter mit seinem Grill beschäftigt, stehe ich auf und laufe zum See hinunter, verziehe jedes Mal das Gesicht, wenn ich auf spitze Steine trete. Ich setze mich auf den Steg, sodass meine Zehen das Wasser berühren, und sehe in die Ferne, hänge meinen Gedanken nach, die eine neue Richtung eingeschlagen haben.

Auch wenn ich weiß, dass es bald wieder anders sein wird – weil es immer so war – hoffe ich, dass es diesmal nicht so kommen wird. Dass die Zweifel nicht die Überhand gewinnen werden. Dass ich nicht mehr falle, sondern fliege. Kurz denke ich daran, dass ich vielleicht lieber mit Sam und Jane etwas hätte unternehmen sollen und ob ich Luke wirklich vertrauen kann. Ob ich dieser Ruhe und diesem … Gefühl vertrauen kann.

Luke setzt sich zu mir.

»Gehen wir schwimmen?«, fragt er leise, vorsichtig, bedacht, als würde er mich nicht aus meinen Gedanken reißen wollen, und aus Reflex, aus Gewohnheit, aus Angst schüttle ich meinen Kopf. Bis mir wieder einfällt, dass er bereits alles gesehen hat. Also ändere ich mein Kopfschütteln in ein Nicken. Zaghaft, unsicher, ängstlich.

Er hält mir einen meiner Bikinis vor die Nase, die ich gekauft habe, damit ich welche besitze. Nicht, um sie anzuziehen, genau wie diese Hose. Bei Luke jedoch ist das vergessen, weil er es gesehen hat. Er muss ihn gestern heimlich eingesteckt haben, denn ich war es nicht.

Der Stoff ist weiß und eigentlich sehe ich darin zu blass aus, da alles an mir hell ist, aber ich mochte die Spitze am Oberteil und ich mochte, dass er edel aussieht. Und ich mag es noch immer, obwohl ich zu blass bin.

Luke dreht sich um, damit ich ihn mir anziehen kann, und da ich Angst habe, dass er sich mir vorher wieder zuwendet, obwohl ich weiß, dass er das nicht machen würde, ziehe ich mich hastig um. Als ich fertig bin, sage ich ihm Bescheid.

Meine Seite ist zu ihm gerichtet, er würde meinen Rücken nicht sehen, wenn er neben mir stünde, doch Luke steht hinter mir, sieht, was er nicht sehen sollte. Und ich merke, dass er hinschaut, ein paar Sekunden, und dann macht er einen Schritt vor, zu mir, neben mich.

Er sieht mich an, sieht in mein von Panik gekennzeichnetes Gesicht und reicht mir seine Hand. »Komm.« Seine Stimme ist sanft wie eine Feder, die langsam zu Boden gleitet.

Mit einem Platschen, das die Fische im Wasser vertreibt, durchbrechen unsere Körper im nächsten Moment die Wasseroberfläche.

Ich schluchze auf, als die Kälte des Wassers mich umhüllt und die Kälte in meinem Inneren erweitert.

Sie ist überall.

In meinen Zehen, meinen Händen, meinem Bauch, meinem Rücken, meinen Beinen, meinen Fingern, meinem Kinn und meinen Füßen.

Ich fange bitterlich an zu weinen, als ich bemerke, dass Lukes Hand warm ist.

Und er lässt mich.

Das Dämmerlicht umgibt unsere liegenden Körper und es ist warm genug, um nur ein T-Shirt zu tragen. Wir haben nicht mehr gesprochen, seitdem wir aus dem Wasser kamen. Ich weiß nicht, ob Luke überfordert ist oder Schweigen für die bessere Option hält.

»Frage Eins«, haucht er irgendwann und ich verspanne mich, denke an Domeniks Aussage. Dass Luke es verstehen würde, wenn ich nicht bereit wäre, es ihm zu sagen.

Ich bringe das Zittern meiner Finger unter Kontrolle, lege Buchstabe für Buchstabe in meinem Kopf zurecht, bereit, ihm zu sagen, dass ich ihm nicht antworten kann. Dass ich nicht darüber reden kann. Nicht darüber reden darf.

»Was ist deine Lieblingsfarbe?«

Verwirrt sehe ich zu ihm, kann nicht glauben, dass das seine Frage ist. Kann nicht glauben, dass er alles fragen könnte und sich ausgerechnet dafür interessiert. Kann nicht glauben, wie er von einem puren Egoisten zu einem rücksichtsvollen Menschen geworden ist. Kann nicht verstehen, wieso er rücksichtsvoll mit mir umgeht. Wieso er die Situation nicht schamlos ausnutzt.

»Ich mag grün«, flüstere ich, immer noch schockiert, fassungslos. »Weil es die Farbe der Bäume ist. Allerdings nur im

Sommer. Die Bäume haben ihre guten und ihre schlechten Tage, verlieren ihre Blätter im Herbst, damit im Frühling neue wachsen können. Das geht immer so weiter, hört niemals auf. Manchmal, wenn es mir nicht gut geht, stelle ich mir vor, ich sei ein Baum und es wäre gerade Winter.«

Ich erzähle ihm mehr als nötig, doch ich bin so erleichtert, dass er mich nichts über meine Vergangenheit gefragt hat, dass es aus mir herausgeflossen ist.

»Und welche Jahreszeit ist jetzt?«, fragt er ebenso leise.

»Es ist alles zusammen«, erwidere ich, bevor ich denken kann. »Einerseits ist es Sommer, andererseits Winter. Der eine Teil in mir wächst, ein anderer fällt.« Ich drehe mein Gesicht zu ihm und blicke direkt in seine Augen. »Welche Jahreszeit ist es bei dir?«

Er lässt sich Zeit zum Nachdenken und ich merke deutlich, wie er zögert. »Es ist Frühling. Immer ist es Frühling, weil nichts in mir fällt, aber es ist auch nie Sommer. Und irgendwann fühlt sich der Frühling an, als würde er nie vorübergehen. Und das ist schrecklich.«

Ich bleibe still, bin froh darüber, dass Luke seine Gedanken mit mir teilt. »Hast du das Gefühl, dass bald eine andere Jahreszeit anbricht?«, frage ich weiter und er wendet seinen Blick ab, sieht in den Himmel.

»Der Frühling wird wärmer, aber ich weiß nicht, ob er zum Sommer übergehen, zum Herbst springen oder beim Frühling bleiben wird.« Seine Worte lösen ein Ziehen in mir aus. Den Drang, ihm dabei zu helfen, den Sommer zu erleben.

In Gedanken bedanke ich mich bei ihm für seine Ehrlichkeit. Ehrlichkeit, die ich nicht verdient habe.

Er dreht seinen Kopf wieder zurück zu mir. »Darf ich dich noch etwas fragen?«

Ich nicke. Er hätte sowieso noch zwei Antworten, jedoch glaube ich, er bräuchte die Fragen von der Abmachung nicht mehr, da ich ihm ohnehin antworten würde. Er hat bewiesen, dass er meine Hilflosigkeit nicht ausnutzt, dass er mich nicht ausnutzt.

»Bei der Party von Aaron, da hast du gesagt, dass du dich schon einmal geritzt hast«, beginnt er, mein Körper verspannt sich. »Machst du das immer noch?« Ich schüttle den Kopf, hoffe, dass es ihm genügt, doch nun setzt er sich auf und weil ich ihm nicht unterlegen sein will, mache ich es ihm gleich. Wir sitzen beide da, nebeneinander. Er entspannt, ich stocksteif. »Die Narben auf deinem Rücken«, meint er, sieht mich an. Sein Blick streift weiter hinab, an meinen Seiten und meinen Rippen entlang, verharrt bei meinen Oberschenkeln. »Und die an deinem Bauch und deinen Beinen – woher stammen sie?«

Stille.

Ich kann nach den Sekunden und Minuten greifen, die vergehen, in denen ich nicht antworte. Ich fühle mich unter Druck gesetzt, obwohl Luke kein Wort sagt, denn ich stehe an einer Kreuzung, die kaum deutlicher sein könnte und die ich mir bereits vorgestellt habe, doch in der Realität ist sie so viel komplizierter.

Ein Teil von mir schreit mich an: ›*SAG ES IHM!*‹, während der andere eindringlich raunt: ›*Du weißt, das kannst du nicht tun. Das darfst du nicht tun.*‹

In mir herrscht Chaos und ich spüre, wie ich drohe, in die Spirale abzurutschen. »Ich –«, stottere ich ein einziges Wort, breche ab, sehe überall hin, nur nicht zu Luke.

Stille.

Ein tiefer Atemzug ein. Mit dem tiefen Atemzug hinaus: »Meine Eltern.« Es ist raus, gesagt, unwiderruflich.

Ich ziehe meine Knie an meinen Körper, wiege von vorne nach hinten wie auf Aarons Party und presse meine Finger gegen meine Lippen. Der einzige Gedanke in meinem Kopf: *Du darfst es niemandem erzählen.*

Luke bringt mich dazu, mich zu widersetzen, denn ich habe ihm drei Antworten versprochen und er braucht sie nicht einmal einzulösen, um eine Antwort zu bekommen. Ich würde sie ihm entgegenschmeißen, obwohl ich es nicht darf. Ihnen versprochen habe, dass ich es niemandem sagen werde. Nie. Nie. Niemals jemandem sagen werde.

Gedanken hämmern gegen meinen Schädel, bringen mein Herz zum Rasen und meine Sicht verschwimmt. Luke löst das bittere Verlangen nach Körperkontakt aus. Das Verlangen nach Liebe, dem Gefühl, beschützt und gehalten zu werden. Nach einer Berührung ganz ohne Schmerz. Es durchfließt mich und zwingt mich, näher an ihn heranzurücken, damit er seine Arme um meinen Körper legen kann. Damit er mich festhält, bevor ich immer weiter und weiter falle.

Ich springe auf und laufe hin und her, im Kreis, dann auf einer Linie. Bis jetzt hat er nichts gesagt, vielleicht habe ich auch nichts gesagt und die Wörter nur gedacht?

Weiterhin Stille.

»Wieso?«, fragt er nach, völlig idiotisch. Ich dachte, er wäre schlau, aber diese Frage beweist, dass er ein totaler Idiot ist. Dennoch erstarre ich in meiner Bewegung, vergesse, zu atmen, als mich die Wucht dieser Frage trifft. Eine Frage, die ich ihnen jahrelang gestellt habe. Bis sich die Antwort in meine Gelenke, meine Knochen, meine Muskeln gebrannt hatte. Sich immer weiter vorkämpfte. In mein Herz, meinen Kopf und schließlich meine Seele verbrannte. Bis ich so funktionierte, wie ich sollte. Wie sie es wollten. Auf diese Frage gibt es keine Antwort.

»Nein!«, schreie ich auf, unterbreche die Stille.

Luke zuckt zusammen. Ich mache ihm Angst.

»Ich darf nicht«, murmle ich wieder und wieder, bis ich mir ihre Bedeutung erneut in den Kopf gerufen habe. »Ich darf nicht.« Erneut. »Ich darf nicht.«

Meine Stimme ist fest.

Wie eine Verrückte stehe ich auf der Stelle, starre Luke an und wiederhole diese drei Worte, bis ich von ihm unterbrochen werde.

»Was darfst du nicht?«

Ich beginne erneut, zu laufen, hin und her. Hin und her.

Ich darf nicht.

Ich darf nicht.

Ich darf nicht.

»Hör auf«, sagt er und ich bleibe stehen, konzentriere mich auf Luke.

»Hör du auf, zu fragen!«, verlange ich. Verzweifelt.

Ich gehe unter. Ich versinke. Ich ertrinke und niemand kann mir helfen.

»Frage Zwei –«

Ich halte mir die Ohren zu, schüttle den Kopf und beginne, das Lied zu summen, zu dem wir getanzt haben, will mich wegdenken. Von diesem Ort. Der Frage. Weg.

Luke steht langsam auf und geht noch langsamer auf mich zu, als wäre ich ein Igel, der ihn verletzen könnte, wenn er ihn in die Enge treibt. Er nimmt meine Hände und führt sie von meinen Ohren weg. Hält sie so sanft, als würden sie zerbrechen, wenn er sie zu stark drückt. Mit weit aufgerissenen Augen starre ich ihn an, entziehe ihm meine Finger, weiche einen Schritt zurück.

»Wieso?«, fragt er behutsam.

Halte dich an deine Versprechen! Du darfst es niemandem erzählen, Lena. Niemals.

Ich habe bereits versagt. Meine Beine tragen meinen Körper nicht mehr und ich falle auf die Knie. Zu schwach, gegen die Flut anzuschwimmen. Ich kann nicht mehr.

Das Gras kratzt an meiner Haut und ich frage mich, ob Insekten an meinem Körper entlang krabbeln. Ameisen, Spinnen, Fliegen, Käfer.

Luke setzt sich halb neben, halb vor mich. »Gib mir deine Hand«, fordert er mich auf und ich sehe zu ihm, sehe auf seine Haut.

Ich bin ein eingerollter Igel und er wird sich an meinen Stacheln verletzen. Doch seine Stimme ist ruhig. Keine Spur von Angst.

Wenn jemand dir die Hand reicht, dann nimmst du sie und schüttelst sie, aber du umgreifst sie niemals so fest wie dein Gegenüber – das ist unhöflich.

Es ist okay. Hände sind okay. Hände darf ich. Es ist mir erlaubt. Es ist sogar höflich. Ja, genau – es ist höflich.

Meine Finger schnellen nach vorne und krallen sich an seinen fest, aus Angst, dass er sich anders entscheidet; dass mein Leben auseinanderbricht.

»Schhh. Ich bin da, Kanela. Ich bin da.« Sein Daumen streicht sanft über meinen Handrücken und die Festigkeit meines Griffes lässt nach. Niemals so fest drücken wie mein Gegenüber.

»Hör auf, immer diesen Namen zu sagen.« Kraftlos treten die Wörter über meine Lippen. Er legt den Kopf schief.

»Aber es ist dein Name«, erwidert er und ich schüttle den Kopf.

»Nein, ist er nicht. Mein Name ist so viel abscheulicher.«

Er verstummt, als wüsste er nicht, was er darauf antworten soll – und ich kann ihn verstehen. Er kann nicht wissen, dass ich nicht Kanela heiße. Dass ich ihn und alle anderen anlüge, jeden Tag.

Ich kratze all meinen Mut zusammen und gehe einen Schritt nach vorne, weg von dem Loch hinter mir, das mich zu verschlingen droht – oder gehe ich doch nach hinten?

»Du bist nichts weiter als ein unfähiger Haufen Dreck, unfähig, zu lieben. Du verdienst es nicht, geliebt zu werden. Das verstehst du, oder? Wir machen das, damit du geschützt vor anderen bist und andere nicht verletzt. Du verstehst doch, dass wir die anderen schützen müssen, denn du bist ein Biest. Du verdienst es nicht. Du darfst es nicht, verstanden?«

Mein Körper bebt, Tränen strömen über meine Wangen.

»Du darfst es niemandem erzählen. Niemals. Es ist nur zu deinem Besten. Jetzt hör schon auf, zu weinen. Deine Tränen sind eine Schande für die Menschheit, sind falsch und schmutzig. Du darfst nicht weinen, verstanden? Du hast keine Gefühle! Das ist alles nur Einbildung.«

Meine Tränen hören auf zu fließen, als die Wörter brüchig aus meiner Kehle treten. Ich kann nicht aufhören, zu reden, der Damm ist gebrochen. Ob die Worte auf Englisch oder Deutsch meinen Mund verlassen, weiß ich nicht. Sie tun es einfach.

»Was faselst du da, dass du uns liebst. Das ist die schlimmste Beleidigung, die du jemals von dir gegeben hast!«

Ich liebe sie. Ich liebe sie. Ich liebte sie? Ich bin kein Biest. Ich will es euch zeigen. Ich bin kein Biest.

»Die Schläge hast du verdi-«

»Aufhören.«

Ich kann nicht, kann nicht, kann nicht, kann nicht aufhören.

»Hör auf zu jammern. Sei sofort still! Du willst uns doch nicht noch wütender machen, oder?«

»Hör auf!«, ruft er abermals.

Ich presse meine Lippen zusammen. Die Sätze auszusprechen, die sich in meinen Kopf gebrannt haben, ist überwältigend. Die dazugehörigen Bilder – die Schmerzen – werden umso klarer.

Mein Rücken ist ein einziges Feuer, er brennt und ich spüre das warme Blut, das aus meinen Wunden rinnt und auf den Boden tropft. Ich spüre die Narben und Wunden, die ich mir selbst zugefügt habe. Überzeugt davon, dass sie recht hatten. Dass ich ihre Arbeit fortsetzen muss und den Schmerz verdiene. Obwohl ich mich selbst nie so sehr verletzen konnte wie sie, so zerstörten mich meine selbst zugefügten Wunden auf eine ganz eigene Art und Weise. Sie machten mich zu einer Gefangenen im eigenen Körper.

Noch mehr Blut, noch mehr Schläge. Schläge, bis ich aufhöre, zu zählen.

Ich spüre sie alle.

Und sie bringen mich um.

Ich weine. Luke weint. Wir weinen gemeinsam. Dicke Tränen rollen über seine Wange, sein Atem tritt hektisch aus seinem Mund, seine Augen sind geweitet.

»Ich werde dich jetzt in den Arm nehmen und nicht loslassen. Ganz egal, ob du denkst, dass du es nicht darfst. Ich lasse dich nicht los.«

Und dann nimmt er mich in dem Arm.

Wir weinen.

Weinen mehr.

Weinen zusammen.

Ich werde Luke zerstören.

22

Meine Finger bohren sich so fest in seine Schultern wie der Schmerz in mein Herz. Ich kann nicht atmen. Kann nicht denken. Kann nichts fühlen.

Außer Schmerz.

Ich will hier weg, will weg von Luke, weg aus Amerika, weg vom Leben. Ich will nicht mehr – kann es auch nicht. Kann das alles nicht mehr fühlen.

Leere pocht gegen Wut und Hass und Hilflosigkeit und gegen noch mehr Leere, noch mehr Schwärze, noch mehr Hass auf mich selbst.

»Du bist es wert«, stammelt er und ich bin ihm so dankbar, dass er nicht mehr meinen Namen sagt. »Du bist es wert. Du bist es wert. Du bist es wert. Du bist es wert.«

Und ich weine noch mehr, weil es nicht stimmt.

»Du bist es wert, geliebt zu werden. Du hast es verdient, zu leben.«

Mein Schluchzen wird lauter, mein Griff fester, meine Schmerzen größer, das Pochen schneller, der Hass stärker, ich schwächer.

Ich zergehe unter seiner Berührung, zergehe bei seinen Worten. Zergehe, zergehe, zergehe, zergehe … Immer weiter. Und weiter. Und –

»Du bist nicht allein. Du hast uns. Du hast mich.«

Lass mich los, brüllt etwas in mir und kämpft sich an die Oberfläche. Nicht durch Worte, sondern durch ein Winden, ein Wimmern, ein Zerren an seiner Kleidung.

Lass mich los!

Sein Griff wird fester.

»Ich lasse dich nicht los. Ich habe gesagt, ich lasse dich nicht los. Ich lasse dich nicht gehen.«

Ich vergesse, wie man atmet. Und zerbreche. In winzige Teilchen. Und hoffe, dass sie wieder zusammenfinden.

»Du musst nicht allein kämpfen. Du musst nicht …«, er bricht ab, umfasst meinen Kopf, umfasst mich, hält mich, drückt mich, weint.

»Ich kann … Ich kann nicht. Luke. *Luke*«, schluchze, stottere, weine ich. Hilflos, am Ende, zerstört, verletzt, befreit. »Es tut so weh.«

»Ich weiß nicht, was ich machen soll«, gibt er zu, streicht durch mein Haar, lockert seinen Griff, festigt ihn wieder.

Er weiß nicht, was er machen soll. Ich weiß nicht, was er machen soll. Ich weiß nicht –

Er soll mich halten.

Er soll mich halten.

Er soll mich halten.

Nicht loslassen.

Und mir helfen, meine Teilchen zu finden.

Aber –

»Halt mich fest.«

Wir sitzen da, Sekunden, Minuten, die sich anfühlen wie Stunden, und mit jedem Schluchzen zerbreche ich mehr und mehr.

Und Luke fängt mich auf.

23

Als meine Schluchzer nur die Überreste unserer Erinnerungen sind, lockert Luke seinen Griff um meinen Körper und lehnt sich zurück. Seine verquollenen Augen mustern mich, bevor er seine Hand hebt und mir sanft über die Wange streicht. Ich starre auf den dunklen Fleck auf seinem Shirt, um das Zittern unter Kontrolle zu bringen, das meinen Körper erschüttert. Ich kann nicht fassen, dass ich es ihm gesagt habe. Dass er es nun weiß.

»Hast du Hunger?« Seine Stimme ist rau und kaum zu hören. Scheinbar bemerkt er das ebenfalls, denn er räuspert sich, weicht meinem Blick aus.

»Hunger?« Ungläubig sehe ich von meiner Hand zurück zu ihm.

»Es tut mir leid. Das war das Einzige, was mir gerade eingefallen ist. Ich dachte nur …« Luke versucht, zu lächeln, seine Mundwinkel heben sich für einen Augenblick, sinken dann wieder nach unten.

Und ich lache.

Die Situation ist so absurd. Unfassbar absurd. Urkomisch.

»Was? Ich … Warum lachst du denn jetzt?« Verzweifelt sieht er mich an, zupft an den braunen Haarspitzen, die in seine Stirn fallen.

Ich will nicht lachen, wirklich nicht. Es ist eigentlich traurig und zum Heulen, aber ich lache. Ich kann nicht aufhören. Gerne würde ich ihm antworten, aber mein Prusten verhindert, dass ich auch nur ein Wort herausbekomme.

»Das ist nicht lustig«, murmelt er, taxiert mich mit seinem Blick, bevor er nach oben sieht.

Seine Augen schimmern. Als mir bewusst wird, dass er gleich weinen wird, höre ich schlagartig auf. »Nein, ich habe keinen Hunger. Danke, Luke.« Bedrückt sehe ich ihn an. Ich kann mich nicht daran erinnern, jemals in einer solchen Situation gewesen zu sein. In einer Situation, in der es nicht auf mich ankommt, sondern auch auf andere. Eine Situation, in der es mir nicht egal ist, wie es meinem Gegenüber geht. »Oder doch, bitte! Lass uns etwas auf deinem Superteil grillen.«

Ich werde kotzen. Ich werde etwas in mich reinzwängen und danach kotzen, aber Luke hat mich gehalten. Luke hat mich gehalten und mich etwas fühlen lassen, was ich niemals zuvor gefühlt habe. Und ich will nicht, dass er aufhört, zu lachen. Dass er aufhört, mich aufzuziehen. Ich will nicht, dass ich ihn zerstöre. Deshalb ist es egal, dass mein Stresslevel erreicht, mein Körper am Ende ist.

»Ich wollte nur … Ich weiß nicht, wie ich mich jetzt verhalten soll. Ich … ich würde gerne so sein wie heute Morgen, aber du sitzt vor mir und siehst so fertig aus. Wie soll ich … Ich bin überfordert.« Man sieht ihm an, wie viel Überwindung es ihn gekostet hat, dies zuzugeben.

»Ich weiß. Bitte.« Ich lecke über meine Lippen, presse meine Hände gegen meinen Bauch, um die Übelkeit zu vertreiben, sehe zur Seite zum Campinggrill. »Lass uns einfach grillen.«

Seine Gesichtszüge werden weich, zaghaft lächelt er mich an und streckt mir die Hand entgegen. »Okay. Wir grillen.«

Ich greife nach ihm und lasse mich mit nach oben ziehen, mein ganzer Körper tut weh. Anstatt mich loszulassen, verfestigt er seinen Griff und zieht mich zum Grill.

»Ich hoffe, du isst rote Würstchen. Ich hab nur noch die bekommen.«

Ich nicke zögerlich, immer noch nicht überzeugt, dass ich überhaupt etwas essen kann. Als Luke meine Hand aus seiner löst, um die Kühltasche zu öffnen, fröstle ich. Ich verschränke meine Arme vor der Brust, schlucke das drückende Gefühl hinunter und gehe ein paar Schritte zurück zu dem Stein, auf dem ich bei unserer Ankunft gesessen habe. Während Luke versucht, den Grill anzumachen, wird mir immer kälter. Ich bin nur müde ... zu müde, um aufzustehen. Ich will nur sitzen. Und nicht frieren.

Sobald die Würstchen auf dem Grill liegen, dreht Luke sich zu mir. Besorgnis spiegelt sich in seinem Blick wider und er zieht die Augenbrauen zusammen. »Ist dir kalt?«, fragt er, so fürsorglich, dass es mir Tränen in die Augen treibt und ich nur nicken kann. »Wir haben leider nur die Picknickdecke dabei. Diese Nacht soll es so warm werden ... Da habe ich gar nicht daran gedacht, dass einem von uns kalt werden könnte«, entschuldigt er sich, kommt auf mich zu, setzt sich neben mich, legt seinen Arm um meine Schulter. »Es tut mir leid.«

Ich zucke zusammen.

»Nein. Alles ... Ist schon in Ordnung.« Ich lehne meinen Kopf an seine warme Schulter und starre auf den Grill und die Würstchen, die ich gleich essen soll.

»Wieso willst du das alles hier?«, fragt er auf einmal und ich sehe zu ihm auf.

»Was meinst du?«

»Wieso hast du mir drei Fragen versprochen, damit ich mit dir hierherfahre? Wieso hast du mich gefragt und nicht Sam? Ich war so ein Arsch zu dir.« Er schüttelt den Kopf über sich, vielleicht auch über mich. Ich pule Dreck aus meinen Zehennägeln, bevor ich antworte. »Weil das hier guttut, auch wenn es schmerzt, und weil du anders bist als andere Menschen«, gebe ich zu und er runzelt die Stirn, wie er es immer tut.

»Wieso bin ich anders?«

Ich pule Dreck aus meinen Fingernägeln, bevor ich antworte. »Weil ich will, dass du mich umarmst. Weil ich … weil ich es wirklich will. Und ich weiß nicht, warum«, offenbare ich die Wahrheit, obwohl ich ihn genauso gut hätte anlügen können.

»Wann hat das«, er deutet mit einer Hand auf meinen Körper, »mit deinen Eltern angefangen?«

Ich schließe meine Augen und atme kräftig aus, bevor ich über meine Lippen lecke. Es raubt mir den Atem. »Ich kann nicht. Bitte. Lass uns nicht darüber reden. Ich kann das nicht. Nicht jetzt. Es tut so weh«, flehe ich ihn an, wissend, dass ich reden werde, wenn er mich dazu bringt. Wissend, dass es mich zerstören würde.

Er zieht mich zurück an seine Schulter, ich habe überhaupt nicht bemerkt, dass ich von ihm gewichen bin. »Ist schon okay. Du musst nicht darüber reden. Lass uns einfach diesen Ausblick genießen.«

Ich nicke.

Wir haben uns erzählt, was unsere Lieblingsfarben sind – wobei er das von mir natürlich wusste – und was wir am liebsten Essen. Was wir kochen können und was unser Lieblingstier ist. Irgendwann hat Luke den Schalter umgelegt, hat seine Sorge abgestellt und sich erneut gefunden. Hat ein Thema nach dem anderen geliefert, damit wir nicht in bedrückendes Schweigen verfallen, in dem wir beide zu viel nachgedacht hätten. Belanglose Dinge, würden die meisten sagen. Small Talk, der unnötig und langweilig ist. Keine tiefgehenden Gespräche.

Dabei ist es doch gerade das, was uns die Interessen der anderen zeigt, nicht die tiefgründigen Gespräche über die Entstehung der Welt. Ich denke immer über alles nach, dennoch habe ich erkannt, dass ich mit dem Wissen, wie Luke über die Entstehung der Welt denkt, nichts anfangen kann. Es bedeutet mir viel mehr, seine Gewohnheiten und Kanten zu kennen. Dass er am liebsten französische Crêpes mit Zimt, aber ohne Zucker isst und ihn die Farbe des Sonnenaufgangs mit Glück erfüllt. Dass er fast die Küche in Brand gesetzt hat, als er einen Geburtstagskuchen für Sam backen wollte. Dass Luke Giraffen liebt, er unbedingt eine Safari machen möchte und deshalb Janes Mutter stundenlang zuhören könnte, wenn sie über ihre Heimat spricht.

Sind die Kleinigkeiten, die wir über unsere Freunde wissen, nicht die besten Dinge, weil wir ihnen damit eine Freude bereiten können?

Wir haben die ganze Nacht über belanglose Dinge geredet, haben gelacht oder geschwiegen und in den Himmel gesehen und es war schön und entspannt. Luke hat meine Würstchen gegessen, kommentarlos, ohne dass ich ihn überreden musste. Ein schlichtes: »Kannst du sie essen?«, dann sah er mich an, nickte und aß.

Irgendwann hat Luke mich näher an sich herangezogen und ist eingeschlafen. Er schnarcht leise vor sich hin, doch ich kann kein Auge zumachen. Jedes Mal, wenn ich es versuche, steigen mir Bilder in den Kopf, die ich nicht sehen will. Außerdem will ich ihn nicht schon wieder vom Schlafen abhalten. Mittlerweile beginnt die Sonne, aufzugehen, und der Himmel ziert ein solch schönes Orange, dass ich nicht anders kann, als Luke zu wecken.

»Luke, sieh mal!« Ich rüttle an ihm, aber als er immer noch nicht aufwacht, puste ich ihm ins Ohr.

Luke schreckt auf, stößt mit seinem Kopf an meinen, sodass ich mit einem Stöhnen zurückweiche und er ein Brummen von sich gibt. Seine Augen sind nicht mehr als Schlitze und er schaut sich panisch und verschlafen um, bis er bemerkt, dass keine Gefahr droht. Er sieht mich böse an, als ich anfange, zu lachen, da der Anblick zu lustig ist, doch ich lasse mich nicht beirren. »Was ist los?«

Ich zeige auf den Horizont und lächle glücklich. »Das Orange ist wunderschön.«

Er folgt meinem Finger mit seinem Blick und sofort zeichnet sein Gesicht ebenfalls ein Lächeln, bevor er nickt. »Ja, das ist es.«

Ich setze mich auf und strecke mich, mein Körper tut weh, da der Boden zu hart ist, um eine Nacht darauf zu liegen. Hinter mir ertönt ein Klicken und ich schaue überrascht zu Luke, der eine Kamera in der Hand hält und den See fotografiert. Die Sonne spiegelt sich dabei im sich kräuselnden Wasser und ich wäre überrascht, wenn das Foto nicht ebenso schön ist. »Darf ich auch mal?«, frage ich, woraufhin er nickt und mir die Kamera überreicht.

Er erklärt mir ein paar Funktionen, die ich allerdings nicht verstehe, da englische Fachbegriffe über Fotografie nicht meine Stärke sind. Jedoch unterbreche ich ihn nicht, da er dabei unheimlich stolz aussieht. Ich beschließe insgeheim, mir neues Vokabular anzueignen, damit ich mit ihm darüber sprechen kann.

Vorsichtig drehe ich an ein paar Rädchen und schaue, was passiert. Bei manchen tauchen ein paar Zahlen auf, die ich nicht zuordnen kann. Ich beachte Luke nicht, der mir einen angesäuerten Blick zuwirft, und schieße ein Foto von ihm. Wahrscheinlich habe ich seine gesamte Kamera verstellt, doch das ist nicht mein Problem und das Bild ist mehr als amüsant.

Ich sehe mir die bereits aufgenommenen Bilder an und muss sagen, dass Luke ein ausgesprochenes Talent dafür hat, Motive zu finden und sie festzuhalten. Menschen fotografiert er so natürlich, als hätten sie nicht mitbekommen, dass sie fotografiert werden. Vielleicht ist es tatsächlich so.

Besonders ein Bild gefällt mir, das er auf Beinhöhe in einer Fußgängerzone aufgenommen hat. Er hat irgendetwas so eingestellt, dass man die Bewegung erkennen kann, dabei sieht man nichts als die Füße und die Beine, ab und zu Hände oder Kinder und alles bewegt sich.

Das Bild ist so tiefgründig, dass ich mir vornehme, herauszufinden, wie er das hinbekommen hat. Doch vielmehr hat er mich zum Nachdenken gebracht – mit einem einzigen Foto. Luke sieht mir über die Schulter, um zu erkennen, welches Bild ich so intensiv ansehe, und lehnt sich dann wieder zurück. »Das habe ich für mein Kunstprojekt gemacht, aber ich weiß nicht, ob ich es abgeben soll«, meint er.

Ich lasse die Kamera sinken und sehe ihn verwundert an. »Wenn du das Bild nicht einreichen willst, welches dann? Es ist richtig stark, Luke!«

»Alle, denen ich das Foto bisher gezeigt habe, meinten, es sei nicht so gut.«

Schwachsinn. Ich frage mich, ob Luke wirklich keine Ahnung hat, wie gut dieses Bild ist, denn es ist kein einfaches Foto von einem Tier oder einem See. Es ist ein Bild, das etwas darstellt, etwas Besonderes. Etwas, das man fühlen muss. Und ich fühle es. In meinen Adern. Unter meiner Haut. Sachtes Prickeln über meinen gesamten Körper verteilt. »Luke, das Foto ist das beste, was ich jemals gesehen habe, okay? Und wenn du das bei deinem Lehrer abgibst, gleich eine gesamte Reihe daraus machst, dann wird sich die Schule darum streiten, welches Foto sie ausgedruckt aufhängen wollen.«

Er nickt zögerlich und sieht zum Himmel, der immer mehr von dem Orange verliert. Dann sieht er erneut zu mir. »Hilfst du mir? Du sagst, ich soll eine Reihe daraus machen, dann brauche ich Hilfe – und zwar von dir. Du bist die Einzige, die sieht, was ich zeigen will, und deswegen will ich dich auf meinen Bildern. Falls sie ausgehangen werden, soll die ganze Schule wissen, wer mir dabei geholfen hat. Wer die Person ist, die mich motiviert hat, weiterzumachen.«

Ich blinzle. Was?

»Meinst du das ernst?« Er sieht mich so eindringlich an, dass eine Antwort überflüssig ist. »Ich weiß nicht, ob ich das möchte, Luke«, bedenke ich, schlucke bei dem Gedanken daran, mich auf Bildern zu sehen. Es wird nicht schön aussehen. Es kann nicht schön aussehen. Nicht mit mir.

»Ich meine es ernst. Entweder du oder niemand. Bitte lass uns die Bilder machen. Ich verspreche dir, dass sie toll werden. Am

Ende kannst du immer noch sagen, dass ich sie nicht veröffentlichen soll.«

Ich kann das Lächeln nicht verhindern, kann den Gedanken nicht unterdrücken, dass er mich und niemanden sonst auf seinen Bildern haben möchte.

Ich fühle mich ein bisschen weniger hässlich.

Ein kleines Bisschen.

»Okay. Wir machen es.«

Mittlerweile steht die Sonne im Zenit und Luke grillt die restlichen Würstchen, während ich mit seiner Kamera auf Streifzug gegangen bin, doch jetzt bin ich wieder zurück – mit hunderten von Bildern, die nicht halb so schön sind wie seine – und habe Bärenhunger. Ich weiß nur nicht, ob ich mich traue, zu essen.

»Du bist rechtzeitig zurückgekommen, Bunny. Deine Möhren stehen bereit«, meint er grinsend, sobald er mich entdeckt.

Luke wirft mir eine Karotte entgegen und ich schüttle lachend meinen Kopf, bevor ich hineinbeiße. Ich weiß nicht, wie er es macht, aber er lässt sich kein bisschen anmerken, dass er weiß, was gestern passiert ist. Was ich ihm erzählt habe. Und das tut unglaublich gut.

Luke legt währenddessen die Würstchen auf einen Plastikteller und geht mit dem Brot in der Hand zu unserem provisorischen Schlaf- und Essensplatz.

»Weißt du eigentlich schon, wie du weitermachen willst? Mit den Bildern, meine ich.«

Er nimmt einen Bissen und antwortet mir, nachdem er runtergeschluckt hat. »Ja, ich habe noch ein paar Ideen, aber natürlich darfst du auch welche einbringen. Es ist nicht mehr mein Projekt, sondern unseres. Wir werden genug Bilder haben, damit für dich auch welche übrigbleiben und du sie als Extraarbeit abgeben kannst.«

Ich lege den Kopf schief und kaue auf meinem Würstchen herum. Mir wird schlecht. »Ich habe keinen Kunstunterricht«, sage ich dann, unterdrücke die Übelkeit und sehe Luke an, der verwirrt dasitzt.

»Echt? Warum nicht?«

Ich zucke mit den Schultern. »Ich möchte anderen nicht zeigen, was ich empfinde.«

Sein Blick wird weicher und er streicht über meine Hand. »Meinst du nicht, dass du der Welt viel erzählen könntest?«

»Ich habe in der Kunsttherapie viele Bilder gezeichnet«, erwidere ich, rufe mir die finsteren Abbildungen ins Gedächtnis, die jeder beäugt hat. »Sie waren nicht schlecht, versteh mich nicht falsch. Aber sie erweckten Aufmerksamkeit. Die Menschen haben meine Bilder angestarrt und es fühlte sich an, als würden sie ein Urteil über sie fällen. Nur dass diese Bilder ich selbst waren. Also fällten sie kein Urteil über die Bilder – sondern über mich. Das ertrage ich nicht.«

Seine Finger verschränkten sich mit meinen, nur kurz. Aber es jagt mir einen Schauer über den Rücken und ich weiß nicht, ob das gut oder schlecht ist.

»Ich verstehe«, antwortet er.

Mein Herz stockt für einen Moment, ich ringe um Atem. Selbst meine Kunsttherapeuten konnten nicht verstehen, warum ich die Bilder verbrennen wollte. Nur Domenik.

Und nun auch Luke.

Als wir wieder in seinem Auto sitzen, sehe ich auf meine nackten Beine herab, bemerke die Enden von ein paar Narben auf meiner Haut. Meine eigenen.

Ich ziehe die Hose weiter hinunter, sehe zu Luke und denke daran, dass er von allem weiß und wir trotzdem Freunde sind. Dass er mich respektiert und ich keine Angst mehr haben muss. Dass ich bei ihm weinen kann und dass ich nicht mehr allein kämpfe. Nicht mehr allein kämpfen muss.

»Danke, Luke«, bedanke ich mich mit Tränen in den Augen.

»Gerne, Bunny«, erwidert er, streicht mit seiner Hand über mein Bein und fährt los.

24

Splitter bohren sich in meine Haut, als das Fenster zerspringt und das Glas wie Regen auf mich niederprasselt. Der Schnee um mich herum verfärbt sich rot und lässt meinen Körper gefrieren. Ich spüre meinen Herzschlag in meinen Füßen hämmern, in meinen Beinen, Armen, Händen. Überall.

»Hör auf, zu heulen!«

Ich reibe über meine Augen, hinterlasse blutige Spuren auf der Haut, als ich mir die Tränen wegwische, die ich nicht daran hindern konnte, ihren Weg anzutreten. Sobald das erste Mal eine Gürtelschnalle meinen Rücken trifft, beuge ich mich nach vorn und halte die Hände über meinen Kopf, um ihn zu schützen. Ich habe vergessen, dass sie zu zweit sind – wie konnte ich das vergessen? Ich presse meine Lippen zusammen, um die Schreie zu verhindern, die sich tief in mir verstecken, und versuche, ein Wimmern zu unterdrücken.

Eine bekannte Situation.

»Du hast heute in der Schule gegen eine Regel verstoßen.«

Die Stimme ist eisiger als der Schnee, dessen Kälte sich wie Messerspitzen in meine Haut frisst.

Ein weiterer Schlag.

»Ich –«

Ein weiterer Schlag.

Ich bin dankbar für den Pulli, der mittlerweile völlig durchnässt ist. Dafür, dass er mir zumindest einen Hauch von Schutz ermöglicht. Keine Ahnung, ob er wegen meines Blutes oder des Schnees nass ist.

»Hör auf zu reden!«

Ich atme durch die Nase ein und durch den Mund aus. Regelmäßig, ohne es auch nur einmal zu vergessen.

»Dein Mitschüler hat erzählt, was du getan hast, Biest!«

Mein Pulli wird zerrissen und entblößt die vernarbte Haut darunter.

Ein weiterer Schlag.

Kein Laut verlässt meine Lippen, ich bleibe stumm, wie man es mich gelehrt hat. Ich spüre die warme Flüssigkeit auf der Haut, rege mich nicht, als sie weitere Male zuschlägt; rege mich nicht, als sie aufhört. Mein Kopf wird unsanft nach oben gerissen, doch ich weiche seinem Blick aus - bin seines Blickes nicht würdig.

»Wird es wieder vorkommen, dass du einem Lehrer widersprichst? Uns damit blamierst?«

Ich schlucke.

»Nein«, krächze ich, kneife meine Augen zusammen, als ein weiterer Schlag mein Gesicht trifft.

Sonst keine Reaktion.

Ich sehe auf seine Hand, sie ist rot. Er schubst mich, sodass sich weitere Splitter in meinen Körper bohren; mich an meinen Fehler erinnern, den ich begangen habe.

Ein Tritt in den Magen.

Mein Körper krümmt sich, entleert sich mit einem Würgen, doch ein übler Nachgeschmack bleibt. »Es tut mir leid«, flüstere ich, weiß nicht, ob er mich gehört hat, doch ein weiterer Tritt trifft meine Arme, die immer noch meinen Kopf schützen.

»Das hoffe ich, aber wir wissen beide, dass es dir nicht leidtun kann. Es macht dir Spaß, gegen Regeln zu verstoßen, deswegen müssen wir dich bestrafen. Damit das nie wieder vorkommt.«

Ich nicke.

»Du hast Recht«, wispere ich.

Verachtend sieht er auf mich herab und schnaubt, bis er mit ihr verschwindet und mich im Schnee liegen lässt.

Blutroter Schnee, getränkt mit meinem Erbrochenem.

Dreckiger Schnee passt besser zum Biest als reiner, weißer.

Ich falle, der Geruch von Erbrochenem steigt mir in die Nase. Ich falle, treffe auf den Boden und reiße meine Augen auf. Schreie, als der Schmerz meinen Rücken einnimmt, meinen ganzen Körper wie tausende Nadelstiche. Schreie, als ich merke, dass mein T-Shirt an meinem Rücken klebt, und habe Angst. Angst, zu verbluten. Ich spüre, wie sich die Splitter tiefer in meine Haut bohren, sie mit Leichtigkeit durchdringen, als ich mich auf dem Boden zusammenrolle und meine Arme hebe, um meinen Kopf zu schützen. Ich warte darauf, dass sie wiederkommen und mich bestrafen, weil ich geschrien habe, weil ich weine.

Mir ist schlecht, ich fühle das Blut über meine Haut rinnen, wie es sich in die Fasern meiner Kleider drängt und sie verschmutzt, sodass sie nicht mehr sauber werden. Sodass ich sie nicht mehr sauber bekomme und sie mich deswegen bestrafen.

Ich darf nicht.

Schnell ziehe ich mein Oberteil über den Kopf und schmeiße es weg. Ich habe Angst, dass sie kommen, denn ich weiß, dass ich es verdient habe. Tief im Inneren weiß ich, dass ich es verdient habe und ich warte auf die Schritte, das wütende Brüllen.

Doch alles, was ich wahrnehme, ist die Kälte, die mich umgibt. Die Splitter, die sich in meine Haut bohren. Das Blut, das meinen Rücken entlangläuft.

Und der Gestank von Erbrochenem.

25

Ich hämmere mit meinen Fäusten auf den Boden, verhindere jeden noch so kläglichen Ton, der aus meinem Mund dringen will, doch die Tränen fließen in Strömen über meine Wangen und verkleben meine Haut. Sie hören nicht auf.

»Hey, hey, Kanela, Bunny, es war ein Traum. Nur ein Traum.« Jemand hält meine Hände und ich versuche verzweifelt, sie zu befreien, doch ich bin zu schwach. Zu kläglich und jämmerlich und zu zerbrechlich. »Sieh mich an, Kanela! Sieh mir in die Augen.«

Ich kämpfe mit mir, richte meinen Blick auf Luke und versuche, mich an seinem Anblick festzuhalten, doch die Schmerzen betäuben mich die Schmerzen und lassen mich den Kopf senken.

Ich brenne.

»Du sollst mich ansehen!« Seine Stimme ist kraftvoll, bestimmend, selbstbewusst – und doch schimmert die Verzweiflung hindurch und schlägt mir entgegen. Erneut sehe ich auf, sammle meine ganze Kraft, suche in meinem Gehirn nach passenden Wörtern.

»Ich verblute, Luke. Ich verblute.« Ein Schluchzen erschüttert meinen Körper, die Tränen fließen nicht mehr, doch die Schmerzen werden immer schlimmer. »Ich sterbe. Du musst mir helfen. Mach, dass es aufhört!«

Er streicht mir meine Haare aus dem Gesicht und sieht mich eingehend an. »Du blutest nicht.«

Aber ich spüre doch, wie es über meinen Rücken läuft und auf den Boden tropft. Ich fühle die Schmerzen.

»Hilf mir«, flüstere ich flehend und schaue mit geweiteten Augen zu ihm, fühle mich hilflos und verlassen, voller Angst davor, zu sterben.

»Wie soll ich dir helfen, Kanela? Wie?«

Ich keuche. Der Schmerz breitet sich bis in den kleinen Zeh aus, belagert meinen Körper wie Nebel und ich bekomme ihn nicht zu greifen, kann ihn nicht zuordnen, weiß nicht, woher er kommt.

Luke legt seine Hand an meinen Kopf und zieht mich näher zu sich, drückt mich gegen seine Brust und streicht mir über meine Haare. »Du blutest nicht, Bunny.«

Ich schluchze, habe nicht genug Kraft, um mich aus seiner Umarmung zu befreien, und eigentlich will ich es überhaupt nicht. Es ist zu schön, wie er meinen zitternden Körper wärmt. Wie er mich hält. Wie er nichts weiter tut, als bei mir zu sein. »Ich darf nicht. Du musst mich loslassen, sie kommen gleich, hörst du? Und dann werden sie mich bestrafen. Ich darf nicht, verstehst du?«

Er legt eine Decke über meine nackten Schultern und zieht mich noch enger an sich.

»Das Blut wird die Decke beschmutzen«, flüstere ich, merke, dass der Schmerz nach und nach meinen Körper verlässt. Fühlt es sich so an, zu sterben? »Sie werden gleich kommen, Luke«, flüstere ich abermals, angsterfüllt. »Sie haben gehört, wie ich geschrien habe.«

»Sie werden nicht kommen, denn sie sind tot. Deine Eltern leben nicht mehr. Es war nur ein Traum und du stirbst nicht«, erwidert er sanft, streicht weiter durch meine Haare, hält mich fest.

Ein Messer rammt sich in meine Brust und ein neuer Schmerz erfüllt meinen Körper, intensiv und unzerstörbar. Er nimmt mich ein, mein Blut hört auf zu strömen, alles bleibt still und starr.

Langsam realisiere ich, dass ich geträumt habe.

»Sie sind tot«, wiederhole ich, weiß nicht, ob in meiner Stimme Trauer oder Freude mitschwingt, wahrscheinlich ist es beides und ich schäme mich dafür. »Lass mich nicht allein.« Diesmal ist es Furcht in meiner Stimme.

Er drückt mir einen Kuss auf die Stirn, eine Geste, die mir unbekannt ist und einen wohligen Schauer durch meinen Körper fahren lässt. Und doch sagt mir im Inneren eine Stimme, dass es falsch ist. Dass ich es nicht verdient habe, aber mein Egoismus hat längst gewonnen, mein Körper ist längst Lukes Berührungen verfallen.

Ich lasse es zu, denn meine Eltern sind nicht mehr da, um ihre Aufgabe zu erfüllen und um mich zu bestrafen. Und es fühlt sich so unendlich gut an. So unendlich gut an, umarmt zu werden. Auch wenn es falsch ist.

Sie konnten das Biest nicht töten.

»Ich bin ja da«, flüstert er und wiegt mich.

Mein Egoismus ist befriedigt, hier in Lukes Armen. Und gleichzeitig tut mir Luke leid, weil er nicht weiß, auf was er sich mit mir eingelassen hat.

Eine gefühlte Ewigkeit liege ich in seinen Armen. Es tut gut, wie er mich hält und dass ich seine Wärme an meinem Oberkörper spüren kann, Haut an Haut. Seinen Atem zu hören, beruhigt mich und ich passe meine Atemzüge seinen an. Atme gemeinsam mit ihm ein und aus.

Als der unangenehme Geruch meiner eigenen Kotze in meiner Nase brennt, komme ich gänzlich zu mir. Ich schäme mich, weil ich meinen halbnackten, hässlichen Körper an ihn drücke und in meinem Erbrochenen sitze. Ungelenk löse ich mich von ihm, sehe mich im Zimmer um, damit ich nicht Luke ansehen muss.

»Tut mir leid. Ich wollte nicht … Ich wollte das hier nicht«, wimmere ich, kurz davor, erneut in Tränen auszubrechen, weil die Scham so mächtig ist. Ich ziehe die Decke zwischen uns, bedecke mit allem, was mir zur Verfügung steht, meinen Körper. »Ich wollte das wirklich nicht.«

»Das weiß ich doch. Es ist nicht schlimm.«

Doch, würde ich gerne schreien, oder: *Du solltest es schlimm finden.* Aber ich bleibe still und versuche, ihm zu glauben.

»Willst du duschen gehen?«, fragt er vorsichtig und ich nicke, stehe langsam auf und übergebe mich beinahe erneut. Alles tut weh.

»Ich muss das noch wegmachen. Ich … ich mach das gleich, okay?«

Verzweifelt ziehe ich die Decke noch enger um mich, versuche, mich zu verstecken. Das ist alles so verstörend. Doch er lächelt. Er lächelt?

»Mach dir darum keine Sorgen. Geh duschen.«

Ich seufze und nehme mir Kleider aus dem Schrank, bevor ich im Bad verschwinde. Als die Tür sich hinter mir schließt, laufen mir erneut Tränen die Wange herunter. Ich muss mich ablenken, überlege, welcher Tag heute ist. Ist es Dienstag oder Mittwoch? Ich rechne nach – Mittwoch.

Dann fällt mir nichts mehr zum Ablenken ein.

Ein frischer Windzug, der mir entgegenkommt, als ich das Zimmer wieder betrete, signalisiert mir, dass Luke das Fenster geöffnet hat. Er hat auch aufgeräumt und sich umgezogen und sitzt nun auf der Bettkante und sieht mich an, weiß vermutlich nicht, was er sagen oder machen soll.

»Danke fürs Saubermachen«, flüstere ich, weiß nicht, ob er es gehört hat. Eine Reaktion erfolgt nicht. Ich setze mich neben ihn und sehe zu Boden, beiße auf meine Unterlippe. »Ich glaube, ich würde gerne reden. Über meine Eltern, meine ich«, stammle ich, sein Kopf ruckt nach oben. »Ich weiß aber nicht, was ich sagen und wie ich das machen soll.«

»Nimm dir Zeit«, bestärkt er mich und ich nicke zaghaft.

»Wenn du mich nach einem Zeitpunkt fragen würdest, wann sie damit angefangen haben, könnte ich dir keine Antwort geben. Es war schon immer so und da ich nicht in den Kindergarten gegangen bin, fiel es nie jemandem auf. Ich kann mich daran erinnern, dass ich ein paarmal nach einem Grund gefragt habe, allerdings erhielt ich nie eine Antwort und irgendwann … brauchte ich keinen Grund mehr. Ich wusste, dass ich etwas falsch gemacht habe und dass das nie wieder passieren darf. Es … es war alles falsch. Alles«, beginne ich, stocke, als ich mich an diese Tage erinnere, doch ich verspüre das dringende Bedürfnis, mich mitzuteilen. »Als ich in die Schule gekommen bin, habe ich meine Sportsachen immer unter meine Kleider gezogen, weil sie gesagt haben, dass es unser Geheimnis sei und niemand sonst davon erfahren dürfe. Meine Mitschüler fanden mich seltsam, haben mich gemobbt und wollten nichts mit mir zu tun haben. Im Nachhinein ist es erschreckend, dass es scheinbar niemand sehen wollte. Ich bin nie ins Schwimmbad gegangen. Auf jeden Fall nicht, wenn es hell war, darum habe ich nie schwimmen gelernt. Im Urlaub, wenn wir denn welchen gemacht haben, lag ich mit Kleidern am Strand oder musste in der Ferienwohnung bleiben. Dabei habe ich das Wasser schon immer geliebt.«

Jetzt finde ich es überwiegend nur noch machtvoll und unberechenbar. Wenn ich jedoch im Meer bin und die Wellen mich umgeben, habe ich das Gefühl, zu fliegen. Wie passt das zusammen?

»Ich habe ihnen gesagt, dass ich einen Schwimmkurs machen möchte. Dass ich es liebe, im Wasser zu sein, und dass ich lernen will, zu schwimmen, doch sie haben nur gelacht, haben gesagt, dass ich kein Recht darauf habe, etwas zu tun, das mir Spaß macht. Eines Tages sind wir umgezogen – weit weg von allen – und wir hatten einen Swimmingpool. Sie haben gesagt, dass ich in einer Woche schwimmen können muss - es hat nicht geklappt.« Damit Luke die Wörter verdauen kann und vielleicht auch, damit ich es kann, mache ich eine Pause. »Du kannst dir denken, was danach passiert ist. Ich konnte vier Tage nicht in die Schule gehen, weil ich mit blutendem Rücken auf dem Bett gelegen, meine Wunden versorgt habe und selbst die kleinste Krümmung alles erneut aufgerissen hat. Ich konnte mein Zimmer nicht verlassen, bekam jeden Tag von unserer Haushaltshilfe mein Essen gebracht. Sie hat gekündigt, als sie mich eines Tages bewusstlos im Bad aufgefunden hat. Ich kannte nicht mal ihren Namen. Ich glaube, sie haben ihr gedroht.«

Erneut pausiere ich, rufe mir das Bild der Frau ins Gedächtnis, die niemals ein Wort mit mir gewechselt hat. Als ich jünger war, habe ich bestimmt versucht, mit ihr zu reden, doch irgendwann habe ich es aufgegeben. So, wie ich alles aufgegeben habe.

Luke ist still. Ganz still. Ich weiß nicht, ob es nicht doch zu viel für ihn ist.

»Als ich aufs Gymnasium kam, war ich abermals der Freak der Klasse. Habe nicht geredet, gute Noten geschrieben und mich, sooft es ging, gemeldet. Jede schlechte Note brachte Schläge mit sich. Jeder schlechte Test bedeutete Schmerzen. Also habe ich keine schlechten Noten mehr geschrieben. Egal, wie viel ich gebettelt habe ... sie ...« Ich breche ab, kann an dieser Stelle nicht weiterreden.

»Meine Klassenkameraden fanden es amüsant, mich zu mobben, haben mir gesagt, wie erbärmlich ich sei. Sie wünschten, ich würde sterben. Ich weiß nicht, wie oft sie es gesagt haben, doch im Grunde war es nicht halb so schlimm, es von ihnen zu hören, wie von meinen Eltern. Jedes Mal wenn sie drohten, mich zu verprügeln, habe ich innerlich gelacht. Sie waren Kinder, ihre Schläge nicht annähernd so schmerzhaft wie das, was ich ohnehin jeden Tag zu spüren bekam.

Unser Haus brannte ab als ich zwölf Jahre alt war. Ich war die einzige Überlebende, weil sie mich zu diesem Zeitpunkt einkaufen geschickt haben. Sie haben den Gasherd angelassen. Welch

Ironie, nicht?« Bitterkeit klingt aus meinem kurzen Auflachen. »Man fand heraus, dass ich misshandelt wurde und ich musste unzählige Tests machen. Zuerst war ich in der geschlossenen Psychiatrie. Aber ich wollte weg von all den psychisch kranken Menschen, unter denen ich mich noch verrückter gefühlt habe, weshalb ich mit Domenik, meinem Psychotherapeuten, kooperiert habe. Irgendwann war ich soweit stabil, dass ich ins Waisenhaus durfte, nur noch ambulante Therapien gemacht habe. Zwischenzeitlich wieder stationär, aber dafür habe ich mich bewusst entschieden. Das macht einen gewaltigen Unterschied aus. Es war schwierig. Es ist noch immer schwierig und ich weiß nicht, ob es irgendwann besser wird, Luke. Ich will dir das nicht antun.«

Ich sehe ihn an, bemerke, wie er sich die Tränen von der Wange wischt, und bereue sofort, ihm das erzählt zu haben.

»Ich verstehe nicht, wie sie dir das antun konnten«, schluchzt er, fängt sich wieder. »Und wie du leben kannst, wie du es tust.«

Dazu kann ich nichts sagen.

Bis es Zeit wird, zur Schule zu gehen, umarmen wir uns. Ich halte ihn und er hält mich.

Ich habe Chemie mit Emmy, mit der ich zwar ansonsten in den Pausen rede, die es aber nicht stört, wenn ich überhaupt nichts sage. Sonst laufe ich wie eine Maschine, schreibe auf, was die Lehrer an die Tafel schreiben, doch wirklich verstehen tue ich es nicht. In Gedanken bin ich immer noch bei dieser Nacht, bei Luke, bei unserem Gespräch.

Während der Mittagspause sitze ich bei Sam, Jane und den Jungs. Luke fragt mich, ob ich ins Zimmer gehen und schwänzen will, doch ich schüttle den Kopf und gehe von ihm zu Jane, da mein Körper nach seiner Nähe lechzt und ich das nicht will. Ich muss erst verstehen, was das alles zu bedeuten hat. Ob es überhaupt etwas zu bedeuten hat.

Jane macht Scherze, wie man sie von ihr gewohnt ist. Sie zieht alle in der Runde auf und fährt sich durch ihre Haare, die seit Montag grün sind. Kein Blattgrün, sondern eher Türkis.

Es ist unfair, dass ich ihr und Sam nichts erzähle, sie im Unklaren lasse, denn sie sind nicht dumm. Und auch wenn Jane denkt, dass ich es nicht bemerke, registriere ich die sorgenvollen Blicke, die sie mir zuwirft. Mir fällt wieder ein, dass sie auf Aarons Party, die gerade unendlich weit entfernt scheint, ebenfalls getrunken hat. Bei der Frage, ob man einmal eine Sitzung bei einem Therapeuten hatte. Ich frage mich, wieso sie da war und was sie hat.

Denn auch wenn es niemand zu bemerken scheint, in ihren Augen liegt ein Wald der Einsamkeit. In ihren Augen liegt ein Teil meiner Augen, aber es ist anders. Ich weiß nicht, worin sich ihr Wald und meiner unterscheiden, doch im Grunde, bemerke ich, sind sie gar nicht so verschieden. Nur ist der Kern nicht immer das Wesentliche. Das Darum macht alles aus.

Wie Liebe, denke ich. Ein Gefühl, das für alle Menschen gleich sein sollte. Fällt das Wort, weiß jeder, was gemeint ist. Doch was aus dieser Liebe gemacht wird, wie sie empfunden wird, ist von Mensch zu Mensch verschieden.

Und manchmal reicht dieser Unterschied aus, um jemanden zu zerstören. Dann wird aus Liebe etwas, was niemals sein sollte.

26

Wir haben beschlossen, ins Kino zu gehen. Beziehungsweise hat Jane es am Mittwoch vorgeschlagen und ich war noch so benebelt von meinem Traum, dass ich lediglich genickt habe. Und alle anderen auch. Also sind wir dieses Wochenende im Internat geblieben, da das Kino hier scheinbar besser sein soll als das, in dem ich mit Luke und Aaron war.

Nun stehe ich vor unserem Kleiderschrank und kann mich nicht entscheiden, was ich anziehen soll. Dabei ist es mir eigentlich völlig egal und ich will nur Zeit schinden, weil ich keine Lust habe, mitzugehen. Lieber würde ich im Bett liegenbleiben und, wie gestern, mit Luke über Aliens diskutieren. Er ist fest davon überzeugt, dass es Aliens gibt, während ich das für Schwachsinn halte; für etwas, das von der Buch- und Filmbranche erfunden wurde.

»Kannst du dich nicht entscheiden?«, fragt Luke, der frisch geduscht aus dem Badezimmer kommt. Er lässt die Tür offen und die stickige, heiße Luft kommt mir entgegen, vermischt mit dem Geruch von Lukes Shampoo.

»Nein, nicht wirklich«, erwidere ich, gehe nicht zur Seite, als er sich neben mich stellt und in meinen Teil des Schrankes schaut.

»Meine Devise ist, dass man immer das Oberste anziehen soll, aber das passt nicht zu dem heutigen Tag.« Er nimmt das besagte T-Shirt vom Stapel und hält es vor mich.

Ich runzle die Stirn. »Kleider können zu bestimmten Tagen passen?«, frage ich und er nickt, völlig überzeugt.

»Genauso, wie es Aliens gibt.«

»Also gar nicht?«, entgegne ich lachend, während er das T-Shirt mit einem Kopfschütteln wieder verstaut. Danach zieht er ein anderes heraus und als er grinst, weiß ich bereits, welches er in der Hand hält. Auf dem roten Kleidungsstück ist ein Alien abgebildet.

Augenverdrehend nehme ich ihm das Shirt ab, schnappe mir eine dreiviertellange Hose und verschwinde mit meinem Häschenschlafanzug im Bad, um mich umzuziehen. Bevor er die Möglichkeit hat, mir irgendeinen dämlichen Spruch an den Kopf zu werfen.

Als ich zurückkomme, hat Luke schon den Rucksack in der Hand, den ich gepackt habe, und wartet auf mich. Zusammen verlassen wir das Zimmer und ich bemerke erst, als er abschließt, dass ich etwas vergessen habe. Wie so oft.

»Na? Suchst du deinen Schlüssel?«

Peinlich berührt nicke ich, bevor Luke in seiner Hosentasche kramt und mir mit zuckendem Mundwinkel einen Schlüsselbund vor die Nase hält. Ich schnappe ihn mir und verstaue ihn im Rucksack, den Luke mir ebenfalls überreicht. Mein kleinlaut gebrummtes »Danke« bringt ihn zum Lachen.

Als wir das Internatsgebäude verlassen, warten die anderen bereits auf uns. Da es heute bewölkt ist und die Temperaturen angenehm sind, beschließen wir, zu Fuß bis zum Kino zu gehen.

Schnell teilt sich unsere Truppe in zwei Dreier-Gespanne. Luke, Fynn und Evan gehen vor uns Mädels, necken sich gegenseitig und feixen lautstark.

»Ich hab keine große Lust auf Kino«, gebe ich zu, damit die Stille endlich aufhört.

Jane kickt mit ihrem Fuß gegen einen Stein, der auf die Straße rollt. »Hmm«, macht sie und ich sehe von Sam zu ihr und wieder zurück, runzle die Stirn, doch Sam zuckt mit den Schultern.

»Ist alles in Ordnung?«, frage ich sie und sie nickt kurz, bevor sie den Kopf schüttelt.

»Mein Vater ist im Krankenhaus.«

»Schon wieder?«, fragt Sam bestürzt, aber einfühlsam und ich bin verwirrt.

»Ja, er hatte wieder einen Anfall«, murmelt sie und Sam hakt sich bei ihr ein, legt im Gehen den Kopf auf ihre Schulter.

»Er wird das packen, wie er es auch sonst immer geschafft hat.« Ihre Stimme klingt zuversichtlich und ich sehe auf den Boden zu unseren Füßen, weil ich nicht weiß, von welchen Anfällen sie sprechen.

»Ja, bestimmt.« Ihre Stimme klingt gepresst, als müsse sie gleich weinen. Dann sind wir wieder still.

»Jane, wo lässt du dir eigentlich die Haare färben?«, frage ich und sie sieht mich verwirrt an.

»Wie kommst du jetzt darauf?«

»Keine Ahnung, aber deine Haare sind cool und vielleicht lasse ich meine auch mal färben«, erwidere ich. Eigentlich wollte ich nur die Stille unterbrechen. Und dafür sorgen, dass sie an etwas Anderes denkt.

»Damit du bunter aussiehst als eine Discokugel?«, fragt sie, woraufhin ich extra betont meine Augen verdrehe.

»Gib es zu. Du fändest es mega, wenn ich mit bunten Haaren aufkreuzen würde.«

Sie grummelt ertappt und kickt erneut einen Stein weg, diesmal landet er vor Sams Füßen und sie tut es Jane gleich. Er landet unter einem Auto. »Ja, ich fände es extraordinär, wenn du mir meine Show stehlen und mit neonpinken Haaren rumlaufen würdest.«

Ihr Kommentar entlockt uns ein amüsiertes Lachen.

Die Komödie war genau das Richtige für Jane und als wir aus dem Kino kommen, sieht sie entspannter aus.

»Der Film war lustig«, meint Sam, sobald wir im Kreis vor dem Gebäude stehen. Wir nicken zur Antwort.

»Was machen wir jetzt?«, fragt Fynn und sieht einem Auto hinterher, das an uns vorbeigefahren ist.

»Wir könnten in den Park gehen«, schlägt Evan vor und erntet Zustimmung. Ich weiß nicht, wo der Park ist, aber Parks sind schön, also bin ich dafür.

»Oder wir essen ein Eis«, überlegt Fynn, aber Evan schüttelt den Kopf.

»Geht heute nicht mehr. Und ich habe keinen Bock, euch beim Eisessen zuzusehen.«

Also gehen wir in den Park und unsere Dreiergruppen mischen sich. Sam unterhält sich mit Evan über Diabetes, Jane und Luke führen eine Diskussion über ein neues Motorrad irgendeiner Marke und Fynn geht neben mir – wir schweigen.

Ich habe oft daran gedacht, mich mit ihm zu vertragen, doch mich zu entschuldigen ist schwerer als gedacht. Ein paar Mal öffne ich den Mund, um seinen Namen zu sagen und den Anfang hinter mich zu bringen, aber ich schaffe es nicht. Erst als ich den Park bereits sehen kann, gelingt es mir endlich, seinen Namen auszusprechen. »Fynn?«

Fragend sieht er zu mir. Ich weiß, dass eine Entschuldigung besser ankommt, wenn man sich dabei ansieht, also strenge ich mich an, in seine braunen Augen zu sehen, aber gleichzeitig auf die Straße und die anderen zu achten. »Ich wollte mich dafür entschuldigen, dass ich dich geschlagen habe«, murmle ich, bin mir nicht einmal sicher, ob er mich hören kann. »Das war nicht in Ordnung von mir, das weiß ich. Meine Wut ist keine Entschuldigung und auch meine Reue ist es nicht, aber ich will, dass du weißt, dass es mir wirklich leidtut. Vielleicht kannst du mir verzeihen und wir können uns kennenlernen, denn ich finde es schade, dass es zwischen uns …« Ich suche nach dem passenden Wort. »So kalt ist, wenn du verstehst, was ich meine. Natürlich kann man nicht jeden mögen, aber ich wäre froh, wenn wir uns näher kennenlernen würden. Und dann können wir immer noch entscheiden, ob wir uns aus dem Weg gehen oder nicht.«

Ich hole tief Luft, als ich ausgesprochen habe, was ich sagen wollte. Mein Herz donnert in meiner Brust und es wundert mich, dass ich einen solchen Schwall von Wörtern von mir geben konnte.

Wir überqueren die Straße und ich sehe immer wieder zu ihm, warte auf seine Antwort, mit der er sich Zeit lässt. Als wir den Park betreten, verlangsamt er seine Schritte, lässt die Anderen an uns vorbeigehen, bis er schließlich stehenbleibt. Was ist, wenn er mich so sehr hasst, dass eine Entschuldigung nicht reicht?

»Es war falsch von dir, ja. Aber es war auch falsch von mir. Es hat wehgetan und noch einmal werde ich so etwas nicht verzeihen, okay? Es ist eine Sache, mit Beleidigungen herumzuwerfen, eine andere ist es, jemanden zu schlagen. Gewalt ist scheiße.« Oh, wem sagst du das. Ich weiß das, aber das sage ich ihm nicht. »Du warst wütend und das zurecht … und ja, ich verzeihe dir. Damals auf Aarons Party bin ich nicht fair gewesen, aber ich war stinksauer auf dich. Ich weiß nicht, welche Probleme du hast, aber ich habe mitbekommen, wie sehr sich Luke sorgt. Ich hoffe wirklich, du bekommst das in den Griff, aber bitte zieh Luke nicht in irgendetwas hinein, wo er nicht mehr herauskommt. Du bist bestimmt ein tolles Mädchen, aber ich kenne dich zu wenig, als dass du mir etwas bedeuten würdest. Nimm es nicht persönlich, aber ich weiß nicht, wie du zu Luke so schnell eine Bindung aufgebaut hast. Vielleicht passt das zwischen euch auch einfach« Er hält inne, doch ich sehe ihm an, dass er noch mehr sagen will. »Luke bedeutet mir viel und er ist ein klasse Typ, der sich für einen einsetzt, aber er hat eigene Probleme, die er zu ignorieren versucht. Ich will ihn nicht verlieren und ich hoffe, du verstehst, dass ich misstrauisch bin. Dennoch hast du recht. Lass uns das mit deinem Ausraster vergessen und uns besser kennenlernen und ja – dann kann ich immer noch beurteilen, ob wir Freunde sein können oder nicht.«

Ich brauche ein wenig Zeit, bis seine Sätze bei mir angelangt sind, doch dann nicke ich wie wild. »Klar, das ist in Ordnung. Ich weiß, dass Luke ein guter Mensch ist, und ich werde ihn nirgends mit hineinziehen.«

Jedenfalls hoffe ich das.

»Gut, dann lass uns zu den anderen gehen«, meint er, lächelt ein wenig, doch in seinen Augen sehe ich, dass er mir nicht wirklich glaubt. Als wüsste er, dass ich nichts dagegen tun könnte. Als wüsste er, dass es nur an Luke liegt und daran, ob er einschätzen kann, wann seine Grenzen erreicht sind. Daran, ob er stark genug ist oder bei dem Versuch, mir aufzuhelfen, fällt.

Ich weiß nicht, was mit Luke passieren wird. Er sagt, er hätte sich zum Guten verändert, doch ich weiß nicht, wie lange er das denken wird. Ich weiß nicht, ob er mir helfen kann. Ich weiß nicht, ob ich ihn verletzen werde. Ich weiß nicht, ob ich ihn brechen werde. Ich weiß nicht, wieso er anders ist. Aber ich hoffe, dass für ihn Sommer wird. Und dann wieder Frühling, damit er noch einmal erleben kann, wie alles erblüht. Ich hoffe, ich bringe ihm nicht den Herbst und den Winter.

Zu merken, dass alles fällt, ist das Schlimmste, da man nichts dagegen machen kann.

Zu merken, dass alles gefallen ist, ist beinahe genauso schlimm, da man sich nicht vorstellen kann, wie auf der schneebedeckten Wiese jemals wieder Blumen wachsen sollen.

27

Ich sitze auf der Bettkante und sehe Sam an. Sie sieht zurück, sagt nichts, möchte mich nicht drängen. Heute Morgen habe ich zu Luke gesagt, dass ich ihr einen Teil meiner Vergangenheit anvertrauen möchte, um endlich einen Schritt weiter zu gehen. Er hat einen ruhigen Moment für uns organisiert, spricht mit Aaron und seinen Eltern unten in der Küche, während Sam und ich hier oben in meinem Zimmer sitzen und ich kein Wort herausbekomme.

Ich habe mir zurechtgelegt, was ich sagen möchte. Wie ich ihr am besten erzähle, dass meine Eltern mich misshandelt haben. Dass ich traumatisiert bin. Für mein Leben geprägt.

Doch ich kann nicht.

Ihr Zeigefinger zuckt. Sie will mich berühren, zieht ihre Hand aber wieder zurück, verschränkt sie mit ihrer anderen. Ich schließe die Augen und atme ein und aus. Und weil ich weiß, dass ich mich nie bereit fühlen werde, wandern meine Finger zum Saum meines Shirts, um es mir auszuziehen. Meine Narben zu zeigen, ist die einfachste Methode, um ihr von meiner Vergangenheit zu erzählen.

Sam zieht den Atem zwischen ihren Zähnen hindurch. Ein scharfer Laut, der mich zusammenzucken lässt. »O Kanela«, murmelt sie.

Tränen schimmern in ihren Augen und sie breitet kaum merklich ihre Arme aus, bietet mir eine Umarmung an. Ich lasse sie zu. Zögerlich, langsam, nicht für lange. Fest presse ich meine Lippen aufeinander, als ich mich wieder aus ihren Armen winde und ihrem Blick ausweiche.

Sie greift nach meiner Hand und verschränkt unsere Finger miteinander. So sitzen wir da. Minutenlang, ohne ein Wort zu sagen.

Manchmal sind Worte nicht nötig.

Ein letztes Mal schlage ich gegen den Boxsack, der Schweiß rinnt an meiner Stirn entlang und ich bin erledigt und doch wacher denn je. Mit jedem Schlag schüttle ich ein wenig meiner Müdigkeit ab. Mein Atem geht hektisch und stoßweise, ein Blick auf die Uhr verrät mir, dass ich aufhören oder zumindest eine Pause machen sollte, doch mein Kopf ist zu voll.

Als ich in das Flugzeug gestiegen bin, war ich der Meinung, ich würde mein Leben hinter mir lassen und könnte neu anfangen. Doch nun weiß ich, dass das nicht funktioniert. Mehr als je zuvor stehe ich meiner Vergangenheit gegenüber und muss entscheiden, ob ich kämpfe oder weglaufe. Ich habe keine Kraft mehr, weiß nicht, wie ich jeden Morgen aufstehen, mich zum Leben überwinden soll und das, obwohl es sich am Ende doch als positiv erweist. Dennoch wird es Tag für Tag anstrengender und auch wenn ich in der Zeit, in der ich hier bin, mehr gelacht habe als jemals zuvor, ist es schwieriger.

Ich bin in ein Flugzeug gestiegen, um anzukommen, wenn ich aussteige, doch das bin ich längst nicht. Das Flugzeug ist noch immer in der Luft, ich erst am Anfang meiner Reise. Einer Reise voller ausgefallener Getriebe, fehlenden Essensvorräten und massiven Fluglöchern. Einfach gesagt – der Flug ist hart.

Das Leben ist anstrengend, selbst wenn es einem gutgeht, denn es gibt immer Menschen, denen es schlechtgeht. Ich bin in die heile Welt der Scales eingebrochen, enttäusche Aaron am laufenden Band, da ich es nicht schaffe, ihm die Wahrheit zu erzählen. Es ist zu anstrengend. Alles ist zu anstrengend. Das Leben ist zu anstrengend.

Ich weiß, dass ich meine Vergangenheit hinter mir lassen muss und jetzt die beste Möglichkeit dazu ist. Was ich nicht weiß, ist, wie ich das schaffen soll. Wie ich mich dagegenstellen soll. Ich kann mich nicht vor jedem entblößen und einen Zettel auf meine Stirn tackern, auf dem meine Geschichte steht. Kann nicht mit jedem darüber reden.

Mein Albtraum vor anderthalb Wochen hat sich wie Nebelschwaden um mich gelegt und was ich auch mache, er verschwindet nicht. Sam tut tagsüber alles dafür, mich abzulenken, muss gleichzeitig dafür sorgen, dass sich Jane wegen ihrem Vater nicht verrücktmacht, während ich in der Nacht Luke wachhalte. Es ist nicht so schlimm wie dieses eine Mal, aber die Bilder kommen immer, wenn es dunkel wird, halten mich wach, bis ich vor Müdigkeit einschlafe, und reißen mich mitten in der Nacht aus dem Schlaf. Jedes Mal ist Luke wach, um mich zu umarmen, mich zu beruhigen. Langsam ist es zu einer Sucht geworden, seine Berührung zu spüren. Es fühlt sich befreiend an.

Wir schieben in der Nacht heimlich unsere Betten zusammen, weil ich so besser schlafen kann. Und jeden Morgen wieder auseinander, damit die Betreuer es nicht bemerken.

Ich glaube, er schläft weniger als ich, wenn er überhaupt schläft. Von Evan weiß ich, dass er in jeder Pause den Kopf auf die Bank legt, um sich auszuruhen. Ich mache ihn krank, doch als ich ihn darauf angesprochen habe, meinte er, ich solle mir nichts einbilden.

Die dunklen Ringe unter seinen Augen sprechen Bände und da ich weiß, wie es ist, tagelang kaum zu schlafen, will ich ihm diese Bürde gerne abnehmen. Er lässt mich nicht. Und ich kann die Albträume nicht abschalten .

Ich muss an das Gespräch mit Fynn denken – wir verstehen uns besser – doch ich mache mir Vorwürfe, hoffe, dass seine Sorgen nicht begründet sind und Luke weiß, was er sich zumuten kann. Wann es zu viel wird.

Ich lehne meinen Kopf gegen den Boxsack. Wirre Strähnen, die aus meinem Zopf gefallen sind, kitzeln mich an meiner Nase. Mein Rücken hat seit meinem Albtraum nicht aufgehört, zu brennen – manchmal muss ich in den Spiegel sehen, um mich zu vergewissern, dass er nicht blutet.

Als ich mir heute Morgen entgegenblickte, habe ich mich gezwungen, meine Augenringe abzudecken. Allein Grace zuliebe, die mir immer öfter besorgte Blicke zuwirft und mich mit Fragen löchert, wenn ich zu wenig esse oder mit gesenktem Blick den Raum betrete. In letzter Zeit esse ich tatsächlich zu wenig. Weil ich es nicht wieder erbrechen will.

Ich stelle mich aufrecht hin und lasse meine Schultern kreisen, um meine Muskeln zu entspannen. Ich denke zu viel, muss mich weiter ablenken, mich weiter verausgaben, weitermachen, weiterschlagen. Gegen den Boxsack hauen und dabei die Gedanken aus mir herausprügeln.

Nachdem mir Luke Ratschläge gegeben hat, achte ich auf meine Körperhaltung, weil er mir damit helfen wollte. Genauso, wie er mir mit meinen Problemen weiterhelfen wollte. Und weil er damit nicht weiterkommt, möchte ich wenigstens in einer Sache seine Hilfe verwirklichen.

Mein MP3-Player versorgt mich mit der passenden Musik. Musik, die mir Luke gezeigt hat, doch meine Gedanken vertreibt sie dennoch nicht. Es ist mehr als nur frustrierend, dass ich sie nicht von mir weisen kann, doch was habe ich auch gedacht? Ich wechsle das Land, sogar den Kontinent, und auf einmal ist alles gut? Als wäre ich dadurch geheilt!

Ja, ich bin glücklicher, aber die Welt um mich herum – in mir – ist dadurch keine bessere. Wenn selbst das Glücklichsein anstrengend ist, wenn immer wieder etwas Böses kommt, wieso versuche ich es überhaupt?

Als Domenik mir von der Hilfsorganisation berichtete, war es ein Lichtblick am Ende des Tunnels – nun weiß ich, dass es lediglich ein Loch in der Decke war. Aus der Etage bin ich vielleicht entkommen, aber noch lange nicht aus dem Haus. Doch wenigstens weiß ich, dass ich leben will. Dass meine Gedanken an diesem Ort heller sind und – in guten Momenten – die Dunkelheit vertreiben.

Ein Lächeln erfüllt mein Gesicht, als ich mir eine Strähne aus meiner Stirn puste und erneut einen Schlag platziere. Wenn ich gute Gedanken habe, sind diese optimistischer, strahlender als früher. Sie fangen an, sich zu verfärben – und das nur wegen einer Person. Das ist weder Sam noch Luke.

Ich bin es selbst, denn wir verändern uns nicht wegen anderen, wir verändern uns, weil wir es wollen. Ja, vielleicht weil eine andere Person es uns vorlebt. Doch niemand kann uns auf Dauer verändern, außer wir selbst, denn wir sind Menschen – keine Marionetten.

Deswegen denke ich nicht, dass ich Luke verändert habe, wie er es mir in einer der langen Nächte zugeflüstert hat, in denen ich nicht schlafen konnte. Wenn er sich verändert hat, dann wegen seinen neuen Erfahrungen und aufgrund der Wege, die er aus eigener Entscheidung eingeschlagen hat.

Ich schreie auf, als mir die Kopfhörer aus den Ohren gezogen werden und wirbele herum. Luke steht mit einem breiten Grinsen vor mir, das keine Sekunde aus seinem Gesicht weicht. »Na, was hört das kleine Bunny?«

Er zieht den Stecker heraus und drückt auf Start, sodass die Musik aus dem Lautsprecher kommt. Anerkennend zieht er die

Augenbrauen nach oben. »Billy Talent? Du gefällst mir immer besser.«

Ich runzle die Stirn, da er mir die Band gezeigt hat. »Ich bin immer gut für Überraschungen, merk dir das«, spiele ich jedoch mit und erhalte als Antwort ein Lachen, in das ich einstimme und das mich besser von meinen Gedanken befreit, als es das Boxen je tat.

Luke sieht ausgeschlafener aus, seine Augenringe sind nicht mehr so extrem und er wirkt wacher. Ich muss wirklich dafür sorgen, dass er nicht mehr wegen mir in der Nacht aufbleibt. Allerdings weiß ich nicht, wie ich das machen soll.

Er tippt auf meinem Player herum, bis ein bestimmtes Lied aus der Box läuft, die in der Ecke des Raumes steht. Dann sieht er mich an. »Ich weiß. Jetzt zeigst du mir erst, wie gut du deine Hüften schwingen lassen kannst.«

Ich runzle lachend die Stirn und zeige ihm den Vogel. »Was? Du spinnst wohl!«

»Du hast richtig gehört, du sollst tanzen, Bunny.« fordernd sieht er mich an und geht ein paar Schritte zurück. »Oder weißt du nicht, wie das geht?«

Seine Augen funkeln belustigt, als er merkt, dass seine Stichelei Wirkung zeigt, und ich strecke ihm die Zunge raus, schalte aus Prinzip ein anderes Lied an und beginne, mich zu bewegen.

Kurz darauf gesellt er sich dazu. Wir hüpfen auf der Stelle herum, lassen unsere Arme in uneleganten Bewegungen kreisen und lachen uns gegenseitig aus. Bei den rockigen Liedern berufen wir uns auf unsere Mitgliedschaft bei den *Full-Time Flyers* und legen die beste Bühnenshow hin, die die Welt niemals gesehen hat.

Als das Genre wieder umschlägt, geht Luke in die Hocke, seine Arme wie die Flügel einer Ente unter die Arme geklemmt. Jeden zweiten Takt macht er unbeholfene Schritte nach vorne und bewegt seinen Kopf nach vorne und hinten. Ich kann mich nicht mehr halten und mein unterdrücktes Prusten wandelt sich in ein schallendes Lachen.

»Mach es doch besser«, fordert er gespielt beleidigt und ich nehme die Herausforderung an und lege mich auf den Boden.

Ich versuche, mich nach vorne zu schlängeln wie eine Schlange, bleibe jedoch auf der Stelle liegen. Mit den Händen ziehe ich mich vorwärts, bis ich aufgebe, nach Atem ringend liegenbleibe. Luke legt sich neben mich und sieht mich an. Unser Lachen übertönt die Musik.

Vielleicht habe ich nicht die Kraft, zu kämpfen, doch wer sagt, dass ich allein kämpfen muss?

Ich lausche der Melodie, lasse mich von ihr zum Ozean tragen, der sich in Lukes Augen spiegelt und dessen Anblick mir nur verwehrt bleibt, wenn einer von uns blinzelt. Und ein Teil von mir beginnt zu glauben, dass ich wirklich nicht mehr allein bin.

28

So liegen wir da, unsere Atemzüge gehen rasch. Ich zähle seine mit, bin bei 354, als er sich regt. Er stützt seine Arme unter den Körper und stemmt sich nach oben, stellt sich hin, greift nach meinem MP3-Player und schaltet die Musik aus. Dann hält er mir seine Hand entgegen, die ich ergreife und an der er mich auf die Füße zieht.

Mittlerweile hat sich unsere Atmung wieder normalisiert, nur mein Herz rast noch vor Anstrengung.

»Du hast übrigens den Test bestanden«, verkündet er, tätschelt meinen Kopf und klatscht dann in die Hände. Wie ein Kind, das Eis bekommt.

»Welchen Test?«, frage ich gleichermaßen verwirrt und neugierig, ziehe das Haargummi aus meinen Haaren, sodass sie nun wirr abstehen müssen. Ich fahre hindurch, greife mit beiden Händen hinein und massiere meine Kopfhaut, dann binde ich sie wieder zusammen.

»Du darfst auf meine Party kommen«, meint er begeistert.

Ich greife nach meiner Wasserflasche, trinke einen Schluck, spüre, wie die Flüssigkeit mich von innen heraus kühlt. »Welche Party?« Ich kann mich nicht daran erinnern, dass er von einer Party erzählt hat.

»Ich habe spontan beschlossen, dass ich heute Abend eine Party schmeiße, ein paar Leute einlade und so«, erwidert er lässig und ich nicke langsam, runzle die Stirn, zucke dann mit den Schultern.

»Ich weiß nicht …«, murmle ich und weiche seinem Blick aus. Ich hasse Partys. Ich hasse Alkohol. Und Aarons Party hat mir für die nächsten Jahre gereicht.

»Wieso nicht? Meine Partys sind die Besten, besser als alles, was du jemals gesehen hast!«, versucht er mich zu überreden, völlig überzeugt von sich.

Ich lache auf, weil ich merke, wie wichtig ihm das ist und fummle an einer Haarsträhne herum. Bisher war ich lediglich auf einer Party gewesen und schlimmer als diese kann es nicht werden. »Ich will deine Gastgeberqualitäten nicht anzweifeln, aber ich mag keine Partys. Dort sind betrunkene Menschen, die eng tanzen und nicht mehr wissen, wo ihre Grenzen liegen.«

»Nur weil man trinkt, bedeutet das nicht, dass man gleich seine Wahrnehmung verliert. Du kannst nicht alle in eine Schublade stecken, die Alkohol trinken. Erst recht nicht, wenn du scheinbar nie selbst getrunken hast. Außerdem musst du ja nichts trinken, das hast du auf Aarons Party ja auch nicht getan«, meint er nun sanfter, aber eindringlich.

»Ich habe bisher nur schlechte Erfahrungen mit Alkohol gemacht, Luke, und deswegen hasse ich es. Und ich habe Angst, mich darin zu verlieren, wenn ich erst einmal betrunken bin.«

Luke seufzt und streichelt mit seinem Finger über meinen Handrücken. »Du kannst ja wieder gehen, wenn es dir zu blöd wird, aber ich würde mich freuen, wenn du kurz rüberkommst.«

Sein Blick. Dieser Blick. Bei diesem Blick kann ich nicht anders. Er sieht nicht traurig aus und auch nicht wütend, weil ich seine

Party ablehne. Da ist nur Hoffnung. Hoffnung, dass ich doch komme. Hoffnung, die mich zerreißt.

»Na gut«, gebe ich nach und die Freude in seinen Augen reicht aus, es nicht zu bereuen.

Ein verschmitztes Grinsen folgt, das nichts Gutes erahnen lässt. Und das mich glücklich macht. »Du bist ein Schatz!«, meint er überschwänglich, macht Anstalten, mir einen Kuss auf die Stirn zu geben, und rümpft die Nase. »Aber du solltest vorher auf jeden Fall duschen gehen.«

Seine Stimme klingt nasal, als würde er sich die Nase zuhalten. Ich verdrehe die Augen, boxe gegen seine Schulter. Gleichzeitig schlängelt sich Überforderung durch meinen Körper, weil er kurz davor war, mich mit seinen Lippen zu berühren.

»Niemand hat dich eingeladen! Hör also auf mit deinen ungefragten Kommentaren.« Meine Stimme ist nicht halb so sicher, wie ich will, und er provoziert mich, indem er geschockt seine Augen aufreißt, in denen das amüsierte Funkeln keine Sekunde verschwindet, und seine Schulter reibt.

»Aua, das hat wehgetan! Du bist so fies zu mir.«

Ich hebe die Augenbrauen, verschränke die Arme vor der Brust. »Du hast ja recht, man schlägt keine Mädchen. Tut mir wirklich leid, Piggy.«

Zufrieden mit mir, weil es mir nichts mehr ausmacht, solche Sätze zu sagen, und weil ich gekontert habe, drehe ich mich um und verlasse das Zimmer. Das zeugt von meinem gestärkten Selbstbewusstsein durch diesen braunhaarigen Idioten.

Luke bleibt hinter mir zurück, sein Lachen wird leiser. Kurzerhand schließe ich die Tür, bevor er mir folgen kann. Währenddessen öffnet sich Aarons Schlafzimmertür.

»Ist Luke da?«, fragt er und ich nicke, hoffe, dass er nicht nachbohrt, denn in letzter Zeit verhält er sich merkwürdig, distanziert, misstrauisch.

»Können wir kurz reden?«

Am liebsten würde ich den Kopf schütteln, weil ich Angst habe, dass er etwas gegen meine Freundschaft mit Luke hat, stattdessen gehe ich ein paar Schritte auf ihn zu, versuche es mit einem Lächeln. Lächeln ist nie falsch. Fast nie.

»Noch bevor du mich etwas fragst, muss ich mich bei dir entschuldigen. Weil ich nicht das bin, was du dir vorgestellt hast und ich mich dir nicht anvertrauen kann«, beginne ich unser Gespräch, denke daran, dass er vermutlich wirklich wegen Luke reden will, wippe auf meinen Fußballen von vorne nach hinten. »Und ich weiß, es muss komisch für dich sein, weil ich mich deinem besten Freund anvertraue. Aber bitte gib mir die Zeit, die ich brauche, und versteh, dass ich glücklicher bin, wenn Luke da ist. Er hilft mir.«

Er nickt langsam, fährt sich durch die Haare und zuckt mit den Schultern. »Vergiss es, meine Frage wäre falsch. Lass dir –«

Er sieht an mir vorbei, ich drehe mich um und bemerke Luke, der im Türrahmen steht und zu uns herüberschaut. Mir ist egal, ob er gehört hat, was ich gesagt habe, denn es ist die Wahrheit. Die Wahrheit, die er hören darf. Er macht mich glücklich. Bei ihm höre ich manchmal auf, zu denken, und das hat bisher niemand geschafft. Nicht einmal Domenik, dessen Beruf es ist, mir im Kampf gegen meine Gedanken zu helfen.

»Danke, Aaron«, sage ich zu ihm, obwohl es nichts zu danken gibt.

Aber Menschen mögen es, wenn ihnen gedankt wird, und ich will, dass Aaron mich mag. Er nickt und ich gehe ins Bad, um zu duschen.

Ich sehe in den Spiegel, sehe meine Rippen und meinen Bauch. Was ich sehe, ist hässlich. So hässlich, dass ich meine Augen zusammenkneife, mir ein Bild von mir vorstelle, das mir annähernd gefällt. Bei dem Knochen nicht mehr sichtbar und meine Augenringe verschwunden sind. Bei dem mein Mund lächelt und mein Innerstes sich nicht vor Schmerzen krümmt. Da ich finde, dass mein Gesicht immer mangelhaft wäre, bleibt es in meinen Vorstellungen gleich.

Ich öffne meine Augen, sehe in grelles grün, mein Blick wandert hinunter. Mein Hals ist zu lang. Meine Schlüsselbeine zu markant. Meine Knochen stehen hervor. Sogar meine Brüste sind zu klein.

Ich wende meinen Blick ab und betrete die Dusche. Der kleine Funken Freude, der sich langsam zu einer Flamme entwickeln wollte, ist verschwunden. Ausgelöscht von dunklen Gedanken des Selbsthasses. Das Furchtbare ist, dass ich anders aussehen, dass ich mehr wiegen könnte, wenn ich mich nach dem Essen nicht so unwohl fühlen würde.

Ich will nicht so dünn sein, ich will mich nicht übergeben und doch – ich kann nichts dafür.

Das Wasser brennt sich in meine Haut, versengt sie bis zu meinen Knochen, um ungehindert auf sie prasseln zu können. Stumm schreie ich, während ich das Wasser so kalt wie möglich stelle. Es erschlägt mich, bringt jedes Haar an meinem Körper dazu, sich aufzustellen. Meine Lippen sind eiskalt, meine Zähne klappern stetig aufeinander und übertönen das Rauschen des Wassers, das auf den Boden und meinen Körper prasselt. Ihn mit eisigen Tropfen überzieht. Ich genieße die Kälte, die mein Innerstes zum Äußeren kehrt. Wie mein Sprung in den See, nur weine ich nicht. Ich bin äußerlich ruhig, so ruhig, doch mein Inneres tobt, springt umher, stößt, rempelt mich an, verletzt. Erst als meine Zehen dunkelblau sind und ich das Gefühl habe, zu erfrieren, stelle ich das Wasser ab und steige aus der Dusche.

Es tropft von meinen Haaren auf meine trockene Kleidung, hinterlässt dunkle Punkte wie Sommersprossen; wie die kleinen Farbkleckse, die manchmal auf Sams T-Shirts zu finden sind. Wie meine Träne, die in den Sand gefallen und verschwunden ist. Es verhindert, dass mich die Kälte verlässt. Meine Kopfhaut brennt.

Ich habe nicht mehr in den Spiegel gesehen.

Als ich die Tür zu meinem Zimmer öffne, sitzt Luke auf meinem Bett, den Rücken an die Wand gelehnt, so, wie ich es vermutet habe. Die Tatsache, dass ich richtig liege, macht mir Angst. Es ist ein Zeichen, dass ich Luke kenne, zu gut kenne, denn wenn ich so etwas über ihn weiß, dann weiß er so etwas auch über mich.

Ich denke, dass meine Lippen dunkelblau, meine Wangen rot sind, denn Luke mustert mich, scheint die Situation erfasst zu haben. Und wenn nicht, scheint er sich etwas Ähnliches vorzustellen.

»Komm her, Bunny.«

Er schenkt mir ein Lächeln und klopft auf den Platz neben sich. Ich spüre die Tränen in meinen Augen, schniefe einmal, bevor ich auf Luke zugehe, mich neben ihn setze und zulasse, dass er die Arme um mich legt. Mein Kopf ruht auf seiner Brust, ich höre dem stetigen Schlagen seines Herzens zu und wische mir über die nasse Wange.

Er ist warm. So warm.

Und ich bin eiskalt.

»Du bist glücklicher, wenn du bei mir bist?«, fragt er leise, malt Muster auf meine Arme, berührt dabei nie meinen Rücken. Ich höre das Grinsen aus seiner Stimme heraus.

»Idiot«, brumme ich, um die Ernsthaftigkeit zu vertreiben, doch ich entscheide mich um und richte mich auf. »Ja, das bin ich.«

Luke lächelt zufrieden, bevor ich es mir wieder an seiner Brust gemütlich mache, auf seinem T-Shirt ist ein nasser Fleck von meinen Haaren. Es ist komisch, dass er in so kurzer Zeit mehr über mich weiß als die Menschen, die mich Jahre kannten. Dass er mich besser verstehen kann als ebendiese. Besser als meine Eltern. Vielleicht hoffe ich das auch nur.

»Am See meintest du, du würdest nicht Kanela heißen. Wie ist dein richtiger Name?«

Mein Herz stolpert, denn ich habe nicht mit dieser Frage gerechnet. Doch als sich mein Puls nach einem Moment wieder beruhigt, muss ich nicht darüber nachdenken, ob ich ihm diesen Teil von mir offenbaren kann. Ich tue es.

»Ich sehe Kanela mittlerweile als meinen richtigen Namen an. Es ist der Name, den ich mir selbst geben konnte. Der wirklich zu mir passt«, sage ich, überwinde mich, ihm ein weiteres Stück meiner Seele zu schenken. »Aber früher nannte man mich Lena.«

»Ich habe die Bedeutung von Kanela nachgeschlagen. Hast du deshalb den Namen gewählt?«, fragt er weiter.

Ich setze mich auf. »Deswegen und weil in ihm mein alter Name steckt.«

Er scheint kurz zu überlegen, bevor er nickt, das Thema wechselt.

Danke, danke, danke.

»Wie lange hast du geboxt?«

Als Antwort erhält er nur ein unverständliches Murmeln.

»Was ist los?«

Ich beiße auf meine Lippe, bevor ich aufstehe und an die Wand gegenübersehe. »Was soll ich heute Abend anziehen?«, weiche ich seiner Frage aus, denn ich will nicht darüber reden.

Will nicht immer über mich reden, denn es gibt doch so viel mehr als mich. Ihn zum Beispiel. Er und was er sagt und was er denkt und was er mag und was nicht. Er und was für Probleme er hat und was er opfert und was er gibt und was ich nehme.

»Lena –« Ich funkle ihn an, unterbreche ihn scharf.

»Nenn mich nicht so!« Dieser Name fährt mir sofort in den Rücken, hinterlässt eine brennende Spur bis tief in mein Herz.

»Es ist aber dein Name«, widerspricht er.

Ich gehe zu meinem Kleiderschrank, öffne ihn.

»Mein Name ist Kanela, Luke«, antworte ich ungeduldig, will, dass er aufhört, darüber zu reden, will, dass er merkt, dass ich es ernst meine.

Er seufzt leise, ich höre, wie er vom Bett aufsteht und zu mir kommt. Ich spüre seine Wärme. »Was ist los, Kanela?«

Ich konzentriere mich auf die Kleider, die nach Farbe sortiert an der Kleiderstange hängen, und greife nach einem dunkelblauen. Ebenfalls ein Kleidungsstück, das ich nie anziehen wollte und nur gekauft habe, um mich an Vorstellungen zu klammern, von denen ich nie dachte, dass sie wahr werden. Und jetzt stehe ich hier, mit einer Chance in der Hand, mein Leben zu verändern, und bin zu ausgelaugt, um es durchzustehen.

»Damit wirst du allen Jungs die Köpfe verdrehen.«

Ich kann ein Keuchen nicht unterdrücken und hänge das Kleid wieder zurück – das will ich nicht.

»Vielleicht sollte ich ein Top und eine Hose anziehen«, flüstere ich.

»Selbst damit siehst du unglaublich sexy aus.«

Gequält schließe ich die Augen, kann ihm nicht glauben, er lügt, sagt das nur, damit ich mit ihm rede.

»Hör auf, Luke.« Meine Stimme ist ernst, ich drehe mich um und er grinst mich an.

»Womit?«

»Ich kann dir nicht glauben«, gebe ich zu und will mich wieder wegdrehen, doch seine Hand auf meiner Schulter hält mich davon ab.

»Du bist umwerfend, egal, was du trägst«, meint er nachdrücklich, seine Stimme klingt überzeugt. Ich schüttle den Kopf.

»Du willst nur, dass ich mit dir rede.«

Er fährt mit seinen Händen meine Arme hinab, greift nach meinen Händen. »Ja, ich will, dass du mit mir redest, damit ich mehr über dich erfahre. Aber deswegen würde ich dich niemals anlügen. So bin ich nicht und das weißt du. Unterstell mir das nicht, nur weil du es dir nicht zutraust, dass jemand dich schön findet.«

Seine Augen strahlen pure Ehrlichkeit aus und ergreifen die Fasern meines Körpers, packen sie, lassen sie nicht mehr los.

»Ich weiß«, antworte ich und er zieht mich in eine Umarmung, hinterlässt einen hauchzarten Kuss auf meiner Stirn, der mich zum Weinen bringt.

Und ich weiß es wirklich. Weil er ehrlich ist, weil er so verdammt ehrlich ist, egal, um was es geht, weiß ich, dass er in dieser Sache nicht lügt. Und doch …

»Du machst es mir so schwer, dich zu verstehen, Kanela.«

»Ich weiß, Luke, ich verstehe mich selbst nicht. Es tut mir leid, aber ich will, dass es heute nicht um mich geht. Du machst so viel für mich und ich will dir etwas zurückgeben, doch das kann ich nur, wenn du mich heute behandelst als wäre ich normal. Ich will nicht diejenige sein, wegen der du nicht mehr schläfst, und nicht die, die dauernd weinen muss und Probleme hat. So wie jetzt. So wie ständig. Ich bin nicht der Mittelpunkt und ich will es auch nicht sein. Dafür bin ich nicht wichtig genug.«

Er streicht mir eine Strähne hinter mein Ohr und sieht mich eingehend an.

»Unnormal ist viel attraktiver.«

Ich löse mich aus seiner Umarmung und drehe mich um, will, dass er aufhört, so etwas zu sagen. Will, dass er mich anlügt. Will, dass er mich aus seinem Leben streicht. Will nicht, dass ich der Grund bin, wieso es ihm schlechtgeht. »Du weißt, was ich meine.«

Er greift um mich herum und schiebt die einzelnen Kleider an ihrem Bügel über die Schiene. Durch das kratzende Geräusch zucke ich kaum merklich zusammen, spanne mich an. Luke sieht sich alle an, dann zieht er ein Kleid heraus, das über meine Knie reicht, und hält es vor mich.

»Das ist perfekt«, meint er und ich lächle, sehe es mir an, denke daran, wie ich mit Anna in der Stadt war, um neue Kleidung zu kaufen, und sie es mir geschenkt hat.

Ich bereue, dass ich erst jetzt bemerke, welches Glück ich mit ihr hatte. Dass ich sie nicht hätte ignorieren dürfen, dass ich nicht so egoistisch hätte sein dürfen. Dass ich sie mehr hätte schätzen müssen.

»Danke«, sage ich zu ihm – *und hoffe, dass sie meine Worte versteht.*

29

»Kanela, komm her und …«

»Bist du nicht die, die bei …«

»Kann jemand die …«

»… im Zimmer schläft?«

»Nelli, du bist ja da, das hätte ich …«

»Hey! Dreh die Musik lauter!«

»… wie findest du es bis jetzt?«

»Sag mal, hörst du schlecht, du sollst die Musik lauter machen.«

Zu viele Stimmen in zu viel Durcheinander bei zu vielen Menschen in einem zu kleinen Raum. Zu viel Englisch bei zu vielen Fremden bei zu viel Nähe.

Ein Junge schiebt mich grob an der Schulter zur Seite, ich springe zurück, stoße mit meinem Bein gegen einen Tisch. Klirrend fällt etwas zu Boden. Die Stimmen verwirren mich und jeder will etwas Anderes von mir, sie lassen sich nicht gegenseitig aussprechen, ich weiß nicht, wohin ich sehen soll.

»Mensch, du bist ja völlig verrückt.«

Hände. Unbekannte Hände auf meinem Körper, auf meiner Haut und ich wimmere auf.

Niemand hört es, wie auch, die Musik ist so dröhnend, zu laut. Ich halte mir die Ohren zu. Ich will hier weg. Ich hätte nicht kommen dürfen. Als ich das Haus betreten habe, habe ich Luke gesehen, doch er musste weg und seitdem stehe ich hier in der Ecke, starre schon eine Stunde auf die Uhr und bin nur hier, weil ich Luke nicht enttäuschen möchte. Weil ich *mich* nicht enttäuschen will. Wo sind denn alle?

Aaron stellt sich vor mich, ich lasse meine Hände fallen. »Nelli, alles in Ordnung?«

NEIN, VERDAMMT. SEHE ICH AUS, ALS WÄRE ALLES IN ORDNUNG?

Leute drängen mich zur Seite, als wäre ich nicht da, und berühren mich an jeder erdenklichen Stelle meines Körpers. Ich bekomme keine Luft, weil es hier stickig ist, und ich will hier raus. Wo ist Sam? Wo ist Luke? Aaron hilft mir nicht. Er hilft mir nicht. Er kann mir nicht helfen. Er hat keine Ahnung.

Mein Körper zittert, als eine Hand auf meiner Schulter ruhen bleibt, mich durchrüttelt. Ich zucke so extrem zusammen, dass die Hand von meinen Schultern rutscht.

»Was soll das?«, frage ich den Jungen, den Mann neben Aaron, der mich angefasst hat, mich mit besorgtem Blick mustert.

»Alles in Ordnung?«, fragt er, statt mir zu antworten.

Ich umgreife meinen Arm, um einen Halt zu haben, spüre meinen rasenden Herzschlag, höre das Pochen in meinen Ohren. Wie soll ich diesen Menschen erklären, wie sehr mich das alles in Panik versetzt? Wie sehr ich es hasse? Wie kann ich Luke sagen, dass ich noch immer im Dunkeln sitze, obwohl es mir besser geht? Wie kann ich von allen hier verlangen, mir zu helfen? Bei dieser Scheiße mitzumachen?

»Hey, Bunny. Da bist du ja.«

Seine Stimme – meine Erlösung.

Mir ist es egal, dass er mich vor allen Bunny genannt hat. Völlig egal. Ich atme erleichtert aus, mein Herzschlag verlangsamt sich, meine Panik verschwindet. Als er neben Aaron und seinem Freund stehenbleibt, mustert er mich besorgt. Es ist mir peinlich, dass mich jeder anstarrt. Es ist mir peinlich, dass mich jeder anstarrt, weil ich aussehe, wie eine Verrückte; da ich mich benehme, wie ein ... wie eine ... wie ... keine Ahnung. Es gibt mir das Gefühl, dass ich tatsächlich verrückt bin. Ich fühle mich wie bei Anton. Ich fühle mich wie ein Gemälde, das so schrecklich ist, dass jeder den Drang verspürt, stehenzubleiben, um es zu betrachten, zu analysieren, zu hinterfragen, zu erforschen. Fühle mich wie ein Objekt.

Es scheint, als würde Luke mein Unbehagen bemerken, denn er legt lässig den Arm um meine Schulter, zieht mich an sich und blickt in die Augen all der fremden Menschen. Er weiß, was für eine Wirkung er auf mich hat. Natürlich weiß er es. Er muss es wissen.

»Wusstet ihr, dass sie boxen kann?«, wendet er sich an die Jugendlichen um uns herum.

Nein, wissen sie nicht. Woher denn auch? Wen interessiert das schon? Aber es lenkt sie ab.

»Ja, er hat recht. Ich würde sie nicht verärgern. Ich musste es am eigenen Leib spüren«, meint auf einmal Fynn, der sich zu uns stellt. Dass er mir hilft, bedeutet mir viel und ich würde es ihm gerne sagen, doch ich bekomme kein Wort über meine Lippen. Mein Kopf rattert und ich frage mich, wieso alle hier so oberflächlich sind. Wieso sie mich mehr mögen, wenn ich boxen kann. Warum das von Bedeutung ist.

»Wenn ihr von allen Seiten auf sie einredet, ist es doch kein Wunder, dass sie nichts versteht. Englisch ist nicht ihre Muttersprache«, meint Sam.

Ich könnte losheulen. Die Menschenmenge um mich herum, um uns herum, löst sich auf und nur unsere Gruppe steht noch neben der Musikanlage. Ich würde ihnen allen gerne danken, stattdessen kralle ich mich in Lukes T-Shirt wie ein verängstigtes Kind.

Irgendwann bringe ich doch ein ›*Danke*‹ heraus, das so verhalten ist, dass es nur Jane neben uns hören kann. Sie schreit ein so lautes ›*selbstverständlich*‹, dass alle wissen, was ich gesagt habe.

Wir sehen uns an.

»Ich schulde euch echt was«, sage ich, als ich meine Stimme wiedergefunden habe.

»Nein, tust du nicht«, widerspricht Sam mir mit einem vehementen Kopfschütteln.

»Das ist selbstverständlich, Nelli. Wir haben das gern getan«, fügt Fynn hinzu.

Diese Worte von ihm zu hören verwirrt mich, aber sie geben mir das Gefühl, dass ich ihnen glauben kann und es für sie eine Selbstverständlichkeit ist, sich für mich einzusetzen. Ich muss lächeln.

Ich genieße Lukes Wärme und er zieht mich näher an sich, als wir uns im Kreis aufstellen und uns unterhalten.

»Tut mir leid, dass ich eben so barsch war«, meint Aarons Freund und hält mir seine Hand hin. Zögerlich ergreife und schüttle ich sie, ohne dass Luke seinen Blick von uns abwendet.

»Schon in Ordnung«, winke ich ab und er nickt, bevor er in der Menschenmenge verschwindet.

»Was ist?«, frage ich Luke und lege den Kopf schief.

»Willst du nach Hause?« Besorgt streicht er durch meine Haare. Kurz überlege ich, sehe in die Runde und schüttle entschlossen den Kopf. Das wird eine lange Nacht werden. Ich will, dass es eine lange Nacht wird. Eine Erinnerung, die erfüllend und nicht grausam wird. Nicht wie Aarons Party. Schlimmer kann es ja kaum noch werden.

Ich sollte es besser wissen.

»Ist wirklich alles okay? Es tut mir leid, dass ich weg musste, aber ich habe mich in ein Gespräch verwickeln lassen und dachte, du hast Sam und Jane gefunden. Ich hätte dafür sorgen sollen, dass du untergebracht bist.«

»Es ist nicht deine Schuld und mir geht es gut. Jetzt geht es mir gut«, erwidere ich und lächle ihn an, was er nur zögerlich erwidert.

Luke macht sich Vorwürfe. Vorwürfe, die ich ihm liebend gerne abnehmen würde, da sie unbegründet sind. Doch das kann ich nicht. Er zwickt mich sanft in die Seite und ein spöttisches Grinsen erfüllt sein Gesicht. »Ich habe ja ganz vergessen, dass meine Anwesenheit dich glücklicher macht«, neckt er und streckt die Zunge heraus.

Ich verdrehe die Augen und lasse mich von ihm vor sich ziehen, lehne meinen Kopf an seine Brust.

»Du bist ein Idiot.«

Seine Arme umgreifen mich fester, als wolle er mich beschützen, und ich fühle mich sicher.

Als ein neues Lied aus den Boxen dröhnt, kreischt Sam und unterbricht alle Gespräche unserer Truppe. Jeder richtet seine Augen auf unsere Freundin, die auf mich zugelaufen kommt. Alle Blicke zeigen dasselbe – Verwirrung. Reine Verwirrung.

Aaron lacht aus vollem Herzen, seine Augen glänzen vor Liebe, als er Sam beobachtet, und ich freue mich für die beiden, dass sie sich gefunden haben. Freue mich, dass sie glücklich scheinen. Freue mich, dass sie zusammen glücklich sind.

»Es tut mir ja überhaupt nicht leid, Bruderherz, aber ich muss dieses schöne Mädchen entführen. Ich liebe das Lied und ich will tanzen.«

Ungern winde ich mich aus Lukes Griff und es scheint ihm ebenso zu gehen, was mir ein Grinsen ins Gesicht zaubert. Vielleicht mag er meine Berührungen ja genauso gerne wie ich seine?

Ich reiche Sam und Jane meine Hände und wir laufen zu dritt auf die Tanzfläche. Das Wohnzimmer ist durch die Menschen und die vielen fehlenden Möbel kaum wieder zu erkennen. Ich kenne das Lied nicht, doch das ist egal, denn Sam grölt für mich mit und der Beat geht mir in Fleisch und Blut über. Meine Augen schließen sich und es gibt nichts mehr außer diesem Lied – und mir.

Sam hat recht, das Lied ist wundervoll – nicht nur die Melodie, weil man dazu tanzen kann, sondern auch der Text. Es ist ein Lied, das man sich in Dauerschleife anhören könnte, es aber nicht tut, weil es seine Wirkung verlieren würde.

Ich öffne wieder meine Augen und sehe meine Freundinnen an, die meinen Blick erwidern. Wir tanzen und sagen uns mit Blicken mehr als mit Worten. Ich sehe den Schmerz in Janes Augen, wegen ihres Vaters, und ich sehe das Glück in Sams, wegen Aaron. Und ich sehe meine Haare vor meinen Augen, weil ich wild herumspringe. Vielleicht ist Jane auch gar nicht traurig und Sam nicht glücklich, aber ich bin Lena, ich bin *Kanela,* ich bin Bunny.

Und manchmal gebe ich Menschen Leben, die sie nicht führen.

Ich drehe mich im Kreis, ehe wir uns an den Händen halten und zusammen tanzen. Zuerst unbeholfen, da wir uns alle unterschiedlich bewegen, unterschiedlich springen, unterschiedlich sind. Doch wir finden uns, gleichen uns aneinander an, gehen ineinander über und drehen uns zusammen. Wir halten uns nicht nur an den Händen und tanzen. Wir halten uns an den Händen und tanzen unsere Seelen heraus, tanzen in einer Verbundenheit, die niemand sehen kann, die niemand fühlen kann. Doch sie ist da. Sie hat eine Erinnerung erschaffen, die verblassen wird, aber wenn irgendwann über diese Party gesprochen wird, dann wird mir das hier einfallen.

Wehende Haare, lautes Lachen und der Beat, der durch meine Adern fließt, meinen ganzen Körper vereinnahmt – das ist es, was ich mir von dieser Nacht behalten möchte. Das ist, was ich heute Abend in ein Buch schreiben werde, mit dem heutigen Datum.

Morgen wird mich mein Muskelkater daran erinnern und Übermorgen ihre Gesichter und irgendwann meine Worte. Oder ein anderer Mensch. Vielleicht sie oder Luke oder Aaron oder ich mich selbst. Das Bild verblasst, die Erinnerung verschwindet, doch wird das hier erwähnt, dann kommt ein Knall.

Dann kommt das Bild.

Dann kommt dieses Gefühl.

Dann kommt Leben.

Dann kommt Freiheit.

In meinen Körper. Durch meinen Körper. In meinen Geist. Durch meine Seele hindurch – zum Himmel und wieder zurück.

Bis ich mich auflöse und mich davonfliegen sehe, weil ich frei bin. So frei, dass ich fliegen kann, ohne zu fallen.

Diese Erinnerung … Diese Erinnerung wird bleiben und ich werde es lieben, an diesen Moment erinnert zu werden. Ich werde die Erinnerung lieben und dadurch mein Leben ein wenig mehr. Ein wenig, aber immerhin. Ein wenig ist mehr als gar nicht.

Ein wenig ist so viel für eine zersplitterte Seele.

30

Zerknirscht sehe ich dabei zu, wie Sam und Jane irgendetwas in ein kleines Glas kippen.

»Müsst ihr denn trinken?«, frage ich, erinnere mich an Lukes und mein Gespräch heute Mittag.

»Es ist nur ein Shot, das verändert mich nicht. Und Jane ist sowieso schon betrunken.«

Ich nicke nur. Es ist ihr Leben, rede ich mir ein, und meine Angst.

Sie stoßen an und kippen die Flüssigkeit in ihre Münder, um gleich darauf ihre Gesichter zu verziehen. Wieso trinkt man es, wenn es nicht schmeckt?

»Was hast du eigentlich mit meinem Bruder gemacht?«, fragt Sam, deutlich gelassener als normal. Durch den Alkohol.

»Was meinst du?«

Jane hebt die Hand, um zu signalisieren, dass sie etwas sagen will, braucht aber Zeit, bis sie spricht.

»Ich weiß, was Sam meint. Er starrt dich schon die ganze Zeit an und eben bei Aarons Freund«, beginnt sie und fängt an zu kichern, bevor sie hysterisch lacht, »hat er ihn mit seinem Blick getötet. Er war so verdammt eifersüchtig, als du ihm die Hand geschüttelt hast.«

Eifersüchtig? Luke? Auf Aarons Freund? Jane gluckst, winkt kurz und verschwindet. Ich sehe ihr hinterher, dann besorgt zu Sam.

»Sollten wir ihr nicht lieber hinterhergehen?«

Sie schüttelt den Kopf, winkt ab. »Nein, lass sie gehen. Aber sie hat recht, Luke konnte –«, sie verbessert sich, »kann die Augen nicht von dir lassen.«

Ich drehe mich um und sehe in die Ecke, in der Luke mit den anderen steht und geradewegs zu uns sieht. Als unsere Blicke sich begegnen, lächelt er. Mit hochrotem Kopf drehe ich mich zurück zu Sam, habe meine Sorge um Jane vergessen. Also hat sie recht, er sieht zu mir, doch ich kann nicht behaupten, dass es mich stören würde. Es gefällt mir, dass er mich, in diesem Raum voll hübscher Mädchen, ansieht. Ich kenne dieses Gefühl nicht, doch seine Zuneigung fühlt sich zu gut an, um wahr zu sein, und obwohl meine innere Stimme schreit, ich solle ihn nicht ausnutzen, ihn mich nicht berühren lassen, kann ich nicht aufhören. Bin zu süchtig danach, zu süchtig nach seiner Zuwendung.

Wären meine Eltern am Leben, hätte ich dieses Gefühl niemals empfunden. Sie hätten es aus mir herausgeschnitten. Dieses Wissen erschüttert mich.

»Außerdem hat er nichts getrunken«, meint Sam und ich sehe sie verwundert an, schiele wieder zu Luke. Einerseits bin ich froh, weil er wegen mir nichts getrunken hat. Andererseits finde ich es schlecht, dass er nur wegen mir nichts getrunken hat. Er mag Partys und Alkohol und er soll das nicht aufgeben müssen, nur weil ich es hasse.

»Was hält dich auf, Kanela?«

Sam legt ihre Hand auf meinen Arm. Ich zucke zusammen, sehe beschämt auf den Tisch, vor dem wir auf Hockern sitzen. Es fühlt sich so anders an, wenn Luke mich berührt. Es tut mir leid, dass es sich bei Luke anders anfühlt. Dass ich bei ihr zusammenzucke und dass es mir unbehaglich ist. Ich weiß, dass es sie traurig macht, auch wenn sie das Gegenteil behauptet.

»Ich finde es egoistisch von mir«, gebe ich zu. »Ich habe das Gefühl, ihn auszunutzen.«

»Sieh nur, wie unangenehm dir meine Berührung ist, wohingegen du Lukes zulässt, als wäre sie die reinste Erfüllung. Kanela, es ist nicht egoistisch, dir Gefühle zu erlauben.«

Sie sieht mich mit ihren blauen Augen an, die Lukes so ähneln, und doch so anders sind. Dann schenkt sie mir ein ehrliches, aufrichtiges Lächeln und rutscht vom Hocker, verlässt mich, lässt mich sitzen, damit ich darüber nachdenken kann, was sie gesagt hat. Vielleicht auch nur, damit sie mit Aaron tanzen kann.

Wahrscheinlich hat sie recht und ich wünsche mir, ich könnte ihren Worten glauben. Doch stattdessen hasse ich mich mehr dafür, dass ich Lukes Nähe genieße. Ich nutze ihn aus, das weiß ich, und er scheint es nicht zu bemerken. Weil er mir vertraut. Mich wirklich mag. Und dafür hasse ich mich noch mehr als ohnehin schon.

Ich frage mich, ob Luke nicht der Richtige ist, um mir aus meinem Loch zu helfen, denn egal, wie wohl ich mich bei ihm fühle – wenn er nicht mehr da ist, habe ich ein schlechtes Gewissen. Weil er zu gut für mich ist. So gut, dass er nicht bemerkt, wie fehlerhaft ich bin. Wie schlecht ich ihm tue.

Und doch kann ich mich nicht davon abhalten, ihm nahezukommen, und seine liebevolle Art macht es für mich noch komplizierter.

»Worüber denkst du nach?«

Seine Stimme lässt mich zusammenzucken, sie verdrängt alle anderen Geräusche im Raum und die Musik erscheint mir auf einmal viel leiser.

»Ich bin glücklich.«

Die Worte verlassen meinen Mund, bevor ich denken kann, doch es ist die Wahrheit. Irgendwie, gerade jetzt und in diesem Moment – und das lässt mich lächeln. Weil er da ist. Ich weiß nicht, für wie lange oder wieso ich glücklich bin, nur, dass ich dieses Gefühl liebe. Luke strahlt, als würden meine Worte das Glück auf ihn übertragen und gerade wünsche ich mir, dass es wirklich so ist. Dass ich ihn nicht mit in den Abgrund ziehe, sondern ihn so glücklich mache, wie er mich glücklich macht.

Dass ich und er und wir bleiben - und nicht stürzen.

»Willst du nichts trinken?«, frage ich ihn und zeige auf die Schnapsflaschen hinter mir. Schließlich will ich nicht, dass er sich in einer Weise verpflichtet fühlt, nichts zu trinken, die mit mir zusammenhängt. Wie gesagt. Wie bereits gedacht. Meine Gedanken wiederholen sich, mein Herz pocht gegen meinen Brustkorb.

Poch, Poch, Poch.

Ich frage mich, ob er das knielange Kleid mit Spitze an mir genauso schön findet wie am Kleiderbügel hängend. Wieso frage ich mich das? Kleidung ist doch so egal.

»Heute nicht«, entgegnet er ernst, als wäre es das Abwegigste, was er jemals gehört hat; als wäre ich verrückt, auf eine solche Idee zu kommen. Seine Stimme ist tiefer, ein Schauer läuft über meinen Rücken.

Gefallen ihm meine Haare, die ich mir extra geglättet habe, damit es zu dem Kleid passt? Wieso habe ich das getan? Haare sind doch so egal.

»Nein?«, frage ich flüsternd, weil ich nicht weiß, ob meine Stimme brüchig werden würde, wenn ich lauter spreche.

Poch. Poch. Poch.

Ich kann spüren, wie mein Herz schlägt, wie es mich am Leben hält.

Er scheint mir auf einmal so viel näher als zuvor, obwohl er sich nicht bewegt hat. Wieso ist er so nah bei mir? Nähe ist doch völlig –

so schön.

»Nein«, wiederholt er.

Ein Zucken seiner Mundwinkel verrät seine Belustigung und ich halte die Luft an, kann die Röte nicht verhindern, die in meine Wangen steigt.

Mein Puls wird schneller.

PochPochPoch.

Was ist hier los?

»Ich will mit dem wunderschönen Mädchen tanzen, das vor mir sitzt. Darf ich bitten?«, fragt er gespielt galant und verbeugt sich. Luke hält mir seine Hand entgegen, die ich stumm ergreife, da ich keine Worte mehr habe. Ich scheine sie alle vergessen zu haben.

Ich schnappe nach Luft, als wir uns berühren. Sein raues Lachen erfüllt meinen ganzen Körper und lässt mich warm werden.

Fühlt er dasselbe?

Ich bin verwirrt, mehr als das, doch das Gefühl, diese Wärme, tut unendlich gut. Seine Hand führt mich auf die Tanzfläche und er umgeht sicher das Getümmel von Menschen, die ich nicht richtig wahrnehme. Ich bin paralysiert, kann mich nicht eigenständig bewegen, bin nicht mehr Herrin meines Körpers und es ist mir egal, denn Luke führt mich.

Eines wird mir in diesem Moment bewusst, erscheint glasklar vor mir, als wäre die Erkenntnis schon immer da gewesen: Bei ihm fühle ich mich gut. Gut genug für diese Welt. Ich bin nicht mehr das Biest, das meine Eltern in mir sahen – das ich sehe. Und das ich hasse. Wenn ich bei ihm bin, bin ich das hellblonde Mädchen mit den stechendgrünen Augen. Nicht mehr und nicht weniger für mich, doch mehr für ihn.

Bei ihm bin ich Sommer, purer Sommer, weil er den Winter in mir vertreibt. Und jetzt gerade, mit meiner Hand in seiner, bringt er mir den Hochsommer.

Ich brenne, bin ein Wald, der in Flammen steht.

Doch ich bin das Feuer, nicht die Bäume.

Ich fühle mich geliebt.

Er verschränkt unsere Finger miteinander, legt seine freie Hand an meine Hüfte und führt mich durch das Lied, von dem ich nur weiß, dass es sanfter ist als die zuvor, doch ich kann den Text nicht erkennen, verstehe die Wörter nicht, die die Sängerin – oder ist es ein Sänger? – von sich gibt. Dafür verstehe ich Luke klar und deutlich, seine Stimme dicht an meinem Ohr. »Meine Anwesenheit macht dich wirklich glücklicher, oder?«

Er klingt schüchtern. Als hätte ich es ihm nicht versichert. Als hätte er nicht vorhin völlig überzeugt einen Scherz darüber gemacht.

»Du machst mich glücklich, Luke«, hauche ich. Und er schließt die Augen als wären die Worte das Schönste, was er je gehört hat.

»Was willst du als Nächstes machen?«, fragt er, als das Lied zu Ende ist, doch wir tanzen weiter, eng umschlungen. Zu einem Lied, das nicht zu einem engumschlungenen Tanz passt. Doch es ist egal, alles ist egal, denn er ist bei mir und ich bin bei ihm und wir sind zusammen und ich bin glücklich. Irgendwie.

Ich zucke mit meinen Schultern und lege meinen Kopf an seine Brust, genieße seinen Geruch, der mich umgibt wie ein Mantel. Er vertreibt den Nebel, der sonst immer dort ist. »Keine Ahnung«, murmle ich in sein Shirt, weiß nicht, ob er mich verstanden hat.

»Aber du willst doch *normale* Sachen unternehmen, dann musst du auch wissen, was.«

Ich grinse, doch ich zucke nochmal mit meinen Schultern. Ich genieße den Moment zu sehr, um darüber nachzudenken, was ich in Zukunft mit Luke machen möchte, denn es ist mir sowieso egal. Ich brauche keine Orte mehr, ich brauche keine waghalsigen Dinge. Ich brauche ihn und sein Lachen, damit ich das Gefühl habe, zu leben.

»Ist mir egal«, sage ich also und richte mich auf, um mich in seinen Augen zu verlieren. Und das tue ich. »Solange du da bist, ist es mir egal, was wir machen. Überrasch mich.«

Er leckt sich über die Lippen, aus der Fassung gebracht von meinen Worten. Wenn er seine Hände nicht an meinem Körper hätte, mich damit führen würde, würde er sich bestimmt über die Augen reiben und seine Stirn runzeln. Letzteres tut er genau …

jetzt.

Er findet seine Fassung, lächelt halb grinsend. Geht das überhaupt? Scheinbar schon.

Mein Herz. Es rast. Ich muss sterben.

»Meinst du das ernst? Auch, wenn ich dich dazu verpflichten würde, mit mir zu zocken?«

Provokant. So ist seine Stimme. Ich nicke und ein neckisches Grinsen bildet sich auf meinem Gesicht.

»Wenn du keine Angst vor einer Niederlage hast, gerne.«

Er lacht erneut und ich schmiege meinen Kopf wieder an seine Brust. Oh ja, genau jetzt bin ich glücklich - und ich werde es in vollen Zügen genießen.

Mein Herz rast wie ein ICE mit Höchstgeschwindigkeit, doch anstatt Bäume und Felder und Straßen an mir vorbeirauschen zu sehen, sehe ich blaue Augen.

Anstatt das Rattern des Zuges und Stimmengewirr zu hören, höre ich Lukes Atem.

Anstatt das Rumpeln und die Beschleunigung zu spüren, spüre ich meinen Herzschlag. Und seinen.

Wir rasen zusammen. Zum Mond? Zur Sonne? Einmal um die Welt? Zu unseren Seelen? Egal.

Irgendwohin.

Gemeinsam.

31

»Hey! Nein! Mensch, Luke. LUKE!« Ich sehe gebannt auf den Bildschirm vor mir und schreie mir meine Seele aus dem Leib.

»Lass das! Nein. Toll. Geh weg, verdammt nochmal!« Ich drücke alle erdenklichen Tasten auf dem Controller gleichzeitig, um zu entkommen oder zu treffen. »Hör auf, mich abzuschießen!«, jammere ich, bevor ich frustriert die Arme in die Höhe reiße. »Jetzt bin ich wieder tot, na toll. Danke.«

Beleidigt sehe ich auf den Fernseher, der mir mit der Anzeige ›*YOU LOOSE*‹ zusätzlich eins reinwürgt. Das sehe ich heute nicht zum ersten Mal, genauso wie Luke mich heute nicht zum ersten Mal auslacht.

Wir sitzen seit drei Stunden – drei, nicht eine, nicht zwei, drei! - so viele Stunden, wie ich heute Nacht geschlafen habe – in seinem Zimmer und spielen dieses dämliche Spiel, obwohl draußen perfektes Wetter ist.

Aber ich denke nicht daran, aufzugeben, und glaube fest an meinen Sieg, obwohl er bisher alle Spiele gewonnen hat und ich immer noch nicht weiß, mit welcher Taste man visiert, mit welcher man springt oder schießt oder besondere Tricks macht, die Luke alle zu beherrschen scheint. Anfangs war ich sogar so blöd und habe vergessen, dass er auf meine Seite des Fernsehers schauen kann, um zu sehen, wo ich mich verstecke – ich hielt es für das Beste, mich zu verstecken. Tatsächlich war es aber das Dümmste, was ich hätte machen können.

»Gib auf, sonst wird es nur peinlicher für dich, Bunny. Ich kann mich noch zu gut an letzte Woche erinnern, als du völlig überzeugt von dir warst und ich wirklich dachte, eine ebenbürtige Gegenspielerin zu haben. Aber du weißt ja nicht einmal, wo das Quadrat ist.«

Ich schmolle. Gleichzeitig denke ich an das letzte Wochenende und versuche vergebens, mein schnellerwerdendes Herz zu beruhigen. Gereizt sehe ich ihn an, zische kurz, setze meinen Killerblick auf und hoffe, ihn zum Schweigen zu bringen. Das ganze Verlieren weckt meinen Ehrgeiz.

»Eine letzte Runde«, bestimme ich. »Aber ich suche sowohl das Spiel als auch die Konsole aus.«

Er bleibt unbeeindruckt, weshalb ich die Unterlippe nach vorne schiebe, wie Sam es oft tut, wenn sie etwas möchte. Allerdings hebt er nur die Augenbrauen. »Was habe ich davon?«

Ich schnaube und sehe ihn finster an, da der Bettelblick nicht zieht und ich mir dabei lächerlich vorkomme. »Na gut, was willst du?«, frage ich seufzend, kneife die Augen zusammen, als er aufmunternd und mit einem breiten Grinsen auf meine Schulter klopft. Dieses Grinsen kann nichts Gutes bedeuten.

»Wenn du verlierst, klebst du dir am Dienstag einen Zettel, auf dem *›Ich habe gegen Luke verloren, bin eine Niete und er ist der Größte‹* steht, gut sichtbar auf dein T-Shirt«, meint er und ich starre ihn ungläubig an, bis ich in Gelächter ausbreche, weil er das unmöglich ernst meinen kann. Doch seine Miene bleibt ausdruckslos. Oh, er meint es tatsächlich ernst. Was denkt er sich dabei? Und wieso erst am Dienstag?

»Das mache ich nur, wenn du das Gleiche machst, wenn ich gewinne«, brumme ich.

»Ich habe die ganzen Spiele vorher gewonnen. Sei froh, dass ich nicht gleich der ganzen Welt erzähle, wie schlecht du bist. Oder es auf Facebook und Instagram poste«, entgegnet er, woraufhin ich mit den Schultern zucke.

»Dann hast du ja scheinbar nichts zu verlieren, oder?«, ziehe ich ihn auf, woraufhin er sich über das Kinn reibt, kurz überlegt. Dabei fällt mir auf, dass er Bartstoppeln hat. Ich weiß, dass er sich rasiert, aber nun fallen sie mir das erste Mal auf. Sie sind irgendwie … schön.

»Na gut, von mir aus. Damit du nicht haushoch verlierst und einen Ansporn hast.«

»Gut, habt ihr Mario Kart und Nintendos?«, frage ich grinsend und seine Augen blitzen amüsiert auf.

»Du denkst, du kannst den Meister, Luke Thompson, Profi in Mario Kart, schlagen? O Babe . Du hast einen Riesenfehler mit dieser Entscheidung gemacht, aber gut. Jetzt ist es zu spät.«

Luke steht selbstgefällig auf und sucht die Geräte, während ich nur an eins denke.

Babe.

Ich werde rot, verdammt rot, so rot, dass es peinlich ist. Nur wegen diesem einen, blöden, aussagelosen - aussagekräftigen? – Wort. Mit meinen Händen versuche ich, meine Wangen zu kühlen, jedoch scheint das nichts zu nützen, und bevor ich irgendeine andere Lösung gefunden habe, kommt Luke wieder in sein Zimmer.

Ich schlage mir auf die Wange, nicht fest, aber fest genug, dass ich es spüre. Luke sieht mich verstört an.

»Was machst du da?«, fragt er verwirrt. Das ist mir so peinlich, dass ich noch mehr erröte .

»Da war, eh, eine … Wie heißt das noch?«, frage ich, um Zeit zu schinden, sehe Luke an, als müsse er wissen, was ich sagen will. Doch dieser starrt mich perplex an.

»Eh, ja genau. Eine Mücke. Sie hat mich tierisch genervt. Ich habe sie leider nicht erwischt. Tja, das ist blöd gelaufen. Jap. Aber egal, sie wird schon wieder kommen und dann werde ich sie treffen. Lass uns doch endlich beginnen. Lenk nicht ab, nur weil du Angst vor einer Niederlage hast!«

Ich würde mich am liebsten erneut ohrfeigen. Was rede ich für einen Blödsinn?

Er nickt langsam und setzt sich zurück neben mich auf das Bett, überreicht mir einen rosa Nintendo und schaltet seinen an. Kurz schüttelt er den Kopf, sieht zu mir und zurück zu seinen Händen, dann erneut zu mir. »Eine Mücke?«, fragt er ungläubig nach und ich hoffe, dass mein Gesicht nicht so hochrot ist, wie ich denke.

Mir ist verdammt heiß.

»Ja ...«, erwidere ich, klinge überzeugter, als ich mich fühle.

»Okay«, erwidert er gedehnt. »Dann lass uns beginnen. Ich werde dich fertigmachen, Bunny.«

Zum Glück hat er wieder Bunny gesagt und nicht Babe. Ich verdränge dieses Ereignis aus meinem Kopf und denke an Luke, der in einer meiner Bananenschalen ausrutschen wird.

Im Waisenhaus stand ich monatelang auf Platz eins unserer Rangliste, die wir aufstellten, nachdem uns jemand Nintendos und Mario Kart gesponsert hatte, und niemand konnte mich schlagen. Wirklich niemand. Die Abende, an denen wir Mario Kart spielten, waren die einzigen Veranstaltungen, an denen ich freiwillig teilnahm.

Luke unterschätzt mich und das wird ihm zum Verhängnis werden. Innerlich reibe ich meine Hände gegeneinander und setze mir Teufelshörner auf. Nicht daran denken, was vor zwei Minuten geschehen ist, und ihn platt machen.

Ich eröffne eine Gruppe, weshalb Luke wie ein Kind jammert. »Ich will aber die Gruppe öffnen.«

Pech gehabt, wenn du so lange brauchst. Langsam spüre ich, wie das Adrenalin und die Aufregung mich packt, denn auch wenn ich bezweifle, dass ich verlieren werde, will ich nicht mit diesem dämlichen Zettel durch die Schule laufen.

Als ich meinen Charakter auswählen möchte – Knochentrocken – hat Luke ihn vor meiner Nase weggeschnappt.

»Hey, den wollte ich!«, beschwere ich mich, doch er streckt mir nur kommentarlos die Zunge heraus.

Missmutig entscheide ich mich für Yoshi, er ist schon immer meine zweite Wahl gewesen und ich hoffe, er wird mich nicht enttäuschen.

Man könnte meinen, wir wären sechs Jahre alt, würden um ein Eis spielen und denken, dass die Charaktere echt sind und jeden Moment aus dem Bildschirm klettern. Und dass es einen Unterschied macht, welchen Charakter man auswählt, obwohl alle gleich sind.

Hastig wähle ich mein Kart, stelle den Schwierigkeitsgrad der Computer-Spieler auf die höchste Stufe und wähle die Regenbogenbahn aus – wir wollen ja das Niveau halten. Er stöhnt verzweifelt auf, als er es sieht, und fährt sich durch sein Haar, klemmt konzentriert seine Zunge zwischen die Zähne, während ich schadenfroh in mich hineinlache.

Schließlich bin ich die Meisterin dieser Piste, dieses Spiels. Gespannt starre ich auf den winzigen Bildschirm in meinen Händen, um auf jeden Fall den Schnellstart zu erhalten. Das würde mir einen Vorsprung verschaffen.

Als ich Gas geben will, schreit Luke direkt neben meinem Ohr. »Achtung, Kanela!«

Ich zucke so heftig zusammen, dass mir der Nintendo aus der Hand auf den Boden fällt. Hektisch sehe ich mich um und frage mich, was Luke gemeint haben könnte, als mir auffällt, dass er seelenruhig weiter spielt und vor sich hin lacht.

»Arschloch!«, fauche ich, während ich das Gerät wieder aufhebe und sofort Gas gebe.

Na toll, alle sind viel weiter vor mir, aber dass Luke zu unfairen Mitteln greift, zeigt mir, wie viel Angst er vor einer Niederlage hat. Das lässt mich fast verzeihen, aber nur fast.

Trotzig versuche ich, zu retten, was zu retten ist, bis Luke vor sich hin flucht. Ich schiele auf seinen Bildschirm und lache ihn aus, weil er runterspringen wollte, um weiter unten auf der Bahn zu landen. Keine Ahnung, ob das ein Spielfehler ist, aber ich habe das auch ein paar Mal geschafft – aber ihm ist es nicht gelungen. Somit verliert er Zeit. Ein Blick auf die Karte verrät, dass uns nicht mehr viel voneinander trennt.

»Komm schon, Yoshi!«, feuere ich meinen virtuellen Freund an und drücke so fest auf den Gasknopf, dass mein Daumen schmerzt und mein Fingernagel weiß wird.

Ich fahre durch eine Item-Box und kaue auf meiner Lippe herum, warte gespannt darauf, dass es fertiggedreht hat und mein Item angezeigt wird. Bitte, bitte, bitte ...

»JA!«, juble ich und löse sofort die Rakete aus, die zu meinem Glück Luke rammt, als ich ihn überhole.

Sein Charakter überschlägt sich und fällt beinahe ein weiteres Mal von der Bahn. Er schnaubt.

In dem Moment, in dem ich in eine Kurve fahre, hat irgendwer diesen blöden Tintenfischgeist ausgelöst, der mir die Sicht versperrt, und natürlich muss ich direkt in eine Banane hineinfahren, die mich von der Bahn fegt.

Luke holt weiter auf, ist dicht hinter mir. Nicht gut, aber besser als vor mir.

Wir sind schon in der dritten Runde und das Adrenalin strömt durch meinen Körper, ich rutsche auf dem Bett hin und her, schneide Grimassen.

Beinahe trifft mich ein grüner Panzer und wäre ich nicht so konzentriert, dieses Spiel als siebter und nicht als achter zu beenden, hätte ich Luke beschimpft. Auf Deutsch, mit Wörtern, die er nicht ansatzweise versteht – da er den grünen Panzer abgeschossen hat.

Ich bin fast im Ziel, konzentriere mich voll und ganz auf Luke, der dicht hinter mir fährt. Erst als er kurz vor der Ziellinie an mir vorbeibraust und mit einem minimalen Abstand vor mir ankommt, realisiere ich, dass er mich mithilfe eines Pilzes ausgetrickst hat – und dass ich verloren habe.

Ich kneife die Augen zusammen und lasse mich nach hinten auf sein Bett fallen. »Das glaube ich nicht«, schnaube ich fassungslos und sehe wieder auf den Bildschirm.

Da steht es, groß und deutlich. Ich bin achter. Und er siebter. Das gibt es nicht, nur weil er mich am Anfang abgelenkt hat! Sonst wäre ich viel weiter vorne. Dieser blöde, unfair spielende Idiot! Was fällt ihm ein? Er ruiniert meine Siegerquote durch seine Spieltaktik.

Luke ignoriert meine Schimpftirade, die ich vor mich hin murmle, steht auf und macht eine Siegerpose. Dabei grinst er mich weiter an, genießt es sichtlich, dass er mich auf den letzten Metern – nein, Millimetern – überholt hat.

Frustriert stöhne ich auf und setze mich wieder.

»Du warst trotzdem scheiße«, grummle ich und ziehe eine Grimasse, doch seine Freude ist nicht aufzuhalten, und als er fertig ist, sich zu feiern, setzt Luke sich neben mich. Sein Knie berührt mein Bein, seine Schulter stößt gegen meine. So nah …

»Gegen den King kommt eben niemand an, Prinzessin«, meint er arrogant und grinst breiter.

Seine ganzen Siege haben seinem Selbstbewusstsein jedenfalls nicht geschadet und ich muss zugeben, dass er wirklich besser war als ich. Auch wenn er am Anfang unfair war und auch, wenn ich ihm das nicht sagen werde. Okay, nein. Er war nicht besser. Wie komme ich darauf, das zu denken?!

»Ich freue mich ja so auf Dienstag«, murmle ich sarkastisch. Das wird sein Ego noch mehr stärken, doch als er mich weiter aufzieht, kann ich nicht anders, als grinsend die Augen zu verdrehen, weil er ein liebevoller Idiot ist.

»Bunny, du kannst eben besser Möhren essen und herumspringen als gewinnen. Sieh ein, dass du eine Niete bist. Dagegen kann man nichts machen. Nur, wenn du das einsiehst, kannst du dich bessern.«

Ich würde ihn gerne schlagen und –
Ich würde ihn gerne –
Ja.
Ich würde gerne.
Aber ich traue mich nicht, daran zu denken.
Daran, was ich gerne machen würde. Mit meinen –
Nein.
Ich denke nicht daran.

32

»Und was machen wir jetzt?«, fragt Luke, während wir auf seinem Bett liegen und an die Decke starren. Er, weil die Decke scheinbar interessant ist, und ich, weil ich ihn nicht ansehen kann. Mein Finger tippt auf seiner Matratze herum, ich blase die Backen auf und lasse die Luft langsam entweichen.

»Keine Ahnung, sollen wir an den Strand gehen? Das Wetter ist heute zu schön, um im Haus zu bleiben«, schlage ich vor. Ich habe die letzten Jahre zu viel Zeit in dunklen Räumen – generell in Räumen – verbracht.

»Klar, können wir machen. Weit ist es ja nicht«, erwidert er und ich muss lachen.

»Ich sage schnell Grace Bescheid. Das letzte Mal hat sie gemeint, ich soll einen Zettel schreiben, aber das kommt mir blöd vor, wenn sie im Haus ist.«

Er nickt. »Klar«, sagt er nochmal und ich setze mich auf und gehe zu Lukes Balkon, um über unsere Leiter in mein Zimmer zu gelangen. Mir ist jedes Mal mulmig, wenn ich über sie krabble und zwischen den Sprossen sehen kann, wie tief es herunter geht. Als ich an das Metall greife, um auf das Geländer zu klettern, höre ich Luke hinter mir und drehe mich um.

»Falls ich die Mücke finde, töte ich sie für dich«, neckt er mich. Beschämt drehe ich meinen Kopf von ihm weg und richte ihn auf meinen Balkon, beginne, hinüberzuklettern. »Ach ja, wir treffen uns unten bei eurem Gartentor, okay?«, ruft er mir hinterher und ich nicke nur, hoffe, er hat es gesehen, und verschwinde in mein Zimmer, atme tief ein. Danach gehe ich die Treppe hinunter und finde Grace in der Küche.

»Hallo Grace«, begrüße ich sie lächelnd und greife nach einem Glas, schenke mir Wasser ein.

Ich will nicht gleich wieder gehen, das ist unhöflich.

»Hey. Ich hab noch frischgepressten Orangensaft im Kühlschrank, falls du möchtest. Wie war Lukes Party?«

Ich trinke einen Schluck, frage mich, wie man als Mutter so locker sein kann, dass man sich für eine Party interessiert, auf der die Gasttochter war und sonst was hätte machen können. »Nein, danke. Ich trinke später was davon. Sie war echt toll. Jane, Sam und ich haben viel getanzt«, erwidere ich.

Und ich bin mit Luke zum Mond geflogen.

Sie lächelt mich warm an und nickt begeistert. Ich wusste nicht, dass man warm lächeln kann, doch ihr Lächeln erreicht ihre Augen und es strahlt eine Herzlichkeit aus, die mich auf zwei Meter Entfernung erreicht.

»Ist es in Ordnung, wenn ich mit Luke an den Strand gehe?«, frage ich und stelle mein leeres Glas in die Spülmaschine.

»Natürlich, aber bitte sei heute Abend zum Essen zu Hause.« Ich nicke.

»Dann bis später«, verabschiede ich mich und bin auf dem Weg zur Terrassentür, als sie mich aufhält.

»Kanela?«

Ich drehe mich zu ihr und sehe sie abwartend an. »Ist da irgendetwas zwischen euch?«

Perplex starre ich sie an, befeuchte meine Lippen, die auf einmal zu trocken erscheinen. »Zwischen wem?«, frage ich, obwohl ich weiß, wen sie meint. Meine Stimme hört sich gepresst an. Wäre sie sauer, wenn ja? Würde sie mir den Kontakt verbieten? Würde sie mich in einem anderen Zimmer unterbringen lassen?

Ist da irgendetwas zwischen uns?

»Na, zwischen dir und Luke«, erwidert sie lachend. Grace klingt nicht sauer. Ich weiß nicht, was ich ihr antworten soll.

»Keine Ahnung«, erwidere ich schließlich, bleibe noch einen Moment stehen und sehe ihren Mundwinkeln dabei zu, wie sie sich zu einem Lächeln verziehen. Ihrem Kopf, wie er langsam nickt. Dann verschwinde ich nach draußen und gehe über die Wiese bis zum Zaun.

Luke ist schon da.

»Wieso hast du so lange gebraucht?«, fragt er, während ich noch immer verwirrt das Gartentor öffne.

»Ich habe kurz mit Grace gesprochen. Zum Abendessen muss ich wieder zurück sein.«

Er nickt und wir gehen die wenigen Meter bis zum Strand, ziehen unsere Schuhe aus, nehmen sie in die Hand und laufen durch den Sand. »Kann ich dich etwas fragen?«

Ich sehe von meinen Füßen zu ihm auf, die Sonne blendet mich jedoch und ich muss den Blick abwenden. »Natürlich.«

Ich warte darauf, dass er etwas sagt, doch es bleibt still.

»Bist du eigentlich … «, er bricht ab. »Ich finde es blöd, das so zu sagen.«

Zuerst denke ich, dass er weiter sprechen wird, doch es folgt Schweigen. »Luke, ich werde es schon nicht falschverstehen.«

Er nickt zaghaft und räuspert sich. »Bist du eigentlich … hast du eine Essstörung?« Ich hebe meine Augenbrauen, frage mich, wieso ihm diese Frage unangenehm war, nach all dem, was er bereits gesehen hat, allerdings komme ich nicht zum Antworten. »Ich meine, Jane hatte mal eine. Sie war magersüchtig oder ist es vielleicht immer noch. Ich weiß nicht, ob man so etwas loswerden kann oder ob es für immer bleibt, und ich konnte sie das nicht fragen, weil wir uns nicht nahe genug stehen. Sie war damals in der Klinik und als sie wiederkam, hat sie uns gesagt, dass wir sie zum Essen zwingen sollen, falls sie sich irgendwann wieder weigern sollte, da sie nie wieder dorthin will. Nie wieder so dünn werden will. Nicht, dass es dazu kam, aber du isst oft nichts. Seit deinem Albtraum isst du noch weniger und ich will wissen, ob ich dir helfen kann, weil ich nicht möchte, dass du dahin zurückgehen musst, wo du nicht mehr hinwillst. Also in die Klinik. Und nach Deutschland. Und ich will nicht, dass du wieder weggehen musst.«

Mittlerweile sind wir stehengeblieben. Ich weiß nicht, wie ich ihm darauf antworten soll. Weiß nicht, was sein letzter Satz bedeuten soll, weiß es vielleicht doch, aber will es nicht wahrhaben.

»Ich –«, beginne ich und sehe an ihm vorbei auf das Meer. »Ich bin nicht magersüchtig und habe keine Bulimie. Um es genau zu sagen, hasse ich meinen Körper, wie er jetzt ist. So dünn.«

Luke setzt an, um mir zu widersprechen.

»Lass es, Luke. Ich weiß, dass ich zu dünn bin und dass es nicht schön ist. Egal, was du sagst. Keine Ahnung, wie ich dir das erklären soll. Stell es dir wie ein randvoll gefülltes Wasserglas vor. Das Wasser ist mein Stresspegel und wenn es zu viel wird und es überläuft, muss ich mich übergeben. Es ist an sich eine natürliche Reaktion meines Körpers. Domenik meint, man kann es mit einer Bedrohung für andere Menschen gleichsetzen. Du läufst weg, kämpfst oder bist erstarrt. Auf jeden Fall braucht dein Körper aber so viel Energie wie möglich und deshalb wird alles, was Energie verbraucht, eingestellt. Dazu gehört auch die Verdauung. Deswegen esse ich oft nichts und ich weiß, das ist falsch, weil es sich schnell zu einer Essstörung entwickeln kann. Aber ich kann auch nicht mit Domenik darüber sprechen, dass es schlimmer geworden ist, weil ich Angst habe, dass ich dann zurückmuss, weil er denkt, ich sei überfordert.«

Meine Unterlippe fängt an, zu zittern, meine Augen werden feucht. »Und ich will nie wieder zurück, Luke. Ich kann nicht zurück nach Deutschland, weg von euch. Von Sam, Jane und meiner Gastfamilie. Von *dir.*« Ich atme zittrig ein. »Ich weiß nicht, was ich machen soll. Es ist so – ich bin so … «, schluchze ich, will es nicht aussprechen. »So kaputt«, hauche ich dann doch und er zieht mich in seine Arme, lässt mich in sein T-Shirt weinen.

Er sagt nichts und das ist gut. Es gäbe nichts, was er hätte sagen können. Eine Umarmung reicht, ist alles, was ich brauche.

Als ich mich beruhigt habe, wische ich mir die Tränen von der Wange und wir gehen weiter. Sein Shirt ist nass, er zieht es aus. Wir schweigen und irgendwann, irgendwann greift er nach meiner Hand und verschränkt unsere Finger miteinander, als wäre es normal. Als wäre es das Selbstverständlichste auf der Welt. Als wäre es nicht wunderschön. Als würde es mich nicht verrückt machen.

Wir setzen uns dicht nebeneinander auf den Sand, sehen den Menschen dabei zu, wie sie im Meer schwimmen, zusammen Ball spielen oder sich unter der Spätnachmittagssonne bräunen. Wir schweigen weiter, allerdings unterbricht Luke irgendwann die Stille.

»Bist du denn überfordert?«

Ich lecke mir über die Lippe, weiß nicht, was ich sagen soll. Ob ich lügen soll. »Ja. Aber das ist okay.«

Er nickt kaum merklich, gedankenverloren.

»Weißt du, ich habe mich nie bei dir dafür entschuldigt, wie ich dich am Anfang behandelt habe.« Ich runzle die Stirn, fahre mit meinen Fingern durch den Sand und sehe ihn an. »Ich habe dein Leben schwieriger gemacht, als es sowieso schon ist, und das tut mir wirklich leid.« Er erwidert meinen Blick, doch ich bin lediglich verblüfft; hätte nicht damit gerechnet, dass er sich dafür entschuldigt, weil ich sein Verhalten verstehen kann.

»Du brauchst dich nicht zu entschuldigen, Luke«, sage ich deshalb, doch er schüttelt den Kopf.

»Doch. Es war nicht in Ordnung, dich so zu behandeln, egal, wie es jetzt zwischen uns ist.«

Zwischen uns.

»Aber jetzt machst du mein Leben besser und ich weiß, dass du misstrauisch warst. Dich um deine Schwester gesorgt hast«, widerspreche ich ihm. Bevor er weiter darüber diskutiert, ob er sich entschuldigen muss oder nicht, lehne ich meinen Kopf auf seine Schulter. »Ich muss mich eher bei dir bedanken, dass du immer zu mir stehst und mich aufmunterst, wenn es mir schlechtgeht. Du verlierst nie die Geduld. Das ist nicht selbstverständlich. Danke.«

Daraufhin sagt er nichts mehr.

»Magst du es, wenn ich dich berühre?«, fragt er, ohne auf mein Dankeschön einzugehen, und ich runzle die Stirn, auch wenn er das nicht sehen kann.

Was ist das für eine Frage? Merkt er nicht, wie sehr ich mich entspanne, wenn er mich umarmt. Wie sehr ich mich danach sehne?

»Natürlich, wieso fragst du das? Habe ich dir das Gefühl gegeben, dass es nicht so ist?« Auf einmal ist die Unsicherheit zurück und überschattet mich, lässt Panik aufkommen. Gefällt es ihm nicht, wenn wir uns umarmen oder ich mich an ihn lehne wie jetzt?

Abrupt richte ich mich auf und sehe ihn an, bin unsicher, da er immer noch keine Antwort gegeben hat. Wahrscheinlich sucht er nach einer schonenden Erklärung dafür, dass er meine Berührungen abstoßend findet. Ekelerregend.

»Ich frage mich nur, wieso dir meine Berührungen gefallen, während du die von anderen nicht magst«, meint er dann. Seine Antwort verwirrt mich noch mehr, dadurch hat er meine Panik nicht gelindert. Statt meine Frage zu beantworten, wirft er erneut eine auf, die ich mir schon lange stelle. Ich habe keine Ahnung.

»Gefallen dir meine Berührungen nicht?«, frage ich leise, als ich es nicht mehr aushalte, und spiele mit meinen Fingern.

Was ist, wenn er sagt, dass er es eigentlich nicht mag, aber es zulässt, damit es mir besser geht? Was ist dann?

»Was?«, fragt er geschockt, als hätte er sich verhört, reißt die Augen auf und schüttelt energisch den Kopf, bevor er mir eine Haarsträhne hinter mein Ohr streicht. »Wie kommst du auf sowas Absurdes?«, fragt er genauso leise und ich schlucke, fühle mich dämlich, weil ich ihm misstraut habe.

Mir hätte klar sein sollen, dass Luke mir das zu verstehen gegeben hätte, wenn dem so wäre. Er hätte mich nicht belogen; es nicht zugelassen. »Ich kann nicht glauben, dass du das wirklich alles machst. Du bleibst die ganze Nacht wach, wenn ich Albträume habe. Ich zerstöre dein ganzes Leben.«

Auf einmal kommen die Schuldgefühle und mit ihnen die Tränen. Ich schäme mich. Er wischt mir die Nässe von der Wange und drückt mir einen Kuss auf die Stirn. »Du bemalst mein Leben mit Farbe, du hältst die Zeit in den schönsten Sekunden an und startest sie erst wieder, wenn ich alle Gefühle in mich aufgesogen, alles in meinem Gehirn abgespeichert habe, damit ich es nie wieder vergesse. Denk so etwas nie wieder, Kanela.«

Ich schluchze, doch er verhindert mit seinem eindringlichen Blick, dass ich weitere Tränen vergieße. Alles stoppt: mein Schluchzen und meine Tränen. Meine Gedanken.

»Wieso tust du das alles für mich?«, frage ich und seine Augen fangen an, zu funkeln.

Es ist nicht das wütende Funkeln und auch nicht das amüsierte. Es ist ein Funkeln, das ich nicht kenne. Das ich nicht beschreiben kann, mir aber durch Mark und Bein geht.

»Weil du mir mehr bedeutest, als du dir vorstellen kannst«, wispert er, doch ich verstehe seine Worte, als hätte er sie geschrien.

Der Abstand zwischen uns verringert sich, mein Herz schlägt heftig gegen meine Brust und ich habe das Gefühl, nicht mehr atmen zu können. Sein Blick jagt mir eine Gänsehaut über den gesamten Körper. Er legt eine Hand an meine Wange, während die andere in meinem Nacken ruht. Meine Hände wissen nicht, was sie machen sollen, liegen auf seinem Rücken, an seinen Oberarmen, wieder an seinem Rücken.

Ich weiß nicht, was passieren wird, obwohl ich es doch weiß. Ich weiß nicht, ob ich Angst davor haben soll, was mich erwartet, obwohl ich es will. Ich weiß nicht, ob ich es genießen werde, denn ich weiß nicht, ob ich verdient habe, ihm so nahe zu sein.

Ob ich es verdient habe, dass er mich küsst.

Eigentlich weiß ich gerade gar nichts, denn mein Kopf ist wie leergefegt, als hätte jemand mein Gehirn durch etwas Anderes ersetzt – und doch sind da diese Gedanken, diese Zweifel.

Obwohl mein Kopf leer ist.

Mein Körper steht unter Spannung, er weiß nicht, ob er sich von Luke entfernen soll, um keinen Fehler zu begehen, oder ob er die verbleibende Entfernung gänzlich verringern soll, denn die Anziehung zwischen uns ist nicht zu verleugnen.

Meine Eltern kreisen plötzlich in meinem Kopf, benebeln zusätzlich meine Gedanken und schreien mich an, dass ich es sofort lassen, ihn wegdrücken soll. Doch mein Herz schlägt unüberhörbar stark gegen meinen Brustkorb, sehnt sich nach dem, was geschehen wird, wenn ich nicht gehe.

Ich habe das Gefühl gleich zu zerspringen, in tausende Splitter zu zerfallen, die sich in meine Seele bohren.

Und während ich entschieden habe, mich für den Weg meiner Eltern entschieden habe, wie jedes Mal vor dem Guten flüchten will – schließe ich meine Augen, als unsere Lippen sich berühren.

33

Er küsst mich. Ich küsse ihn. Wir küssen uns.

Jede Faser meines Körpers sträubt sich davor, alles schreit danach, dass ich mich von ihm trennen soll, doch mein Herz lässt es nicht zu, ist wie ein Klebstoff, der mich an seine Lippen bindet.

Seine wundervollen, weichen Lippen.

Mit jedem Pochen verscheucht mein Herz die negativen Gedanken und hinterlässt einzig das Prickeln, die Wärme, die durch meinen Körper strömt und schöner ist als alles, was ich je gespürt habe. Was ich je gefühlt habe. Ich will mich nie mehr von ihm trennen, will, dass das hier ewig währt.

Seine wundervollen, weichen Lippen.

Meine Finger fahren über seine Haut, ich weiß nicht, was ich mache, aber es fühlt sich gut an. So unbeschreiblich gut, dass ich es nicht in Worte fassen kann. So gut, dass es meine negativen Gedanken vertreibt. Es gibt kein Platz mehr für sie, da ist nur dieser Kuss.

Seine wundervollen, weichen Lippen.

Erst als meine Lungen sich sträuben, gibt mein Herz auf. Ich schnappe nach Luft, die Luft, die vorher Luke geatmet hat. Wir sind uns so nah, dass wir uns tief in die Augen sehen können – bis an das Ende des Ozeans.

Ich kann keinen klaren Gedanken mehr fassen, denn das Einzige, was ich denke, was ich *fühle,* ist er.

Seine Hände auf meiner Haut, sein Atem, der gegen meine Lippen stößt, dort, wo sie die seinen berührt haben. Alles dreht sich und ich weiß nicht, ob die Zeit schneller oder langsamer wird oder ob sie gar angehalten hat, denn ich interessiere mich nur für ihn.

Ich hasse mich, doch wenn er mich so ansieht, habe ich das Gefühl, wunderschön zu sein.

Doch ich habe Angst, dass er eines Tages erkennt, was meine Eltern in mir erkannt haben; dass er mich verlässt und allein zurücklässt - dann wäre meine Seele endgültig zersplittert.

Die Angst sitzt mir im Nacken, überschattet das Gefühl der Zuneigung und lässt mich frösteln. Die Angst ist groß, zu groß, sodass ich die schwerste Entscheidung meines Lebens treffe und das mache, was ich am besten kann –

Ich laufe weg.

Es tut mir leid …

So verdammt leid …

Dass ich …

z e r s t ö r t bin.

Es war so schön.

34

Die Steinchen im Sand scheuern an meinen Füßen, die untergehende Sonne brennt in meinem Nacken, genau dort, wo er mich berührt hat. Ich habe das Gefühl, in zwei Hälften zu zerreißen, die eine will umkehren, die andere verpasst mir Schläge auf meinen gesamten Körper.

Er ruft mir hinterher, seine Stimme klingt verletzt und enttäuscht und der einzige Grund dafür *bin ich*. Wäre ich nicht, hätte er jetzt Spaß mit irgendeinem Mädchen, wäre glücklich mit ihr – doch ich habe ihn verletzt.

Weil ich keine Schmerzen mehr ertragen kann.

Weil ich egoistisch bin.

Weil ich ihn nicht verdient habe.

Es wäre zu schön gewesen, mich auf ihn einzulassen; ihn glücklich zu machen. Doch das kann ich nicht, ich ziehe ihn mit mir in den Abgrund, denn dort muss er hin, bevor er mir hinauf helfen kann – und das

will ich ihm nicht zumuten. Das kann und will ich nicht von ihm verlangen.

Ich hätte ihn nicht küssen sollen.

Jetzt bin ich noch abhängiger von ihm. Nun weiß ich, was ich haben könnte, aber nicht haben darf. Egal, was Sam sagt. Egal, was Luke sagt. Ich darf das nicht. Ich hätte es nie tun dürfen.

Meine Füße bewegen sich immer schneller und ich klettere über das Gartentor, weil ich nicht anhalten will, um es zu öffnen. Meine Hände zittern und mein Körper prickelt und mein Herz schlägt wild, wegen Lukes Berührung, unserem Kuss, unserer Zweisamkeit, unserer Verbundenheit.

Ich bleibe unvermittelt stehen, als ich Clint bemerke, der an einer Zigarette zieht und sie im Aschenbecher ausdrückt, sobald er mich sieht.

»Da bist du ja«, ruft er erfreut und lächelt, scheint nicht zu bemerken, wie aufgewühlt ich bin. Wie sehr ich verschwinden und weinen und laufen und schreien und tot sein und Luke küssen möchte. »Dann können wir ja essen, ich sage Grace Bescheid, während du dich umziehst.«

Ich nicke und husche an ihm vorbei ins Haus, eile in mein Zimmer, in dem ich frustriert ausatme und die Tränen wegblinzle, die in meine Augen treten.

Wieso soll ich mich umziehen? Sehe ich in diesen Kleidern zu einfach, zu hässlich aus?

Es ist egal, ich ziehe mich um, zucke zusammen, als ich einen frustrierten Schrei vernehme, der aus dem Nachbarhaus kommt – und definitiv nicht zu Sam gehört. Daraufhin ein Scheppern.

O Luke. Ich fange an zu weinen, höre sofort wieder auf, als ich erkenne, dass ich selbst schuld bin. Dass ich kein Recht dazu habe. Zwinge mich, ruhig zu bleiben. Ich habe das Richtige getan – wieso fühlt es sich falsch an?

Ich habe keinen Hunger mehr. Ich hatte nie Hunger. Und doch gehe ich die Treppe hinunter und setze ein Lächeln auf, damit sich Grace keine Sorgen macht. Damit ich das Essen nicht versaue. Damit ich diese Familie nicht auch ruiniere.

Die anderen sitzen bereits und sehen mich abwartend an, weshalb ich mich auf meinen Platz neben Aaron und gegenüber von Grace setze.

»War es schön mit Luke am Strand?«, fragt Grace mich. Bei seinem Namen durchzieht mich ein tiefer Schmerz und ich verziehe mein Gesicht. Ich nicke, stochere im Essen herum, bis ich mich überwinden kann, ein Stück Kartoffel zu essen. Sie lächelt erfreut und sieht zu ihrem Mann.

»Luke scheint ausgeglichener, seitdem er Zeit mit Kanela verbringt, oder? Er war immer voller Wut und bösem Sarkasmus.« Sarkastische Kommentare gibt er immer noch von sich. Böse gemeinte Kosenamen. Aber ein gutes Böse. Ein schönes Böse.

Ich will seine Kommentare zurück, seine Kosenamen.

Grace zuliebe nicke ich erneut und zwinge mich, ein Salatblatt runterzuschlucken. Im Augenwinkel bemerke ich Aarons zusammengekniffene Augen.

Das restliche Abendessen reden wir über dies und das, meistens erzählt Clint von der Arbeit und lobt Aaron für seine Fortschritte. Das meiste verstehe ich nicht, will es auch nicht verstehen. Ich esse nicht viel, aber Grace scheint es nicht zu bemerken. Auf einmal lachen alle und ich versuche, mit ihnen zu lachen, damit ich nicht auffalle, doch dann höre ich ein Krachen. Mein Kopf schwingt hinüber zur Terrassentür, die einen Spalt offensteht, und aus dem Fenster hinaus.

»Huch, wofür braucht Luke denn die Leiter? Nicht, dass ihm etwas passiert ist«, ruft Grace aus.

Sie soll aufhören, zu reden, einfach aufhören. Mir ist schlecht, der Stuhl kratzt über den Boden, als ich aufstehe. Die Blicke richten sich verwirrt auf mich, als ich ein Schluchzen nicht mehr verhindern kann und zum zweiten Mal an diesem Tag weglaufe.

Diesmal vor meiner Gastfamilie, nicht vor Luke.

Er hat unsere Leiter heruntergeschmissen.

Er hat unsere Verbindung weggeschmissen.

Und ich bin schuld.

Ich stolpere über die letzte Treppenstufe und ein dumpfer Schmerz zieht durch meine Knie, als ich falle. Ich flehe, dass es ein Versehen war und Luke sie eigentlich nicht herunterwerfen wollte

Doch ich weiß genau, dass es Absicht war.

Weil ich ihn verletzt habe. Weil er mich hasst. Weil er nichts mehr mit mir zu tun haben will.

Als ich wieder aufstehe, in mein Zimmer und auf meinen Balkon stürze, befindet sich Aaron hinter mir. Mein Blick richtet sich auf Lukes Haus und ich beobachte, wie er mich ansieht und demonstrativ den Vorhang zuzieht. Seine Miene, diese Geste versetzt mir einen Schlag und ich sinke in mich zusammen.

Dieses Gefühl ist unbeschreiblich. So unbeschreiblich stark und schmerzhaft.

Ich vergrabe meinen Kopf in meinen Händen. Ich bin eine Idiotin. Ich bin so dumm.

Ich habe Luke verloren.

Bei dem Gedanken wird mir übel.

Ein Teil von mir hofft, dass er mich versteht und dass er zurückkommt. Ein großer Teil von mir wünscht sich nichts sehnlicher, als wieder in seinen Armen zu liegen. Seine Lippen auf meinen zu spüren. Ich wünsche mir, dass es ihm egal ist, dass ich ihn nicht verdient habe und dass er zu mir zurückkommt, doch ich kann nicht für ihn kämpfen.

Und ich will ihn nicht zerstören.

Ich kann nicht zu ihm gehen und mich entschuldigen. Ich kann ihm nicht sagen, was ich fühle, wenn er bei mir ist. Ich würde ihn an mich binden, ihm wie die Sirenen schmeicheln, um ihn mit mir in die Tiefen des Ozeans, in die Schwärze des Lebens zu ziehen. Wie kann ich das tun? Wie kann ich *ihm* das antun?

In mir schreit alles und das Einzige, was mich daran hindert, seinen Namen in die Welt zu brüllen, ist meine zerstörte Seele. Meine Seele, auf die meine Eltern eingeschlagen haben, bis sie in tausende Scherben zerteilt war.

Meine Seele, die mit jedem Wort von Luke heilt.

Meine Seele, die dennoch zu gebrochen ist, um komplett zu sein.

Genau deswegen kann ich mich nicht auf Luke einlassen, habe ihn nicht verdient. Er wird sein gesamtes Leben versuchen, etwas zu reparieren, von dem zu viele Teile fehlen.

Aaron kniet sich zu mir, will mich trösten, doch ich bin nicht das Opfer. Luke ist es, ich habe ihn verletzt, weil ich nicht normal bin. Weil ich *ich* bin.

Zu schwarz und zu kalt und zu leer für seine weiße Seele.

»Geh zu Luke«, flüstere ich, während ich mich auf dem Boden meines Balkons zusammenrolle. Die Sonne wärmt mich kein bisschen und ich habe das Gefühl, zu erfrieren. Stumm weine ich meine Tränen, die nicht zu verschwinden scheinen. Sie sollen aufhören. Aufhören. Aufhören. Aufhören.

»Ich hab gesagt, du sollst zu Luke gehen«, schluchze ich, als erneut eine Hand meine Schulter berührt.

»O Kanela. Was ist passiert?«

Es ist Sam. Sie sollte mich hassen für das, was ich ihrem Bruder angetan habe. Sie sollte mich hassen für das, was ich bin.

Ich wimmere, weil sie mich nicht anschreit, wie ich es verdient habe, sondern sich hinter mich legt, darauf achtet, mich nicht zu berühren. Mich lediglich ihre Wärme, Nähe und Freundschaft spüren lässt.

Wieso tut sie das? Wieso sind alle so nett zu mir? Wieso behandeln sie mich, als wäre ich etwas Gutes?

Langsam drehe ich mich um, sehe in ihre Augen.

»Wir haben uns geküsst«, schluchze ich und Sam sieht mich überrascht an, streicht über meine Wange. Ich bin zu schwach, um dagegen zu protestieren.

»Das ist doch gut, oder nicht?«, fragt sie vorsichtig und ich schüttle den Kopf.

Nichts daran ist gut, doch sie versteht es nicht, sie kann es nicht verstehen und ich wünsche ihr, dass sie es niemals verstehen kann.

»War es nicht gut?«

Ich schließe meine Augen und spüre seine Lippen auf meinen, wie sanft und rücksichtsvoll sie waren. Seine Hände an meinem Körper. Ich habe seinen Geruch in der Nase. Doch als ich meine Augen wieder öffne, ist all das verschwunden. Stattdessen erfüllt mich eine drückende Leere, da er nicht mehr bei mir ist.

»Das ist es ja. Es war wunderschön. Es war so berauschend, aber er ist zu gut für mich, Sam.«

Sam sieht mich traurig an und streicht mir die Tränen von der Wange.

»Du musst lernen, zuzulassen, was gut für dich ist, Kanela. Luke würde niemals etwas tun, von dem er denkt, dass es schlecht für ihn wäre. Du musst ihm vertrauen.«

»Aber er kennt das Ausmaß doch nicht, ihr kennt es alle nicht. Ich mache ihn und euch unglücklich«, widerspreche ich, habe keine Kraft mehr.

Sam steht auf und zieht mich auf die Beine, sieht mich eindringlich an. »Wir kennen das Ausmaß. Luke kennt das Ausmaß und er hat es angenommen und akzeptiert. Du machst ihn glücklicher als jede andere Person und das wirst du eines Tages sehen, doch bis dahin musst du darauf vertrauen, dass er mit dir redet. Dass er dir sagt, wenn ihm etwas nicht passt. Er mag dich, Kanela. Und zwar jede Seite von dir. Nicht nur die, die du uns zeigst. Du musst es zulassen, denn wenn du es nicht tust, dann verletzt du ihn. Du kannst nicht von ihm verlangen, dass er dich liebt, aber so tun soll, als wäre er nur ein Freund. Das ist er nicht, das spürst und fühlst du. Du musst verstehen, dass wir alle mehr erlebt haben, als du weißt. Wir haben auch eine Vergangenheit.«

Liebe. Liebt. Er liebt mich. Er liebt mich nicht. Er kann mich nicht lieben. Niemand liebt mich. Ich liebe ihn? Ich kann niemanden lieben.

Ich liebe ihn nicht.

»Danke, Sam«, flüstere ich, obwohl sie mir nicht geholfen hat, denn nun schwirrt dieses Wort durch meinen Kopf. Dieses Wort. Dieses blöde, wunderschöne Wort. Aber ich danke ihr trotzdem, will, dass es ihr gutgeht.

Weil ich sie –
gerne habe.

35

Ich sitze in Sams Auto auf dem Weg zum Internat und lasse mir den Wind ins Gesicht wehen. Sie hat darauf bestanden, dass ich mit ihr fahre, um Pläne zu schmieden, wie ich mich bei Luke entschuldigen kann. Dabei will ich mich nicht bei ihm entschuldigen. Beziehungsweise will ich, darf aber nicht. Kompliziert. Alles ist kompliziert.

»Du könntest ihm eine Falle stellen und tun, als wärst du ohnmächtig. Wenn er sich über dich beugt, küsst du ihn, er erwidert den Kuss natürlich und wenn ihr euch voneinander löst, entschuldigst du dich, während ihr euch tief in die Augen seht. Und dann ist alles wieder gut.«

Ich schnaube bei diesem völlig absurden und naiven Vorschlag. »Und dann ist er wütend auf mich, weil ich ihn reingelegt habe. Toller Plan, Sam«, erwidere ich ironisch, während sie die Augen verdreht.

»Ich hab's!«, ruft sie ein paar Minuten später. »Schnapp dir ein Einhorn und flieg zu ihm, trage ein Gedicht vor und danach kommt er freiwillig zu dir zurück. Wenn nicht, kannst du ihn immer noch mit deinen Zauberkräften verzaubern.«

Ich verdrehe ebenfalls die Augen und lehne mich weiter aus dem Fenster, achte auf meine Umgebung, damit ich nirgends dagegen stoße.

»Mensch, Kanela. Du musst etwas tun, sonst wird das nichts.« Vielleicht wäre es besser, wenn es nichts wird, doch das sage ich ihr nicht. Sie würde es nicht verstehen. Ich muss an Jane denken und an ihre Magersucht – sie weiß am ehesten, wie ich mich fühle. »Du bist so stur!«, blafft sie mich an.

»Ach, bin ich das?«, erwidere ich mit scharfem Unterton.

Sie bleibt einige Zeit lang still. »Sieh, was du angestellt hast. Wir zicken uns an wie unreife Kinder oder Tussen. Dabei sind wir ausgewachsene, edle Damen, also streng dein Köpfchen an und überleg dir was wegen Luke. Und jetzt – beweg deinen Arsch aus meinem Auto.«

Ihre Ausdrucksweise bringt mich zum Kichern und ich steige aus dem Wagen, schlage die Tür hinter mir zu. Demonstrativ fahre ich mir durch die struppigen Haare, recke das Kinn in die Höhe und begutachte meine Fingernägel, unter denen ein paar Sandkörner sind. Ich pule sie heraus, dann sehe ich zu Sam.

»Miss«, erwidere ich hochnäsig und recke meinen Kopf ein wenig in die Höhe, bevor ich weiterspreche, »ich bräuchte eine neue Maniküre, aber flott flott. Sie wollen doch nicht, dass ich Sie feuere.«

Sam grinst kurz, sieht mich danach aber ernst und schuldbewusst an, während sie zu mir kommt. »Verzeihen Sie, Gnädigste. Kommen Sie mit mir in mein Schlafgemach, ich werde Ihren Fingernägeln zeigen, was eine gute Maniküre ist.«

Ich rümpfe die Nase und hake mich bei ihr unter, versuche, anmutig über den Schulparkplatz zu laufen. »Das will ich hoffen«, antworte ich spitz, fühle mich auf einmal selbstbewusst und schön.

Einige Schüler, die ebenfalls angekommen sind, sehen uns verdattert an, woraufhin Sam ihnen einen Kussmund zuwirft.

»Noch nie attraktive Damen gesehen? Mund zu, bevor euch die Mücken hineinfliegen«, meint sie zu einer Clique. Daraufhin zwinkert sie ihnen zu, was sie noch mehr verwirrt, und zieht mich mit in das Internatsgebäude. Lachend lehnen wir uns an die Wand und gerade, als ich mich wieder beruhigt habe, pruste ich erneut los.

»O Mann, hast du gesehen, wie der kleine Blonde geschaut hat?«, frage ich und Sam nickt lachend, nach Luft ringend, unfähig, mir in Worten zu antworten. Nur langsam beruhigen wir uns und japsen nach Luft, als auf einmal der besagte Blonde durch die Eingangstür kommt. Er sieht uns an und bleibt stehen.

»Hey Sam«, meint er schüchtern und sieht kurz zu der Tür und wieder zurück. »Bist du wirklich nicht mehr mit Aaron zusammen?«

Sie runzelt die Stirn. »Wie kommst du auf den Mist? Aaron und ich sind glücklicher denn je.« Der Junge sieht auf den Boden und zuckt mit den Schultern, während sich eine verräterische Röte auf seinen Wangen bildet. Doch Sam scheint das gar nicht zu bemerken, beginnt zu schwärmen. »… und er ist nicht nur unheimlich klug und fürsorglich, sondern auch total stark und …«

Ich trete ihr auf den Fuß. Sie unterbricht ihre Schwärmerei und funkelt mich wütend an. Der fremde Junge wirkt sichtlich zerknirscht und hebt die Hand zum Abschied. »Bis dann, Sam«, murmelt er und eilt nach draußen.

»Was sollte das? Wieso trittst du mich? Der Kerl soll ruhig wissen, dass dieses lächerliche Gerücht nicht stimmt. Als ob wir nicht mehr zusammen wären, wer denkt sich sowas denn aus?«

Ich gehe ein paar Treppenstufen hinauf, bis ich meine Hand auf ihre Schulter lege und eine Augenbraue hebe. »Dieser Junge war sowas von in dich verschossen.«

Sie macht mir die Geste nach. »Und sowas kannst du erst erkennen, seitdem du in Luke verschossen bist?«

Ich werde rot und haste die Treppe nach oben, über den Gang, bis ich ihre Zimmertür aufreiße und Jane erblicke, die aufspringt und mich beäugt.

»Du entkommst mir nicht!«, trällert Sam, ihre Stimme klingt nah, also eile ich in das Zimmer und schließe die Tür, stemme den Türgriff nach oben, damit sie nicht reinkommt.

»Erstens: Was machst du da? Lass Sam rein! Zweitens: Ich will jedes Detail. Was ist da zwischen Luke und dir gelaufen?«

Verzweifelt seufze ich auf, will sofort umdrehen, doch mir ist bewusst, dass Sam mich aufhalten wird, noch ehe ich aus dieser Tür marschiere, gegen die sie regelrecht wahnhaft klopft.

Also lasse ich den Griff los und setze mich auf Janes Bett, schließe die Augen und wünsche mir, dass ich zaubern kann, um zu flüchten. Da ich schweige wie eine Tote, berichtet Sam Jane, deren lila Haare elektrisch in der Luft stehen, alles. Vielleicht sollte ich mir eine Haarsträhne lila färben?

»Aww, Lukilein ist in Kanela verliebt. Das ist ja mal süß. Und eklig«, erwidert Jane am Ende und ich schlage mir verzweifelt die Hand gegen die Stirn.

Wieso können sie den Ernst der Situation nicht verstehen?

»Und was willst du jetzt machen, Nelli?«

Nichts.

»Ich habe mir schon im Auto Gedanken darüber gemacht, aber Kanela findet keinen meiner Vorschläge gut«, jammert Sam, die auf dem Bett gegenüber sitzt und einen Schmollmund zieht.

»Wieso denn nicht?« Jane sieht mich fragend an, woraufhin ich mit den Schultern zucke.

»Tut mir leid, wenn ich die Idee, ihm einen Liebesbrief zu schreiben, nicht gut finde. So etwas will er doch gar nicht«, rechtfertige ich mich.

Jane verzieht das Gesicht. »Das wäre ja echt eklig«, meint sie.

»Du weißt, was er will?«, fragt Sam hingegen.

»Ja.« Ich knirsche mit den Zähnen. »Doch ich werde es ihm nicht geben können.«

»Wieso hast du das nicht gleich gesagt, dann hätte ich nicht überlegen müssen«, ruft Sam aus und sieht mich mit Neugier in den Augen an. »Was will er denn?«

Was Luke will, ist eine ehrliche Entschuldigung, doch wie soll ich mich ehrlich für etwas entschuldigen, was ich nicht vollständig bereue?

»Ich möchte nicht mehr darüber reden, okay? Das muss ich allein regeln.« Niemand sagt mehr etwas und ich habe das Gefühl, sie zu verletzen, weil ich sie nicht in meine Pläne oder meine Vorstellungen einweihe. Weil ich ihnen nicht erklären kann, warum ich nicht mit Luke zusammen sein kann.

»Wie geht es deinem Hund, Jane?«, frage ich und mustere sie.

Jane sieht nicht aus, als wäre sie magersüchtig. Gewesen. Vielleicht gewesen. Wobei magersüchtige Menschen ja auch nicht unbedingt dünn sein müssen.

»Er ist immer noch unsterblich in diesen Pudel verknallt und wenn wir ihn nicht kastriert hätten - nicht auszudenken, was, o Gott! Dann gäbe es ja bald kleine Pudel - wäh. Nein« Sie schüttelt sich angewidert. »Keine Pudelwelpen. Ja, zum Glück haben wir ihn kastriert. Bald bekommen wir bestimmt eine einstweilige Verfügung wegen Cup.«

Sam und ich müssen grinsen.

»Dein Hund heißt Cup?«, hake ich nach und sie schüttelt den Kopf.

»Er heißt Cupcake, frag mich nicht, wie ich damals auf diesen bescheuerten Namen gekommen bin.«

»Wo sind eigentlich die beiden Jungs?«, fragt Sam an Jane gewandt, die auf einen Zettel auf dem Tisch zeigt.

»Sie sind mit Luke zu Nate gefahren. Da ist irgendeine Party heute Abend und sie werden dort schlafen. Also müssen wir sie decken.«

Jane verdreht genervt die Augen.

Sam lacht.

Ich werde heute nicht mit Luke zusammen in einem Bett schlafen.

Wir reden weiter über Belangloses, bis an die Tür geklopft wird und ein Betreuer das Zimmer betritt.

»Kanela, geh bitte zurück in dein Zimmer«, verlangt er von mir, woraufhin ich aufstehe.

»Wo sind Fynn und Evan?«

Wir haben abgemacht, dass ich sie decke, da Sam und Jane es schon zu oft getan haben. Ich bin die schlechteste Lügnerin auf Erden, doch ich bin eine vorbereitete, schlechte Lügnerin. Und ich tue es für Luke.

»Die sind bei uns, also bei Luke und mir. Wir wollten ungestört einen Mädchenabend machen und haben sie rausgeschmissen. Soll ich sie runterschicken, damit du nicht mehr hochgehen musst?«, biete ich ihm freundlich lächelnd an.

Bitte sag ja. Skeptisch blickt er mich an, ich muss eins drauflegen, sonst geht er nachschauen. »Sylvia ist ja bei uns oben verantwortlich. Sie wird schon merken, wenn auf einmal vier Jugendliche bei uns im Zimmer sind.« Mein Tonfall ist belustigt, aber nicht abfällig. Hoffe ich.

»Danke, Kanela«, meint er endlich und ich nicke meinen Freundinnen zum Abschied zu, verlasse mit ihm das Zimmer.

»Gute Nacht«, verabschiedet er sich und wendet sich dem nächsten Raum zu, scheinbar vertraut er mir.

Ich bin in meinem Zimmer angekommen und kann die Dusche und das Licht im Bad anmachen, die Badezimmertür schließen und meine Schlafsachen zusammensuchen, bevor Sylvia in mein Zimmer kommt. Es ist ein tolles Gefühl, gegen eine Regel zu verstoßen. Obwohl ich eigentlich nur dabei helfe und sie nicht selbst breche.

»Hallo Kanela. Wo ist Luke?«, fragt sie und ich zeige möglichst gleichgültig auf die Badezimmertür.

»Und Fynn und Evan sind auf dem Weg nach unten? Bobby hat mir eine Nachricht geschrieben wegen den beiden.«

Bobby heißt er also. Komischer Name. Vielleicht heißt er auch nur bei Sylvia so, weil sie ein Paar sind.

»Ja, sie sind aus dem Zimmer gekommen, als ich rein bin«, erwidere ich und kämme meine Haare, wie jeden Abend, wenn sie vorbeischaut.

»Okay gut. Gute Nacht.«

Ich nicke und sie verlässt den Raum. Jetzt bin ich allein. Ich warte einen Moment, ob sie wiederkommt, bevor ich ins Bad gehe, das Wasser abstelle und mich fertigmache.

Ich werde diese Nacht nicht schlafen können. Genauso wie in der letzten Nacht.

Er fehlt mir.

Er fehlt mir nicht nur, weil ich bei ihm schlafen kann und weil ich ihn mag. Er fehlt mir, weil er ein guter Freund ist und ich ihn brauche. Nicht als Seelenklempner. Als meinen Freund. Doch ich habe eine Grenze überschritten, als ich mich von ihm umarmen lassen habe. Eine weitere, als wir die Betten zusammengeschoben haben. Noch eine, als wir zusammen getanzt haben. Nach dieser Grenze war es zu spät, um zurückzugehen. Zu spät für meine Gefühle.

Ich habe es noch schlimmer gemacht, habe eine weitere überschritten, indem ich ihn geküsst habe. Nun möchte ich mehr von seinen Küssen und mehr von seinem Lachen. Mehr von ihm.

Das alles, weil ich angefangen habe, Grenzen zu überschreiten, doch wie soll ich es lassen? Wie soll ich nicht über die rote Linie gehen, auf der eigenen Seite Schatten, auf der anderen Licht?

Es ist zu spät, um zurückzugehen. Ich kann lediglich stehenbleiben oder weitergehen – momentan stehe ich. Doch vielleicht sollte ich gehen. Wieso sonst raten Sam und Jane mir dazu?

Vielleicht sollte ich mich bei ihm entschuldigen und mich auf das einlassen, was zwischen uns ist. Ich kann mit dem Gedanken, dass wir die Betten nachts nicht wieder aneinanderschieben und uns anschweigen, nicht leben.

Ich kann mit dem Gedanken, dass er mich hasst, nicht leben.

Weil ich ihn …

gerne habe.

Aber das spielt in meinem Leben keine Rolle.

36

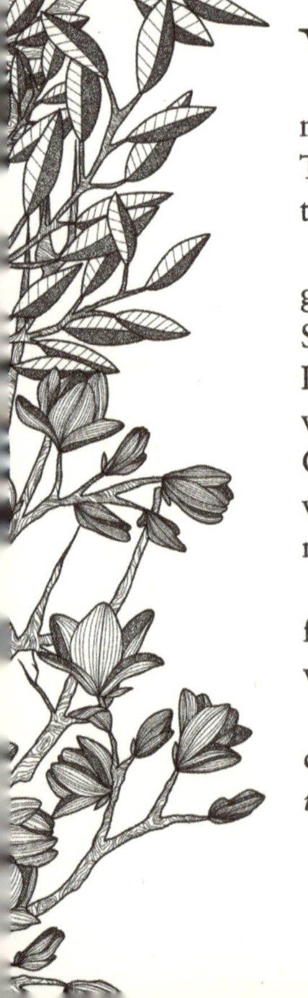

Wie erwartet habe ich nicht geschlafen und sah morgens scheinbar so schlecht aus, dass Sylvia mich krank gemeldet hat. Also lag ich den gesamten Tag im Bett, habe darauf gewartet, von Luke konfrontiert zu werden, doch er kam nicht.

Irgendwann wurde es wieder dunkel und mein Magen knurrte, weil ich nichts gegessen habe, obwohl Sam und Jane mir eine Suppe vorbeigebracht haben. Ich habe so getan, als würde ich schlafen, denn ich wollte weder etwas zu mir nehmen noch reden noch Gesellschaft haben. Ich will nichts. Nur daliegen. Und warten. Auf Luke. Oder etwas Anderes. Ich weiß es nicht.

Irgendwann war ich so müde, dass ich eingeschlafen bin – doch aufgewacht bin ich auch, mehrmals, weinend.

Nun sehe ich auf das Blatt Papier in meinen Händen. ***›Ich habe gegen Luke verloren, bin eine Niete und er ist der Größte und der Beste überhaupt.‹***

Ich greife nach dem Tesafilm, reiße ein Stück ab und befestige den Zettel an meinem T-Shirt. Drei weitere Klebestreifen, damit er nicht abfällt.

Es ist Dienstag und ich weiß nicht, was ich mir erhoffe, aber ich habe das Gefühl, dass es das Richtige ist. Vielleicht ist es genau deswegen falsch, doch ich habe mich dazu entschieden, mich zu entschuldigen und mich … darauf einzulassen. Dieser Zettel ist ein Anfang.

Mit zittrigen Händen verlasse ich das Zimmer, gehe an anderen Schülern vorbei zu der Kantine. Jeder sieht zuerst auf den Zettel, dann lachen sie oder schmunzeln oder verdrehen die Augen oder sagen zu mir, dass sie mich mutig oder kindisch finden.

Mir ist das egal. Mir ist das alles egal. Und ich hätte nie geglaubt, dass es mir egal sein könnte, doch ich mache das hier für Luke. Nicht für mich.

Ich weiß nicht, wo er heute Nacht geschlafen hat, aber Sylvia hat nichts gesagt und nicht gefragt, wo er ist. Also hat er mit ihr geredet, hat sich eine Ausrede einfallen lassen, wieso er nicht bei mir schlafen kann. Vielleicht hat er gesagt, dass ich verrückt bin. Dass es ihm nicht möglich ist, weiterhin mit mir in einem Zimmer zu leben.

Als ich über die Schwelle zur Kantine trete, versuche ich, die Schüler nicht zu beachten, die zu mir sehen. Mein Blick ist allein auf Sam gerichtet, die an unserem Tisch sitzt, da ich nicht wage, mich umzuschauen.

»Morgen«, krächze ich, lasse mich auf einen Stuhl neben Sam fallen und blicke auf.

Ein Zucken geht durch meinen Körper, sobald ich seinem Blick begegne. Es verschlägt mir den Atem. In seinen Augen glitzert ein Schmerz, der größer wird, je länger wir uns ansehen. Ich verfluche mich dafür, diesen Zettel an mein Shirt geklebt zu haben. Verfluche mich dafür, die Kantine überhaupt betreten zu haben, und dafür, nun meinen Blick nicht abwenden zu können.

Fynn, der neben Luke sitzt, räuspert sich und ich sehe zu ihm. Seine Augenbraue ist gehoben. Es ist so laut um uns herum, dass es nicht auffällt, dass alle an unserem Tisch unheimlich leise geworden sind.

»Wieso tust du das?«, flüstert Luke und ich zucke erneut zusammen, weil seine Stimme so brüchig ist.

»Ich …«, beginne ich, will etwas sagen, doch er unterbricht mich, indem er aufsteht.

»Ich habe kapiert, dass du keine Gefühle für mich hast, aber du brauchst mir nicht noch eins reinzuwürgen. Ich brauche Zeit und Raum, um damit fertigzuwerden.« Er fährt sich mit seinen Fingern durch die Haare. »Ich kann ja verstehen, dass du das nicht nachvollziehen kannst, wie auch, aber das tut weh, Kanela. Es tut verdammt weh.«

Ich will ihm widersprechen, will ihm sagen, dass er falschliegt und ich ihn nicht verletzen wollte – dass ich ihn küssen will – doch ich bekomme gerade mal ein »Aber« über meine Lippen, bevor er verschwunden ist. Zu weit weg, um mich zu hören.

Vielleicht sollte ich ihm nachlaufen, ihn dazu bringen, mir zuzuhören und mit ihm zu sprechen, aber er hat gesagt, er braucht Zeit und Raum, um darüber hinwegzukommen. Er hat nicht gesagt, dass er niemals darüber hinwegkommen wird. Vielleicht sollte ich ihm das geben. Zeit und Raum. Raum und Zeit. Zeit und Raum. Ja, das sollte ich. Dann wird er die Gefühle zwischen uns vergessen.

Peinlich berührt, schmerzerfüllt und wütend auf mich selbst, reiße ich das Blatt Papier von meinem T-Shirt.

»Kanela, das –«, beginnt Fynn und ich sehe zu ihm auf, Tränen in meinen Augen.

»Ich hab es verstanden! Ich hab es verstanden, also musst du mir nicht sagen, dass ich bescheuert bin. Ich verstehe all das hier, nur niemand versteht mich, okay? Es tut mir leid, dass ich in euer verdammtes Leben getreten bin und dachte, dass ich für all das hier«, ich mache eine ausschweifende Handbewegung, »stark genug bin. Ich habe nie behauptet, gut zu sein, und es tut mir leid, dass ich es nicht bin. Es tut mir verdammt leid. Ich weiß, dass ich Mist gebaut habe, und ich weiß auch, dass ich ihm wehgetan habe. Du kannst dir nicht annähernd vorstellen, wie sehr ich mich dafür hasse.«

»Wofür hasst du dich?«, fragt Jane ahnungslos, die mit einem Tablett voller Essen neben mir steht, verwirrt in die Runde sieht. »Du musst dich für nichts hassen, Kanela. Geht es um Luke? Oder ums Essen?«

Fassungslos sehe ich sie an, sage kein Wort. Alle sagen kein Wort. »Also wenn es ums Essen geht, ich kann dir helfen. Wirklich, ich weiß, wovon ich spreche. Wir erstellen gemeinsam einen Plan und kriegen wieder ein paar Pfunde auf deine Hüften. Wir helfen dir alle dabei, stimmt doch, oder?«, hakt sie nach, runzelt die Stirn, als niemand ihr antwortet. »Es ging nicht ums Essen, oder?«

Sie fragt leise. So leise, dass nur ich sie hören kann. So leise, dass ich ihre gebrochene Stimme hören kann. Jane stellt ihr Tablett auf den Tisch und reibt ihre Hände aneinander. »Ich dachte nur, weil du so dünn bist und selten isst. Das hat mich an mich selbst erinnert. Ich wollte dir natürlich keine Krankheit unterjubeln oder so«, redet sie weiter.

Mir ist egal, dass sie mir eine Essstörung unterstellt. Mir ist egal, dass sie nichts von meiner dummen Aktion mitbekommen hat, denn vielleicht ist diese dumme Aktion unwichtig. Mir ist auch egal, dass sie ein Mensch ist und dass ich Berührungen nicht mag. Ich ziehe sie in eine Umarmung, in unsere erste Umarmung, und sie legt die Hände um meinen Hals. Ich spüre ihre Finger zittern und ihre Zerbrechlichkeit, ihren Schmerz, der täglich auf ihr lastet.

»Danke, Jane«, flüstere ich in ihr Ohr.

»Es ist so schwer, dich anzusehen, und nicht zu denken, dass meine Figur so sein soll wie deine.«

O Jane. Wie gerne würde ich aussehen wie du.

Sie sagt diesen Satz zu mir, weil sie weiß, dass ich nachvollziehe, wie sie sich fühlt. Sie sagt diesen Satz nicht zu Sam oder Fynn oder Evan oder Luke. Sie sagt ihn zu mir, weil ich sie verstehen kann und sie jemanden braucht, der das tut.

Ich erkenne, dass ich auch jemanden brauche. Dass dieser jemand Luke ist. Ich erkenne, dass Jane ihren Körper hasst und sie gerne anders sein würde. Ich erkenne, dass sie dennoch mit Sam befreundet ist, obwohl sie so viel Hass auf sich selbst empfindet. Ich erkenne, dass ich mit Luke

… *zusammen sein* … kann.

Es darf.

Dass ich ihn brauche und er mich braucht und wir uns brauchen. Ich erkenne, dass ich nicht egoistisch bin, weil ich diesen Wunsch verspüre und ihn zulassen möchte. Domeniks Floskeln scheinen auf einmal glasklar, die Töne erreichen mich im vollen Klang, seine Stimme, die mir sagt, dass ich ein guter Mensch bin, Liebe verdiene, sie zulassen sollte. Die Stimmen meiner Eltern sind zu einem Rinnsal im Hintergrund geworden, das von all den Hoffnungsgedanken weggespült wird.

Hoffentlich bleibt dieser Gedanke so lange, bis ich Luke sehe. Ihm genau das sagen kann. Ich wünschte, der Hoffnungsfaden würde für immer so intensiv bleiben.

Ich löse mich von Jane, als es mir zu viel wird, und sie sieht mich dankbar an, bevor sie sich setzt und isst. Unfähig nachzufragen, um was es wirklich ging. Jeder am Tisch starrt uns an.

»Könnt ihr dafür sorgen, dass Luke heute Abend in unser Zimmer kommt?«, frage ich und ich erhalte zögernde Blicke, ein noch zögernderes Nicken.

»Versau es nicht«, murmelt Fynn und seufzt.

»Verfluchter Mist«, murmle ich, als ich mich endlich dazu durchgerungen habe, unsere Zimmertür aufzusperren, doch nun vergeblich nach dem Schlüssel in meiner Tasche suche. »Das kann doch nicht wahr sein.«

Mit geschlossenen Augen lehne ich meine Stirn gegen das Holz, atme tief durch und verfluche mich für meine Vergesslichkeit. Warum muss ich auch immer meinen Schlüssel vergessen? Nur, dass

Luke heute nicht bei mir ist, um darüber zu scherzen, mir mit einem Lachen die Tür aufzusperren. Es kostet mich doch Überwindung genug, diesen Raum überhaupt zu betreten.

Zaghaft klopfe ich an die Tür, jeden dritten Herzschlag, doch es folgt keine Reaktion. Entweder ist er nicht da oder er ist da und geht davon aus, dass ich einen Schlüssel habe. Oder er will mir nicht öffnen.

Ich brauche Zeit und Raum, damit ich damit fertigwerden kann.

Hoffnungslos versuche ich es erneut – vergeblich - also setze ich mich neben die Tür und lehne mich an die Wand, vertraue darauf, dass er kommt und nicht woanders schläft.

Spätestens wenn Sylvia ihren Rundgang macht, werde ich ins Zimmer gelangen.

Ich merke, dass mir immer wieder die Augen zufallen, doch ich möchte nicht aufstehen, um nach einem Schlüssel zu fragen. Zu groß ist die Angst, Luke zu verpassen. Mittlerweile bin ich mir sicher, dass er nicht im Zimmer ist. Müdigkeit überschattet mich und ich kann nichts gegen das Verlangen tun, Schlaf nachzuholen.

Wie viel Uhr es ist, weiß ich nicht, als ich durch Schritte geweckt werde und aufschrecke. Mein Blick wandert an den Schuhen nach oben und ich sehe Lukes Gesicht, seine Augen, die mich mustern. Sofort bin ich hellwach, wende aber meinen Blick von ihm und betrachte meine Füße, warte, bis Luke die Zimmertür öffnet, und stehe auf, folge ihm hinein.

Er steht mitten im Raum und sieht unsere Betten lange an, bevor er sich zu mir umdreht. Der Schmerz in seinen Augen lässt mich zurücktaumeln, sodass ich gegen die Tür hinter mir stoße. Luke sieht nochmal zurück, bevor er ein paar Schritte auf mich zukommt.

»Das war eine blöde Idee. Ich sollte besser bei den anderen schlafen«, murmelt er, doch ich schüttle den Kopf, will etwas sagen. Kann aber nicht. Wieso kann ich nichts sagen? Er kann doch nicht wieder – doch kann er – aber – nein.

»Kanela, geh zur Seite.«

Ich stehe im Weg, unabsichtlich, aber nun bin ich froh darüber. »Nein«, flüstere ich und er sieht mich an, schließt für einen Moment die Augen.

Dann schüttelt er den Kopf, als müsse er sich sammeln, kommt auf mich zu, um mich zur Seite zu schieben, doch ich wehre seine Hände ab.

»Nein«, wiederhole ich, fester.

Er funkelt mich an und ballt seine Hände zu Fäusten, während ich keinen blassen Schimmer habe, was ich hier mache. Mein Körper hat sich verselbstständigt.

»Es tut mir leid, dass ich weggelaufen bin«, bringe ich endlich über meine Lippen.

Ich sehe, wie der Schmerz in seinen Augen aufglimmt und mein Herz zieht sich bei diesem Anblick zusammen.

Ich darf. Ich darf. Ich darf.

»Dir hat es nicht gefallen«, meint er auf einmal. Seine Stimme klingt hohl und ausgelaugt, völlig enttäuscht, als er sich wieder ein paar Schritte von mir entfernt.

»Luke, ich …«

Er fährt herum und funkelt mich an. »Was, Lena?«

Ich presse meine Lippen aufeinander, wende meinen Blick von ihm ab und verfluche meine Tränendrüsen, die sich bei meinem Namen bemerkbar machen. Bei dem Namen, den mir meine Eltern gegeben haben.

Ich kann es nicht sagen, nicht aussprechen. Ich kann es nicht.

Er kommt erneut auf mich zu, umfasst sanft meine Handgelenke und sieht mir in die Augen.

»Nicht weinen, bitte weine nicht .«

Am liebsten würde ich ihn an mich reißen und ihn so lange küssen, bis ich vergesse, wer ich bin. Doch seine Worte halten mich zurück. Sein Verhalten verwirrt mich.

Ich darf das. Ich darf das. Ich darf das. ICH DARF DAS.

»Lauf nicht wieder weg, Kanela. Nicht vor mir. Sprich mit mir.«

Seine Stimme klingt verzweifelt, als wäre er am Ende seiner Kräfte angekommen.

Luke zieht mich an meinen Handgelenken an seinen Oberkörper und drückt mich an sich, als würde er mich niemals mehr loslassen wollen und ich bin froh darüber. Denn wahrscheinlich wäre ich erneut vor dieser intensiven Flut von Gefühlen davongelaufen, die mich mit einem Mal verschlingt.

37

Sein Geruch ist betörender als jedes Parfum. Er umhüllt mich wie ein Umhang aus der feinsten Seide dieser Welt. Er beschützt mich wie die stärkste Rüstung. Er umschmeichelt mich, als wäre ich wunderschön.

Ich kralle mich in Lukes T-Shirt, kann nicht anders, als ihm nahe zu sein. Egal, was ich mir einrede, es bringt nichts, denn sobald ich wieder bei ihm bin, fühle ich mich vollendet. Ich will mich niemals von ihm entfernen, doch das kann ich nicht sagen. Ich bringe es nicht über meine Lippen, doch er muss es hören. Ich will, dass er es hört.

Wieso hält er mich fest, obwohl er verletzt ist? Obwohl er glaubt, dass ich nichts für ihn empfinde, obwohl ich so viel für ihn empfinde, dass ich es nicht mehr zuordnen kann?

»Du bist ein guter Mensch«, haucht er in mein Ohr, küsst meine Stirn und ich fange an, zu weinen.

Sag es.

Er vergräbt seine Nase in meinen Haaren. »So gut.«

Ein Beben geht durch seinen Körper und als ich mich entfernen will, um zu sehen, was mit ihm los ist, zieht er mich noch enger an sich. Zu eng, doch nicht eng genug. Es erdrückt mich. Die Worte, die ich nicht aussprechen kann, erdrücken mich.

»Dich zu küssen war, als würde ich ankommen. Dich in meinen Armen zu halten ist so erfüllend.« Seine Stimme wird brüchig. »Lass mich nicht los. Lauf nicht vor mir weg, bitte. Bitte bleib bei mir.«

Warum kämpft er so für mich? Entschuldigt sich bei mir, obwohl ich doch diejenige sein müsste, die sich entschuldigt? Es fühlt sich gut an und doch flüstert eine Stimme in mir, dass es falsch ist. Dass ich Gift für ihn bin.

Er soll aufhören, zu reden.

Meine Hände drücken ihn an mich, während ich meinen Kopf hebe und ihn ansehe.

Er weint.

»Du darfst nicht weglaufen, Kanela. Ich würde dir niemals etwas tun. Wenn du weinst, Gott ... Es zerreißt mich, wenn du unglücklich bist. Ich vermisse dich, sobald du nicht mehr bei mir bist. Du darfst nicht weggehen, ich brauche dich.«

Sein Sinneswandel verwirrt mich. Ich weiß nicht mehr, was ich sagen wollte, was ich mir zurechtgelegt und einstudiert habe. *Du hast doch gesagt, du brauchst Raum und Zeit.* Seine Tränen landen auf meiner Wange, vermischen sich mit meinen und flüchten auf den Boden. Es ist erschreckend, ihn verletzlich zu sehen. Ihn weinen zu sehen. Wegen mir.

Meine Hände fahren durch seine Haare, während ich ihn ansehe, seine Worte meinen Körper wärmen.

Bevor ich es mir anders überlege, ziehe ich ihn an mich, lege meine Lippen auf seine. Und explodiere.

Ich schmecke seine Tränen, während er seine Hände in meinen Nacken legt und wir unsere Körper aneinanderpressen, als wären wir uns nicht nah genug. Mir ist heiß und ich habe das Gefühl, zu brennen. Dieser Kuss schmeckt nach purer Verzweiflung, Erleichterung, Liebe. Luke lässt von meinen Lippen ab, küsst meinen Hals, bis er schwer atmend seine Stirn gegen meine presst.

Was tun wir hier?

Meine Hände wandern zu seinem Nacken, an seinem Rücken entlang, berühren ihn dort, wo bei mir nichts als Narben sind. Streicheln ihn dort, wo mich niemand berühren darf. Er ist so makellos, so wunderschön.

Ein Lächeln bildet sich auf seinen Lippen. Was ist das hier? Was passiert hier? Was ist das? Ich streiche über Lukes Gesicht, als wäre es aus Glas. Fahre über die Bartstoppeln, die meine Finger kitzeln, bis zu seinen Lippen, die ich geküsst habe. Wische ihm die Tränen weg.

Was mache ich hier?

»Was empfindest du für mich?«, fragt er und spiegelt meine Geste, in dem er seine Handfläche sachte auf meine Wange legt.

Ich blinzle, ein-, zwei-, dreimal und sehe auf den Boden, sehe auf unsere Füße, die dicht aneinander stehen.

Sag es ihm. Du darfst es. Sag es ihm. Du darfst es. Lass es zu. SAG ES.

Er drängt mich nicht, wartet ab, als ich meinen Blick an seinem Körper entlang nach oben schweifen lasse. Ich lege meine Hand auf sein Herz, spüre, wie es unter meinen Fingern pocht.

PochPochPochPoch. Wie ein ICE. Ich küsse die Stelle durch das T-Shirt hindurch und Luke keucht auf. Mein Blick wandert weiter nach oben, betrachtet sein Gesicht, betrachtet, was hinter seinem Aussehen ist.

SAGESSAGESSAGESSAGES, brüllt mein Herz.

Lass es bleiben, ruft mein Hirn.

Hilfe, hilfe, hilfe, hilfe, hilfe, hilfe, hilfe, hilfe, hilfe, hilfe, hilfe, hilfe. HILFE.

»Ich hasse dich.«

Seine Hand stoppt auf meiner Wange, die er zuvor zärtlich gestreichelt hatte. Ich bemerke, wie er schluckt und meinem Blick ausweicht.

»Wieso sagst du das?«, fragt er mit erstickter Stimme. Als er einen Schritt nach hinten machen will, ziehe ich ihn erneut an mich.

»Weil ›*ich liebe dich*‹ das Schlimmste ist, was ich sagen kann«, hauche ich schließlich, weiche seinem Blick aus, kann ihn nicht ansehen.

Er schluchzt, hebt mich hoch, und ich schlinge meine Beine um ihn. »O Bunny.«

Ich vergrabe mein Gesicht in seiner Halsbeuge, schließe meine Augen, um die Tränenflut zu verhindern, doch sie kommt, sie kommt wie jedes Mal und lässt sich nicht verhindern.

»Ich liebe dich«, flüstert er, legt mich sanft auf das Bett, stützt sich mit seinen Unterarmen ab.

Hör auf, das zu sagen. Hör auf, das zu denken. Hör auf, das zu fühlen.

Er küsst meine Stirn. Meine Wangen. »Ich liebe dich so sehr wie all die Typen in deinen Büchern. Gott, ich liebe dich.« Ich wimmere auf, die Tränen rinnen an meiner Wange entlang.

Hör auf, das zu sagen. Hör auf, das zu sagen. Hör – nicht auf.

Das ist das erste Mal, dass mir jemand sagt, dass er mich liebt. Und es ist das erste Mal, dass ich es glaube. Das erste Mal, dass ich mich nicht für ein Monster halte.

In mir fängt etwas an, zu heilen. Ein Schalter legt sich um und es ist so überwältigend, dass ich meine Finger unvermittelt in seinen Rücken kralle, ihn an mich ziehe, mich so fest an ihn drücke, wie ich kann. Diese drei Wörter, sie brennen in mir. Sie bringen mich um. Ich drücke meinen Kopf an seine Brust, verschränke meine Beine mit seinen, drücke ihn immer fester an mich und weine.

Er muss näher. Er muss näher zu mir. Er muss zu mir. Er. Ich brauche ihn.

Ich weine, wie ich seit langem nicht mehr geweint habe, und die Schmerzen werden immer schlimmer. Als ich schreie, umschlingt er mich.

Was passiert hier?

Ich bekomme kaum Luft, werde von einem Schluchzer nach dem anderen durchgeschüttelt, doch das ist egal. Mein T-Shirt zwischen meine Zähne geklemmt, beiße ich fest zu.

Ich werde auseinandergenommen - und wieder neu zusammengesetzt. Bilder meiner Eltern steigen in meinen Kopf und auf einmal empfinde ich pure Wut. Eine so immense Wut, die ich noch nie in meinem gesamten Leben empfunden habe, und sie ist bitter und schmerzvoll und zerstörerisch.

»Ich hasse euch. Ich hasse euch für das, was ihr mir angetan habt«, schluchze ich in das Shirt, mein angespannter Körper, fällt in sich zusammen.

Ich wimmere, während mir Luke die Haare aus dem Gesicht streicht. Er liebt mich. Er liebt mich. Er liebt mich. Er liebt *MICH.* »Es ist in Ordnung, Kanela. Ich bin da«, murmelt er und ich höre die Überforderung in seiner Stimme. Wie gerne würde ich ihm sagen, dass es mir leidtut.

Dass es mir leidtut, dass er mich lieben muss und dass er nicht weiß, wie er mit mir umgehen soll.

Er liebt mich. Luke liebt mich. Und mein Herz glaubt ihm. Mein Herz, das wie ein ICE rast. Luke drückt mich an sich und streicht mir weiter über die Haare, beruhigt mich mit seiner Liebe.

»Es tut mir leid«, hauche ich und verdecke meine Augen mit meiner Hand, reibe sie energisch, damit die Tränen verschwinden.

»Für was entschuldigst du dich?«, fragt er und nimmt meine Finger sachte zwischen seine, führt sie von meinen Augen weg, damit er mich ansehen kann.

»Weil du mich liebst. Das tut mir leid.«

Seine Hand in meinen Haaren hält inne. »Nicht. Denk das nicht.«

Doch, will ich sagen, traue mich nicht.

Als ich anfange zu zittern, breitet er eine Decke über uns aus, reibt über meine Arme, jedoch vertreibt es kaum die Kälte. Die Kälte, die bitterliche Kälte, die aus meinem Inneren emporsteigt. Doch Luke reibt weiter, drückt mich fester. Er ist so warm wie der Sommer. Er ist mein Sommer.

Ich drohe, meinen Verstand zu verlieren, so kalt ist es, allerdings reißt mich Luke zurück in die Realität.

»Welche Jahreszeit, Kanela?«, fragt er und ich will Winter sagen.

Ich will es wirklich sagen, weil sich mein gesamter Körper anfühlt wie eine schneebedeckte Landschaft.

»Sommer«, sage ich stattdessen und als er mich küsst, erkenne ich, dass es die Wahrheit ist. Zwar ist auch Frühling und Winter und Herbst, aber es ist auch Sommer.

»Welche Jahreszeit, Luke?«, frage ich.

»Es ist Frühsommer«, haucht er und mir wird warm, mein Herz macht einen Sprung.

Ich habe ihm den Sommer gebracht.

»Ich bin froh, dass du mir verziehen hast«, wispere ich und sehe auf unsere Hände.

»Und ich habe überreagiert, tut mir leid.«

Ich würde ihn am liebsten anschreien, dass er sich nicht entschuldigen soll, doch diese Diskussion hatten wir bereits am Strand. Am Tag unseres ersten Kusses, meines ersten Kusses.

Wenn ich zurückdenke, wie es bei meiner Ankunft war, empfinde ich ein wenig Stolz. Und dass ich das denke, ist erstaunlich. Genauso wie Lukes Liebe zu mir und meine …

Liebe zu ihm.

»Schlaf jetzt, Bunny, träum von mir«, raunt er in mein Ohr und küsst meine Stirn, während ich rot werde und grinse.

Er schafft es immer wieder, mich mit seiner nervigen Arroganz aufzumuntern. Auf einmal erinnere ich mich an meinen Traum im Auto der Scales an meinem ersten Tag. Ich würde gerne wissen, was ich damals geträumt habe, aber das Gefühl danach erinnert mich an dieses.

»Ich werde auf dich aufpassen«, meint er auf einmal wieder ernst und ich drücke seine Hand. Ja, dieses Gefühl ist es. Freude, Geborgenheit, Liebe und Schmerz ineinander vereint.

In dieser Nacht träume ich wirklich von Luke und zum ersten Mal seit langem schlafe ich durch – ohne ein einziges Mal aufzuwachen.

Da sind nur Luke und ich, zusammen, und dieses Gefühl, das ich niemals vergessen möchte.

38

Als ich aufwache, sehe ich direkt in zwei blaue Augen und muss unvermittelt lächeln, da sie mich daran erinnern, dass Luke und ich nun zusammen sind. Dass er mein Freund ist. Nicht ein Freund, sondern tatsächlich mein Freund. Er, Luke, mein Freund, streicht mit seinem Daumen über meine Wange und drückt mir einen Kuss auf die Stirn.

»Guten Morgen, Schlafmütze.« Ich brumme und lege die Hände über meine Augen, als die Sonne mich blendet. »Lass mich in Ruhe.«

Er grummelt beleidigt, löst unsere Hände voneinander und rollt sich auf mich. Die Luft entweicht aus meinen Lungen, was mich unvermittelt keuchen lässt. Sein Gesicht ist direkt über meinem und so nah. So nah, dass es mir nicht geheuer ist, doch ich denke wieder daran, dass wir uns geküsst haben und uns dabei noch näher waren. Und ich ihm gerne wieder so nahe sein, ihn wieder küssen möchte. Dennoch funkle ich ihn böse an.

»Was soll das? Beweg deinen fetten Arsch von mir!«

Seit wann bin ich so selbstbewusst?

»Beleidigst du etwa meinen prachtvollen Hintern? Na, na, na, das geht aber nicht. Ich habe dich zärtlich geweckt und das habe ich davon. Na Danke schön.«

Beleidigt zieht er eine Schnute, während ich kichernd versuche, ihn von mir wegzudrücken oder unter ihm wegzurollen, doch bevor ich es schaffen kann, zwickt er mir in die Seite.

»Luke, geh runter von mir«, lache ich und stemme erfolglos meine Hände gegen seine Brust.

Als er mich kitzelt, versuche ich, nach seinen Händen zu greifen.

Ich wurde noch nie gekitzelt, es –

weg mit dem Gedanken. Es fühlt sich gut an.

»Also, wessen Hintern ist hier fett?«, fragt er nach.

»Luke«, japse ich in einer Ruhephase und will ihn bitten, aufzuhören, als er mich unterbricht.

»Was? Mein Hintern ist fett?«

Teuflisch blitzen seine Augen auf und er beobachtet mich dabei, wie ich verzweifelt versuche, mich zu befreien und nicht zu lachen. Als ich mich wieder einigermaßen gesammelt habe, sehe ich ihn wütend an.

»Kannst du mich ausreden lassen, bevor du mich zu Tode kitzelst? Ich wäre fast erstickt! Außerdem schlafen meine Beine ein, wenn du noch länger so rumsitzt und - mal was anderes – KANNST DU AUFHÖREN, SO BLÖD ZU GRINSEN?«

Frustriert starre ich ihn an, doch sein Grinsen wird nur breiter.

»Wieso? Ist es so atemberaubend, dass es dich aus der Bahn wirft?« Er zwinkert. *Er zwinkert.* Ist das sein Ernst? Ich möchte ihm gegen die Brust schlagen, was er jedoch bemerkt und meine Hand ergreift. »Wir wollen doch nicht meinen schönen Körper mit einem blauen Fleck verunstalten. Keine voreiligen Entscheidungen treffen, Prinzessin.«

Mit Mühe halte ich mein Grinsen zurück. Hätte ich nicht gewusst, dass er das alles nur spielt, würde ich es ihm abkaufen. Aber ich bin ja sauer auf ihn, deswegen darf ich nicht grinsen.

»Nein, aber vielleicht würde dir ein Eimer eiskaltes Wasser guttun, den ich dir über den Kopf schütte. Dann kühlen deine überdrehten Gehirnzellen ab und ich habe endlich meine Ruhe«, fauche ich, woraufhin er theatralisch seine Hand auf sein Herz legt.

»O Babe, das hat mich tief getroffen.« Als er sich eine imaginäre Träne von der Wange wischt, kann ich mein Lachen nicht mehr zurückhalten.

»Idiot«, murmle ich, während er sich zu mir hinunter beugt. Unsere Köpfe kommen sich näher, ich kann seinen Atem spüren, den schwachen Hauch auf meinem Gesicht und sehne mich, sehne mich so sehr.

Endlich.

Unsere Lippen berühren sich.

Als ich mich dem Kuss gänzlich hingeben will, wird die Tür aufgerissen. Rasch fahren wir auseinander, als Sam in das Zimmer stampft.

»So, ihr Turteltäubchen. Ich bin ja froh, dass ihr das auf die Reihe bekommen habt, aber es gibt gleich Frühstück. Außerdem liegen mir die Jungs in den Ohren, weil sie wissen wollen, ob ihr zusammen seid. Also macht euch bitte so schnell wie möglich fertig, damit ich etwas essen kann – ich hab Hunger!«

Luke verdreht über mir die Augen, während mir ein leises Lachen entfährt, das ich sofort mit meiner Hand abdämpfe. Sam soll nicht denken, dass ich sie auslache.

Grinsend rolle ich mich unter Luke hinweg und verschwinde im Bad. Meine gute Laune raubt mir heute niemand – auch nicht mein Spiegelbild.

Zusammen gehen wir zur Kantine. Und zwar wirklich zusammen, beieinander, wie ein Paar. Weil wir jetzt ein Paar sind. Und wir halten wie ein Pärchen Händchen und die Blicke, die wir uns zuwerfen, sind getränkt von Liebe. Liebe, die ich so sehr brauche.

Als wir den Essenssaal betreten, sitzen unsere Freunde schon am Tisch. Unsere Freunde. Unser Tisch.

Allerdings gehen wir zuerst zu der Essensausgabe und weil ich heute so glücklich bin, werde ich essen. Und weil dieses Glück von nichts gebrochen werden kann, ist es mir egal, ob ich später über dem Klo hänge oder nicht. Mit den beladenen Tabletts gehen wir zu den anderen, stellen sie ab und lassen uns nebeneinander auf den Stühlen nieder. Alle sehen uns erwartungsvoll an.

»Also seid ihr jetzt zusammen?«, fragt Evan und als Luke und ich im Einklang nicken, breitet sich Erleichterung in Fynns Gesicht aus.

»Wie kam es dazu?«, fragt Jane und während Luke eine Kurzfassung von gestern Abend erzählt, hänge ich an seinen Lippen, als wären seine Worte fremd.

Jane rammt mir ihren Ellenbogen in die Seite und ich fahre zusammen. »Hey, was soll das?«, zische ich.

»Du schmachtest ihn an, als wäre er Justin Bieber. Nicht, dass ich Justin Bieber grandios fände, aber du weißt, was ich meine. Jedenfalls siehst du aus, als würdest du ihn gleich anspringen und sonst was mit ihm tun und ich bitte dich, das zu unterlassen. Eure Blicke reichen mir, dann will ich euch nicht noch beim rumknutschen zusehen. Das ist widerlich.«

Ich schüttle grinsend den Kopf und sehe sie augenverdrehend an.

»Also gut, hier ist jeder froh, dass ihr zusammen seid. Auch wenn damit ein wenig Drama verbunden war. Was ist das Leben ohne Drama? Ja stimmt, entspannt. Wer möchte schon ein entspanntes Leben? Aber kommen wir zurück zum Alltag, wenn das für euch möglich ist. Es ist Prüfungsphase und ich habe keinen Bock, schlechte Noten zu schreiben. Wie wäre es, wenn mir jemand bei Mathe hilft?« Fynn sieht fragend in die Runde.

»Welches Thema denn?«, fragt Evan nach.

»Kurvendiskussion, also Thema der Elf, aber ich bekomme das nicht auf die Reihe.«

Ich frage mich, was Fynn an einer Kurvendiskussion schwer findet, denn mir gelingen sie auf Anhieb. Jedoch sehen alle in der Runde nicht so aus, als würden sie das gerne machen oder es erklären könnten.

»Ich kann dir helfen«, biete ich lächelnd an.

»Wirklich? Ich meine, du musst mehr lernen als jeder hier, weil Englisch nicht deine Muttersprache ist, und ich will nicht, dass du deine Zeit verschwendest.«

»Ich habe den Stoff, den ich für die Prüfungen brauche, im Kopf. Die einzigen Problemfächer sind Geschichte, weil der Lehrer mich nicht mag, und Englisch, wenn es um schwierigere Texte geht, aber beides ist nichts, was ich wirklich verbessern kann. Also habe ich Zeit, dir die Kurvendiskussion beizubringen«, erkläre ich und beiße von meinem Brötchen ab.

»Wann hast du das alles gelernt?« Sam sieht mich mit offenstehendem Mund an und ich runzle verwirrt die Stirn.

»Na ja, am Wochenende und nach der Schule. Außerdem hatte ich vieles bereits letztes Jahr im Unterricht, aber vielleicht sollte ich zur Sicherheit noch einmal alles durchgehen …?«

Jeder sieht mich an, als hätte ich etwas im Gesicht. Zögerlich hebe ich die Hand und wische mir über den Mund. »Ist irgendetwas?«, frage ich nach.

»Wir sind nur erstaunt«, murmelt Jane.

»Wieso?« Muss ich ihnen denn alles aus der Nase ziehen? Was habe ich falsch gemacht?

»Weil du schon alles weißt«, erklärt Fynn und ich frage mich, was daran schlecht ist. Ich sehe zu Luke.

»Sie beneiden dich«, erklärt er gedämpft. Warum beneiden sie mich? »Wir finden es einfach erstaunlich, dass du dir all das merken kannst, was du für deine Prüfungen brauchst«, erklärt Luke weiter, um mir auf die Sprünge zu helfen.

Ich nicke, als hätte ich es verstanden.

»Wie wäre es, wenn wir nach unseren Prüfungen an den See fahren und uns dort ein schönes Wochenende machen? Wir können zelten, grillen und uns gemeinsam von der Schule erholen«, schlägt Luke vor, vielleicht, um ein anderes Thema anzusprechen.

Also er spricht ja ein anderes Thema an, aber um von mir abzulenken. Ja, abzulenken. Nicht, ein anderes Thema ansprechen. Vom Thema ablenken. Was?

»Oh ja, das wäre super«, erwidert Sam, während Jane neben mir begeistert nickt.

»Wir waren lange nicht mehr dort«, meint Evan. »Wird mal wieder Zeit.«

Auch Fynn ist von der Idee angetan, weshalb wir uns sofort in die Planung stürzen und ich und mein Lernverhalten vergessen sind. Innerlich danke ich Luke dafür, dass er dafür gesorgt hat. Äußerlich nehme ich seine Hand und drücke sie. Ich hoffe, er weiß, was ich ihm damit sagen möchte.

»Und was machen wir an Halloween?«, fragt Evan und ich sehe von meinem Brötchen auf.

Ich habe vergessen, dass hier Halloween größer geschrieben wird als in Deutschland, obwohl ich bezweifle, dass wir uns verkleiden und an Häusern klingeln. Meine Neugierde ist geweckt.

»Macht Ali dieses Jahr keine Party?«, fragt Jane nach und Evan schüttelt den Kopf.

Ali, der Name kommt mir bekannt vor, aber ich glaube nicht, dass er einen Kurs mit mir hat.

»Wieso nicht?«, schmollt sie und knabbert an einer Möhre.

»Weil seine Eltern letztes Jahr echt nicht begeistert waren und er nun ein Partyverbot auferlegt bekommen hat.«

Oh, der Arme.

»Ach was, so tragisch war es doch nicht«, murmelt Jane neben mir.

»Du warst ja auch zu beschäftigt mit … wie hieß sie noch mal? Keine Ahnung, jedenfalls hast du nicht mitbekommen, was alles passiert ist, und ich kann seine Eltern echt verstehen«, erwidert Fynn.

»Was ist denn passiert?«, frage ich neugierig und wieder liegen alle Blicke auf mir.

»Ali macht die besten Halloweenpartys überhaupt, allerdings hat letztes Jahr jemand mit Feuer gespielt und dabei eine Gardine abgefackelt«, erklärt mir Sam und ich nicke dankbar.

Wie kommt man auf solche Dummheiten? Ein weiterer Grund, warum ich Partys nicht mag – der Gastgeber hat Schuld an allem, selbst wenn er nichts getan hat.

»Wir könnten hier in der Schule bleiben«, schlägt Sam vor, erntet jedoch ein Kopfschütteln von allen.

Ich enthalte mich, habe keine Ahnung.

»Ich meine, sie geben sich viel Mühe und ich glaube es wäre lustig, in der Schule verstecken zu spielen, wenn es stockduster ist und überall Menschen sind, die dich erschrecken.«

Begeistert blitzen meine Augen bei diesem Vorschlag auf. Die Vorstellung gefällt mir. »Also ich finde das auch gut«, mische ich mich ein. Ich bezweifle, dass es auf einer Schulparty Alkohol geben wird, und deswegen mag ich den Vorschlag noch mehr.

»So übel ist es wirklich nicht«, pflichtet mir Luke bei und sieht mich lächelnd an.

»Wurgh. Du stimmst doch nur zu, weil sie das gut findet«, brummt Jane, doch Luke grinst lediglich und gibt keine Antwort.

»Na gut, ich bin dabei, aber wenn es langweilig wird, fahre ich zu Nate. Aaron muss aber auch kommen!«, meint Fynn und Evan nickt zustimmend.

Alle Augen richten sich auf Jane, die kapitulierend ihre Hände in die Höhe reißt.

»Jaja, ist ja gut. Ich bin dabei. Aber ich bestehe darauf, dass jemand Whiskey besorgt. Natürlich für danach. Oder währenddessen, mir egal. Ihr seid echt nervig, wisst ihr das?«

»Aaron kann welchen besorgen. Du bekommst deinen heißgeliebten Whiskey, Jane«, seufzt Sam.

»Gut, dann haben wir das geklärt. Halloween findet in der Schule statt.«

Also doch Alkohol. Aber egal. Also nicht egal, aber egal, weil Jane schon mal betrunken war, ohne aggressiv zu werden, und egal, weil es ihr Leben ist. Ich hoffe nur, dass sie ihre Sorgen nicht mit dem Alkohol wegtrinken möchte.

Nein, Luke. Jane ist nicht geheilt und sie wird nie vollständig heilen. Sie wird im Schwimmbad sitzen und sich Menschen ansehen, Mädchen, die dünn sind, und sie wird sich wünschen, wie sie zu sein. Sie muss jeden Tag kämpfen, so zu bleiben, wie sie ist. Zu akzeptieren.

Nein, Lena. Du wirst nie komplett heilen, du wirst Menschen ansehen, die lachen, und du wirst dir wünschen, wie sie zu sein. Du musst darum kämpfen, die Hoffnung nicht zu verlieren, und darum, nicht zu fallen. Aufstehen, Lena.

Steh endlich auf.

39

Wir gehen Arm in Arm schlafen, küssen uns, als hätten wir nie etwas anderes getan und als wäre es nicht anders möglich. Als wären wir schon immer zusammen und wären so aufgewachsen, mit dieser Liebe zueinander. Ich fühle mich anders, glücklich und frei und ich kann besser schlafen, seitdem wir ein Paar sind. Da sind kaum Albträume, die mich an damals erinnern könnten – an mein altes Leben. An mein Leben als Lena.

Es ist wie Balsam für mich, dass wir zusammen sind. Er ist Balsam und es ist unbeschreiblich, wie ich mich fühle. Wir sind bereits einen Monat zusammen. Wir haben viele Prüfungen geschrieben und ich habe Fynn bei Mathe geholfen, während Luke mir bei Englisch half. Ich stehe überall auf eins, bis auf Sport. Da stehe ich bei zwei und in Englisch sowie Geschichte auf zwei Minus, da dem Geschichtslehrer meine Interpretation einer Karikatur nicht gefallen hat. Ich will mich jedoch nicht beschweren – auch wenn es ärgerlich ist.

Fynn hat bei der Kurvendiskussion, die ein Bestandteil seiner Arbeit war, die volle Punktzahl erhalten und das macht mich stolz. Luke hat fleißig für seine Prüfungen gelernt, obwohl er nicht einmal weiß, was er nach der Schule machen will, aber er will im Notfall nicht von seinen Noten behindert werden. Ganz im Gegensatz zu der Meinung seiner Eltern, die denken, er wäre ein totaler Versager.

Ich kann ihn dafür nicht verurteilen, mir geht es genauso und so bin ich froh darüber, dass ich noch beinahe zwei Jahre vor mir habe. Der Gedanke daran, dass ich nächstes Jahr in Deutschland nach einer Uni gesucht hätte, macht mich umso glücklicher, dass ich hier bin.

»Mann Bunny, beeil dich, wir wollen los. Sonst brauchst du doch auch nicht so lange, um dich fertigzumachen«, jammert Luke und ich verdrehe meine Augen, schließe den Reißverschluss meiner Tasche und gehe zur Treppe

Er lehnt an der Wand gegenüber und sieht mir grinsend dabei zu, wie ich die Stufen hinunterlaufe. »Irgendwie kommt mir die Situation bekannt vor«, meint er, kommt mir entgegen und nimmt meine Sachen. »Nur, dass ich dich jetzt küssen werde.«

Das will er zumindest, aber ich lehne mich zurück und sehe ihn mit hochgezogenen Augenbrauen an.

»Wenn das hier ein Déjà-vû werden soll, müssen wir uns hassen oder so tun als ob. Aber uns sicherlich nicht küssen«, erwidere ich, grinse verschmitzt und gehe an ihm vorbei die Treppe hinunter. Muss noch breiter grinsen, als ich an seinen Gesichtsausdruck denke.

»Tschüss, Grace«, verabschiede ich mich von meiner Gastmutter, die sich mit Mühe ihr Lachen verkneift.

Erst, als ich nach draußen trete, scheint Luke die Situation realisiert zu haben, denn er flucht lautstark irgendetwas, das ich nicht verstehe. Nun hält auch Grace ihr Lachen nicht mehr zurück. Während ich mich auf den Beifahrersitz fallenlasse und meine Freunde begrüße, die auf der Rückbank sitzen, kommt

Luke mit meiner Tasche aus dem Haus und sieht mich mit zusammengekniffenen Augen an.

»Was hast du schon wieder getan?«, fragt Aaron schmunzelnd.

Ich drehe mich zu ihm und meinen Freundinnen, sehe sie unschuldig an. »Ich? Gar nichts.«

»Nichts?«, brummt Luke und setzt sich ebenfalls in sein Auto, schlägt die Tür zu. »Das wirst du sowas von bereuen.«

Ein Kichern kann ich nicht unterdrücken und obwohl die anderen nicht wissen, um was es geht, müssen sie mit mir lachen, weil Luke – ja, Luke ist einfach Luke.

Ich sehe zu meinem Freund, der mich böse ansieht – mein Freund, das klingt himmlisch – und schenke ihm ein Lächeln. Er verdreht die Augen, doch ich sehe sein Schmunzeln. Also ist er nicht so sauer, wie er vorgibt. Alles im grünen Bereich, ich kann weiterlachen.

Wie wir es im letzten Monat ausgemacht haben, fahren wir an den See. Allerdings kommt Nate auch und das zerrt an meiner guten Laune, denn ich kann ihn nicht leiden. Ich war kurz davor, Luke anzuflehen, Nate wieder auszuladen, aber er ist sein Freund und was für eine Freundin wäre ich, wenn ich ihm den Kontakt verbieten würde?

»Haben wir ein Zelt dabei?«, frage ich zur Sicherheit nach, als ich an unseren letzten Ausflug denke. An dem sich alles verändert hat.

Luke schüttelt den Kopf und startet das Auto, fährt aber nicht los, weil auf der Straße Betrieb herrscht. Es ist gutes Wetter, es sind Ferien und jeder will an den Strand.

»Dein Ernst?«, frage ich, doch er antwortet mir nicht, woraufhin ich ihn diesmal wütend ansehe. »Luke Thompson«, sage ich scharf, seine Mundwinkel zucken und ich schlage ihn gegen die Schulter.

»Nein«, meint er und ich runzle die Stirn.

»Was nein? Nein, wir haben kein Zelt, oder nein, einfach nein?«

»Nein, es ist nicht mein Ernst.«

Frustriert schnaube ich auf, grinsen muss ich dennoch. Während er rückwärts aus der Einfahrt fährt, lehne ich meinen Kopf gegen die kühle Scheibe.

»Ihr seid unglaublich«, meint Jane auf einmal und ich sehe nach hinten zu ihr.

»Wie?«

Sie schmunzelt und spielt an den Enden ihrer Haare herum. »Na ja, ihr seid einfach witzig.«

»Na danke«, erwidern Luke und ich gleichzeitig, was uns alle zum Lachen bringt.

Dann lehne ich mich zurück ans Fenster und schließe meine Augen, genieße die eingekehrte Ruhe im Wagen und döse weg.

»Hey«, eine Stimme an meinem Ohr reißt mich aus meinem Traum von Luke und mir beim Karten spielen – ich träume oft von uns, während wir simple Sachen machen, wie putzen oder aufräumen oder eben Karten spielen.

Es sind keine besonderen Träume und eigentlich sind sie langweilig, aber alles ist schöner, als von meinen Eltern zu träumen. Was machen sie jetzt in meinen Gedanken? Weg da.

»Bunny.«

Ich brumme und drehe mich von der Stimme weg, höre ein Seufzen. Jemand schnallt mich ab und hebt mich sanft hoch, aus Reflex klammere ich mich mit meinen Beinen um seine Hüften – Seine? Oder ihre? – und lege meinen Kopf in seine Halsbeuge. Seine, ganz sicher. Nicht irgendwer – er.

»Ich bin ja froh, dass du schlafen kannst, aber ich kann dich nicht den gesamten Weg tragen, Kanela«, murmelt er und streicht mir durch meine Haare.

Ich mag es, wenn er das macht. Und ich will meine Augen nicht öffnen.

»Hey Leute«, ruft jemand.

Ich brumme.

»Shh«, macht Luke.

»Sie kann doch heute Nacht schlafen.« Das ist Nate. Jetzt bin ich endgültig wach. Blinzelnd öffne ich meine Augen und schirme sie gleich darauf mit einer Hand ab, weil die Sonne mich blendet.

»Sie ist ja eh wach«, meint Nate, doch ich beachte ihn nicht weiter, reibe über meine Augen und sehe nach oben zu Luke.

»Ausgeschlafen?«, fragt er, lässt mich sacht herunter und stützt mich, bis mein Kreislauf sich stabilisiert hat.

»Hm«, murmle ich und er muss lachen.

Der Weg zum See ist nicht so anstrengend wie das letzte Mal, aber es gibt definitiv Schöneres. Allerdings ist diesmal Jane dabei und wenn Jane da ist, ist Langeweile so selten wie Weihnachten. Doofer Vergleich.

Nachdem wir die Zelte aufgebaut haben, habe ich mich auf die Picknickdecke gelegt und mich von der Sonne wärmen lassen. Scheinbar bin ich erneut eingeschlafen, denn als ich meine Augen wieder öffne, sind Jane und Sam im Wasser.

Ich stütze mich mit meinen Armen ab und sehe ihnen dabei zu, wie sie sich nassspritzen. Fynn und Evan kommen erst später, weil sie ein Basketballspiel haben. Nate, Aaron und Luke sitzen am Steg und reden miteinander, während sie ab und an ebenfalls vom Wasser getroffen werden, welches Sam und Jane aufwühlen. Das Bild ist schön, so schön, dass ich Lukes Kamera aus unserem Zelt nehme und ein Foto mache. Und noch eins von Sam und Jane und noch eins von den Jungs und noch eins von Luke und unseren Zelten und dem verdammten Grill.

Bisher hat mich niemand bemerkt. Ich bringe die Kamera zurück und laufe die Wiese hinunter auf den Steg, setze mich neben Luke und lehne meinen Kopf gegen seine Schulter.

»Auch mal wach?«, fragt er amüsiert und ich nicke. Wir küssen uns kurz.

»Komm doch auch ins Wasser, Nelli«, ruft Jane, die mich bemerkt hat.

Luke presst die Lippen aufeinander und Sam stockt in ihrer Bewegung, jedoch nicke ich und stehe langsam auf.

»Ich zieh mich schnell um«, meine ich und sehe zu Luke.

»Kannst du kurz mitkommen?«, frage ich ihn und er runzelt zuerst die Stirn, nickt dann aber.

»Uh, viel Spaß euch beiden.« Aaron schlägt Nate für mich gegen die Schulter, dennoch muss ich mich zwingen, nichts zu sagen.

Früher hätte ich mich nicht einmal getraut, etwas zu sagen, und nun muss ich mich davon abhalten.

»Meinst du, dass das eine gute Idee ist?«, fragt Luke, während wir zu meinem Zelt gehen.

»Ja, ich habe Camouflage Make-Up dabei. Eine Kosmetikerin in Deutschland hat es mir gegeben«, meine ich und fummle an meinem Shirt herum, nicht mehr ganz so überzeugt.

»Du kannst dein T-Shirt auch anlassen.« Er sieht mich besorgt an, doch ich schüttle meinen Kopf und betrete das Zelt.

»Ich warte draußen«, murmelt er.

Er zieht den Reißverschluss des Einganges zu. Ich bin allein.

Nachdem ich meinen Bikini angezogen habe, sitze ich da, atme mehrmals tief ein und greife nach dem Döschen. Mit dem Spatel kratze ich das Make-Up heraus und streiche es wie angewiesen auf meinen Handrücken, um es aufzuwärmen. Zögernd greife ich nach dem Schwämmchen und nehme die Schminke auf, verrenke meinen Arm, um an meinen Rücken zu kommen, zucke sofort wieder weg. Ich sehe meine Hand an, bemerke, wie meine Sicht verschwimmt.

Verdammt. Verdammt. Verdammt.

»Luke«, flüstere ich, doch als er nicht antwortet, wird mir klar, dass ich zu leise bin. »Luke?«, rufe ich erneut, nachdem ich mich abermals dazu überwunden habe, die erste Träne läuft meine Wange hinunter.

»Ja? Was ist? Kann ich reinkommen?«

Zuerst nicke ich nur, obwohl er das nicht sehen kann, dann schluchze ich auf. Er scheint es gehört zu haben, denn der Reißverschluss wird mit einem Ruck geöffnet und Luke krabbelt hinein, schließt ihn wieder und kommt auf mich zu.

»Hey Bunny. Was ist los?« Ich halte meine Hand mit dem Make-Up in die Höhe und er scheint zu verstehen.

»Zieh ein T-Shirt an, niemand wird es stören.«

Etwas unbeholfen legt er seine Hände auf meine Schultern, aber ich schüttle den Kopf und vergrabe ihn in seiner Halsbeuge, schlinge meine Arme um seinen Körper.

Verdammt. Verdammt. Verdammt.

Warum kann ich nicht einfach vergessen?

»Mach du es«, flüstere ich und lehne mich ein Stück nach hinten, um seine Reaktion zu erkennen.

Seine Augen sind vor Überraschung geweitet, ungläubig sieht er mich an. »Du willst das wirklich?«

Ich nicke langsam, reiche ihm die Dose und erkläre in kurzen Sätzen, wie er das Make-Up auftragen und fixieren muss. Damit er besser an meinen Rücken kommt, drehe ich mich um. Ich will nicht, dass sie die Macht über mich haben. Will nicht, dass sie Überhand nehmen.

Allein die Tatsache, dass er ungehindert auf meinen Rücken sehen kann, schnürt mir die Kehle zu - und als das Schwämmchen auf meine Haut trifft, kann ich ein Schluchzen nicht mehr unterdrücken. Er zieht seine Hand zurück, als hätte er sich verbrannt.

»Du willst das wirklich?«, fragt er abermals, verunsichert, gequält.

»Ja.«

»Wenn ich aufhören soll, sag mir Bescheid, gib mir ein Zeichen, ja? Tipp auf meinen Arm, sag irgendetwas und ich höre sofort auf«, fügt er hinzu und ich nicke.

Diesmal spüre ich seine Finger auf meiner Haut, sie sind warm und streichen behutsam über die Narben. Ich halte meine Hand vor den Mund, um den Lauten, die mich verlassen, die Lautstärke zu nehmen. Sie klingen nicht menschlich, viel mehr ähneln sie einem sterbenden Tier, das langsam und qualvoll sein Lebensende erreicht, versucht, sich mit letzter Kraft windend auf dem Boden die Schmerzen zu nehmen.

Doch meine Schmerzen kommen direkt aus meinem Herzen, vereinnahmen mich durch meinen Blutkreislauf und finden kein Ende, kein Ziel, in das sie einlaufen können, keinen Ausweg, keine Fluchtmöglichkeit aus meinem zerschundenen Körper. Ich lege meinen Kopf in den Nacken, reiße meinen Mund in einem stummen Schrei auf, während Lukes Finger beginnen, zu zittern. Er beugt sich nach vorne, küsst meinen Nacken und wandert an meiner Wirbelsäule entlang nach unten, küsst meine Narben und ich schnappe nach Luft.

So etwas funktioniert nicht im echten Leben, nur in Filmen und Büchern, da funktioniert es, aber ich bin in keinem Buch.

»Hör auf«, hauche ich.

Sofort lässt er von mir ab, ich spüre etwas Nasses auf meinen Rücken tropfen, spüre Lukes heiße Tränen, weil ich ihn quäle, in dem ich mich selbst quäle.

Ich drehe mich zu ihm um, blicke in sein Gesicht, seine wässrigen, blauen Augen. Er weint, weil ich Schmerzen habe. Er weint, weil es mir wehtut. Er weint wegen mir.

Und ich kann nichts gegen dieses Gefühl machen, fühle mich schlecht, weil es mich mit Geborgenheit erfüllt, wenn er weint. Doch er weint wegen mir. Weil er mich liebt. Er sollte es nicht tun, aber er liebt mich.

Ich schlinge meine Arme um ihn und drücke ihn so fest an mich, wie es geht, in der Hoffnung, dass er mich niemals verlassen wird. Dass er niemals aufhört, mich so zu lieben. Ich bin naiv, ich weiß, aber niemand sieht Luke, wie ich es tue. Niemand liebt Luke, wie ich es tue. Niemand liebt Luke, obwohl er weiß, dass seine Liebe das Schlimmste ist, was es gibt – außer mir.

Und niemand weiß, wie es ist, geliebt zu werden, obwohl man ein einziges Wrack ist, ein gesunkenes Schiff im Ozean, eine zersplitterte Seele in der tiefen Schwärze des Menschlichen.

Denn niemand ist wie ich.

Niemand wird je sein wie ich.

Niemand wird je sein, wie man selbst.

Luke ist Luke und niemand kann annähernd sein wie er.

Und deswegen darf er niemals gehen.

40

»Nimm ein Dunkles, da sieht man nicht durch«, meint Luke mit sanfter Stimme und reicht mir ein dunkelgraues T-Shirt aus der Tasche.

Ich atme tief ein und aus, nicke und ziehe es mir über, versuche, zu grinsen, damit meine Miene sich aufhellt. Mein Körper bebt, als ich ein Schluchzen unterdrücke.

Nach einem weiteren tiefen Atemzug krieche ich zum Zelteingang und trete ins Freie. Draußen ist alles wie vorher, während im Zelt so viel mehr abgelaufen ist, als es für die wenigen Minuten möglich erscheint. Wir gehen Hand in Hand zum See. Nate mustert mich und ich möchte nichts lieber, als im Wasser zu verschwinden, jedoch hindert sein Kommentar mich daran, auch nur einen Schritt zu machen.

»Ach wie schade. Ich dachte, ich würde endlich mehr von dir sehen, um beurteilen zu können, was Luke an dir findet.«

Ich atme zischend die Luft ein, sehe zu Nate, Tränen steigen in meine Augen, die ich versuche, wegzublinzeln.

»Nate -« Lukes Stimme lässt mich zusammenzucken, so aggressiv ist sie, doch Nate unterbricht ihn, beachtet ihn nicht.

»Kann sie sich nicht selbst verteidigen?«

Mein Körper bebt, oder bebt nur mein Inneres? Ich balle meine Hände zu Fäusten, bin wütend, weil er meine Gedanken ausspricht, sie ins Gespräch bringt, sodass ich darüber nachdenken muss. Was findet Luke an mir? Ich darf nicht daran denken. Darf nicht so denken. Ich gehe einen Schritt auf den Steg zu, aufrecht mit gerader Haltung.

Lassessein. Lassessein. Lassessein.

»Wie bitte?«, frage ich fauchend wie eine Katze im Kampf, bin wütend wie noch nie. Diese Wut ist eine angestaute Wut, die sich nie entladen hat. Ist die Wut gegen meine Eltern, gegen mich. Sie ist undefinierbar stark, unzerstörbar, unerschütterlich, unaufhaltsam.

»Ach wie süß, du kannst deine Krallen ja ausfahren«, spottet Nate und ich kneife die Augen zusammen, schätze den Abstand zwischen uns auf drei Meter.

Er ist aufgestanden.

Erprovoziertdichnur. Lassessein. Hörnichtzu.

Ich spüre Lukes Präsenz hinter mir, er legt seine Hand auf meine Schulter, um mich zurückzuziehen, doch ich schüttle ihn ab.

»Kanela«, raunt er warnend, seine Stimme kann mich nicht erreichen.

Es ist, als wären alle Gefühle aus mir gewichen, als wären sie nicht mehr da. Die Ereignisse im Zelt waren zu intensiv, meine Sorgen zu groß, meine Selbstschätzung zu niedrig, seine Worte zu verletzend.

Was findet Luke an mir?

»Und wie ich sie ausfahren kann«, entgegne ich und in seinen Augen liegt reiner Spott. Sein Grinsen ist verachtend. Seine verschränkten Arme abweisend. Seine hochgezogenen Augenbrauen – er macht mich rasend vor Wut.

Spott. Spott. Spott. Er lacht über mich.

Wie all die Kinder in der Schule.

Ich keuche auf, will mir die Ohren zuhalten, damit ich das fiktive Lachen all der Menschen nicht mehr hören muss, so laut, dass es mich beinahe auf die Knie zwingt.

»Was willst du jetzt machen? Auf mich einschlagen wie auf Fynn? Mich treten? Was willst du machen, hm?«

Ich schließe meine Augen.

Erprovoziertdichnur. Erwillnurdassdudurchdrehst. GehzurückzuLuke. Lassdichnicht – DIESER VERDAMMTE MISTKERL.

Meine Gedanken verstummen, wehren sich nicht mehr gegen meine Muskeln, die sich anspannen. Es gibt keinen Widerstand mehr in mir, nichts was mich davon abhält, den Abstand zwischen uns zu verkleinern, mich auf ihn zu stürzen und ihn zu schlagen. Es gibt nichts Gutes in mir, doch ich will daran glauben. Glauben, dass es etwas Gutes in mir gibt. Ich kann nicht mehr klar denken, alles ist verworren und vernebelt und durcheinander und – ich kann nicht.

»Oh, schade. Kneifst du etwa?«, fragt er provokant.

Ich bin mir sicher, dass jemand meinen Namen gerufen hat, doch bin ich bereits vorgesprungen und habe ihn geschlagen.

Für einen kurzen Moment stocke ich, will mich zurückziehen, mich entschuldigen, doch er hat mein Handgelenk schon in seinem Griff, hält es fest umschlossen und trifft mit seinem Ellenbogen meinen Bauch.

Ich schreie auf und krümme mich, befreie meine Hand aus seiner, die kurz an Druck verloren hatte.

Ich bin ihm zu nah.

Zu nah.

Zu nah.

Ich weiche einem weiteren Schlag aus und treffe ihn am Kinn, nicht sonderlich fest.

Das reicht mir nicht. Ich will – ich muss zurückweichen, weglaufen, mich entschuldigen.

Ich will ihn auf dem Boden sehen, besiegt und stumm, unfähig mich zu verspotten.

Ich bin zu schwach, obwohl ich trainiere, Nate ist zu stark und hält mich von hinten umklammert. Meinen Rücken an seinem Bauch – zunahzunahzunahzunah. Ich zapple, trete nach hinten, treffe nur sein Schienbein.

»Gott, du bist völlig verrückt«, knurrt er in mein Ohr und hält mich fester umklammert.

Ich winde mich, trete weiter.

Zunahzunahzunahzunah.

»Hör auf, Lena.«

Dröhnen. Dieser Name. Schallend. Zu nah. Zu viel. Zu intensiv. Zu extrem. Zu laut.

Zunahzunahzunahzunah.

Meine Arme sinken nach unten, kraftlos hänge ich in Nates Armen, sein Griff wird lockerer. Ich kneife meine Augen zusammen, um nichts zu sehen, bevor ich sie wieder öffne.

Ich sehe Luke an und hinter Luke sind alle anderen und alle anderen sehen mich an und Luke sieht zu mir.

Nates Griff ist so locker, dass ich mich auf den Boden setzen kann. Und das tue ich. Ich sitze auf der Wiese wie schon einmal, nur ist diese Situation viel erbärmlicher. Nate hält sich seine Hand an die Nase, aus der Blut rinnt, und verzieht kurz das Gesicht. Eilig sehe ich wieder weg.

Ich schüttle den Kopf, sehe zu Luke und wieder auf meine Hände. Sehe zu Jane und Aaron, wie sie mich entsetzt ansehen. Sehe zu Fynn und Evan, die ihre Taschen fallengelassen haben, scheinbar eben erst gekommen sind, deren Wochenende ich ruiniert habe. Sehe zu meinen Füßen. Sehe zu Sam neben Luke, die mich besorgt ansieht. Sehe an Sam vorbei zum See.

»Nein. Nein. Nein«, flüstere ich und ziehe meine Schultern an meinen Kopf, kann nicht glauben, was ich getan habe. »Nein. Nein. Nein. Das wollte ich nicht«, flüstere ich abermals, zu lautlos, als dass es jemand verstehen könnte, laut genug damit jeder mitbekommt, dass es sich hysterisch anhört.

»Lena? Du heißt Lena?«

Zu viel. Zu viel. Zu viel. Zu viel. Zu viel. Zu viel. Zu viel. Alles ist zu viel. Was habe ich getan?

Ich schluchze auf und ziehe meine Beine an meinen Körper, lege meine Hände über meine Augen. Ich sehe sie nicht, sie sehen mich nicht. Das ist alles ein Traum, das war ich nicht. Ich habe nichts getan. Ich bin lieb. Ich habe Gefühle. Ich bin kein Monster.

Kein Monster, bin kein Biest, bin niemand, der anderen Schmerzen zufügt, bin niemand, der blind vor Wut wird, bin niemand – wie ich.

»Was ist hier los?«, höre ich Fynn fragen, doch er ist überhaupt nicht hier, er ist weg, niemand ist hier.

Niemand außer mir. Ich bin allein, ganz allein, wie ich es immer war und wie ich es noch immer bin. Ganz allein. Das ist alles nur ein Traum, ein Traum, der schön begonnen hat und zu einem Albtraum wurde.

Wie konnte ich jemals glauben, dass es eine Hilfsorganisation geben würde, die mich an die Scales vermittelt und dass es jemanden geben würde wie Luke? Domenik wird viel Arbeit mit mir haben, wenn ich ihm von diesem lächerlichen Traum erzähle.

»Jetzt verzieht euch endlich.« Nein, ich höre seine Stimme nicht, denn er existiert nicht. »Lena.«

Gleich ändert sich seine Stimme in die von Anna, denn alles ist nicht echt, in Wahrheit ist das alles nicht passiert. Gleich wache ich im Waisenhaus auf. Allein. Es ist alles nur Fiktion, erstellt von meinem Gehirn, täuschend echt, jedoch nicht real.

»Lena, hey.« Dieser Name ist so abscheulich, ich werde Anna sagen müssen, dass sie mich Kanela nennen soll.

Seine Hand ist nicht real, es ist alles nur Fiktion, erstellt von meinem Gehirn, damit ich einmal vor meinem Leben fliehen kann.

»Sieh mich an.«

Seine Augen können keine Fiktion sein.

Sein Gesicht kann keine Fiktion sein.

Er ist viel zu schön, um eine Fiktion zu sein.

Vielleicht bin ich es, die Fiktion ist?

»Ich träume«, wimmere ich, will endlich aufwachen.

Will endlich weg von diesem Ort. Aber Luke – er würde mir fehlen, wenn ich aufwache.

»Du träumst nicht«, haucht er und ich kneife in meinen Arm, um es mir zu beweisen.

Ich erwache.

Spüre meinen Kniff und die Übelkeit, den Schmerz in meinem Bauch.

Sie schlugen fester.

»Ich ... ich habe ihn geschlagen«, hauche ich fassungslos. Er nickt und sieht mich mit gerunzelter Stirn an. »Ich habe nichts mehr gefühlt außer Wut, ich war so wütend, Luke. Ich war so wütend.«

Aufgelöst sehe ich auf meine Hände. Rot auf hellem braun fällt hinab in grünes Leben. Luke rutscht neben mich und zieht mich an sich, wehrt meine billigen Versuche, mich von ihm wegzustoßen, ab.

»Hör auf, mich anzufassen. Meine Eltern hatten recht. Lass mich los.«

»Sei still und lass mich dich in den Arm nehmen«, haucht er, hält mich fester, als ich erneut wegrücken will.

Ich schüttle erneut meinen Kopf, fühle mich dreckig und beschmutzt, so furchtbar unrein.

»Lena, hör mir zu.« Seine Stimme klingt fest und ich sehe in sein Gesicht. Ich höre ihm immer zu. Jederzeit. Ich liebe ihn so sehr, sollte es nicht, doch ich tue es. »Das Leben hat dir einen Stein in den Weg gelegt, ein ganzes Gebirge, und du wirst immer wieder auf und ab gehen, doch irgendwann hast du es erklommen und bist auf der anderen Seite angekommen. Diese andere Seite gibt es für Menschen wie Nate nicht, denn es macht ihm Spaß, sich zu prügeln und dich zu reizen. Solche Seiten gibt es nur für Personen wie dich, Kanela. Und ich werde dir bei diesem Weg helfen, ihn erleuchten, so gut ich kann, und Sam und Jane und alle anderen werden helfen. Wir werden das Licht sein, das dir den Weg zur anderen Seite zeigt. Wir werden dein Licht sein, Kanela, verstehst du?«

»Nein, ich verstehe es nicht. Ich kann es nicht verstehen. Wieso liebst du mich? Wie kannst du das sagen? Ich bin furchtbar. So abscheulich. Sie hätten mich fast … *Ich* hätte *ihn* fast umgebracht. Ich bin nur eine Last für dich«, widerspreche ich ihm mit Händen und Füßen, wortwörtlich.

Er legt den Finger auf meine Lippen und ich verstumme.

»Ich liebe dich, weil du echt bist. Weil du gut bist.«

Ich ergreife seinen Finger, nehme ihn in meine Hand, spüre die Tränen auf meiner Wange. »Wie kannst du das sagen?«

»Weil ich dich von ganzem Herzen liebe. Weil ich für dich durch die Hölle gehen würde, weil du so unbeschreiblich bist. So unbeschreiblich schön im Herzen.«

Noch bevor ich etwas sagen kann, landen seine Lippen auf meinen und nach kurzem Widerstand erwidere ich den Kuss, gebe mich ihm hin, auch wenn ich es längst nicht verstehe.

Es fühlt sich falsch an, ihn zu küssen, da ich Nate geschlagen habe, und es fühlt sich falsch an, ihn zu küssen, weil ich nicht verstehen kann, dass er mich liebt. Aber vielleicht spürt er so meine Verzweiflung.

Ich fasse ihn nicht an, während wir uns küssen.

Und ich weiß nicht, was ich fühlen und was ich denken soll, was ich glauben kann, wie ich handeln muss. Weiß nichts, außer, dass ich diesen Jungen begehre, dass ich ihn liebe und ihn brauche. Sonst bin ich verloren, vollständig verloren, doch er hält mich so sicher und voller Kraft, dass ich nicht daran denke, dass ich fallen könnte. Dass er mich loslassen könnte und ich im Strudel der Zeit zwischen Zahlen und Ziffern im Meer versinken und nie wieder das Licht der Sonne erblicken würde, niemals wieder atmen könnte.

Denn was sollte ich atmen, wenn nicht seinen Geruch; was sollte mich so beruhigen, so betören, so verändern. Wen sollte ich so lieben?

O Luke, schmeckst du meine Verzweiflung?

Ich brauche
dich.
Nur dich …

41

»Es tut mir leid, Luke«, murmle ich.

Er greift nach meiner Hand, streicht darüber. »Hey, es ist okay!«, erwidert er mit ruhiger Stimme.

Ich schüttle den Kopf, nichts ist in Ordnung.

»Wirklich. Er hat es darauf ankommen lassen.« Ich drehe mich auf die Seite, um ihn ansehen zu können.

»Er ist dein Freund und ich habe überreagiert.«

Luke nickt, sieht kurz zu mir und wieder in den Himmel. »Mir hätte klar sein sollen, dass es Ärger gibt, wenn er kommt. Ihr versteht euch nicht und ich wollte ihm eine Chance geben, sich zusammenzureißen. Sich, verdammt nochmal, normal zu verhalten. Diese Chance hat er nicht genutzt. Nate kann mich mal.«

Wie kann ihn das – wie kann er so uninteressiert klingen?

»Er ist dein Freund«, widerspreche ich erneut.

»Ich brauche ihn nicht.«

Luke sucht meinen Blick, zieht seine Augenbrauen zusammen. Ich fühle mich schlecht. Er kennt Nate schon viel länger als mich und nun bin ich schuld daran, dass er einen Freund verliert. Widersprechen tue ich dennoch nicht.

»Schluss damit, Kanela« Ich nicke und wende meinen Blick ab. »Es ist in Ordnung, wirklich«, betont er erneut, tippt gegen meine Schulter, bis ich mich wieder umdrehe.

Er lächelt mich an, es überzeugt mich nicht und meine Gedanken drehen sich im Kreis. Rasen durch den Schmerz in mir. Ich habe mich wie ein Monster verhalten und habe mich danach küssen lassen.

»Ich werde die anderen rufen, okay?«

Ich nicke.

Schuldgefühle beherrschen meinen Körper, während Luke unsere Freunde ruft. Jeder kennt meinen Namen. Das ist … scheiße.

Je länger Luke nicht bei mir ist, desto lauter schreien meine Gedanken.

Ich höre das dumpfe Geräusch sich nähernder Schritte. Langsam rapple ich mich auf, drehe mich zu den Menschen um, die ich meine Freunde nenne. In ihren Augen liegt Schreck und Verwirrung und in Aarons Blick meine ich sogar Wut zu erkennen. Seine Hände hängen geballt neben seinem Körper, erinnern mich an meine Hände. An die Hände, die Nate geschlagen haben.

»Ich weiß nicht, was ich sagen soll«, gebe ich zu und sehe beschämt auf den Boden.

»Was ist da passiert, Kanela?«, fragt Jane und ich ziehe meine Schultern an meine Ohren, während ich mich auf Lukes Körper konzentriere, der sich an meinen schmiegt.

»Ich bin ausgerastet«, murmle ich, was Aaron ein Schnauben entlockt. »Ich bin noch nicht bereit, euch meine Vergangenheit anzuvertrauen, aber ich will mich bei jedem von euch entschuldigen. Das, was ich getan habe, war falsch. Das ist mir bewusst.« Ich breche ab. Weiß nicht, was ich sagen soll. Was ich ihnen anvertrauen kann.

Luke greift nach meiner Hand und verschränkt unsere Finger miteinander. *Ich bin da,* scheint seine Geste zu sagen.

»Ich glaube, ihr wisst alle, dass ich bei einem Projekt einer Hilfsorganisation teilnehme, die mir hier ein neues Leben ermöglicht hat. Selbst wenn ihr meinen alten Namen im Internet eingebt, werdet ihr nichts über mich und meine Vergangenheit finden, damit wirklich niemand etwas darüber erfährt. Sowas wie eben wird hoffentlich nie wieder vorkommen. Ich …«, ich sehe auf den Boden, muss mich sammeln. »Ich arbeite hart daran.«

Es bleibt einige Zeit lang still, bis Aaron einen Schritt auf mich zumacht, mich mustert, sich durch die Haare fährt, offensichtlich zerstreut ist. »Können wir reden?« Ich nicke und versuche, mich auf das Gespräch vorzubereiten, nutzlos.

»Soll ich mitkommen?«, fragt Luke. Ich lehne sein Angebot ab, denn dieses Gespräch ist nur für Aaron und mich bestimmt.

»Lass uns etwas gehen«, schlage ich ihm vor, der sofort anfängt, zu laufen, ohne sich nach mir umzudrehen.

Ich trage keine Schuhe und versuche, ihm zu folgen, ohne mich an den kleinen Steinen auf dem Boden zu verletzen.

Als wir außer Hör- und Sichtweite der anderen sind, bleibt er stehen und sieht mich abwartend an. Ich trete von einem Fuß auf den anderen, presse meine Lippen zusammen und wäge ab, ob ich ihm die Wahrheit sagen soll. Seine Stimmungswechsel verunsichern mich, mal ist er verständnisvoll, mal enttäuscht.

»Was ist in deiner Vergangenheit geschehen?«

»Ich weiß nicht, wie ich es erklären soll«, murmle ich hilflos und weiche seinen grünen Augen aus, die mich mustern. *Ich weiß nicht, ob ich dir vertrauen kann.*

»Ich muss es wissen. Ich muss wissen, ob du eine Gefahr für meine Familie, für Sam bist. Woher weiß ich, dass du nicht sogar auf meine Mutter losgehen würdest, wenn sie aus Versehen das Falsche sagt? Mann, ich weiß gar nicht, warum sie sich nochmal darauf eingelassen haben.«

Mein Mut sinkt und selbst, wenn ich wollte, könnte ich kein Wort mehr über meine Lippen bringen. Ich kreise um ein Wort, das ich nicht verstehe.

Nochmal.

Warum nochmal?

Hat er vielleicht recht und ich könnte eines Tages so wütend sein, dass ich jemand unschuldigen angreife? Zu meinen Eltern werden? Ich öffne den Mund, mehrmals, kein Ton tritt über meine Lippen, kann mich nicht überwinden.

»Lena.« Mein Name klingt schmutzig, doch das kann ich ihm nicht sagen. Kann ihm nicht sagen, dass er mich Kanela nennen soll. Ich kann es einfach nicht.

Ich schlucke und drehe mich um, greife nach dem Saum meines T-Shirts und atme tief durch.

»Was machst du da?« Er klingt wütend. Er ist wütend auf mich, weil ich nicht bin, wie er es erhofft hat. Sie waren wütend, weil ich nicht war, wie ich hätte sein sollen.

Hör auf, mich zu nennen wie sie.

Mit Tränen in den Augen ziehe ich das T-Shirt über meinen Kopf, zerknülle das Stück Stoff, das meine Narben von der Außenwelt abgeschirmt hat, in meinen Händen. Es hat sie vor den Blicken der Menschen geschützt, die keine Ahnung haben, nicht verstehen, wie das Leben ist. Wie mein Leben ist. Die im Glauben sind, dass so etwas nicht passieren kann. Erst recht nicht in Deutschland, wo Kinder behütet werden. Wo so etwas auffällt. Gar nicht erst vorkommt.

Er kommt näher, ich sehe stur auf eine weiße Blume neben dem Waldweg. Ihre Blätter sind zart, klein, zerbrechlich. Als seine Finger meinen Rücken berühren, ziehe ich scharf die Luft ein, er sagt nichts, tut nichts, außer seine Finger quälend über meine Haut fahren zu lassen. Und ich kann ihn nicht stoppen, weil meine Kehle wie zugeschnürt ist und ich nicht mal mehr weiß, wie man atmet. Meine Finger verkrampfen sich um mein T-Shirt, mein Atem geht hektisch, stockend, panisch. Ich starre auf die weiße Blume. Die Biene, die auf ihr landet.

Es scheint Aaron egal zu sein, denn er fährt weiter über die Narben als wären sie nichts. Als wären sie nicht vorhanden, nicht existent, nicht das, was noch immer schmerzt. Die Biene fliegt weg, lässt die Blume wieder allein. Warum habe ich Luke nicht mitgenommen? Er hätte verhindert, dass Aaron mich berührt, obwohl mein Körper bebt. Obwohl ich jeden Moment zusammenbreche.

Endlich reagiert mein Körper, ein Zucken fährt durch mich hindurch. Er geht einen Schritt zurück. Als ich mich zu ihm umdrehe, hat er seine Lippen zusammengepresst und er schüttelt langsam den Kopf, bevor er sich umdreht und geht. Mich ohne ein weiteres Wort zurücklässt, sich nicht erkundigt, wie es mir geht. Ist es ihm egal? Hat er gar nicht bemerkt, wie schlimm seine Berührung für mich war?

Er bekommt nicht mit, wie ich langsam zu Boden gleite und auf Steinchen schlage, in der Hoffnung, dass meine Schmerzen aus meinem Körper weichen. Sie verlassen mich nicht. Sie verlassen mich nie.

Mit einem klagenden Laut ziehe ich Luft in meine Lungen, bringe mich zum Atmen, obwohl ich viel lieber aufhören würde. Ich will nicht mehr atmen müssen. Es wäre so befreiend.

Die Steine bohren sich in meine ohnehin schon schmerzende Haut, erinnern mich an meinen bitteren Traum, an meine schreckliche Vergangenheit, an meine Eltern, die vielleicht die Wahrheit gesagt haben. Immerhin habe ich gerade jemanden geschlagen. Ich habe heute zu oft diesen Namen gehört.

Zu oft. Zu viel. Zu häufig.

»Was ist passiert? Wo ist Aaron?« Ich drehe mich bei Lukes Stimme nicht zu ihm um und als er sich hinhockt, damit er seine Arme um mich legen kann, weiche ich aus.

Zu oft. Zu viel. Zu häufig. Zu nah.

»Was? Wieso?«, fragt er verunsichert, doch ich schüttle meinen Kopf immer wieder, bis ich aus meiner Kehle ein ersticktes »Fass mich nicht an« bringe. Ich springe auf, habe meine wirren Gedanken nicht mehr im Griff.

Zu oft. Zu viel. Zu häufig. Zu nah. Zu intensiv.

Sie finden keine Ordnung, keinen Zusammenhang, keinen Weg, den ich beschreiten könnte.

»Niemand soll mich je wieder anfassen und auch du nicht, Luke Thompson. Auch du nicht. Es ist besser, wenn du jetzt traurig bist, als wenn ich dich eines Tages verletze, denn das werde ich tun, Luke. So bin ich. Es hat mir Spaß gemacht! Oh, und wie es mir gefallen hat, diesem Mistkerl eine reinzuhauen.«

Meine Stimme erkenne selbst ich nicht wieder. Sie ist kalt und abstoßend und mich wundert es nicht, dass Luke einige Schritte zurückweicht. Ich würde dasselbe tun, wenn ich Herr meines Körpers wäre, doch in mir herrscht Lena.

Ich liebe dich, denke ich und *es tut mir leid,* doch ich spreche es nicht aus, verheimliche ihm, dass es mir wehtut. Dass ich ihm am liebsten wieder um den Hals fallen würde. Vielleicht hätte ich daraus lernen sollen, was vor einem Monat passiert ist. Er soll so etwas wie mich nicht lieben.

Mein Körper bebt, meine Wangen sind durch die salzigen Tränen nass. Ich wische sie ab, denn ein Monster weint nicht. Es hat keine Gefühle.

Vielleicht bilde ich mir das alles ein, weil es mir gefällt und ich es mir gewünscht habe. Gewünscht habe, dass meine Eltern unrecht hatten, doch sie haben gleich erkannt, was ich bin.

Ein riesengroßer Fehler.

Meine Atmung soll aufhören. Ich will nicht mehr atmen.

Ich wende mich von Luke ab und renne zurück. Mir ist egal, dass die Steine meine Fußflächen zerkratzen. Mir ist egal, dass ich kein T-Shirt trage und an meinen Freunden vorbeilaufe. Mir ist egal, dass sie auf meinen Rücken starren.

Mir ist alles egal, denn ich fühle nichts. Ich fühle nichts, außer Leere, die an mir reißt, und Schwärze, die meine Sicht einnimmt, und Splitter, die sich unersättlich in mein Herz bohren, davon zehren und es nicht mehr loslassen.

Die Erkenntnis, dass meine Eltern recht hatten und all das nur eine Vorstellung von dem ist, was ich gerne sein will, trifft mich wie ein Schlag.

»Kanela«, rufen Sam und Jane gleichzeitig, doch ich beachte sie nicht, laufe weiter zu meinem Zelt, öffne es und verschwinde schwer atmend darin.

Nachdem ich es geschlossen habe, lasse ich mich auf den Rücken fallen, starre an die Decke, heiße die Dunkelheit willkommen, die sich in meinem Körper ausbreitet und meine Sinne lähmt. Nichts zu fühlen ist besser, als zu spüren, wie alles fällt.

Winter ist besser als Herbst.

Alle drei Sekunden blinzle ich.

Blinzeln. Tack. Tack. Tack. Blinzeln. Tack. Tack. Tack. Blinzeln. Tack. Tack. Tack.

Ich weiß nicht, was mit meinen Freunden ist, doch das ist mir egal, denn ich bin das -

Ich weiß nicht, ob sie weggegangen sind, doch es ist mir egal, denn ich bin das, was -

Schlafen kann ich nicht, doch das ist mir egal. Mir ist alles egal, denn ich bin das, was meine Eltern in mir gesehen haben. Bin das, was ich nicht sein will.

Doch wir können nicht ändern, wer wir sind.

Es tut mir leid, Luke.

42

Ich wache schreiend auf. Dunkelheit umgibt mich, panisch taste ich nach einer Taschenlampe, die ich nicht finde. Scheiße. Scheiße. Scheiße. Wo ist diese verdammte Taschenlampe?

Ich schnappe nach Luft, reiße Reißverschlüsse auf und wühle in Taschen. Keine Lampe. Ich habe geträumt, dass er stirbt. Luke stirbt, nachdem er mit einem anderen Mädchen, einer Frau, glücklich geworden ist, weil er eine Sekunde nicht aufgepasst hat und dann – zack. Tot. Aus und vorbei.

Ich rolle mich zusammen, umfasse die Luftmatratze mit den Fingern und mein Mund verzieht sich zu einer Grimasse, als sich der Schmerz in meinem Herzen ausbreitet. Dieser Druck – *bitte.* Tot. Er ist tot. Er war meine Hoffnung, Luke war meine Hoffnung und er ist der, den ich liebe. Ich bin es leid, mir das nicht glauben zu können, doch ich liebe ihn mehr als alles andere.

Wie kann man, wenn man solche Schmerzen fühlt, keine Gefühle haben? Was ist falsch an mir? Was zur

Hölle ist so falsch mit mir? WIESO KANN ICH NICHT NORMAL SEIN?

Ich habe ihn erneut von mir gestoßen. Ich habe ihn wieder verletzt. Ich habe das getan, was ich für das Beste hielt, denn ich bin so verdammt kompliziert, bin anstrengend und am Ende. Vollkommen am Ende. Wann hört das endlich auf? Bitte, sag mir, wann das endlich aufhört.

Ich habe es versucht, doch ich kann nicht gut sein, und wie könnte ich von ihm verlangen, mit jemandem zusammen zu sein, der schlecht ist? Wie soll ich ihn glücklich machen, wenn ich das reinste Chaos bin? Ich kann nicht mehr dagegen ankämpfen, dass etwas Böses in mir existiert – ich kann mich nicht mehr davon überzeugen, dass das normal ist. Dass ich normal bin. Denn ich bin so *unnormal.*

Der Schweiß rinnt an meiner Stirn entlang, panisch atme ich gegen meinen Handrücken, spüre meinen eigenen, heißen Atem. Er ist tot. Er ist tot. Er ist tot. Das war zu echt, als dass es ein Traum sein könnte. Zu echt, als dass es real sein könnte. Zu echt, als dass es mich nicht auseinanderreißen würde. Er liegt nicht neben mir – er liegt seit so vielen Tagen neben mir und nun nicht mehr und das kann nur bedeuten, dass er tot ist und weggegangen ist und nicht mehr wiederkommt und dass ich daran schuld bin.

Ich suche nach meinem Handy, werde fündig und halte es mit zitternden Händen fest. Es ist kalt. Wieso ist es kalt? Hier ist es kalt. Wieso ist es hier so kalt? Ich starre auf seine Nummer. Seine Nummer, die ich auswendig kann und dennoch abgespeichert habe. Mein Finger schwebt über dem Anrufzeichen, doch ich tippe nicht darauf. Ich kann nicht. Er ist tot.

Außerdem wäre es lächerlich, wenn ich ihn mitten in der Nacht anrufen würde, um mich zu vergewissern, ob er tot ist oder nicht. Es wäre absolut verrückt, nachdem ich ihn von mir gewiesen, ihn verletzt habe – wieder. Doch was an mir ist nicht lächerlich? Was an mir ist nicht verrückt?

Ich schmeiße mein Handy auf die Luftmatratze neben mir – seine Luftmatratze – und vergrabe meine Hände in den Haaren, kann meine Gefühle nicht erklären. Kann mich nicht erklären. Kann gar nichts erklären.

Bin ein Mädchen in weiter Ferne, ein Punkt auf dem Ozean, der von der Strömung in die Tiefe gezerrt wird.

Ich greife erneut nach meinem Handy, ziehe mir gleichzeitig eine Jeans und ein T-Shirt über. Wir wollten Spaß haben, gemeinsam am See sein und Scherze machen, doch ich habe es kaputtgemacht, weil ich kaputt bin und alles kaputtmache. Falls Luke noch lebt, sollte ich ihn in Frieden lassen. Ihn in Ruhe lassen, bis die Gefühle für mich abklingen, doch er lebt mit mir in einem Zimmer. Doch ich liebe ihn so sehr, dass ich ihn nicht *nicht* lieben kann. Doch er liebt … mich? Menschen, die man liebt, kann man nicht vergessen.

Ich verlasse das Zelt mit meinem Handy und betrachte den Mond, der sich im Wasser des Sees spiegelt. Es ist die einzige Lichtquelle in dieser dunklen Nacht, die kein Laut durchdringt. Die anderen Zelte sind abgebaut, nur noch unseres steht da. Sie sind alle gegangen.

Ich habe sie verscheucht.

Vielleicht höre ich nichts mehr, denn meine Schritte geben keine Laute von sich. Oder liegt es am Gras, welches meine Schritte abdämpft? Da – Knirschen. Panisch blicke ich mich um, bekomme Gänsehaut, noch mehr Angst, als sich der Ton wiederholt.

Beim dritten Knirschen verstehe ich, dass es meine Schritte sind.

Wie egoistisch wäre es, ihn anzurufen, um zu wissen, ob er lebt? Sehr egoistisch. Doch ich bin egoistisch. Also drücke ich auf seinen Namen.

Erst als das Tuten ertönt, realisiere ich, dass ich weine. Ich mache mir nicht die Mühe, die Tränen abzuwischen. Hasse mich dafür, dass ich weine. Hasse mich dafür, dass ich mich hasse, weil ich weine. Dass ich meine Eltern in meine Gedanken gelassen habe. Dass ich ihnen glaube. Ich hasse mich noch mehr dafür, dass sie Überhand über mich haben. Ich hasse mich dafür, dass ich mir wünsche, dass sie noch leben, um mich in die Schranken weisen zu können. Hasse mich am meisten dafür, dass ich mir wünsche, dass sie noch leben. SIE SIND TOT. Wie Luke?

Die Mailbox.

Eristtot. Eristtot. Eristtot. Eristtot.

»Luke«, schluchze ich, bevor ich meine Augen fest zusammenkneife, mich frage, was ich hier tue. »Du musst nicht ans Telefon gehen, aber bitte sag mir, dass du lebst. Ich habe – ich weiß nicht, ob das echt war ... aber du hast nicht neben mir gelegen. Also, natürlich hast du nicht neben mir gelegen, aber bitte sag mir, dass du noch lebst. Ich will – ich kann mit dem Gedanken nicht leben. Du – Bitte, Luke. Bitte sei nicht tot. Ich ... bitte. Schreib mir oder ruf mich an. Bitte gib mir ein Zeichen, damit ich weiß, dass du lebst, weil es sich so echt angefühlt hat, so echt, Luke. Und ich kann ... Du darfst nicht tot sein. Luke, bitte.«

Ich weine, kann nicht mehr weitersprechen. Meine Stimme zu erstickt. Ich kann auch nicht auflegen. Ich kann nicht. Der Signalton ertönt, das Telefonat wird abgebrochen. Schmerz zuckt durch meinen Körper. Der Gedanke ist scheußlich.

Das Handy klingelt. Schluchzend nehme ich das Gespräch an.

»Ich lebe«, ertönt es und ich breche zusammen. Erleichtert schluchze ich auf, als seine Stimme bei mir ankommt, mir durch Mark und Bein geht, mich mit purer Sehnsucht, Zuneigung, Liebe erfüllt. Er lebt.

Erlebterlebterlebterlebt.

»Luke, bitte leg nicht auf!«, flehe ich, fühle mich bescheuert, doch der Gedanke daran, dass Luke wach ist und mir zuhört, ist beruhigend. Er ist beruhigend.

Er seufzt und ich schüttle den Kopf, immer wieder, immer stärker. Obwohl er es nicht sehen kann »Nein, nicht auflegen, Luke. Bitte leg nicht auf. Sag einfach nichts, okay?« Er sagt nichts. Ich sage nichts. Wir sagen nichts. Alles ist still.

Zwei Minuten lang und er hat nicht aufgelegt. Ich lege mich hin, das Gras kitzelt an meinem Gesicht. »Es tut mir leid«, hauche ich, sehe dem Wasser dabei zu, wie es sich kräuselt und wieder beruhigt. Es bildet einen Kontrast zu dem tosenden Sturm in meinem Inneren, der keinen Halt findet.

»Ich sage es oft, ich weiß, doch ich meine es ernst«, schiebe ich hinterher und schließe meine Augen, sehe nicht mehr das Wasser, sondern Dunkelheit. »Du hast oft gefragt, wie ich mich fühle, und ich habe dir nie eine Antwort gegeben. Zum einen, weil ich nie wusste, wie ich es erklären soll. Zum anderen, weil ich Angst hatte, du würdest mich verlassen. Ich … ich liebe dich, Luke. Und wenn du bei mir bist, bin ich glücklich, wirklich glücklich. Aber dennoch einsam. Ich fühle mich leer und hilflos, als würde ich nichts ohne Hilfe können. Ich brauche Hilfe beim Schlafen, bei Gefühlen und ich brauche sie beim Trösten, bei der Freundschaft, bei einer Beziehung. Ich brauche Hilfe bei meinem Leben. Ich brauche sie beim Essen und um meine Vergangenheit hinter mir zu lassen. Und ich hasse es, bei alledem Hilfe zu brauchen. Ich weiß, dass es gut ist, sie anzunehmen und ich bin dir dankbar für deine Unterstützung. Aber ich fühle mich schlecht, weil ich deine Hilfe brauche, du meine aber nicht. Ich kann dir nicht helfen, kann niemandem helfen, weil ich zu kaputt bin. Und ich würde gerne etwas allein können und ich würde gerne mal jemandes Hilfe sein.

Ich fühle mich wie ein zertrümmerter Spiegel, dessen Splitter über den ganzen Boden verteilt liegen. Manche davon sind riesig und man kann sie schnell finden, kann sie sogar zusammensetzen. Andere sind aber so winzig, dass man sie noch Tage nach dem Bruch des Spiegels sucht und meistens sind sie so klein, dass man sie ohne zu überlegen einsaugt, nicht weiter beachtet, da es unmöglich scheint, sie je wieder zusammensetzen zu können. Man kann sie für nichts mehr verwenden, weil sie zu klein sind, um zu spiegeln, um ihren Zweck zu erfüllen. Man übergeht sie, weil sie nicht mehr relevant sind, doch für den Spiegel sind sie es. Die kleinen Teile machen den Spiegel erst zu dem, der er ist. Doch jeder übergeht die Teilchen, will sie nicht mehr oder schmeißt sie weg. Und wenn die großen Teile aneinandergeklebt sind, denkt man, man wäre fertig, denn außer ein paar Risse ist der Spiegel wieder komplett. Doch da fehlen Fragmente, die man nicht sieht. Die vielleicht nicht mehr existieren.

Ich fühle mich wie ein Spiegel, Luke, und ich hatte Angst, dass du mich, wenn du von meinen Gefühlen erfährst, wegwirfst. Selbst wenn du mich wieder zusammensetzen kannst, wirst du dich an den Kanten meiner Splitter schneiden. Du wirst all deine Kraft benötigen, um mir zu helfen, meine Teilchen zu finden. Ich liebe dich zu sehr, als dass ich zulassen könnte, dass du deine gesamte Energie für mich aufbrauchst, um zu versuchen, was vielleicht nie funktionieren wird.

Ich bin anstrengend und verstehe mich selbst nicht. Ich verstehe meine Handlungen nicht, die ich nach wenigen Sekunden wieder bereue. Ich verstehe meine Gedanken nicht, die sich nicht ordnen lassen. Ich verstehe meine Gefühle nicht, die in einem Moment zu intensiv sind und im anderen verschwinden. Dann fühle ich nichts mehr. Bin nur noch tausend Splitter auf dem Boden – und es wäre besser für dich, wenn du dich von mir fernhältst. Es wird immer Momente geben, in denen ich dich von mir stoße, weil ich der Meinung bin, dir damit etwas Gutes zu tun. Es wird wieder passieren, dass ich die Kontrolle über mich verliere. Ich werde Albträume haben, die mich an meine Eltern erinnern, die mich zweifeln lassen, ob ich überhaupt ein Mensch bin. Ich werde daran zweifeln, ob ich gut bin. Es wird schwer werden, für jeden in meinem Umfeld. Und Luke, das will ich nicht für dich. Aber ich habe eingesehen, dass ich nicht für dich entscheiden kann, denn wenn ich die Entscheidung treffe, werde ich jedes Mal zurückkommen wollen. Ich bin dir nicht böse, wenn du mir aus dem Weg gehst, ich würde es willkommen heißen, weil ich dich dann nie mehr verletzen kann. Doch wenn du zu mir zurückkommst, diesen Weg mit mir gehen willst, musst du ehrlich mit mir sein. Du musst mich auch mal anschreien und mir sagen, was du fühlst. Bleib nicht stumm! Du musst mir versprechen, dass du mich nicht in den Vordergrund stellst, sondern dass wir gleichwertig sind. Ich möchte mir sicher sein können, dass du zu mir kommst, wenn du traurig bist, denn ich will alles über dich wissen, Luke. Ich liebe dich. Es tut weh, wenn du nicht bei mir bist. Und wenn du auflegst und dir ein anderes Zimmer suchst, ist das okay. Aber wenn du nicht auflegst, dich für den langen und anstrengenden Weg entschieden hast, entschuldige ich mich jetzt für jedes Mal, dass ich dich verletzen werde. Ich mache es nicht mit Absicht, bitte glaub mir. Meine Splitter schneiden und dagegen kann ich nichts machen, so sehr ich es auch ändern will. Ich kann nur alles geben und niemals aufhören, zu kämpfen.«

43

Mein Atem steht still, mein Körper steht still, alles steht still. Und das Telefon auch. Der Schrei einer Eule lässt mich zusammenzucken. Meine Augen zusammengekniffen, koste ich den letzten Sauerstoff in meinen Lungen aus, bevor ein Tuten ertönt und ich scharf einatme.

Er hat aufgelegt.

Ich dachte, habe gehofft, ich – ich will, dass er hier ist. Wieso hat er auf mich gehört? Zitternd drücke ich auf den roten Knopf, werfe das Gerät neben mich auf die Wiese. Verdammt. Verdammt. Verdammt. Verdammt. Ich spüre den Winter, den Herbst, beides gleichzeitig – es ist eisig. Höre das Wasser, meinen Atem, das vereinzelte Zirpen der Grillen. Fühle den Schmerz, die Kälte, den Wind.

Ich greife nach einem Stein, schmeiße ihn so weit ich kann in den See, höre sein Auftreffen, male mir aus, wie er in der Tiefe verschwindet. Niemals mehr aufzufinden ist. Denn selbst, wenn er sich von allen

Steinen unterschiede, könnte man ihn nicht mehr erkennen. Weil er nichts Besonderes, nichts Einzigartiges ist. Nun ist er für niemanden mehr sichtbar. Ich laufe zum Ufer, lege mich ins Wasser, bemerke, wie es meine Füße berührt, meine Beine, meine Hüfte, meinen Rücken. Meine Kleidung zieht mich nach unten, doch unten ist nur der Boden mit all den Steinen, die niemand sieht. Das Wasser dringt in meine Ohren, ist aber nicht tief genug, um mich zu verschlingen. Nicht tief genug, als dass die Kleidung mich in die Tiefe zerren könnte. Zu den Steinen in der Mitte des Sees, die lange niemand mehr berührt hat.

Sie müssen einsam sein. Dass ich hier liege, muss ihnen weh tun. *Es tut mir leid, ich kann nicht aufstehen. Es tut mir leid, dass ihr mein Gewicht tragen müsst.*

Ich befinde mich auf zwei Seiten, dem Leben und dem Tod, während meine Augen in den Himmel blicken und mein Herz in tausende Teile zerspringt. Tausende ist zu wenig, es sind – mehr, viel mehr. Es ist okay. Ich habe ihm gesagt, dass es okay ist und in Ordnung, dass er mit mir abschließen will. Es ist in Ordnung, dass er nicht stark genug ist, um für mich zu kämpfen. Es ist in Ordnung – nur nicht für mich. Nichts ist in Ordnung.

Ich würde gerne schreien. Es hilft, wenn ich schreie. Aber ich habe Luke gesagt, dass es okay ist, und abgesehen davon, kann ich nicht schreien. Es geht nicht. Die Schwere in mir blockiert mich. Ich bringe nichts über meine Lippen, kann keine Träne weinen. Es tost ein Sturm in mir, meine Gedanken schreien und mein Herz weint für meine Augen Flüsse, Bäche, Ozeane voll mit salzigem Wasser, während ich still die Sterne anblicke. In die weite, unendliche Ferne blicke, zu Lichtern, die zu weit weg sind und doch so nah erscheinen, dass ich nach ihnen greifen möchte. Wenn ich nur meine Arme heben könnte. Ich würde mich gerne bewegen, mir die Ohren zuhalten, damit ich nicht mehr hören muss, was ich denke. Um keine Bilder mehr vor Augen zu haben, die mich verletzen. Bilder, so schmerzhaft, böse, einnehmend.

Doch ich bin gelähmt, kann mich nicht rühren, auf das Wasser schlagen oder mich umsehen. Mein Blick bleibt auf den Nachthimmel gerichtet, der mich mit seiner Dunkelheit zu verschlingen droht. Er greift mich mit seinen unsichtbaren Nebelschwaden, umschlingt mich, als wäre ich die Beute eines Kraken, und zieht mich zu sich, um mich zu fressen. Vorher genießt er es, mich leiden zu sehen, mir dabei zuzusehen, wie ich untergehe und keine Kraft mehr habe, um dagegen anzukämpfen. Er wartet ab, bis ich nicht mehr kann, um mich zu sich zu nehmen.

Mir wird bewusst, dass ich allein bin. Niemand ist hier, hier bei mir. Niemand ist hier, um mich aus dem Wasser zu ziehen, um mich aus meiner Starre zu reißen, um mich zu lieben oder um so zu tun als ob, weil ich sie alle verstört habe.

Ich habe sie mit meinem Angriff, meinen Wörtern, meiner Persönlichkeit, die schon lange nicht mehr zu mir gehört – die nie zu mir gehörte – verjagt.

Ich habe gedacht, es reicht. Unsere Liebe reicht. Doch das tut sie nicht, weil mein Winter zu kalt ist, zu kahl, zu allumfassend. Weil er meine Identität unter Tonnen von Schnee und zwischen tausend Spiegelscherben versteckt hält – und mich *mich* nie entfalten ließ.

Etwas umschlingt meinen Oberkörper. Der Himmel holt mich zu sich. Endlich! Er hat meinen Ruf erhört. Ein Ruck geht durch mich hindurch, weil der Wind seine Fangarme um meine Beine schlingt, mich hochhebt, emporhebt und mich zu den Sternen bringt. Endlich. Endlich! Endlich bin ich frei.

Wieso riecht die Freiheit nach Luke? Wieso riecht der Himmel nach Luke?

Oh.

Luke.

»Du bist bei mir«, flüstere ich, sehe zu ihm auf. Zu zusammengepressten Lippen und Augen, die auf mich herabsehen. Zu seinem Kopf, der langsam nickt. »Du bist bei mir. Du bist hier«, wiederhole ich, kann es nicht realisieren. Meine Finger krallen sich an seinem T-Shirt fest, können nicht glauben, dass sie ihn berühren.

Er setzt sich, zieht mich auf seinem Schoß und sieht mich an. Wieso ist er hier? Wieso …

»Ich bin hier«, bestätigt er leise flüsternd. »Und ich bleibe.« Ich fange an zu zittern und Luke drückt mich noch enger an seinen warmen Körper, umschlingt mich mit seinen Armen.

»Du musst vorher mit mir reden«, flüstert er und sieht mich besorgt an, wartet auf eine Antwort, die ich ihm nicht geben kann. »Du musst mir erzählen, was du fühlst, damit sich nicht alles in dir anstaut. Ich kann dir nicht helfen, wenn du nicht mit mir redest. Denn wenn du alles in dir sammelst, passiert genau das, was heute passiert ist. Du verletzt damit andere.«

»Denkst du, ich mache das gern?«, frage ich, weiß nicht, warum ich beleidigt klinge. Genau das habe ich ihm doch gesagt. Dass es mir Spaß gemacht hat, Nate zu schlagen.

»Das habe ich nicht gemeint«, erwidert er und presst verärgert die Lippen aufeinander. Daraufhin schweige ich. »Wir kennen dich alle erst seit kurzem. Wir sind noch dabei, uns wirklich kennenzulernen.«

Ich runzle die Stirn, als ich bemerke, dass er recht hat. Aber wir sind dennoch zusammen. »Aber ich liebe dich trotzdem. Obwohl wir uns erst seit kurzem kennen«, flüstere ich, sehe an ihm vorbei zum Wald. Was, wenn er bemerkt hat, dass die Zeit, die wir uns kennen, zu kurz ist? Dass wir nicht zusammen sein sollten? Wieso ist er hier?

»Ich liebe dich auch, Kanela«, seufzt er. »Und du bist mir unheimlich wichtig. Ich möchte wissen, was in dir vorgeht und wie ich dir helfen kann. Möchte dir einen Teil deiner Sorgen abnehmen können, aber dafür musst du mit mir reden.« Seine Hand drückt sachte meinen Arm und ich sehe auf, sehe die Ernsthaftigkeit seiner Worte in seinem Gesicht.

»Du sprichst auch nicht mit mir«, hauche ich, fühle mich schlecht, weil ich ihm Vorwürfe mache. »Außerdem dachte ich, dass alles besser ist.« Ich dachte wirklich, dass alles besser ist. Umso härter trifft mich die Erkenntnis, dass es das nicht ist.

Luke bleibt still.

»Wieso bist du hier?«, frage ich ihn, sehe auf seine Nase, damit er nicht bemerkt, dass ich ihm nicht in die Augen schaue. Blickkontakt ist unglaublich schwer.

»Ich liebe dich«, erwidert er, als wären die Worte nichts weiter.

»Aber ich verletze dich, bringe dir nichts als Schmerzen.« Ich schaffe es nicht mehr, auf seine Nase zu sehen, meine Finger sind faszinierender.

Luke tippt sachte mit einem Finger unter mein Kinn, bedeutet mir, ihn anzuschauen. Langsam schüttelt er den Kopf, der Hauch eines Lächelns umspielt seine Lippen, bevor er etwas sagt, was mich laut aufschluchzen lässt. »Nein, Kanela. Du bringst mir den Sommer.«

»Darf ich – darf ich dich anfassen?« Er nickt langsam. *Was ist das für eine bescheuerte Frage?*

Ich hebe meine Hände, lege sie auf sein Gesicht, auf seine Haut und fahre sanft darüber. Fahre über seine Augenbrauen und seine Bartstoppeln und seine Nase und seinen Mund und seine Ohren und seine Haare. Behutsam ziehe ich ihm das T-Shirt aus, während er seine Arme hebt, damit ich es ihm besser abstreifen kann. Ich fahre über seine Schultern und seine Brust und seinen Bauch und seinen Rücken und seine Arme und seine Hände, die ich sachte in meine nehme.

Er ist bei mir. Er ist wirklich bei mir und liebt mich. Luke führt meine Hände zu seinem Gesicht, küsst sie, lässt sie wieder los.

»Weißt du, was ich alles an dir liebe?«, fragt er, erhält ein Kopfschütteln als Antwort. Er hebt seine Hände und legt sie auf mein Gesicht. »Das liebe ich«, haucht er und küsst meine Stirn. Seine Finger lassen von meinem Gesicht ab, greifen nach dem Stück Stoff, das mich bedeckt und ziehen es mir aus. Er berührt meine Schultern und meine Arme und meine Seite und meine Rippen und meinen Bauch. Seine Lippen berühren meinen Hals. Und ich entflamme, brenne lichterloh.

»Das alles liebe ich.« Er hebt seinen Blick, sieht mich an. »Ich habe den schönsten Spiegel der Welt gefunden«, haucht er und legt seine Lippen auf meine.

44

Als ich aufwache, bin ich allein. Hastig fahre ich hoch und sehe auf Lukes leeren Schlafplatz, verzweifelt. Ist er weg? War er nie hier? Ich kämpfe mich aus meinem Schlafsack und falle beinahe aus dem geöffneten Zelt. Schritte ertönen, die mich herumfahren lassen. Luke kommt auf mich zu, die Hände in den Hosentaschen seiner schwarzen Jeans. Bei mir angekommen, küsst er mich und sieht mich an, runzelt die Stirn.

»Ist alles in Ordnung?«

Langsam nicke ich. »Ich hatte Angst, dass ich geträumt habe und du nicht wiedergekommen bist.«

Luke nimmt meine Hand und führt mich über die Wiese zu der Picknickdecke, die wir das letzte Mal dabeihatten. Auf der nun ein Frühstück bereitsteht. »Es tut mir leid, dass wir gestern gegangen sind«, meint er, während wir uns nebeneinandersetzen.

Ich lehne meinen Kopf an seine Schulter und sehe auf das Essen vor uns, das mich mit Unbehagen erfüllt.

»Ich verstehe es«, erwidere ich, spiele mit dem Daumen seiner linken Hand. »Sind die anderen sehr wütend auf mich?«

»Nein, sie machen sich nur ziemlich Sorgen. Sie wollten auch gar nicht gehen, Sam und Jane wollten mit mir hierbleiben, falls du … dich meldest. Aber ich meinte, sie sollen lieber heimfahren. Ich habe mich nicht weit von hier hingesetzt und gehofft, du würdest dich melden. Als du es dann getan hast, war ich irgendwie überfordert. Es tut mir leid, dass ich so lange gebraucht habe.«

O Luke, es tut mir leid, dass du dir Gedanken darum machen musst. Du bist zu jung, wir sind doch noch so jung.

»Ich habe lange darüber nachgedacht, ob ich meine Eltern liebe und ich glaube, das tue ich. Aber ich hasse sie dafür, dass du dir wegen ihnen Sorgen um mich machst. Ich wäre gerne eine bessere Freundin. Jemand ohne meine Vergangenheit. Ich will nicht, dass du überfordert bist«, gebe ich zu, schließe für eine Weile meine Augen. Luke streicht über meine Wange und ich öffne sie wieder, sehe ihn an und erwidere sein Lächeln.

»Der Gedanke an eine bessere Zukunft ist es wert.«

Ich blinzle, atme tief ein, verarbeite die Bedeutung des Satzes in meinem Kopf, zerlege sie in Einzelteile, analysiere sie. Luke möchte eine Zukunft mit mir – und ich möchte eine mit ihm. Ich küsse ihn, vergrabe meine Hände in seinen Haaren und genieße die Liebe, das Gefühl der Wärme, die die Kälte vertreibt.

Als wir uns voneinander lösen, entfährt mir ein leises Seufzen, meine Augen bleiben geschlossen, um die Empfindungen in mich aufzusaugen. Ich will die Welt ausschalten, alle Gefühle vergessen, außer die, die zwischen uns herrschen. Langsam öffne ich meine Lider, sehe, dass auch seine geschlossen sind, als empfinde er dasselbe. Wir sind uns weiterhin so nahe, dass ich seinen Atem auf meinen Lippen spüre, die Hitze seines Körpers fühle. Langsam öffnet er seine Augen.

»Ich liebe dich«, haucht er und lehnt seine Stirn gegen meine.

Ich verziehe meine Lippen zu einem Lächeln, das sich zu einem Grinsen intensiviert, küsse seine Wange, spüre seine Bartstoppeln an meinen Lippen.

»Und ich liebe dich«, erwidere ich, zögere, bevor ich fortfahre. »Das weiß Kanela. Aber Lena versteht es, wie vieles, noch nicht. Sie hat keine Ahnung von Liebe oder Beziehungen zwischen Freunden oder Partnern, von einem festen Verhaltensmuster. Ich bin Lena, aber Lena ist nicht ich. Verstehst du?«

Luke streicht mir durch meine Haare, befreit sie von Knoten, leckt sich über die Lippen und schluckt kräftig. »Ehrlich gesagt verstehe ich es nicht. Noch nicht. Aber ich will es verstehen. Ich will dir helfen, es selbst zu verstehen. Irgendwann. Bis du wieder ein ganzer Spiegel bist und bis Lena dich gefunden hat. Selbst Menschen, die deine Vergangenheit nicht teilen, merken eines Tages, dass sie nicht mehr diejenigen sind, für die sie gehalten werden. Sie haben sich verändert, wissen aber nicht wie oder warum. Diese Menschen brauchen jemanden, der für sie da ist. Die ihre Veränderung akzeptieren, sie darin unterstützen und bleiben, auch wenn es schwierig wird. Das werde ich. Ich werde bei dir bleiben, denn ich glaube, in dir steckt noch viel, worauf die Welt sich freuen kann.«

»Danke«, flüstere ich, weil ich nicht weiß, wie ich sonst mit seinen Worten umgehen soll. Ich beiße auf meine Unterlippe, lasse meinen Blick ruhelos umherschweifen.

»Lass uns etwas essen«, wechselt er das Thema. Ich stimme zu, gehe dankbar auf seinen Themenwechsel ein, obwohl ich keinen Hunger habe, und beginne, ein Toast zu schmieren.

»Wir müssen bald noch die Bilder für mein Schulprojekt machen«, nuschelt Luke mit vollem Mund.

Meine Lippen verziehen sich. Das hatte ich ganz vergessen und ich weiß nicht, warum ich überhaupt zugestimmt habe. »Welche Idee hast du denn?«

Ich beiße in meinen Toast, sehe ihm dabei zu, wie er Erdnussbutter auf sein zweites Brot schmiert und sich dabei ziemlich lange Zeit lässt. Bevor er antwortet, fährt er sich durch die Haare und leckt sich über die Lippen, als wäre er nervös. »Ich habe mir eine Dreierreihe vorgestellt. Das erste Bild ist schwarzweiß und du sitzt auf dem Boden einer Fußgängerzone. Im zweiten Bild erscheint eine Person in bunten Kleidern, da dachte ich an Sam, und bleibt vor dir stehen. Das letzte Bild ist farbig und zeigt, wie du aufstehst. Weißt du, wie ich das meine?«

Ich schlucke, nicke, lege den Toast auf die Decke und wende meinen Blick ab.

»Tut mir leid, ich wusste nicht, wie du auf die Idee reagierst. Wir müssen das nicht machen«, wirft er ein.

»Es ist nur so wahrheitsgetreu«, flüstere ich und sehe ihn zweifelnd an.

»Das weiß ja niemand. Aber wir müssen es wirklich nicht machen. Meine zweite Idee wäre, dich in Langzeitbelichtung in einer Alltagssituation zu fotografieren. Zum Beispiel im Klassenzimmer. Alles um dich herum bewegt sich, nur du nicht, was das Leben symbolisiert, das an dir vorbeizieht. Alles in dir scheint stillzustehen, während alle anderen ihr Leben leben. Ohne je stehen zu müssen. Es wird mehrere Bilder geben, dein Gesichtsausdruck wird hoffnungsvoller und wir könnten Sam dazu nehmen, die mit dir interagiert. Sie bleibt zusammen mit dir stehen. Am Ende zeigen wir dich in Bewegung, ohne Langzeitbelichtung, alles steht still. Wir zeigen, dass du nicht das Leben an dir vorbeiziehen lassen hast, sondern dass das Leben sich an dich angepasst hat. Dass du akzeptiert hast, dass dein eigenes Tempo völlig in Ordnung ist. Dass du die Menschen und ihre Handlungen sehen kannst, sie verstehst. Dass du leben kannst.«

Ich blinzle. Blinzle mehrmals. Versuche vergeblich, den Kloß in meinem Hals zu schlucken. Die Tränen zu verhindern.

»Das war wohl nicht wirklich besser«, murmelt er, greift nach meiner Hand. »Tut mir leid.«

»Nein, schon gut. Es ist nur schwer, die Wahrheit zu hören. Ich finde deine Idee wirklich gut und möchte dir helfen, sie umsetzen.«

Ich sitze zwischen Lukes Beinen und blicke auf den See, erinnere mich daran, wie ich letzte Nacht darin gelegen habe, bis Luke mich herausgezogen hat. Ich muss mit Domenik darüber sprechen, was ich gefühlt habe. Was ich mir gewünscht habe.

»Ich vermisse meine Eltern so sehr«, reißt mich seine Stimme aus meinen Gedanken. Ich drehe meinen Kopf, um in traurige Augen zu sehen. »Ich habe Angst, dass ich sie so enttäuscht habe, dass sie uns aus dem Weg gehen. Mich mit Sams Kummer bestrafen.«

Ich drücke mich enger an ihn, greife nach seiner Hand, drücke sie fest. »Warum glaubst du, sie enttäuscht zu haben?«

»Weil ich Mist gebaut habe, in der Hoffnung, dass sie dann öfter nach Hause kommen. Aber sie kamen nicht. Ich habe alles nur verschlimmert und bin schuld daran, dass Sam ihre Eltern nicht öfter sieht.«

Die Mauer meines sonst so starken Lukes beginnt zu bröckeln. Er vergräbt seine Nase in meinen Haaren. Ich bin überfordert, weiß nicht, was ich tun soll. »Sie haben euch vernachlässigt und du wolltest nur, dass sie zu euch zurückkommen. Es ist nicht deine Schuld, Luke. So darfst du nicht denken.«

Sein Körper zittert. Ein qualvoller Laut verlässt seine Lippen, bahnt sich einen Weg direkt in mein Herz. Auf einmal spüre ich nasse Tropfen auf meinem Kopf. Ich brauche einige Sekunden, bis ich realisiere, dass es nicht regnet, sondern dass Luke weint. Mein Herz zieht sich zusammen.

»Sie haben gesagt, ich solle mich wie ein Erwachsener benehmen und nicht wie ein trotziges Kind.«

Diese Worte bringen mich dazu, mich umzudrehen, ihm fest in die Augen zu sehen. »Du bist kein Kind! Du bist der Freund eines psychisch kranken Mädchens, das traumatisiert ist. Depressionen hat. Ein Kind könnte niemals mit so jemandem zusammen sein.«

Seine Lippen treffen fest auf meine. »Ich weiß nicht, womit ich dich verdient habe.«

Ich lege eine Hand an seinen Nacken, mittlerweile hat er aufgehört zu weinen, was mein Herz erleichtert.

»Dasselbe frage ich mich jeden Tag.«

Seine Lippen treffen erneut auf meine, diesmal sanfter. Der Kuss schmeckt nach Sehnsucht und Trauer, lässt mein Herz bluten, weckt den Wunsch in mir, alles daran zu setzen, dass es Luke wieder besser geht. Dass er mich erneut aufzieht und mit mir lacht.

Ich will ein ganzer Spiegel sein, damit ich den seinen reparieren kann – und vielleicht sind wir danach nicht mehr zwei einzelne Spiegel, sondern ein ganzer, größerer, schönerer.

Langsam löst er sich von mir, fährt sich nervös durch die Haare und sieht betreten auf den Boden. Auf einmal schneidet er jedoch eine Grimasse und während ich mich frage, wie er so schnell die Stimmung wechseln kann, kann ich mir ein leises Lachen nicht verkneifen.

»Ich liebe es, wenn du lachst«, meint er, sein Kommentar lässt mich verstummen und meine Wangen werden heiß. »Prinzesschen, du brauchst nicht rot zu werden. Ich weiß, was für eine Wirkung ich auf dich habe«, zieht er mich auf.

Ich war noch nie erleichterter, den arroganten Luke zurückzuhaben, daher gehe ich nur zu gerne auf sein Ablenkungsmanöver ein.

Manchmal will man nicht über die schwachen Momente seines Lebens reden und das ist okay, solange man sie nicht ignoriert und tut, als wären sie nie gewesen. Denn sie waren da. Und sie sind ein Teil von allem.

45

»Sie hat was gesagt?«, fragt Jane entsetzt und schlägt sich die Hand vor die Stirn.

»Wer sagt, dass ich wegen dir rot bin, vielleicht bin ich auch wütend, weil der Frosch unser Brot gegessen hat«, wiederholt Luke zum hundertsten Mal.

»Macht euch ruhig über mich lustig«, brumme ich, in Gedanken bei Aaron, dem ich gleich begegnen werde. Mit dem ich reden muss.

»Du musst zugeben, dass das nicht der beste Konter war«, erwidert Jane schmunzelnd. »Ich muss jetzt weiter zu Ray. Wir haben uns verabredet.« Ich nicke bloß. Sie geht einen Schritt auf mich zu, bleibt stehen, als ich zurückweiche. Was will sie? »Ich kann verstehen, dass du nicht darüber reden möchtest, Kanela. Ich kenne das. Aber ich bin für dich da.«

Jane lächelt und ich lächle zurück, kann mich nicht über ihre Worte freuen, weil ich zu viel Angst vor einer Konfrontation mit Aaron habe.

»Wir sehen uns dann an Halloween«, verabschiedet sich Luke bei ihr, bevor sie sich umdreht und geht. Meine Hand ergreifend, beugt sich Luke zu mir, drückt einen Kuss auf meine Lippen und zieht mich an sich. »Ich komme noch mit rein.«

Ich seufze leise, winde mich aus seiner Umarmung und suche den Haustürschlüssel in meiner Tasche. Ich atme tief ein und öffne die Tür, trete hindurch und werde von einem vertrauten Geruch empfangen. Es riecht nach Zuhause.

Meine Füße tragen mich die Treppe nach oben, vorbei an meiner Zimmertür zu der von Aaron. Mir fehlt der Mut, um anzuklopfen, meine Hand schwebt in der Luft und ich lasse sie wieder sinken. Eine Hand erscheint neben meinem Kopf und klopft gegen die Tür, bevor sie sich auf meine Schulter legt.

»Ja?«

Ich zucke zusammen, spüre den Schweiß auf meinen Händen. Möchte das Zimmer nicht betreten. Luke nimmt mir die Entscheidung ab, öffnet die Tür und schiebt mich sanft in den Raum.

»Hey Aaron«, begrüßt er seinen Freund. »Ich wollte kurz mit reinkommen und lasse euch jetzt allein. Du kannst ja später mal vorbeischauen. Sam wird sich bestimmt freuen, wenn ihr ein bisschen Zeit gemeinsam habt.«

Verwirrt runzle ich die Stirn. Scheinbar habe ich etwas nicht mitbekommen, denn Aaron kneift die Augen zusammen, funkelt meinen Freund wütend an. Bevor ich nachfragen kann, drückt mir Luke einen Kuss auf den Scheitel, murmelt eine Verabschiedung und ist wieder verschwunden. Ich hatte ihm im Auto bereits gesagt, dass ich das Gespräch mit Aaron allein führen möchte und hoffe, die richtige Entscheidung getroffen zu haben.

Aarons Augen fixieren nun mich, lassen mich nur nervöser werden. Warum hat Luke auch etwas gesagt, das ihn eindeutig reizt?

»Hallo«, flüstere ich, teste meine Stimme. »Ich würde gern darüber reden, was gestern passiert ist und mich dafür entschuldigen.«

Ein Seufzen verlässt seine Lippen. »Warte, bevor du irgendetwas sagst – es tut mir wirklich leid. Ich hätte gestern nicht einfach gehen sollen. Dich nicht einfach berühren sollen. Wenn eine normale Umarmung schon zu viel ist, ist eine Berührung deiner Narben bestimmt nicht besser. Ich weiß selbst nicht, was ich mir dabei gedacht habe, warum ich so unsensibel war und schäme mich total dafür.«

Mir bleiben die Worte im Hals stecken. Ich habe nicht erwartet, dass er sich entschuldigt. Aaron legt den Kopf schief, dabei fällt ihm eine blonde Strähne in die Stirn. »Ja. Das hat Erinnerungen geweckt«, murmle ich.

»Dein Angriff auf Nate hat welche in mir geweckt, Nelli. Deshalb war ich so wütend und ich glaube, es wird noch eine Weile dauern, bis ich dir vertrauen kann. Ich hoffe, du verstehst das. Auch wir haben in der Vergangenheit Sachen erlebt, die uns zusetzen. Ich kann darüber nicht mit dir sprechen, aber es hat uns sehr geprägt. Was damals geschehen ist, war wirklich furchtbar und ich habe Angst, dass es wieder passiert. Luke, Sam und vor allem Jane scheinen es auszublenden, aber ich kann das nicht. Ich fühle mich für sie verantwortlich.«

Mein Mund öffnet und schließt sich wieder, weil ich nachfragen will. Wissen möchte, was ihnen passiert ist und warum Luke mir bisher noch nicht davon erzählt hat. Warum niemand mir davon erzählt hat. Allerdings sehe ich ihm an, dass er es ernst meint und nicht davon sprechen will. Also schweige ich, weiß nicht, was ich antworten soll.

»Du solltest jetzt gehen«, fährt er fort, versetzt mir einen unsichtbaren Schlag.

Ist das zwischen uns denn jetzt geklärt?

»Es tut mir wirklich leid, dass ich ausgeflippt bin«, murmle ich, ernte ein Nicken, ein Schulterzucken, sonst nichts.

Stockend drehe ich mich um und verlasse den Raum, ohne etwas zu sagen. In meinem Zimmer angekommen, stecke ich mein Handy ans Ladegerät und schreibe Domenik eine Nachricht.

Ich muss darüber sprechen, worüber ich nicht sprechen will.

Über Nebelschwaden des Himmels, von denen ich mir gewünscht habe, sie würden mich zu sich holen.

46

Ohne zu frühstücken, weil ich nicht mit Grace und Clint reden möchte, verlasse ich das Haus. Ich habe ihnen nur gesagt, dass ich mit Luke in die Stadt gehe und nicht weiß, wie lange ich wegbleibe.

Die Kieselsteine knirschen unter meinen Füßen, als ich den gepflasterten Weg verlasse, um durch den Vorgarten zu Lukes Einfahrt zu kommen. Zwar bin ich zehn Minuten zu spät, aber Luke ist ebenfalls noch nicht da, also lehne ich mich an die Beifahrertür, schließe die Augen und genieße den kühlenden Wind.

Schwere Schritte kündigen Luke an. »Hey, sorry! Ich hoffe, du stehst noch nicht so lange hier, ich musste Sam noch kurz helfen«, begrüßt er mich mit einem entschuldigenden Blick, während er das Auto aufschließt.

»Ich hatte schon überlegt, ob ich zu Fuß nicht schneller bin«, erwidere ich dramatisch und lasse mich auf den Beifahrersitz fallen.

Luke schüttelt schmunzelnd den Kopf. »Na das hätte ich echt gern gesehen. Noch hast du die Möglichkeit, zu wandern.«

»Ach komm. Fahr einfach los!«

Er schnallt sich an und dreht sich wieder zu mir. »Bereit für die Stadt?«

Meint er das ernst? Meine Augenbrauen heben sich, als er keine Anstalten macht, das Auto zu starten. Ich seufze übertrieben, entlocke ihm damit ein Grinsen.

»Ja, ich bin bereit. Zufrieden?«

Seine Augen blitzen schelmisch, bevor er endlich losfährt.

Ich ziehe eine Grimasse, was ihn zum Lachen bringt. Ein Gefühl sagt mir, dass wir heute ausnahmsweise kein Drama haben werden.

Ich lehne mich entspannt gegen das Fenster, den Oberkörper zu ihm gedreht, beobachte ihn. Ab und an, wenn es der Verkehr zulässt, sieht er zu mir hinüber, bis er die Augenbrauen hebt.

»Wieso siehst du mich so fasziniert an?«, erkundigt er sich.

Ich reibe mir über mein Kinn, verstecke mein Grinsen hinter meiner Hand.

»Es ist so gewöhnlich, Auto zu fahren«, antworte ich, verwirre ihn damit nur noch mehr, was mich breiter grinsen lässt.

»Gewöhnlich?«

»Wieso spielst du eigentlich nicht mit Evan und Fynn Basketball?«, wechsle ich das Thema.

»Ich habe eine Zeit lang gespielt«, erklärt er und dreht sich bei einer roten Ampel zu mir um. »Es hat mir nie wirklich Spaß gemacht, also habe ich aufgehört.«

»Was machst du jetzt? Du bist ja nicht unsportlich und irgendwie musst du ja … ja, keine Ahnung.« Ich räuspere mich, als er anfängt, zu lachen.

Sein breites Lächeln zeigt deutlich, dass er einen Kommentar unterdrückt. »Es ist seltsam, dass wir noch nie darüber gesprochen haben. Rate mal.«

Er hat recht. Warum war sein Sport nie Thema? Unruhig rutsche ich auf meinem Sitz herum. Raten ist nicht meine Stärke. »Gehst du ins Fitnessstudio?«

Es würde zu ihm passen, sein Lachen zeigt mir jedoch, dass ich falsch liege.

»Nein, du müsstest es aber wissen. Denk nach.«

»Was denkst du, mache ich? Ich habe keine Ahnung, gib mir einen Tipp«, jammere ich.

»Das ist ja langweilig, aber okay. Denk an deine erste Woche hier und vor allem an mein Zimmer.«

Wieso sagt er das? Meine erste Woche war grauenhaft. Er hat mir Angst eingejagt, als er unbemerkt in den Raum geplatzt, mir nahegekommen ist und mir gezeigt – verdammt. Ich schlage mir die Hand gegen die Stirn, wie konnte ich so blöd sein?

»Da ist jemand auf die Lösung gekommen«, meint er schadenfroh.

Ich stelle ihn mir mit aneinander reibenden Händen und einem boshaften Grinsen vor. Schnaubend öffne ich die Augen, mich erwartet das, was ich erwartet habe. Ein boshaftes Grinsen – die Hände hat er zum Glück am Lenkrad gelassen. Ich würde mich nicht wundern, wenn ihm hier und jetzt kleine Teufelshörner aus der Stirn wachsen würden.

»Wie konnte ich so blöd sein?«, frage ich ihn, woraufhin er mir einen Blick zuwirft, der eindeutig sagt: *Das fragst du noch?*

Er ist stark und hat mir Tipps beim Boxen gegeben. Abgesehen davon, hat er lauter Poster von kämpfenden Muskelprotzen in seinem Zimmer hängen. Da ist es naheliegend, dass er irgendeinen Kampfsport macht.

»Zuerst war ich im Taekwondo, wechselte aber zum Judo. Momentan ist es Karate. Du merkst, ich kann mich nicht für ein Gebiet entscheiden, aber Karate macht mir am meisten Spaß.«

»Du willst mich wohl einschüchtern, oder?«, frage ich amüsiert.

»In deinen Schlägen liegt auch Power.«

Ich schlucke, bleibe still. Er hat recht und das gefällt mir nicht.

»Es tut mir leid«, murmelt er, ich kneife meine Augen zusammen, will nicht darüber nachdenken und will nicht, dass mich Gefühle einnehmen. Dieser Tag darf nicht in den Abgrund stürzen. »Das war gar nicht negativ gemeint.«

»Darf ich mal dabei sein? Bei deinem Training?«

Lukes Stirn legt sich in Falten, bevor er langsam nickt und das Auto anhält.

»Hör zu, ich wollte nicht, dass du –«, beginnt er, doch ich unterbreche ihn, indem ich die Tür öffne und das Auto verlasse.

Ich will nicht darüber nachdenken, aber wenn sich Luke entschuldigt, bin ich gezwungen, daran zu denken. Luke braucht insgesamt 78 Sekunden, um auszusteigen. Vielleicht musste er sich sammeln, weil er verwirrt ist, jedoch sagt seine Miene etwas anderes. Seine Miene sagt: *Wir werden uns einen schönen Tag machen.*

Er greift nach meiner Hand, nickt in Richtung eines Gebäudes und läuft darauf zu. »Da wirst du das leckerste Eis essen, das du je probiert hast. Sie machen es selbst.«

Wir stellen uns in einer langen Schlange an und ich trete von einem Fuß auf den anderen. Es ist lange her, dass ich frisch zubereitetes Eis gegessen habe.

»Wieso bist du so nervös?« Mit gerunzelter Stirn sieht Luke mich an, fängt an zu grinsen, als ich eine Grimasse ziehe und nicht antworte.

Es ist mir peinlich und zum Glück bohrt Luke nicht weiter nach. Als wir vor dem Tresen stehen, starre ich die verschiedenen Eissorten an und kann mich nicht entscheiden, welche ich davon probieren möchte.

»Ich hätte gern vier Bällchen des Spezialeises.« Luke reißt mich mit seinen Worten aus meinen Überlegungen, meine Augen weiten sich. Spezialeis?

Scheinbar bemerkt er meine Neugierde. »Wenn ich bei dir probieren darf, lasse ich dich auch bei mir probieren.«

»Und was möchtest du?« Die Verkäuferin sieht mich lächelnd an, was mich noch nervöser macht.

»Ich hätte auch gerne vier Bällchen«, beginne ich, der erste Schritt ist getan. Mir ist egal, wie viel das ist. Ich möchte Eis essen. So viel, wie ich will.

Ich reibe meine freie Hand an meiner Hose ab, hoffe, dass Luke nicht bemerkt, wie sehr ich schwitze. Ich weiß wieder, warum ich nicht gern bestelle. Ich muss laut und deutlich mit Fremden sprechen und mich entscheiden. Die Frau hört nicht auf zu lächeln. Ich hasse Entscheidungen.

»Die Auswahl ist auch echt groß«, meint Luke grinsend zu der Frau und fängt an zu lachen, bevor er weiterspricht. »Als ich das erste Mal hier war, habe ich mich tausend Mal umentschieden.«

Er hat bemerkt, wie nervös ich bin. Er hat es bemerkt und hilft mir, in dem er Geschichten von früher erzählt und von mir ablenkt. Ich drücke seine Hand.

»Ein Bällchen Erdbeere, bitte«, spreche ich weiter. Nutze die Zeit, in der sie das Bällchen in den Becher befördert, um zu überlegen. »Melone und Zitrone«, fahre ich fort, erlange an Routine, atme tief durch. »Und Schokolade«, bestellt meine Stimme, mein Kopf will das nicht. »Moment.«

Ich werde rot, während die Frau innehält und mich wartend ansieht. »Keine Schokolade, tut mir leid. Wirklich, tut mir leid!«

Sie lacht leise und mein Gesicht wird heißer, verdammt, wieso kann ich nicht mal Eis bestellen?

»Kein Problem, was willst du stattdessen?«

Mein Blick schweift über die farbliche Vielfalt der Eissorten. »Nuss.«

Sie nickt, überreicht mir meinen Becher, den ich mit einem gezwungenen Lächeln entgegennehme.

»Bezahlt ihr zusammen oder getrennt?« Bevor ich antworten kann, überreicht Luke ihr das Geld.

»Stimmt so, vielen Dank und einen schönen Tag«, verabschiedet er sich von der Frau, greift ebenfalls nach seinem Becher und zieht mich an meiner Hand von der Eisdiele weg. Ich bin so perplex, dass ich der Verkäuferin nicht einmal einen schönen Tag wünschen kann. Sie denkt jetzt bestimmt, dass ich unhöflich bin und Luke ausnutze.

»Ich hätte das selbst bezahlen können«, wende ich mich an Luke.

»Das weiß ich, aber ich wollte dich einladen.«

Wir setzen uns auf eine Bank. Ich schmollend, er sein Eis essend.

»Du solltest dein Eis essen, bevor es geschmolzen ist.«

Ich kneife die Augen zusammen und stecke mir einen Löffel Eis in den Mund. Augenblicklich vergesse ich, dass ich sauer bin. Das Eis ist göttlich!

»Wow!« Staunend betrachte ich die Eiskugeln.

»Hab ich doch gesagt«, erwidert Luke selbstzufrieden.

Mit meinem gelben Plastiklöffel vor seiner Nase herumwedelnd, zeige ich auf sein Eis. Luke sieht mich verwirrt an.

»Darf ich probieren?«

Schmunzelnd hält er mir seinen Becher hin. »Sag das doch gleich, anstatt wie eine Wilde mit deinem Löffel rumzufuchteln.«

Ich probiere von seinem Eis und bin total fasziniert. Der Geschmack ist einzigartig, eine perfekte Mischung aus Milch- und Fruchteis. »Niemand weiß, welche Zutaten hierfür verwendet werden, aber jeder findet es genial.«

Ich nicke und esse weiter von meinem Eis, habe das Gefühl, als würde ich etwas von meiner Kindheit nachholen. Als würde ich ein klein bisschen heilen.

Luke hat noch zwei Bällchen übrig, als ich fertig bin. Kurzerhand beschließe ich, bei ihm mitzuessen, was er mit einem Schnauben quittiert.

»He, was soll das? Das ist mein Eis!«

Ich zucke mit den Schultern und grinse ihn breit an, nehme noch einen Löffel von seinem Eis. »Ich habe keins mehr. Und ich liebe Eis«, erkläre ich.

»Wie schnell isst du denn? Ich wollte bei dir probieren«, beschwert Luke sich weiter, woraufhin ich ihm meinen leeren Becher unter die Nase halte.

»Ich muss eben jedes Eis nachholen, das ich verpasst habe«, scherze ich, merke zu spät, dass Luke es nicht lustig findet. Dass ich selbst es nicht lustig finde. Er räuspert sich, wendet seinen Blick ab.

»Nicht, bitte«, murmle ich. »Nicht heute.«

Gequält sieht er mich an, richtet seinen Blick auf meinen Löffel, in mein Gesicht, zurück zu seinem Eis. »Es ist nur schwer, nicht daran zu denken, dass du verletzt bist, Kanela. Dass dein Herz und deine Seele verletzt sind. Und ich habe Angst davor, was passiert, wenn du wieder denkst, dass ich ohne dich besser bin. Dass du nicht zurückkommst oder ich dir nicht mehr verzeihen kann.«

Seine Stimme ist leise, traurig und ehrlich. Ich schlucke, atme tief ein, atme tief aus, atme tief ein und aus. Dann sehe ich ihn an. Ernst, verletzt, ehrlich.

»Ich liebe dich, Luke.«

47

»Sind wir hier nicht schonmal gewesen?« Ich zerre an Lukes Hand, damit er stehenbleibt, und sehe die Einkaufsstraße entlang. Luke wollte mir unbedingt eine Rundführung geben, allerdings habe ich das meiste davon schon wieder vergessen.

»Ja, wir sind hier vorhin durchgegangen, weißt du nicht mehr? Da ist die Pizzeria, in die ich dich einladen will.« Ich kneife die Augen zusammen, folge seinem Finger zu dem efeubewachsenen Gebäude und nicke langsam.

»Du wolltest mit mir essen gehen. Von einladen war nicht die Rede.«

Im Augenwinkel sehe ich, wie er die Augen verdreht. »Luke, du hast mir schon das Eis ausgegeben und du musst ein Auto finanzieren. Ich kann meine Pizza selbst bezahlen.«

»Und was ist, wenn ich dich einladen möchte?«, argumentiert Luke. Auf mein Seufzen reagiert er nicht.

»Lass uns das klären, wenn es soweit ist«, schlage ich vor und hoffe, das Thema zu beenden.

Luke nickt und deutet zu einem Geschäft auf der anderen Straßenseite, das sich nach genauerem Hinsehen als ein Drogeriemarkt herausstellt. »Lass uns noch da reingehen. Ich muss noch ein Bild für den Kunstunterricht ausdrucken.«

»Ja, klar.« Meine Gedanken schweifen ab und ich muss an die Feste denken, die bald gefeiert werden. »Können wir später noch ein Kleid für mich kaufen gehen?«, frage ich, während wir auf den Laden zugehen.

»Ein Kleid?« Überrascht bleibt Luke stehen und sieht mich an, zögernd nicke ich.

»Ist das denn so abwegig?«

Sein Lächeln beruhigt mich, sanft fährt er mit seinem Daumen über meinen Handrücken, als wir weiterlaufen. »Das nicht, aber das letzte Mal, als du ein Kleid getragen hast, war auf meiner Party. Du sahst wunderschön aus. Ich dachte nur, du magst keine Kleider.«

Beim Drucker angekommen, steckt Luke sein Handy ein.

»Bald ist Thanksgiving«, erwidere ich. »Ich möchte einfach etwas tragen, das zu mir gehört und nichts mit meinem alten Leben zu tun hat.«

Er tippt auf dem Bildschirm herum und ich bin unsicher, ob er mir zugehört hat. Ich will mich aber auch nicht aufdrängen und es wiederholen.

»Hier, schau mal. Welches findest du besser?«

Es verletzt mich, dass er das Thema wechselt, dennoch sehe ich auf die zwei Bilder. Ich blinzle. Ein-, zwei-, dreimal.

»Wann hast du die denn gemacht?«, frage ich und betrachte die Fotos von Aaron und Sam.

»Das war, bevor du gekommen bist. Wir haben uns alle getroffen und haben ein Lagerfeuer gemacht; uns Geschichten erzählt. Ein bisschen Bier getrunken.«

»Das ist schöner«, erwidere ich, zeige auf das zweite Bild und wende meinen Blick wieder ab, in Gedanken bei dem Gespräch, das Luke nicht mitbekommen hat.

Mein Blick schweift über die Regale in unserer Nähe – Shampoos, Haargummis, Bürsten. Ich stelle fest, dass ich nicht besser bin als Luke. Ich habe den Menschen auch nie zugehört und das bereue ich. Grace meinte bei meiner Ankunft, dass Aaron wegen einem bestimmten Grund nicht mit zum Flughafen konnte, aber ich habe ihr nicht zugehört. All die Male, in denen Anna mich in ein Gespräch einbinden wollte, habe ich ihr nicht zugehört. Und wieso? Waren ihre Wörter, ihre Sätze es nicht wert? Oder war ich zu egoistisch, zu in mich gekehrt, zu uninteressiert? Es war unhöflich von mir, aber ich wusste nicht, dass es verletzend ist, wenn man sich mitteilen will und der Gesprächspartner nicht zuhört. Jetzt tut es mir unendlich leid.

Ich zucke zusammen, als mich jemand in die Seite kneift. Nicht jemand – Luke. »Huh?«

Einige Sekunden vergehen, bis ich mich gesammelt habe und ihn ansehen kann, ohne böse zu sein, denn er hört mir oft zu, es wäre nicht fair.

»Hier, schau hin.« Er legt seinen Arm um meine Hüfte und zieht mich an sich. Als ich auf den Bildschirm sehe, vergesse ich, wie man atmet.

»Luke, was ist das?«, hauche ich, sehe zu ihm, bemerke sein Schmunzeln. »Ich denke, das sind wir, Bunny.«

Wir.

»Ja, das ist gut möglich, nicht?« Meine Stimme bricht, und je länger ich das Bild ansehe, desto gerührter bin ich. »Ich sehe so …« Ich breche ab, kann es nicht aussprechen, will es nicht wahrhaben.

»So glücklich, so verliebt aus?«, beendet *er* meinen Satz. *Mein Freund.*

»Ja, glücklich«, wiederhole ich, schluchze auf. Eine einzelne Träne rollt über meine Wange, doch Luke streicht sie weg, bevor sie zu Boden tropft – sein Griff wird fester.

»Siehst du, wie schön du aussiehst?«, fragt er, findet weitere Teile meines zerbrochenen Spiegels.

»Ich weiß es nicht.« Ich kann meinen Blick nicht mehr von dem Bild abwenden, das Luke und mich zeigt, wie wir eng umschlungen tanzen. Wie ich ihn mich berühren lasse, wie ich lächle, während unsere Herzen rasten wie ein ICE-Zug auf seinem Weg zum Mond – so wie jetzt.

»Druck es aus.« Kurz danach halte ich das Bild wie einen wertvollen Schatz in meinen Händen und mir wird etwas klar – in diesem Moment war ich glücklich und jetzt? Jetzt bin ich es auch. Weil Luke mich *liebt.*

»Jetzt werden wir dir ein Kleid kaufen, das du in deinem alten Leben niemals gekauft hättest. Da hattest du schließlich auch keinen professionellen Berater«, verkündet er, als wir den Laden verlassen – den Umschlag mit dem Bild habe ich so fest wie möglich umgriffen. Er hat mir also doch zugehört.

»Professioneller Berater? Du?«, frage ich ungläubig. Ich mustere ihn von oben bis unten und schmunzle. »Hast du dich schonmal angeschaut? Also wenn das das Resultat deiner ›*Professionalität*‹ ist, verzichte ich lieber.«

Luke lacht auf, zieht mich geschickt durch die Menschenmenge zu einem Geschäft und bleibt davor stehen. »Das sagt die, die einen Hasenschlafanzug hat. Du siehst den Fehler, oder?«

Ich löse meine Finger von seinen, verschränke meine Arme vor der Brust und sehe ihn mit hochgezogenen Augenbrauen an. »Du willst sagen, dass dir mein Schlafanzug nicht gefällt?«

Unschuldig hebt er die Arme und lässt sie wieder fallen, öffnet die Tür des Ladens und dreht sich wieder zu mir um.

»Also ich habe nichts gegen die Häschen auf deinem Schlafanzug. Ich hätte aber auch nichts dagegen, wenn du weniger als diesen Schlafanzug anhättest.«

Mein Mund öffnet sich, fassungslos rege ich mich kein Stück, bis die Tür wieder zufällt und mich aus meiner Starre reißt. Meinte er das so, wie ich denke, dass er es meinte? Oder meinte er es anders? Verdammt, er kann das doch nicht einfach sagen!

Ich kann nicht aufhören, an seine Worte zu denken, egal, wie viele Kleider Luke mir zeigt.

»Kanela, du musst auch aufmerksam schauen. Das bringt nichts, wenn du das nur halbherzig tust. Ich kann dir zwar Kleider zeigen, aber ich muss sie ja nicht anziehen.«

»Echt nicht? Das ist aber schade!«

Luke hängt ein hellblaues Kleid wieder zurück, nachdem er es sich angeschaut hat und scheinbar für nicht gut genug befunden hat.

»Das mache ich nur zu ganz besonderen Anlässen.«

Ich grinse und versuche, mich auf die Kleider zu konzentrieren. Eins ist mit Spitzen besetzt und ich nehme es von der Stange, sehe es mir näher an.

»Das sieht gut aus.« Ich zucke zusammen, da ich nicht mitbekommen habe, wie Luke zu mir gekommen ist, geschweige denn, dass er direkt hinter mir steht.

»Ja, aber es ist nichts für mich.«

Luke fasst um mich herum nach dem Kleiderbügel, bugsiert mich sanft vor einen Spiegel und hält das Kleid vor mich.

»Was daran soll nicht wie für dich gemacht sein?«

Vorsichtig drehe ich mich um, Luke ist mir nah und es fühlt sich anders an als die Male zuvor, in denen wir so eng beieinanderstanden. »Man wird meine –« Ich breche ab, wie schon oft an diesem Tag.

»Ich weiß, Kanela, man wird sie sehen.«

»Ich will schön aussehen, Luke«, erkläre ich ihm mein Unbehagen, leise seufzt er.

»Das wirst du, Kanela«, widerspricht er, sieht aber ein, dass er damit nicht viel erreicht. »Ich habe eine Idee. Du ziehst das Kleid an, siehst es dir aber nicht an. Wenn du dich umgezogen hast, sagst du mir Bescheid und ich werde mir das Kleid ansehen und für dich entscheiden. Ob du darin wunderschön aussiehst oder ob es zu viel von dir zeigt. Für den Notfall kaufen wir dir eine passende Jacke.«

Ich drehe mich wieder um. Auch wenn der Rückenausschnitt mit Spitze bedeckt ist, wird man erkennen können, was sich unter dem Kleid befindet – auf meiner Haut. Ich denke an das Foto, an mein Gesicht, das so sehr gestrahlt hat, dass ich das Glück, mein eigenes Glück mit den Händen greifen konnte.

»Du sagst, wenn man zu viel sieht. Wenn ich nicht schön aussehe, versprochen?« Sein Nicken beobachte ich durch den Spiegel, mein Nicken ebenfalls. Ich habe tatsächlich genickt.

Meine Finger greifen nach dem Reißverschluss, den ich zuziehe, meine Augen sind geschlossen. Ich atme tief ein und aus, bemerke, dass das Kleid kürzer ist, als ich gedacht habe. Was mache ich hier?

»Okay, du kannst kommen«, rufe ich nach Luke, der Vorhang wird kratzend über die Stange gezogen, was mir eine Gänsehaut beschert.

»Uhm«, macht Luke, was mein unwohles Gefühl bestärkt.

»Was ist?«, frage ich leise, als er das Schweigen nicht bricht.

»Zieh das mal noch an«, sagt er und drückt mir ein Stück Stoff in die Hand, nimmt es mir gleich darauf wieder ab. »Ich helfe dir dabei.«

Die Jacke ist leicht und fühlt sich weich an.

»Das ist perfekt!«

Ich weiß nicht, ob ich seinem Urteilsvermögen trauen kann, aber ich selbst würde mich direkt gegen das Kleid entscheiden. Nur wegen der Narben.

»Okay, ich kaufe es«, murmle ich, ziehe mir die Jacke wieder aus und suche nach dem Reißverschluss. »Gehst du bitte raus, Luke?«

»Ich könnte dir helfen.«

Ich halte den Atem an, spüre, wie er gleichgültig mit den Schultern zuckt und einen Mundwinkel hebt. Ein Schauer rieselt durch meinen Körper. Warum sagt er sowas?

»Luke, raus hier!«

Er grummelt irgendetwas, entfernt sich aber, zieht den Vorhang wieder zu und beginnt kurz darauf zu lachen. Wieso lacht er denn jetzt?

»Wieso hast du gelacht, Luke?«, frage ich zum gefühlt hundertsten Mal.

»Ich liebe dich, Bunny. Das ist alles.«

Ich schnaube, unzufrieden mit seiner Antwort, und verlangsame meine Schritte, um mir ein Gebäude anzuschauen, das mir definitiv bekannt vorkommt.

»Oh ja, diese Begeisterung, danke! Ich fühle mich geehrt.«

Überdramatisierend, genauso wie er, verdrehe ich meine Augen und deute nach rechts. »Wir müssen da lang, oder?«

»Oh, ich bin so stolz auf dich, dass du dir endlich mal etwas merken konntest«, erwidert er, ballt die Hand zur Faust und streckt sie in die Höhe.

»Ach, halt die Klappe, Piggy. Wir wissen beide, dass ich besser bin als du.«

Luke legt den Kopf schief und beschleunigt seine Schritte. »Gut – wer als erstes am Auto ankommt, bekommt das nächste Mal ein Eis spendiert!« Menschen drehen sich zu uns um, weil er so laut schreit.

Peinlich berührt kneife ich meine Augen zusammen, bevor ich anfange, zu grinsen – und zu laufen. Die Tüte mit meinem Kleid und dem Umschlag schlägt gegen mein Bein. Luke überholt mich. Das ist egal, denn wir laufen durch eine Fußgängerzone und Menschen drehen sich zu uns um. Das ist egal, denn vor mir ist Luke, darauf bedacht, sich nicht zu weit von mir zu entfernen, und ich bin – glücklich.

Und wer dreht sich nicht gerne zu einem glücklichen Menschen um?

Da läuft ein Mensch, der glücklich ist. Und dieser Mensch bin ich.

48

Ich habe das Geld für das Eis in meiner Tasche gefunden. Ich bringe es dir gleich wieder mit. Ich habe dich dazu eingeladen. Du schuldest mir nichts! <3 Übrigens, dein Foto und dein Kleid fühlen sich einsam (und ich auch), weil jemand sie im Auto vergessen hat. Jetzt muss ich wohl mit ihnen kuscheln. Bin gleich da, Bunny. Hoppel zur Tür und öffne mit deinen Pfoten die Tore für den König!

Ach ja, ich bringe ein paar Kostüme von Sam mit. Für die Halloweenparty.

Schmunzelnd öffne ich das Foto, auf dem man Luke mit dem Bild sehen kann, und schüttle den Kopf über seine Grimasse. Außer mir ist niemand im Haus. Aaron ist bei Sam und Grace und Clint mussten für eine wichtige Konferenz nach LA.

Als Luke an die Scheibe meiner Balkontür klopft, stehe ich auf und lasse ihn herein. Sobald sie nicht mehr zwischen uns steht, macht er einen Schritt auf mich zu, drückt mir einen Kuss auf die Lippen und die Tüte mit meinem Kleid in die Hand. Noch bevor ich reagieren kann, läuft er zu meinem Bett und stellt eine weitere Tasche ab.

»Als was willst du denn gehen? Vampir, Hexe, Zombie?« Ich runzle die Stirn und schließe die Balkontür wieder, bevor ich mich an die Glasscheibe lehne und mich von ihr kühlen lasse.

»Ja, hallo. Einen schönen Tag auch.«

»Wir haben uns zwei Stunden nicht gesehen, also tu nicht so, als wäre es länger her«, erwidert Luke und verdreht die Augen, dreht sich dann von mir weg und kramt in der Tüte herum, die er mitgebracht hat.

»Sei nicht sauer wegen des Geldes, Luke. Ich war langsamer als du, also musste ich dir dein Eis ausgeben - wir haben uns sozusagen gegenseitig eingeladen.«

Er seufzt, sagt aber nichts mehr und gibt sich geschlagen.

»Ich weiß nicht, als was ich gehen will – hast du irgendetwas anderes?«

Er dreht sich zu mir um und legt kurz den Kopf schief, fährt sich durch seine Haare, die von seinem Kopf abstehen, doch es scheint ihn nicht im Mindesten zu interessieren.

»Du willst etwas anderes? Das kannst du bekommen.«

Die Tasche knistert, als er erneut darin herumwühlt. Luke dreht sich grinsend mit einem haarigen Etwas um. Was zur Hölle ist das?

»Gefällt es dir? Zieh es mal an.«

Ich greife nach dem haarigen Kostüm – es ist wirklich haarig. Es scheint, als wäre das gesamte Kostüm ein Kopf mit langen Haaren. Nur überall am Körper. Es erinnert mich an Chewbacca aus Star Wars, nur ohne das Maul und die Nase. Über die Augenpartie ist eine Sonnenbrille geklebt und am Mund ist eine kleine Öffnung. Luke hilft mir dabei, hinein zu schlüpfen und den Reißverschluss am Rücken wieder zu schließen. Ich bekomme kaum Luft. Als ich durch die Sonnenbrille hindurch in den Spiegel sehe, ist das vergessen. Das Kostüm ist perfekt für mich.

»Man sieht nichts von dir«, bemerkt Luke und ich fahre durch die Haare des Ganzkörperanzugs, nicke und lächle, was er nicht sehen kann. Haare verstecken es. Ich trage eine Maske. Eine Maske, die ich nicht erschaffen habe, um die ich nicht kämpfen muss. Sie ist einfach da und versteckt mich. Ich könnte genauso gut weinen als auch lachen und niemand würde es sehen.

»Das ist perfekt.«

Er kommt auf mich zu und streicht ebenfalls durch die Haare, berührt meine Hände, die mit meinen Füßen das Einzige sind, was man von außen sehen kann.

»Du darfst für einen Tag jemand anderes sein. Einen Tag, Kanela. Danach verkleidest du dich nicht mehr.«

Ich greife um mich herum zu dem Reißverschluss und öffne ihn und steige aus dem Kostüm. Mein Atem geht heftig, meine Wangen sind rot, durch die Hitze, die im Kostüm entstanden ist.

»Einen Tag«, wiederhole ich seine Worte und nicke langsam. Einen Tag jemand anderes sein. Einen Tag nicht erkannt werden. Einen Tag fliehen.

»Lass uns etwas essen und schlafen gehen. Wir müssen morgen früh raus.«

Verwirrt huscht mein Blick zu meiner Uhr. Es ist erst sieben Uhr und wir können morgen bis neun Uhr schlafen. Warum will er jetzt schon ins Bett? Ein Blick auf ihn stimmt mich um – Luke ist müde. Obwohl er heute Nacht lange geschlafen hat, ist er müde. Wegen mir. Mit seinem Lächeln versucht er, es zu verstecken, doch seine Augen verraten seine Müdigkeit, seinen Schlafmangel. Meine Augen sagen dasselbe, aber an einen erholsamen Schlaf ist nicht zu denken. Heute Mittag gehörte mir – heute Abend gehört ihm.

»Klar, lass uns runtergehen.«

In der Küche angekommen, öffne ich den Kühlschrank und schaue mir den Inhalt an. Auf einmal kommt mir eine Idee und ich drehe mich zu Luke, der seine Hände in weiten Jogginghosen vergraben hat.

»Was ist?«, fragt er meinem Blick begegnend.

»Ich habe gerade beschlossen, uns Abendessen zu machen. Leg dich auf die Couch und lass dich überraschen.«

Luke brummt leise. Vielleicht hat er Angst, dass ich nicht kochen kann, dreht sich dann aber schwungvoll um und verlässt die Küche. »Wehe, du machst Lasagne.«

Grinsend drehe ich mich wieder zum Kühlschrank, greife nach der Milch und Butter, hole aus dem Regal Eier, Mehl und Salz. Damals am See hat Luke mir erzählt, dass er Crêpes liebt - die französische Art, nicht die Pancakes, die es hier öfter gibt – er sie aber viel zu selten isst.

Pfeifend bereite ich den Teig vor, erhitze die Pfanne und probiere mich aus. Der erste Crêpe ist viel zu dick und zerreißt, als ich ihn umdrehen will. Mein Fluchen ist scheinbar bis ins Wohnzimmer zu hören, denn Luke verlangt quengelnd zu wissen, was ich mache.

»Gedulde dich«, rufe ich ihm zu, während ich einen weiteren Versuch starte, der besser klappt.

Der Crêpe hat zwar ein Loch, aber das wird schon kein Problem sein.

Als ich den gesamten Teig verarbeitet habe, decke ich den Tisch und stelle noch Zucker und Zimt dazu.

»Du kannst jetzt kommen«, gebe ich Bescheid, setze mich auf einen der Stühle und sehe hungrig auf die Pfannkuchen.

»Oh«, macht er. Ich sehe auf, in seine geweiteten Augen. »Du hast dir gemerkt, dass ich Crêpes liebe?«

Ich nicke lächelnd. »Mit Zimt, aber ohne Zucker. Der Zucker ist für mich. Besser als Lasagne , oder?«

»Viel besser«, erwidert er grinsend. »Danke, Kanela.«

»Gerne.«

Wir greifen beide nach einem Crêpe. Unsere Finger berühren sich. Schnell ziehe ich meine Hand zurück, sehe auf. Er begegnet meinem Blick. Langsam breitet sich ein Lächeln auf seinem Gesicht aus, das meine Wangen erröten lässt. Wir sagen uns ›*Ich liebe dich*‹, ohne die Worte auszusprechen.

Als ich aus dem Bad zurück in mein Zimmer komme, schläft Luke bereits. Er liegt auf der Bettdecke, vermutlich wollte er warten, bis ich wiederkomme. Lächelnd betrachte ich ihn einige Sekunden, bevor ich eine Wolldecke aus dem Schrank hole und ihn vorsichtig damit zudecke. Hoffentlich wacht er nicht auf. Ich erinnere mich an Anna, die mich zugedeckt hat, wenn ich vor Erschöpfung eingeschlafen bin. Es ist das erste Mal seit langem, dass sie wieder in meinen Gedanken auftaucht. Wie es ihr wohl geht?

Luke liegt in der Mitte des Bettes und ich habe Angst ihn zu wecken, wenn ich mich neben ihn lege. Ich bin eigentlich auch noch gar nicht müde. Ich schleiche aus dem Zimmer, nachdem ich nach einer Jacke gegriffen habe. Bevor ich das Licht ausschalte, fällt mein Blick nochmal auf den Mann, den ich liebe. Dann schließe ich die Tür.

»Kanela.«

Meine Augen flattern, das Licht blendet mich.

»Was machst du hier?« Ich brumme, zu mehr bin ich nicht im Stande. Meine Hand schirmt meine Augen von der Sonne ab, als ich sie öffne. Wo bin ich hier?

»Hallo, Erde an Kanela, bist du da? Alles okay?«

Ich hebe meine Augenbrauen und richte meinen Blick nach oben. Was macht Fynn hier?

»Wenn ich es nicht besser wüsste, würde ich denken, du hast einen üblen Kater«, scherzt er, jedoch verstehe ich ihn nicht wirklich. »Komm, ich helfe dir hoch.«

Fynn zieht mich nach oben. Noch immer verwirrt, sehe ich mich um. Sehe auf das Wasser, erinnere mich vage daran, dass ich gestern Nacht nach draußen gegangen bin, um zu spazieren.

»Ich bin wohl eingeschlafen«, murmle ich gähnend und reibe mir meine Schläfen, fühle mich, als hätte ich zwei Tage nicht im Bett gelegen. »Wie viel Uhr ist es?«

Nachdem ich meine Schlafanzughose abgeklopft habe, reibe ich über meine Augen – ich bin so verdammt müde.

»Ungefähr acht Uhr morgens. Ich konnte nicht mehr schlafen und dachte, ich kann genauso gut joggen gehen. Aaron nimmt mich mit zum Internat, da wollte ich ihm die Fahrt zu mir ersparen. Geht's dir wirklich gut? Du siehst echt fertig aus. Wo ist Luke?«

Sein Blick schweift an meinem Körper entlang und endet in meinem Gesicht. Müde reibe ich mir über die Augen und unterdrücke ein Gähnen.

»Ich konnte nicht schlafen und wollte Luke nicht stören, also bin ich spazieren gegangen. Irgendwann habe ich mich hingesetzt und muss wohl eingeschlafen sein«, murmle ich. Ich reibe mir über die Schläfen und sehe Fynn bedrückt an. »Ich hab gar keinen Zettel hinterlassen! Ach, Mist. Ich hab's Grace versprochen. Hoffentlich schlafen noch alle und es hat niemand gemerkt, dass ich weg bin.«

»Lass uns lieber schnell zurückgehen«, schlägt er vor und geht auch schon los. Seine Hände vergräbt er in seinen Jeans. Wer joggt in Jeans?

»Du schläfst schlecht, oder?« Ich nicke und hoffe, dass ihm meine Antwort genügt – heute ist Halloween, der Tag, an dem ich fliehen darf. »Warum nimmst du keine Schlafmittel?«

Kurz bleibe ich stehen, schließe meine Augen, atme tief ein.

»Ich wollte nicht aufdringlich sein«, entschuldigt er sich. Ich frage mich, warum sie alle so sensibel mit mir umgehen. Sich entschuldigen, den Tag am See scheinbar vergessen haben. »Es ist nur ein Thema, das mich sehr beschäftigt.«

Ich runzle die Stirn, presse die Lippen aufeinander. »Lass uns an einem anderen Tag darüber sprechen, okay? Ich brauche noch etwas Zeit. Aber grob gesagt: Ich habe eine Zeit lang welche genommen und werde es nicht wieder tun.«

»Natürlich«, erwidert er, bevor er in Richtung unseres Gartens deutet. »Ist das Luke da vorne?«

»Ich glaube schon.« Ich beschleunige meine Schritte, beobachte Luke dabei, wie er sich immer wieder um die eigene Achse dreht, bis sein Blick bei uns hängenbleibt. Er rennt auf uns zu, bleibt mit geweiteten Augen vor mir stehen.

»Wo warst du denn? Ich habe dich überall gesucht!«

Vergeblich versuche ich, seinen Tonfall zu deuten. »Ich war nur am Strand, Luke. Bist du sauer auf mich?«

Er greift grob nach meinen Händen, drückt sie fester als sonst. »Was? Nein. Ich habe mir Sorgen gemacht. Du warst weg und bist nicht an dein Handy gegangen. Ich dachte, dir ist etwas passiert.« Was soll denn schon passiert sein? Warum macht er sich solche Sorgen? Ich verstehe es nicht, kann ihm nicht antworten.

»Ich habe nur Angst davor, dass dir etwas passiert. Dass du … gehst. Ich bin nicht sauer auf dich. Wie kannst du das denken?«

Ja, wie kann ich das nur denken?

49

Luke scheint seine Panik von heute Morgen vergessen zu haben, denn er ist schelmisch wie immer. Ich hingegen bin ruhiger und unauffälliger als sonst.

»Evan hat mich eben angerufen und Bescheid gesagt, dass er krank ist«, ruft Aaron uns zu, als er mit Sam aus dem Haus tritt.

»Ach, wie schade«, murmelt Jane. Das Armband an ihrem Handgelenk klimpert, als sie sich eine Haarsträhne hinter das Ohr streicht.

»Wir sollen für ihn mitfeiern und Bilder schicken.«

»Lass uns doch gleich damit anfangen.« Sam winkt uns zu sich, streckt ihr Handy weit weg und macht ein Bild, das sie in unsere Gruppe sendet.

»Jetzt ab in die Autos!«, befiehlt Jane, saust an mir vorbei und wirft sich auf die Rückbank von Sams Auto. »Sam, Kanela. Kommt schon!«

Schmunzelnd laufe ich ihr nach und lasse mich auf den Beifahrersitz fallen, sehe ein letztes Mal zu Luke, der mir mit seinem Blick folgt. »Was ist eigentlich zwischen dir und Aaron passiert?«, frage ich Sam, beobachte, wie sie die Lippen zusammenkneift, während sie das Auto startet.

»Das erzähle ich dir wann anders.« Ich nicke. Auch sie will sich heute verstecken.

»Jane, warum ist deine Haarfarbe heute eigentlich so … ungewöhnlich?«, wechsle ich das Thema, drehe mich zu Jane um, die weder pinke, blaue oder rote Haare hat, sondern dunkelbraune. Mit wenigen roten Strähnen.

»Bald ist Winter – im Winter passe ich mich den Bäumen an und werfe meine Blätter ab. Verliere meine Farbe und werde trist und braun«, erwidert sie mit nüchterner Stimme.

Unsicher sehe ich zu Sam. Meint sie das im Ernst? Als beide beginnen, zu kichern, entspanne ich mich.

»Nein, ehrlich gesagt wollte ich etwas Natürliches und es passt besser zu meinem Kostüm, wenn ich nur ein paar bunte Strähnen habe.«

»Als was gehst du denn?«, erkundigt sich Sam und sieht durch den Rückspiegel zu Jane.

»Ich gehe als Hexe. Nicht sehr einfallsreich, ich weiß. Und ihr?«

Sie streift ihre Schuhe ab und legt ihre Füße auf der Armlehne zwischen mir und Sam ab, automatisch rutsche ich näher an die Autotür heran. Ein leises Räuspern ist zu vernehmen, als sie ihre Füße wieder hinunternimmt.

»Hexe passt doch zu dir. Ich gehe als Haarknäuel.« Meine Stimme klingt gepresst, angestrengt. Wieso bin ich so müde? Wie soll ich meinem Leben entfliehen, wenn meine Augen drohen, zuzufallen? Jane lacht lautstark. Ich zucke zusammen. Zum Glück scheint keiner von ihnen meine Schreckhaftigkeit bemerkt zu haben.

»Ist das mein Haarkostüm?«, fragt Sam amüsiert und erntet ein Nicken meinerseits.

»Das ist genial! Sam war es immer zu peinlich. So hat sie es immerhin nicht umsonst gekauft.«

Wieso ist es mir nicht peinlich?

Meine Finger zittern leicht, als ich das Radio anstelle, es leiser drehe, um Janes und Sams Unterhaltung nicht zu stören. Ich versuche, ihrem Gespräch zu folgen, aber die Worte sind mir fremd. Heute ist der Tag, an dem ich fliehen darf. Warum also denke ich an wütende Augen, einen Gürtel und Blut?

An Schmerz, Angst und Hass.

An Dunkelheit.

Das Auto ruckelt, sobald wir auf den Parkplatz des Internates fahren und reißt mich aus den Schwaden meiner Erinnerung. Ich schüttle meinen Körper, muss die Gedanken verdrängen.

Jane drückt mir eine Sprühdose in die Hand. Meine Finger umgreifen das Metall so fest, dass die Knöchel weiß werden, doch ich weiß nicht, was ich damit anfangen soll.

»Wir spielen uns jedes Jahr Streiche. Mit den Dosen besprühen wir die Haare der Jungs, aber du musst aufpassen. Sie werden sich auch irgendetwas überlegt haben«, erklärt mir Sam geduldig. Entweder, sie hat es zuvor noch nicht erklärt, oder sie überspielt meine Abwesenheit geschickt.

»Alles klar«, murmle ich. Tief einatmend, die Augen geschlossen, verlasse ich das Auto. Lasse die Dunkelheit im Auto zurück und die Sonne meine Seele bestrahlen.

»Wir können uns hinter dem roten Lieferwagen verstecken«, schlägt Jane vor. Prüfend sehen wir uns um, falls unsere Freunde in der Zwischenzeit angekommen wären, und gehen über den Parkplatz.

Als wir um das Auto gelaufen sind, erwartet uns die böse Überraschung. Fynn steht mit einem Eimer vor uns, dessen Inhalt er nun lachend über uns schüttet. Kreischend springe ich auf und ab. Grüner Schleim läuft an meinem Rücken entlang, durchnässt meine Kleider.

»Ihr … Ihr … Ihr …«, quietscht Jane, scheinbar vergeblich auf der Suche nach einem passenden Schimpfwort. Ich habe nicht gedacht, sie einmal sprachlos zu erleben.

Sam reagiert als Erstes und stürzt sich auf Fynn. Besprüht ihn nicht nur mit blauer Farbe, sondern reibt den Schleim an ihm ab.

Lukes Lachen spornt mich nun auch an. Schnell reibe ich mir den Schleim aus dem Auge und mache einen Satz auf ihn und Aaron zu, die nun beide auf dem Absatz kehrtmachen und weglaufen.

Unser Kampfschrei mischt sich mit Lachen und wir laufen ihnen hinterher. Unsere Kleidung ist nass, klebrig und es ist kalt.

Doch wir lachen. Wir lachen zusammen.

Wir *leben.*

50

»Jetzt bleib stehen«, beschwere ich mich keuchend bei Luke, den ich einfach nicht einholen kann.

Aus dem Augenwinkel bemerke ich, dass Jane grüne Farbe auf Aarons Kopf verteilt hat und nun hinter Fynn her ist.

»Pass auf, Kanela!«, ruft Luke auf einmal und ich kann gerade so einem Auto ausweichen, indem ich zur Seite springe.

»Idiot«, murmle ich, bevor mir eine Idee kommt und ich mich zu Boden fallen lasse.

Luke kann mich hier zwar nicht sehen, aber er wird bemerken, dass ich ihm nicht mehr folge. Es ist eine fiese Idee, so zu tun, als hätte ich mich verletzt, aber der Schleim in meinen Haaren, spornt meine Rachsucht an. Hektisches Atmen und schnelle Schritte kündigen Luke an, der sich sofort zu mir beugt, als er bei mir ankommt.

»Ist dir etwas passiert? Bist du hingefallen?«

Als ich ihm nicht antworte, kommt er noch näher, tastet vorsichtig meine Beine und Arme ab. Ich kann mein Lachen nicht mehr zurückhalten. Verwirrt sieht er in dem Moment auf, in dem ich seine Haare mit einem schönen Silber verziere. Der Ausdruck in seinen Augen bringt mich nur noch mehr zum Lachen, doch als er sich hinsetzt und seine Hände in seinen Haaren vergräbt, verstirbt es.

»Luke?«, erkundige ich mich leise. Als ich meine Hand nach ihm ausstrecke, um sie auf seine Schulter zu legen, zuckt er zurück, weicht meinem Blick aus. Tränen brennen in meinen Augen. »Es tut mir leid. Wirklich!«

Er schnaubt und steht so abrupt auf, dass ich zurückweiche, mir meine Handfläche auf dem harten Beton aufschürfe. Ich verziehe mein Gesicht vor Schmerz, während ich langsam aufstehe, nicht weiß, was ich tun soll.

»Es war –«, beginne ich, breche ab, als Luke seine Hand hebt und mir signalisiert, dass er davon nichts hören möchte.

»Sag einfach nichts.« Er hebt seinen Blick, der auf seine Schuhe gerichtet war und der Zorn, der sich in seinem Gesicht zeigt, lässt mich abermals zurückweichen. »Du weißt, wie viele Sorgen ich mir um dich mache. Heute Morgen erst habe ich mich zum Affen gemacht, weil ich ohne dich aufgewacht bin. Dich nirgends finden konnte. Ich wusste nicht, ob es dir gut geht. Ob du weggelaufen bist, einen Albtraum hattest. Dich wieder ins Wasser legst, als würdest du dir wünschen, dass es dich verschluckt. Und jetzt tust du so, als hättest du dich verletzt, damit du dieses dämliche Zeug in meine Haare sprühen kannst? Ist das dein Ernst?«

Beschämt sehe ich zu Boden, weil ich weiß, dass er recht hat und weil es mir leidtut, er es aber nicht hören will. Er ist wütend auf mich, nicht, weil er wegen mir zu wenig Schlaf bekommt, sondern weil ich auf seinen Gefühlen herum trampele, ohne darüber nachzudenken. Ich dachte wirklich, es wäre lustig.

Fynn kommt auf uns zugelaufen und sieht zwischen uns hin und her. »Was ist denn los?«

Luke grummelt unverständliche Worte, bevor er sich umdreht und geht. Wie angewurzelt bleibe ich stehen und sehe ihm dabei zu, wie er sich immer weiter von mir entfernt.

»Was ist passiert?«, fragt Fynn abermals.

»Ich habe einen Fehler gemacht«, bringe ich hervor, kann mich immer noch nicht rühren, obwohl Luke längst im Internatsgebäude verschwunden ist. Stockend erzähle ich ihm, was passiert ist.

»Er braucht jetzt Ruhe, Kanela. Aber das wird sich klären. Ich denke, er hat große Angst davor, dich zu verlieren. Dich an dich selbst zu verlieren.«

Ich weiß nicht, ob ich verstehe, was er mir sagen will.

»Du kannst bei uns duschen und dich umziehen. Wenn wir zusammen auf die Party gehen, hat er es schon längst wieder vergessen«, schlägt er mir vor und ich bringe ein Nicken zustande.

Ich an Lukes Stelle würde es nicht wieder vergessen haben.

51

Schummrige Lichter erhellen die Gänge und die wenigen geöffneten Räume der Schule, die nicht mehr als solche erkennbar ist. Laute Musik füllt das gesamte Gebäude aus. Der Bass dringt durch die Schuhsohlen durch meine Füße, in meinen Körper und selbst meine Fingerspitzen vibrieren.

»Hier ist mehr los, als ich erwartet habe«, brüllt Aaron über die Musik hinweg und erhält ein knappes Nicken von Sam, die sich gleich darauf wieder Jane zuwendet und ihren Freund nicht weiter beachtet.

Verzweiflung blitzt in seinen Augen auf. Aaron öffnet den Mund, um etwas zu sagen, entscheidet sich aber anders und widmet sich Luke, der mir so wenig Beachtung schenkt wie Sam Aaron. Durch die Sonnenbrille fällt es mir schwer, Details zu erkennen. Als sich unsere Gruppe durch die Schülermenge drängt, bleibe ich mit meinem Fuß an einem Stuhlbein hängen und stolpere. Die Masse macht mich nervös und ich will nach Lukes Hand greifen, ihn bei mir wissen. Ich hindere mich gerade rechtzeitig, möchte nicht so tun, als wäre nichts von dem passiert, was auf dem Parkplatz geschehen ist. Tief durchatmend erinnere ich mich daran, dass ohnehin niemand mein Gesicht sieht.

Vor einem Getränkestand kommen wir zum Stehen. Luke kramt seinen Geldbeutel aus der Tasche und sieht sich, wie die anderen, die Preisliste der Getränke an. Ich beobachte Jane dabei, wie sie auf Aaron zugeht und irgendetwas zu ihm sagt, was ich nicht verstehen kann. Daraufhin nickt er und bringt Jane mit einem Klopfen auf seinen Bauch zum Lächeln. Verwirrt runzle ich die Stirn.

Um meinen Freunden eine Freude zu bereiten und vielleicht auch, damit Luke milde gestimmt wird, zücke ich einen zehn Dollar Schein aus meiner Tasche. »Die erste Runde geht auf mich.«

Während sich meine Freunde lautstark freuen, ernte ich von Luke nur ein schmallippiges Lächeln, das meine Brust schmerzen lässt. Bis wir an der Reihe sind, lasse ich meinen Blick durch den Raum schweifen und klinke mich aus den Gesprächen aus. Nachdem wir alle einen Becher in den Händen halten, reiche ich dem Zombie hinter der Theke das Geld. Die Preise wurden netterweise an die Schüler angepasst.

»Lass uns in die Ecke gehen«, meint Aaron zu Jane, die uns hinter sich herwinkt.

Schulterzuckend folge ich den beiden, frage mich, warum wir nicht dort stehenbleiben konnten. Bevor ich fragen kann, nimmt Aaron eine Flasche mit einer dunklen Flüssigkeit aus seiner Bauchtasche und überreicht sie Jane.

Da fällt es mir wieder ein – Whiskey.

Betroffen sehe ich zur Seite, beiße auf meine Unterlippe und unterdrücke das aufkeimende Gefühl der Missgunst. Lukes Stimme bringt mich zurück in die Realität. »Für mich nichts.«

Fynn klopft ihm auf die Schulter. »Warum nicht? Wir können doch hier schlafen.«

»Ich will nichts trinken, Fynn«, erwidert er genervt und schüttelt die Hand seines Freundes ab.

Jemand rempelt mich an und schubst mich unsanft gegen die Wand. Stöhnend drücke ich mich ab und reibe meine schmerzende Schulter.

Zu viele Menschen. Zu laute Musik.

Ich spüre eine Hand, die sich um meine schließt. Luke steht neben mir, mustert mich prüfend, bevor er seinen Blick wieder abwendet. Die Knochenhand seines Kostüms jedoch bleibt in meiner und ich kralle mich an der Sicherheit, die sie verspricht, fest.

Die Stimmung wird ausgelassener, je mehr die anderen trinken, und mit der Zeit füllt sich der Raum weiter. Meine Nerven sind zum Zerreißen gespannt. Ich kann dem Gespräch nicht folgen.

Plötzlich wird es still. Meine Finger schließen sich fester um Lukes. Warum ist es auf einmal so still? Meine Augen suchen nach dem Auslöser der Ruhe, werden bei einem grellpinken Zombie fündig, der ein Mikrofon in den Händen hält. Die Verantwortlichen der Feier scheinen alle als Zombie zu gehen.

»In 15 Minuten beginnt unser alljähriges Gruselverstecken. Alle, die mitspielen wollen, gehen bitte in das Internatsgebäude. Denkt daran, es ist nichts für schwache Nerven!«

Ich sehe zu meinen Freunden, um abzuschätzen, ob sie mitmachen wollen oder nicht. Scheinbar haben sie sich bereits geeinigt, denn sie kippen den restlichen Inhalt ihres Bechers hinunter und Aaron lässt die Flasche wieder verschwinden. Ohne Worte, mittlerweile ist der Lärmpegel wieder so sehr angestiegen, dass man ohnehin kaum etwas verstehen würde, gehen wir in Richtung Internatsgebäude. Mit jedem Schritt wird es leiser. Ich werde ruhiger.

»Ich habe Angst, Luke«, gebe ich flüsternd zu. Ich habe solche Angst, dass sie meine Schuldgefühle darüber, dass er sauer auf mich ist, begräbt.

»Manchmal wird man erschreckt, aber es ist für die jüngeren Jahrgänge angelegt. Für uns wird es wie Verstecken im Dunkeln sein. Nichts Neues«, erwidert er sanft.

Für ihn ist es nichts Neues. Ich habe noch nie Verstecken gespielt. Man hat mich nie mitspielen lassen.

»Ich weiß nicht, ob ich das kann.«

Er streicht über meinen Handrücken. »Ich bleibe die ganze Zeit bei dir, okay? Dir wird nichts passieren.«

Janes dröhnendes Lachen reißt uns aus der Intimität des Momentes zurück in die Realität. Ich komme nicht mal dazu, ihm zu danken, weil Fynn zu uns aufholt und ein Gespräch über Basketball mit ihm beginnt.

Da ich davon nichts verstehe, folge ich ihnen still. Fühle mich wie ein Entlein, das seiner Mutter hinterherwatschelt, und frage mich, ob ich wirklich so uninteressant bin, dass niemand mit mir sprechen will. Oder ob es daran liegt, dass ich die Dunkelheit der Nacht ausstrahle.

Vor zwei Stunden haben wir das Internatsgebäude verlassen und in dieser Zeit wurden die Räume umgestaltet. Bewundernd sehe ich mich um. Wie haben sie das in dieser kurzen Zeit geschafft? In den Ecken hängen Spinnenweben, überall stehen schaurige Requisiten. Die Lichtquellen sind Stroboskope, Knicklichter und UV-Licht, das Lukes Skelettkostüm nur schauriger macht. Immer mehr Schüler versammeln sich im Foyer, Betreuer und Lehrer stehen auf mehreren Tischen, die zusammengeschoben wurden. Bobby hält ein schwarzes Megaphon in der Hand, das man beinahe nicht sehen kann. Seine Stimme wird durch den Raum getragen, schallt von den Wänden und verliert sich wieder.

»Alle Zombies, die hier auf den Tischen stehen und ein rotes Kopftuch tragen, werden euch suchen. Wer gefunden wurde, geht entweder wieder zurück in die Schule oder bleibt hier unten im Foyer sitzen. Wie jedes Jahr gewinnt derjenige, der zuletzt gefunden wird. Eure Schlafräume dürfen nicht betreten werden. Erlaubte Raumnummern sind 100 bis 110, sowie 203 bis 208 und auch alle anderen öffentlich zugänglichen Räume. Alle anderen sind ohnehin abgesperrt.

Auch dieses Jahr gibt es viele Helfer, die es sich zur Aufgabe gemacht haben, euch zu gruseln und zu enttarnen. Natürlich ist das Erschrecken unter euch erlaubt – ja, sogar erwünscht! Wenn ihr allerdings bemerkt, dass jemand freiwillig aufgibt und geht, lasst ihn in Ruhe.

Fröhliches Gruseln – ihr habt eine Minute Zeit. Ab ...« Er sieht zu den Suchern, die sich nun umdrehen und ihre Augen verdecken. »Jetzt!«

Als auch er sich umdreht, bricht Tumult aus. Alle stürmen zu den Treppen, um sich zu verstecken. Noch bevor ich reagieren kann, werde ich am Arm gepackt und in die entgegengesetzte Richtung gezerrt. Ich unterdrücke ein Kreischen, erkenne durch die Sonnenbrille nicht, wohin wir gehen. Unsanft stoße ich gegen den Türrahmen und zucke zusammen.

»Luke, pass doch auf«, zische ich, blinzle mehrere Male, um mich an die Dunkelheit zu gewöhnen. Was für eine blöde Idee, diese Sonnenbrille.

»Luke?«, erhalte ich als Antwort. »Fuck, du bist ja gar nicht meine Freundin.«

Geschockt halte ich inne. »I-ich«, stottere ich sprachlos.

»Woher soll ich denn auch wissen, dass noch jemand dieses beschissene Kostüm hat? Dieses Mädel, irgendwann bringe ich sie um«, flucht er leise, klopft mir einmal auf die Schulter und verlässt den Raum, lässt mich versteinert zurück. Luke ...

Ein schrilles Pfeifen ertönt. Das Signal, dass die Versteckzeit vorbei ist. Hektisch sehe ich mich um, finde einen Schiebeschrank, in den ich kurzerhand schlüpfe, und ziehe die Rolltür zu. Jetzt sehe ich überhaupt nichts mehr.

Gruselgeräusche setzen ein, ein nervenzerreißender Schrei ertönt – dann mehrere tippelnde Schritte. Bei jedem zucke ich zusammen, beim letzten schlage ich mit dem Kopf gegen die Decke des Schrankes. Er erzittert. Licht scheint durch den schmalen Spalt. Ich versuche, hindurchzusehen, erkenne nichts.

»Ich weiß, dass du hier bist«, ertönt eine verstellte, kratzige Stimme.

Mein Schädel brummt.

›Es bringt nichts, dich zu verstecken, Schatz.‹

Mehrere Gegenstände werden beiseitegeschoben. Die Schritte nähern sich dem Schrank. Ich halte die Luft an, als an der Tür des Schrankes gerüttelt wird, nichts passiert.

»Hier war doch jemand«, höre ich ihn murmeln, bevor die Schritte sich wieder entfernen. Mehr Gegenstände werden verrückt, dann schließt sich die Tür des Raumes.

»Zimmer 108 ist clean. Hier ist niemand.«

Bin ich in Zimmer 108? Wieso öffnete sich der Schrank nicht?

Ich bin … Scheiße! Panik breitet sich in meinem Körper aus. Schmerz in meiner Brust. Erinnerungen verseuchen meinen Kopf.

Erinnerungen an Stunden, die ich damit verbrachte, gegen die Schranktür zu hämmern, der zuerst mein Versteck, dann mein Gefängnis wurde. Sie hatten mich in meinem Versteck eingesperrt. Wie jetzt auch. Mein Körper zittert. Vergeblich versuche ich, den Reißverschluss meines Kostüms zu erreichen. Es ist zu eng. Ich kann meine Arme kaum bewegen. Ich bekomme keine Luft. Muss hier raus. Muss hier weg. Aber wenn ich klopfe … wenn ich klopfe, mache ich sie nur noch wütender. Verzweifelt schluchze ich auf, zucke bei einem Krachen zusammen. Sie werden kommen. Mich rauszerren. Mich schlagen.

Luke …

Flach tritt der Atem über meine Lippen, meine Lungen werden nicht gefüllt, nichts kommt an, nichts hält mich am Leben. Ich ersticke. Ich ersticke an meiner eigenen Luft. Ich. Hilfe. Bitte … Hilfe!

Ich darf nicht klopfen.

Als ich die Orientierung verliere, nicht mehr weiß, wo oben und unten ist, klopfe, hämmere ich doch. Zaghaft, dann kräftiger. Niemand hört mich. Niemand öffnet die Tür. Niemand ist hier. Mein Kopf. Ich. Luft.

Mein Klopfen wird langsamer, mein Schluchzen verzweifelter. Mir ist schlecht.

Wimmernd rufe ich nach Hilfe. Rufe ich nach Luke. Erinnerungen. So viel Schmerz. Was ist real? Alles. Alles ist zu viel. Luke … bitte … du musst kommen.

Ist das deine Rache? Ist das deine Rache für das, was ich heute Mittag getan habe?

»Ich habe in jedem Raum nachgesehen außer in diesem und wenn Sie mich nicht durchlassen, schwöre ich Ihnen bei Ihrem heiligen Gott, Sie werden nicht mehr lange hier stehen.«

»Hey, Luke. Beruhig dich. Wenn sie sagt, dass sie nicht hier ist, ist sie es auch nicht. Jeder schaut schon zu uns. Lass uns doch noch mal bei euch im Zimmer nachsehen.«

»Verdammt, nein! Sie hat ihren Schlüssel nicht dabei. Sie hat ihn nie dabei. Ich habe ihr versprochen, dass wir zusammenbleiben, und ich war in jedem Raum, außer in diesem. Darum werde ich jetzt verdammt noch mal nachsehen. Ich habe sie alleingelassen, obwohl ich ihr etwas anderes versprochen habe. Wie soll ich mich da beruhigen?«

»Ich bitte Sie, Mister Thompson, beruhigen Sie sich. Gehen Sie von mir aus nachsehen, aber wenn Sie nochmal so auffallen, erteile ich Ihnen einen Verweis.«

Luke. Aaron. Luke. Frau.

»Kanela, bist du hier?«, brüllt er durch das Zimmer, Stühle kippen um und schlagen auf den Boden auf.

»Luke«, flüstere ich, zu leise, viel zu leise. Er hört mich nicht. Ich brauche Luft.

»Sie ist nicht hier, Luke«, meint Aaron, man hört die Verzweiflung in seiner Stimme.

»Sie muss hier sein. Sie muss. Jetzt hilf mir doch mal! Irgendwo muss sie sein. Aaron, was, wenn sie sich immer noch Vorwürfe macht, weil ich eben so ausgeflippt bin? Sie dachte, sie sei lustig – und ich bin ausgeflippt. Was ist, wenn sie irgendwo liegt und zulässt, dass ihre Erinnerungen Überhand gewinnen? Und ich bin nicht da? Was ist dann?«

O Luke … ich bin hier. Bitte höre mich. Bitte such nach mir.

»Du musst aufhören, dir solche Sorgen zu machen. Es macht dich kaputt. Hörst du? Diese Liebe macht dich kaputt. Willst du enden wie Jane?«

Ich höre ein Schnauben. Meine Schmerzen werden größer. Ich mache ihn kaputt. Ich bin leise, will nicht mehr, dass sie mich finden. Sie sollen wieder gehen.

»Diese Liebe macht sie ganz, Aaron. Diese Liebe heilt sie. Und ich werde nicht enden wie Jane. Sag das nie wieder!«

»Was ist mit dir? Du zerbrichst deswegen!«, erwidert Aaron aufgebracht.

»Warum fällt es dir so schwer, dir vorzustellen, dass ich schon längst gebrochen bin? Dass sie auch mich heilt«, brüllt er ihm entgegen.

Ich schreie auf, als mein Körper sich verkrampft. Durch all die Gefühle, durch all die kontroversen Gefühle, die in meinem Körper einen Krieg führen. Ich darf mich jetzt nicht übergeben.

»Das war sie!«

Schritte kommen wieder näher, rütteln an der Schranktür.

»Kanela, bist du da drin?«

Ich schlage mit meiner Hand gegen die Tür, hoffe, sie hören es. Hoffe inständig, sie hören mich. Ich kriege … keine … Luft.

Ein Rascheln. »Mist. Dein Kostüm klemmt in der Tür. Aaron, hilf mir mal!«

Ich werde durchgerüttelt, Lukes verzweifelte Flüche lassen mich erzittern. Ich drehe meinen Kopf zur Seite, als ein lautes Krachen ertönt, ein Kratzen, die Tür endlich geöffnet ist. Starke Arme zerren mich aus dem Schrank und drücken mich an sich.

Verzweifelt versuche ich, zu atmen.

»Nimm ihr dieses Kostüm ab«, befiehlt er Aaron. Als nichts passiert, wird er forscher. »Sofort!«

Mit einem Ratsch wird der Reißverschluss geöffnet. Luke zerrt den Stoff von meinem Kopf. Meine Hände drücken sich gegen meinen Brustkorb, röchelnd atme ich ein, langsam wieder aus.

Beuge mich schließlich zur Seite und übergebe mich auf den Fußboden.

»Ich will dich nicht zerstören«, schluchze ich. »Es tut mir so leid. Es tut mir so leid. Es tut mir –«

Ich versuche, zu atmen, versuche es, versuche es, aber es tut so weh. »Warum musst du mich lieben? Wieso mich? Es tut mir so leid. So unfassbar leid!«

»Es wird alles gut. Ich bin da. Es tut mir leid, dass du allein warst. Es ist alles okay«, flüstert er in mein Ohr, streicht mir über meine Arme.

»Nichts ist okay. Nichts. Ich will, dass es aufhört. Es soll aufhören«, schluchze ich. »Mach, dass es aufhört!«

Er bleibt stumm, kann nichts mehr sagen. Stattdessen drückt er mich stärker an sich.

»Es wird alles gut werden«, haucht er, als mein Schluchzen verstummt ist. »Es wird alles gut werden, Kanela. Irgendwann wird alles gut werden.«

Ich glaube nicht.

52

»Sam wartet. Wir treffen uns mit Jane zum Kochen«, erkläre ich Luke ermüdet, warum ich keine Zeit habe. »Was ist denn?«

»Ich wollte nur kurz reden«, murmelt er.

Seufzend drehe ich mich wieder zu ihm um, beiße mir auf die Unterlippe, als ich die dunklen Ringe unter seinen Augen registriere. Ich habe Angst, dass er wieder über Halloween reden möchte.

»Okay. Schieß los.« Meine Stimme klingt härter als beabsichtigt und Luke zuckt zurück, setzt sich auf sein Bett.

»Schon gut. Reden wir später.«

»Luke«, erwidere ich. »Jetzt sag schon, was los ist.«

»Ich verstehe nicht, warum du jetzt so genervt von mir bist.« Er runzelt die Stirn und mustert mich.

Ich schließe seine Zimmertür wieder und setze mich zu ihm aufs Bett. Das wird wohl länger dauern. »Es tut mir leid. Ich will nur Jane und Sam nicht warten lassen, verstehst du? Wir reden in letzter Zeit immer über dasselbe und ich will heute nicht darüber nachdenken.«

»Ich will doch auch nicht darüber nachdenken. Aber ich kann es nicht ausschalten.«

»Ich weiß.« Ich reibe mir über die Augenlider. Erschöpfung macht sich breit. »Tut mir leid, dass ich zickig war. Was ist los?«

»Ich habe solche Angst, dich zu verlieren.«

»Du wirst mich nicht verlieren«, erwidere ich und lege sanft meine Hand auf seinen Arm.

»Bist du dir da sicher?«, fragt er leise. »Manchmal habe ich das Gefühl, du existierst nur noch, statt wirklich zu leben. Wie gestern Abend, als wir gegessen haben. Da warst du auf einmal weg, obwohl du neben mir saßt. Deine Augen wurden trüb, dein ganzer Körper fiel zusammen. Von dir blieb nichts als eine Hülle.«

Ich schlucke, wende meinen Blick ab, weil ich nicht zugeben will, dass er recht hat. Weil ich ihn nicht in seiner Angst bestätigen will.

»Manchmal kann ich dich nicht wieder daraus befreien. Was passiert, wenn du dich eines Tages vollständig in dir verlierst und niemals wieder zurückfindest?«

So viel Leid, vermischt mit Verwirrung und Zweifeln und Unwissenheit darüber, was er tun soll, was er machen kann, um mir zu helfen, um mein Leben zu verbessern, um meine Gedanken zu erhellen. Damit ich lächeln und leben kann in einem leisen, im Universum verirrten Seufzer, der für keine Ohren außer die meinen bestimmt ist und meinen ganzen Körper erschüttert.

Deshalb wollte ich nicht sprechen. Weil die Tränen wieder aus meinen Augen quellen und die Angst übermächtig wird.

»Ich gebe mein Bestes, Luke«, rechtfertige ich mich.

»Es ist nur ... Ich habe Angst, dass dein Bestes nicht genügt.«

Entschlossen streiche ich mir die Tränen von den Wangen und stehe auf. »Ich muss jetzt wirklich gehen.«

Ich drehe mich nicht wieder zu ihm um, als ich das Zimmer verlasse, um Sam zu suchen. Denn er würde meine Angst erkennen. Vielleicht hätte ich es ihm gesagt:

Dass ich lebe und liebe und geliebt werde, aber ein Teil von mir immer verloren ist.

Und ich nicht weiß, ob ich ohne diesen Teil von mir mit ihm zusammen sein kann.

53

Das Haus, vor dem wir halten, sieht alt aus. Efeuranken schlingen sich um die Regenrinnen und Fenster, schmücken die Mauer, die das Grundstück abgrenzt. Sam und ich gehen an einem Blumen- und Gemüsebeet vorbei, als wir uns der Holztür nähern.

»Es sieht gemütlich aus«, kommentiere ich meine Umgebung, halte mir schützend eine Hand über die Augen und schirme die Sonne ab. Früher war das bestimmt die Aufgabe des alten Baumes, an den nur noch ein dicker Baumstumpf erinnert.

»Ja, die Atmosphäre hier ist anders als bei uns. Wie in einer anderen Welt«, erwidert meine Freundin und drückt die Klingel.

»Früher haben wir auch in einem ländlicheren Gebiet gelebt, aber daran kann ich mich kaum erinnern.«

Ich überlege, ob ich ihr erzählen soll, wo ich früher gelebt habe. Wenn ich möchte, dass sie sich mir öffnet, sollte ich vielleicht das Gleiche tun. »Wir haben immer etwas weiter abseits gewohnt. Zuerst in einem Haus neben einem landwirtschaftlichen Betrieb. Ich kann mich gut an den Geruch erinnern, deswegen weiß ich das noch«, beginne ich.

Ich kann mich daran erinnern, wie ich weinend im Heuhaufen des Bauern saß und gefleht habe, er möge mich beschützen. Wie meine Eltern kamen. Und wie er mich fallengelassen hat. ›*Kinder gehören zu ihren Eltern*‹, hat er gesagt und ich dachte ›*Aber manche Eltern gehören nicht zu ihren Kindern*‹.

»Alles okay?«, fragt Sam. Bevor ich antworten kann, öffnet sich die Tür und eine verschwitzte Jane strahlt uns an.

»Hey ihr beiden. Ich habe bereits angefangen. Ich dachte, wir essen heute Abend Pizza. Für heute Mittag hätte ich allerdings nur Toast im Angebot, weil die Hefe noch gehen muss. Ihr könnt ruhig laut sein. Papa hat sich in sein Reich zurückgezogen, um uns nicht zu stören, ist aber wieder eingeschlafen.«

Euphorisch wischt sie sich eine Haarsträhne hinter das Ohr und verteilt dabei Mehl auf ihrer Haut. Sam und ich streifen unsere Schuhe von den Füßen, während ich mich umsehe. Es riecht nach alten Möbeln.

»Danke, aber ich habe keinen Hunger«, antworte ich auf Janes Redeschwall, um nicht unhöflich zu erscheinen. »Es ist schön hier.«

Ich betrachte eine Miniskulptur von einem Elefanten, Malereien von afrikanischen Tieren an den Wänden, bevor sich mein Blick zurück auf meine Freundinnen richtet, die mich besorgt mustern.

»Du solltest essen«, meint Sam zögernd, Jane nickt zustimmend, ich schlucke.

»Zumindest ein bisschen«, fügt Jane hinzu und ich zucke, von meinen Freundinnen überstimmt, mit den Schultern.

»Na gut.«

Jane beißt sich auf die Lippe, unterdrückt einen weiteren Kommentar und geht an mir vorbei. Ich folge ihr durch eine Milchglastür in die Küche, wobei die Hälfte des Raumes von einem Tisch mit drei Stühlen eingenommen wird.

Jane widmet sich einer roten Schüssel, in der sie den Pizzateig knetet.

»Willst du weiterreden?«, fragt Sam mich und da ich nicht weiß, ob ich möchte, zucke ich mit den Schultern.

»Über was denn?«, erkundigt sich Jane.

»Wir haben darüber gesprochen, wie wir früher gelebt haben«, erklärt Sam. »Kanela hat früher neben einem Bauern gewohnt.«

Jane verlangsamt ihre Bewegung und sieht mich interessiert an, also gebe ich mich geschlagen.

»Eines Tages mussten wir umziehen, weil eine Lehrerin etwas bemerkt hatte. Wir haben in der Nähe eines Waldes gewohnt, unser Garten war ziemlich groß, das Haus dagegen eher klein. Aber es gab einen Pool und eine Schaukel.« Ich rufe mir das Bild unseres Gartens in den Kopf, in dem ich sowohl die schönsten als auch schrecklichsten Momente meiner Kindheit verbracht habe. »Manchmal durfte ich schaukeln. Das war schön. Und ich durfte mich um das Blumenbeet kümmern, das war auch schön. Sie konnten nett sein.«

Ich weiß nicht, woher das Verlangen kommt, meine Eltern zu verteidigen, aber ich habe bisher immer nur schlecht über sie gesprochen. Dabei gab es schöne Momente. Die, die mich an sie gekettet haben, damit ich nicht aufhöre, sie zu lieben. »An einem Abend haben wir zusammen gegessen und ich durfte das Fernsehprogramm aussuchen. Ich saß in der Mitte, zwischen ihnen, mit einer riesigen Schüssel Popcorn in den Händen.«

Ich erzähle ihnen nicht, dass sie während des Films Alkohol tranken und rauchten. Mich schlugen, weil mir die Schüssel aus den kleinen Fingern rutschte, als ich mich erschreckte.

Vorsichtig hebe ich meinen Blick, der sich auf die Tischplatte geheftet hat, und sehe in die traurigen Gesichter von meinen Freunden, schüttle energisch den Kopf.

»Schaut mich nicht so an. Für mich war das einer der schönsten Momente mit ihnen. Auch, wenn es für euch als selbstverständlich gilt. Es war schön und ich … Ich …«

Ich liebe sie, will ich sagen, doch das würden sie nicht hören wollen. Weder meine Eltern noch Sam und Jane. Meine Freundinnen würden es nicht verstehen. Sie würden nicht verstehen, warum ich meine Eltern verstehe. Und warum ich sie trotz allem liebe. Niemand versteht das. Jeder sagt mir nur, dass es in Ordnung ist, sie zu hassen.

»Es ist okay«, erwidert Sam.

Jane knetet weiter den Teig. »Ich muss gleich etwas essen«, murmelt sie, »und ich glaube, ihr werdet mich dazu zwingen müssen.«

Sie blinzelt, presst die Lippen zu einem schmalen Strich zusammen und sieht reuevoll zu uns. »In dem Buch steht, wie viel Gramm ich essen muss. Bitte, Sam.«

Ich weiß nicht, wovon sie spricht, doch Sam greift nach einem mit Sticker verzierten Notizbuch und schlägt es auf. »Ich bin stolz auf dich, Jane«, meint sie und treibt damit ihrer Freundin Tränen in die Augen, die sie hektisch versucht, wegzublinzeln. Vergeblich.

»Es tut mir leid«, haucht sie. Knetet weiter. Fester.

»Dir braucht nichts leidzutun«, beruhige ich sie leise.

Jane lässt sich auf den Stuhl hinter sich fallen. Ihre grünen Augen fixieren den Tisch. Hinter mir höre ich Geschirr klappern, den Kühlschrank, der geöffnet und wieder geschlossen wird.

Sam schiebt die Schüssel mit dem Teig in die Tischmitte, stellt zuerst vor Jane einen Teller und zwei weitere vor die anderen Stühle.

Auffordernd sieht sie mich an, bis ich mich hinsetze. Sam bestreicht ihr Toast mit einer dicken Schicht Erdnussbutter, bevor sie uns ansieht. »Guten Appetit.«

Dann essen auch Jane und ich.

Wir sitzen auf Janes Bett in ihrem Zimmer. Filmposter von Marvel zieren die Wand, erinnern mich an all die Filme, die ich nie gesehen habe. Ich möchte sie etwas fragen. Aber ich will sie nicht mit unangenehmen Fragen konfrontieren, die sie nicht beantworten wollen.

»Du siehst so nachdenklich aus.« Sam sieht mich neugierig an und stupst gegen meinen Arm. Die Berührung ist mir nicht unangenehm.

»Ich habe gerade darüber nachgedacht, was Aaron letztens zu mir gesagt hat und ich nicht verstehe«, erwidere ich.

»Was hat er denn gesagt?«, erkundigt sich Jane und setzt sich aufrechter hin. Weil ihr Gesicht blass wird, will ich nicht weitersprechen.

Ich tue es dennoch. »Er meinte, dass er nicht versteht, warum Grace und Clint sich *wieder* darauf eingelassen haben, jemanden wie mich aufzunehmen. Und an Halloween hat er zu Luke gesagt, dass er wegen mir noch so endet wie du, Jane. Was hat das zu bedeuten?«

Sam entweicht ein leises Seufzen, bevor sie sich zu Jane umdreht, um mit ihr Blicke zu tauschen, die ich nicht deuten kann. Jane streicht sich durch die Haare, wickelt Strähnen um ihren Finger und zuckt mit den Schultern. Tränen schimmern in ihren Augen.

»Vor beinahe zwei Jahren haben Grace und Clint einen Jungen bei sich aufgenommen, um ihm zu helfen. Sein Name war Zachary«, beginnt Sam zu erklären, schließt die Augen, als Jane bei der Erwähnung seines Namens zusammenzuckt.

»Zachary war der erste Mensch, den ich geliebt habe«, fährt Jane leise fort. »Er hat mich zerstört. Er hat mich zerstört und ist dann gegangen. Ich liebte ihn trotzdem. Ich liebte ihn, obwohl er mir all die Scheiße angetan hat. Obwohl er ein schlechter Mensch war. Wieso liebt man jemanden, der einem nicht guttut? Warum hält man daran fest? Warum hoffe ich immer noch, dass er wieder bei mir ist und mich in den Arm nimmt, alles zurücknimmt. Mir zeigt, dass ich schön bin. Ich will ihn vergessen. Ihn und seine Worte. Was er in meinem Kopf und mit meinem Körper angerichtet hat. Ich habe ihm alles gegeben und es hat ihm doch nicht gereicht.«

Ihr Weinen berührt jede Faser meines Körpers, schmerzt an jeder erdenklichen Stelle und ich wünschte, ich könnte ihr etwas sagen, das es besser macht. Ich wünschte, ich könnte sagen, dass es sich ändern wird, aber ich kann ihr nichts sagen, an das ich selbst nicht glaube.

Sam nimmt sie in die Arme, streicht über ihren Rücken und sieht mich mit ebenso traurigem Blick an. »Ich habe damals den Fehler gemacht, nicht früh genug einzuschreiten. Es gibt nichts, was ich mehr bereue, als stumm zugesehen zu haben.«

»Ich weiß, wie es ist, jemanden zu lieben, den man nicht lieben sollte«, erwidere ich leise, nicht sicher, ob es Jane hilft, das zu wissen. »Ich verstehe dich.«

»Warum ist bei dir nie jemand eingeschritten?«, fragt mich Jane und ich wünsche, ich könnte darauf eine andere Antwort als die des Bauern geben.

»Vielleicht weil sie finden, dass Kinder zu ihren Eltern gehören. Vielleicht fanden alle richtig, was sie getan haben.«

Jane schüttelt den Kopf. »Aber es war nicht richtig.«

»Nein, das war es nicht«, pflichte ich ihr bei, bin überrascht, dass ich meinen Worten glaube. Es war falsch, dass sie mich zerstört haben. »Es ist immer falsch.«

Je länger es still bleibt, desto drückender empfinde ich die Ruhe. Doch Sam scheint sie gebraucht zu haben, denn nun ist sie es, die sie durchbricht.

»Nachdem ihr beide von euch erzählt habt, bin wohl ich an der Reihe. Ihr habt bestimmt gemerkt, dass Aaron und ich ein paar Probleme haben. Ich wurde vor ein paar Wochen an einer auf Kunst spezialisierten privaten High School angenommen. Wer dort seinen Abschluss macht, hat die besten Chancen auf ein Kunststipendium. Allerdings ist die Schule in Massachusetts und ich müsste zum nächsten Halbjahr wechseln. Aaron ist nicht sehr begeistert davon.«

Jane kreischt kurz auf und wedelt mit ihren Händen. »Du hast ja gar nicht erzählt, dass du dich wirklich beworben hast! Ich freue mich riesig für dich! Die Chance solltest du definitiv nutzen, auch wenn eine Fernbeziehung echt scheiße ist. Spätestens, wenn du aufs College gehst, wäre es eh ungewiss, ob du hierbleibst.«

»Es geht nicht darum, dass ich mir keine Fernbeziehung vorstellen kann«, erwidert Sam verkniffen. Janes Euphorie hat bei ihr scheinbar nur Missgunst ausgelöst. »Aaron ist richtig sauer auf mich, weil ich vorher nicht mit ihm gesprochen habe. Aber ich dachte auch nicht, dass ich angenommen werde. Sie haben jedem Teilnehmer versprochen eine kurze Kritik zu geben, deshalb habe ich mitgemacht. Aaron meint, er könne sich keine Fernbeziehung vorstellen.«

»Das tut mir leid, Sam«, erwidere ich, kann mir nur vage vorstellen, vor welch schweren Entscheidung sie nun steht. »Aber ich sehe das wie Jane. Du solltest die Chance ergreifen. Ich denke, du würdest es sehr bereuen, wenn du es nicht tätest.«

Seufzend reibt sie sich über die Stirn. »Es ist kompliziert«, murmelt sie. »Aber ich bin die Einzige, die diese Entscheidung treffen kann. Ich wollte nur endlich darüber reden und euch erklären, was los ist.«

»Das verstehe ich, Sam. Ich stehe hinter dir, egal, wofür du dich entscheidest, aber wenn du weggehst, bin ich unendlich traurig und verlange wöchentliche Anrufe«, erwidert Jane und lächelt ihre Freundin an.

»Ich glaube, wir brauchen jetzt alle eine Ablenkung, oder?«, fragt Sam leise lachend in die Runde und erntet je ein Nicken mit aufmunterndem Grinsen von uns.

»Lasst uns ›*Mensch ärgere dich nicht*‹ spielen, bis wir die Pizza belegen können«, schlägt Jane vor. »Dabei hören wir Musik und grölen mit.«

Jane verbindet ihr Handy mit der Musikbox. Gleich darauf erfüllt mich der Bass von ›*Surrender*‹ von Billy Talent. Sie und Luke scheinen einen Musikgeschmack zu teilen, was mich zum Grinsen bringt. Ich muss mich bei Luke entschuldigen.

Eine Entscheidung treffen.

Darüber nachdenken, was Jane über Zachary gesagt hat.

Aber bis dahin sitze ich mit meinen Freundinnen auf einem schwarzen Teppichboden und gewinne eine Runde nach der anderen. Singe in schiefen Tönen Lieder, die ich aus Lukes Auto kenne.

Vergesse für einen Moment, dass meine Seele voller Dunkelheit ist.

Und bin frei.

54

Ich habe Luke Pizza mitgebracht und mich für mein Verhalten entschuldigt, doch die Gedanken kann ich nicht abschalten. Wir leben weiter wie zuvor und ich versuche, mir nicht anmerken zu lassen, dass sie unaufhörlich kreisen, aber ich schlafe immer schlechter, habe mehr Albträume. Seinen Nachfragen weiche ich aus.

Heute hat Luke Geburtstag. Er hat mich gefragt, ob ich etwas dagegen habe, wenn er feiert, und ich versicherte ihm, dass es mir egal ist. Seitdem hat das Thema Geburtstag einen bitteren Beigeschmack. Denn er hatte das Gefühl, mich fragen zu müssen, anstatt das zu tun, was *er* möchte.

Als ich um fünf Uhr zum gefühlt einhundertsten Mal auf die Uhr blicke, gebe ich auf. An Schlaf ist nicht mehr zu denken, weshalb ich in die Küche schleiche, um Luke einen Kuchen zu backen.

Nun stehe ich hier, den Kuchen in den Händen, auf dem einige Kerzen thronen, und schaue auf den Jungen herab, den ich liebe. Ich traue mich nicht, ihn zu wecken.

Leise stimme ich ein Geburtstagsständchen an, trete weiter in mein Zimmer. Beinahe bläst ein Windzug die Kerzen wieder aus.

Grummelnd öffnet Luke seine Augen und sieht sich kurz orientierungslos um, bis sein Blick an mir hängenbleibt. Ich halte ihm den Kuchen mit den Kerzen hin, die er auspustet.

»Bist du extra früher aufgestanden, um mir einen Kuchen zu backen?«, fragt er und nimmt ihn mir aus der Hand, stellt ihn auf dem Nachttisch ab und zieht mich in eine feste Umarmung.

Ich drücke mich fest an ihn und genieße seinen Geruch in meiner Nase. »Natürlich, Piggy.«

Er muss nicht wissen, dass ich nicht extra früh aufgestanden bin. Dass ich liebend gern länger geschlafen hätte.

»Danke, Bunny«, erwidert er und drückt mir einen Kuss auf die Wange.

Nachdem wir kuchenessend den Morgen in meinem Bett verbracht haben, gehen wir nachmittags zu ihm. Unsere Freunde und ich haben für sein Geschenk zusammengelegt, das er nun in den Händen hält.

»Darf ich jetzt auspacken?«, fragt er mit einem spitzbübischen Grinsen. Gerade rechtzeitig kann ich ihn davon abhalten, die Kiste zu schütteln.

»Jetzt mach schon«, fordert Evan ihn auf, reckt so neugierig den Hals, um ihm zuzusehen, dass man meinen könnte, er wüsste nicht, was im Päckchen ist.

Das lässt Luke sich nicht zweimal sagen und reißt das Geschenkpapier herunter, sieht auf das Bild der Verpackung und wieder zu uns. »Wow, das ist ja mega!«

Er hat sich schon lange ein neues Objektiv gewünscht, aber immer gezögert und es sich nie gekauft. »Gefällt es dir?«, frage ich.

»Und wie! Ich muss es morgen unbedingt ausprobieren!« Luke zieht uns der Reihe nach in die Arme. Bei mir angekommen küsst er mich sanft und lächelt mich breit an. »Danke.«

Mit einem Klatschen reißt uns Aaron aus unserer Umarmung. »Lasst uns die Sachen umstellen.«

Die Arbeit beginnt.

»Bunny, kannst du den Tisch noch zur Seite schieben?«

Ohne zu antworten, rücke ich den Tisch weiter an die Wand und sehe mich um. Die Terrasse ist kaum wiederzuerkennen. Auf den Tischen stehen Snacks und Lichterketten schmücken die Fassade des Hauses. Im Garten befinden sich Lampen, die man in den Boden stecken kann. Beim Gedanken daran, dass wir das morgen alles aufräumen müssen, rümpfe ich die Nase.

»Auf diesen Tisch kommen die mitgebrachten Salate und auf den daneben die Kuchen. Wenn ich nicht an die Tür gehen kann, wäre es nett, wenn du aufmachst, die Sachen entgegennimmst und hier abstellst«, bittet Luke mich und als ich nicke, drückt er mich an sich und geht zu unseren Freunden.

Da ich nichts mehr zu tun habe, setze ich mich auf einen Tisch und lehne mich an die Wand. Ehe ich mich versehe, bin ich eingeschlafen.

Als ich wieder aufwache, liege ich in einem Bett unter einer Bettdecke. Ich reibe meine Augen, sehe mich genauer um und merke, dass ich mich im Chaos von Lukes Zimmer befinde. Ich rapple mich auf und schiele auf den Wecker. Die Party hat vor über einer Stunde begonnen, was die Musik erklärt, die mich geweckt hat. Ich tappe aus dem Zimmer ins Bad und kämme mir die Haare, betrachte mich im Spiegel.

Bin ich das?

Trotz meines kurzen, erholsamen Schlafes zeichnen sich dunkle Augenringe ab und ich bediene mich kurzerhand an der Schminke. Ich trage Concealer auf, pudere Rouge auf die Wangen und ziehe einen Lidstrich, den mir Jane gezeigt hat. Zum Abschluss tusche ich meine Wimpern. Ich weiß nicht, wann ich das letzte Mal geschminkt war. Mein Spiegelbild ist ungewohnt, fremdartig.

Das bin definitiv nicht ich.

Ich blinzle mich an, drehe mich um und folge der Musik die Treppe hinunter. Als ich an der Haustür vorbeigehe, klingelt es, weshalb ich wie versprochen die Tür öffne. Sobald ich sehe, wer dahintersteht, knalle ich sie wieder zu. Meine Hand liegt auf dem Türgriff, beginnt, zu zittern.

»Schön, dass du wach bist. Wieso machst du denn nicht auf?«

Ich drehe mich verwirrt zu Aaron um, halte ihn nicht auf, als er mich sanft zur Seite schiebt und die Tür öffnet. Sofort weiche ich einen Schritt zurück, bevor ich kehrtmache und aus dem Flur flüchte. Weder bin ich bereit, Nate zu treffen, noch, ihm gegenüberzutreten. Doch es ist zu spät. Er ist hier. Wieso ist er hier?

Ich laufe geradewegs in Luke hinein, der sich mit Menschen unterhält, die ich nicht kenne. »Tschuldigung«, nuschle ich und will wieder gehen, als Luke sanft nach meinem Handgelenk greift.

Die anderen haben ihr Gespräch unterbrochen und sehen mich an. Schüchtern drücke ich mich näher an Luke, der seine Hand an meine Hüfte legt und mich ihnen vorstellt. Das ist das Letzte, was ich jetzt brauche. Noch mehr Aufmerksamkeit. Noch mehr Menschen die mich ansehen. Noch mehr …

»Das ist Kanela.«

Seine Freunde lächeln und stellen sich mir nacheinander vor. Sie scheinen nett zu sein, doch ich kann mich nicht auf sie konzentrieren.

Muss weg. Muss hier weg. Nate ist da.

Nachdem wir eine Weile über belanglose Themen gesprochen haben, zieht mich Luke ein Stück zur Seite Richtung Alkoholstand, weil dort seltsamerweise niemand steht.

»Was ist denn los?«

Ich sehe ihn fragend an und versuche zu tun, als wüsste ich nicht, was er meint, aber er fällt nicht darauf rein.

»Du weißt, was ich meine. Wieso schläfst du wieder so schlecht und seit wann schminkst du dich?«

Mein Blick richtet sich auf den Alkohol neben uns und ich rümpfe die Nase, bevor ich wieder zu ihm sehe.

»Später.« Versuche ich es, nachdem ich kurz überlegt habe, ihn anzulügen, aber das wäre nicht fair.

Er schüttelt den Kopf und sieht mich abwartend an. Kurzerhand drehe ich mich zur Seite und greife nach einer Bierflasche und einem Flaschenöffner.

»Kanela, was machst du da?«

Ohne zu antworten, öffne ich die Flasche und nehme sie so fest in die Hand, dass ich Angst habe, sie zerplatzt. Die Musik ist zu laut. Ich halte mich am Flaschenhals fest, wie ein Ertrinkender am Rettungsring.

Soll ich? Soll ich nicht? Soll ich? Soll –

»Lena«, zischt Luke gefährlich leise, meine Finger zittern und ich beiße mir auf die Lippe, um die Gedanken zu verdrängen.

Ich will sie nicht mehr verdrängen müssen, will nicht all meine Kraft darauf verwenden, sie verdrängen zu müssen. Alkohol soll helfen. Jedoch bekomme ich nicht mehr als zwei Schluck hinunter, die bitter in meiner Kehle zurückbleiben, ehe Luke mir die Flasche aus der Hand reißt und mich anfunkelt.

»Was soll die Scheiße?«, fährt er mich an und ich zucke zusammen, bevor ich ihn trotzig ansehe, meine Mauer immer höher baue.

»Du hast schließlich auch getrunken, wieso sollte ich nicht ebenfalls ein bisschen Spaß haben?« Ich bereue die Worte, sobald sie aus meinem Mund gekommen sind.

»Ich habe nicht gedacht, dass ich das noch sage, weil ich der Meinung war, wir hätten diese kindischen Spiele satt und du würdest mit mir reden. Ich fordere mein Recht auf meine dritte Frage ein, Kanela. Was ist los?«

Ich schlucke und weiche seinem vor Besorgnis triefendem Blick aus, der verletzt funkelt. Verletzt wegen mir. Besorgt wegen mir.

An seinem Geburtstag. Negativität an seinem Geburtstag. Nur wegen *mir.*

»Später, Luke. Später, sonst fange ich an zu weinen und es ist verdammt nochmal dein Geburtstag. Ich bin es leid, immer den Spaß zu zerstören.«

Mein Herz rast und ich warte panisch auf seine Reaktion. Wenn er von mir verlangen würde, darüber zu sprechen, würde ich die Beine in die Hand nehmen und weglaufen. Mein Körper bebt. Ich kann nicht. Ich kann einfach nicht. Ich … ich hoffe, er sieht es.

Als er nickt, bin ich so erleichtert, dass ich ihn in eine Umarmung ziehe und mein Gesicht in seiner Halsbeuge vergrabe.

»Danke, Luke. Danke.«

Sacht drückt er mich zurück, weicht meinem Blick, meiner Berührung aus. Ich kann nicht. Er kann auch nicht. Wir können beide nicht – und das ist okay. Oder nicht?

»Gehen wir raus?«, fragt er nach und sieht an mir vorbei in den Raum hinein, irgendwohin, nur nicht zu mir. Ich denke an Nate und mir läuft ein eisiger Schauer über den Rücken. Wieso hat Luke ihn eingeladen?

»Ja klar, können wir.«

Ohne dass wir weitersprechen, gehen wir Richtung Garten, werden von ein paar Menschen angesprochen, die ich nicht kenne und die ich nicht weiter beachte. Ich will nicht sehen, wie sie mich ansehen, will nicht sehen, wie sich ihr Blick, ihre Haltung verändert, nachdem sie entscheiden, mich zu mögen oder nicht.

Stattdessen durchsuche ich den Raum nach Nate, oder Aaron, der wissen muss, wo Nate sich befindet. Mein Blick verschwimmt, als ich in meine Gedanken abtauche, beginne, die Musik zu ignorieren, die Menschen zu ignorieren, die Angst zu ignorieren.

Ich weiß nicht, wohin ich schwimmen soll, wo welcher Gedanke ist, wo sie beginnen, enden, abzweigen. Ich verstehe nicht, an was ich zuerst denken muss, damit ich einen Gedanken zu Ende bringen kann.

»Ich kann ja verstehen, dass dir das alles hier nicht gefällt und dass du Angst hast«, werde ich aus meinen Gedanken gerissen. Lukes Kopf ist meinem nahe, er hat sich zu mir gebeugt. »Aber du hast gesagt, dass es in Ordnung ist, wenn ich feiere, und du hast gesagt, dass du den Spaß nicht zerstören willst. Checkst du eigentlich, dass du genau das tust, indem du herumläufst, als wäre es dein schlimmster Albtraum, hier zu sein? Mit mir meinen Geburtstag zu feiern?«

»Darum geht es nicht«, widerspreche ich kraftlos, weiß nicht, um was es tatsächlich geht. Weiß nicht, was er erwartet, und weiß nicht, ob ich seine Erwartungen erfüllen kann. Weiß nicht, was ich tun soll.

»Ach ja? Um was geht es dann? Geht es um dich, deine Eltern, deine Selbstzweifel, deine Depressionen? Egal was es ist, es ist in Ordnung, wenn du mit mir reden würdest. Aber das willst du nicht, also reiß dich für einen Moment zusammen.«

Ich sehe zur Seite, bemerke, dass wir wieder allein sind, weiß nicht, wie lange die anderen schon weg sind, habe nicht aufgepasst.

»Du weißt doch gar nicht, was los ist. Ich versuche es ja …«

Als ich keine Antwort bekomme, drehe ich meinen Kopf erneut, sehe ihn wieder an. »Ach ja? Versuchst du es denn wirklich? Es wirkt manchmal nicht so. Es wirkt gerade nicht so, als würdest du versuchen, Spaß zu haben.«

Ich schlucke die bittere Galle, überlege, ob er recht haben könnte, überlege, ob ich es nicht versuche, überlege, ihm zu glauben.

Doch er hat unrecht.

Er kennt mich gut, er kennt mich am besten, aber nicht gut genug, um zu erkennen, dass ich es tatsächlich versuche. Dass ich versuche, glücklich zu sein und mit ihm zu feiern, obwohl ich nicht weiß, wie man feiert. Dass ich versuche, besser zu werden, besser zu sein als die, die ich einmal war. Dass ich versuche, etwas zu ändern. Dass ich versuche, zu kämpfen.

Luke erkennt es nicht, obwohl er mich so gut kennt.

Aber ich erkenne es.

Ich glaube mir, glaube an mich. Verdiene es nicht, dass er mir diese Vorwürfe macht. Verdiene nicht, dass er mich so behandelt. Ich sehe ihm entschlossen in die Augen.

»Wenn ich dir darauf eine Antwort geben muss, bist du nicht der Mensch, von dem ich dachte, dass du es bist.«

An seinem Kehlkopf erkennt man deutlich, wie er schluckt. »Wie kannst du mir unterstellen, ich würde nicht nachsichtig mit dir sein? Dabei stelle ich meine Bedürfnisse so oft zurück, stelle sie hinter deine, beachte sie nicht weiter.«

Autsch.

Ich wollte ihm nicht unterstellen, nicht nachsichtig zu sein, weil ich weiß, dass er das ist. Und weil ich genau das weiß, mache ich mir tausende Vorwürfe, weil ich Angst habe, er würde es eines Tages bereuen, mich und meine Probleme so wichtig zu nehmen.

Ich habe nicht erwartet, dass der Tag so früh kommt. Und weil ich es weiß und weil er es bedauert, sonst hätte er es nicht gesagt, bleibt nichts mehr von meiner Stärke, bleibt kein Staubkorn meiner positiven Selbsterkenntnis übrig .

Zurück bleibt ein brennendes Stechen in meinem Herzen, weil ich weiß, dass wir nicht zusammenbleiben können.

55

»Ich wusste, dass du es irgendwann bereuen würdest«, hauche ich, kann die Tränen in meinen Augen nicht verhindern, weil ich weiß, dass ich ihm nicht das geben kann, was er braucht.

Seine wütende Miene verändert sich schlagartig in Verwirrung, in Sorge, in Angst, in Bedauern.

»Ich meinte nicht …« Er bricht ab, weil er weiß, dass er genau das gemeint hat.

»Doch. Und du hast Recht.«

Er schüttelt den Kopf, will meine Hände greifen, doch ich lasse es nicht zu, entwinde sie seinem Griff und ziehe mich zurück.

»Das bedeutet nicht, dass wir …« Er bricht ab, weil er weiß, dass es genau das bedeutet.

»Können wir bitte irgendwo weiterreden, wo wir ungestört sind?«, fragt er stattdessen.

Ich nicke und folge ihm in sein Zimmer.

Er steht vor mir, zwei Meter Abstand zwischen uns, wir sehen uns an, sehen uns in die Augen, weinen.

Weil wir wissen, dass wir nicht zusammenbleiben können.

»Ich wollte das nicht sagen.« Verzweifelt blickt er im Raum umher, panisch, hektisch, auf der Suche nach mehr.

»Aber du hast es gesagt. Und du hast es gedacht, schon oft, nicht wahr?« Ich gehe einen Schritt auf ihn zu, er sieht mich für zwei Sekunden an, bevor er wieder wegsieht. Nickt. Den Kopf schüttelt. Nickt.

»Aber das ist nicht schlimm. Mir macht das nichts aus.«

Ich glaube ihm. »Ich weiß, Luke. Aber mir macht es etwas aus. Wenn du dich um mich kümmerst, wirst du nie der Mensch werden, der du sein könntest. Ein Mensch, der sich liebt. Wenn du mit mir zusammenbleibst, wirst du dich nie lieben. Weil dich meine Zweifel überrennen und mit sich ziehen. Und das macht mir etwas aus. Ich kann es nicht abstellen.« Ich schluchze auf, dann lächle ich, weil ich weiß, dass ich ihn liebe. »Sonst würde ich es sofort tun. Nicht für mich, sondern für dich. Damit ich dir helfen kann, aber das kann ich nicht. Und deswegen macht es *mir* etwas aus.«

»Aber ich liebe dich doch.« Er lässt sich auf den Boden sinken. Und ich setze mich zu ihm.

»Ich liebe dich auch.«

»Warum können wir dann nicht zusammen sein? Wir schaffen das, Kanela. Wir schaffen das gemeinsam. Lass mich dir helfen. Ich brauche keine Hilfe von dir, ich brauche nur deine Liebe.«

Ich lege eine Hand an seine Wange, berühre die feine Tränenspur auf seiner Haut, fühle die Nässe an meinen Fingerkuppen. »Du weißt, wieso.«

Er schließt die Augen, weil er es weiß.

»Ich muss lernen, auf eigenen Füßen zu stehen, und du musst lernen, deine Bedürfnisse nicht zu untergraben. Egal, wie es mir geht. Du musst lernen, dass sie wichtiger sind als alles andere. Wichtiger als deine Liebe zu mir. Wichtiger als deine Sorge, verstehst du? Doch du kannst es nicht lernen, wenn ich neben dir schlafe, wenn ich dich küsse und dir zeige, wie sehr ich dich liebe«, flüstere ich. »Ich glaube, wenn wir beide diesen inneren

Konflikt gelöst haben, können wir zusammen sein. Wirklich zusammen sein, ohne dass du Angst hast, ich würde nicht mit dir reden, wenn ich es brauche. Ohne dass du fürchtest, ich könnte mich umbringen. Ohne dass ich Angst habe, dass du mich wichtiger machst, als ich bin.«

Er öffnet den Mund, will mir widersprechen. Ich sehe es in der Art, wie er sein Gesicht verzieht, seinen Körper verspannt, doch er sieht mich nur an. Lange. Und ich sehe zurück.

»Ich habe Angst, dass du mich nicht mehr willst«, haucht er, Tränen tropfen auf meine Hand, seine Tränen.

»Ich werde dich immer brauchen, Luke. Aber jetzt brauche ich mich, weil ich nicht weiß, wer ich bin . Ich wünschte, du könntest mir dabei helfen, aber das kannst du nicht.«

»Ich verstehe es, irgendwie, aber ich will das nicht. Ich kann das nicht.«

Ich blinzle, ignoriere den Schmerz, ignoriere die Gedanken, die mir sagen, ich soll einen Rückzieher machen. »Ich brauche das. Es tut mir leid.«

Er schluchzt auf, schlägt mit der Hand auf den Boden.

»Es tut mir so leid.« Ich will ihn küssen, seine Lippen auf meinen spüren, ihm ganz nahe sein, ihn berühren, ihn an mich drücken.

»Von allen Schmerzen, die ich wegen dir erlitten habe, all die Sorgen. Sie waren nicht halb so schlimm wie das, was du uns gerade antust.«

Es trifft mich hart. Es trifft mich wie ein gut platzierter Hieb, ein schneidendes Messer – tief in mein Herz. »Ich kann nicht, Luke. Ich kann nicht.«

Er imitiert meine Geste, streicht über meine Wange. »Ich hoffe, ich kann dir das irgendwann verzeihen. Ich hoffe, ich kann es verstehen«, haucht er, »doch jetzt tut es zu sehr weh.«

Ich nicke, weiß, was er meint, spüre, was er spürt und fühle, was ihn zerreißt. Seine Lippen berühren meine Stirn, er vergräbt seine Nase in meinen Haaren und atmet tief ein, bevor er aufsteht. »Ich hoffe wirklich, dass ich es verstehen werde. Sorg bitte dafür, dass ich dich nicht für immer verliere. Dass ich dir verzeihen kann.«

Er wischt sich über sein Gesicht und verlässt den Raum. Verlässt mich.

Hoffentlich nicht für immer.

Ich bleibe zurück, auf seinem Boden sitzend, umgeben von Kleidern, von Heften, von Büchern, von Stiften und Flaschen. Mitten in seinem Geruch, der seinen Weg direkt in meine Nase findet. Hoffend, das Richtige getan zu haben.

Es waren Janes Worte, die mich wachgerüttelt haben. Die mir gezeigt haben, dass ich etwas ändern muss.

Luke gibt mir alles, was er kann, und es reicht mir nicht. Es kann mir niemals reichen, wenn ich den Wert nicht erkenne. Ihn nicht spüren kann.

Ich will nicht wie Zachary sein. Luke zerstören, gehen und ihn zurücklassen.

Ich bin mir sicher, dass ich es bereuen werde, mir genommen zu haben, was mir am meisten Hoffnung geschenkt hat. Aber ich werde mich erinnern, warum ich es getan habe. Um mein Versprechen zu erfüllen, eines Tages bereit zu sein.

Bereit für ihn.

Für mich.

Ich werde es vergessen, immer und immer wieder, doch ich werde mich auch erinnern.

Für Luke.

Für mich.

Ich werde kämpfen. Ich werde mich langsam daran erinnern, wer ich wirklich bin. Ich werde lernen, mich selbst so sehr zu lieben, wie ich Luke liebe. Mir selbst Hoffnung zu geben.

Denn ich bin das Wichtigste in meinem Leben.

56

When the year gets older
And the wind turns colder
Then I feel the darkness
Getting intrusive and reckless.

First my hands turn black
My feet lose their track
My heart became covered in frost
And my brain is totally lost
In the bitterness of winter

Can't you hear how my soul splits?
Or do you think I tell you lies?
Like everybody
Like everybody
Like everybody
Not able to see the truth.

Now I know how to see the light,
and I hold the certainty tight,
when I want to love
I have to destroy the borders
So that my soul can fly away.

Because nobody
Nobody
Nobody
Can see me but myself

If I want to love you
I have to go through
the feeling of dying
So that I can lie
with you under the sun
without the desire to run.

Frühlingswind

Der Frühlingswind streicht
um meine Beine,
ist nicht warm genug,
um mein Herz zu schmelzen.

Hoffnungssamen

Ich pflanzte einen Samen
und hoffte, dass er wächst.
Doch anstatt ihn zu pflegen
ihn zu gießen und zu lieben
ließ ich ihn verkümmern,
entzog ihm das Lebensgut,
die Sonne, das Licht.

Wie soll Hoffnung wachsen,
wenn wir sie mit Dunkelheit zerdrücken?

Umkehr

Als ich damals aus
dem Fenster sah,
war mir nicht bewusst,
dass ich –
einmal die Welt
betreten –
nicht wieder zurück kann.

Auf einmal riecht
Sicherheit
nach
Gefängnis.

Schattengewächs

Ich bin gestorben,
ohne es zu merken,
und lebte nur noch als
geistlose Hülle.

Geständnis

Ich wache noch immer
mit deinem Namen auf
und schlafe
zu der Vorstellung
deines Lachens ein.
Und wenn ich schreiben,
die Poesie entfliehen
lassen
möchte,
dann ist da nur
dein Gesicht
und mein Herz,
mein schmerzendes Herz,
das über dich schreiben möchte,
ohne die passenden Worte zu finden.

Versperrte Sicht

Ich kann nichts sehen,
zu viel Dunkelheit,
die Schwärze in mir
ist einfach zu groß.

Ewiger Atem

Jeden Tag
liebkose ich
deinen Namen
mit meinen Lippen,
forme ihn
und hauche ihn
in die Welt
hinaus.

Jeder soll wissen,
wie schön er klingt.
Niemand darf vergessen,
dass mein Herz noch
für
dich
schlägt.

Das Geheimnis der Jahreszeiten

Die Blätter säuseln
Lieder über längst
vergangene Zeiten,
verabschieden sich klagend
von ihrer Heimat.
Ich fange eins,
halte es zart
in meinen Händen,
sein Flüstern ist
sanfter.
Es erzählt mir ein
Geheimnis
voller Hoffnung und
Abenteuerlust.
»Manchmal muss man seine
Heimat
verlassen,
um sein
Zuhause
zu finden.«

Die Äste knarren,
zerspringen unter meinen Füßen.
Die Kälte raubt ihnen
die Kraft zu leben.
Sie erleiden Schmerzen,
verlieren Freunde,
doch bleiben standhaft
und überleben.
Das Osterglöckchen erstrahlt
in hellem gelb
und lenkt alle Aufmerksamkeit
auf sich.

Freude kehrt im Land ein,
der Frühling und die Sonne nahen.
Endlich geht die Dunkelheit vorüber!
Doch die Glocken der Narzisse
werden nie für ihre Freunde,
die Rosen und Malven, erklingen.

Es freute sich ein Jedermann
über den Sommer und die Wärme,
doch ist sie einmal da,
ist alles zu heiß und
zu anstrengend.
Blicke richten sich nur auf
vertrocknetes Gras und
brennende Wälder.
Die Blätter schreien,
wollen das Gute zeigen,
doch gehen im Meer verloren.

Winter und Herbst scheinen kalt und hart,
doch Hoffnung strahlt und Stärke gewinnt.
Im Frühling und Sommer ist es ein leichtes,
die Härte zu vergessen und das Licht zu übersehen.
Dabei ist es doch nur wichtig,
wie es in uns aussieht
und ob wir das Licht sehen
oder die Dunkelheit fühlen
wollen.

Ich habe mich entschieden,
dem Pfad des verlorenen Blattes
zu folgen
und mein Zuhause zu finden.
In mir selbst.

Epilog

»Hey, Bunny.«

Nachwort

Laut BKA Bericht sterben in Deutschland durchschnittlich zwei Kinder in Folge einer Kindesmisshandlung. Jede Woche.

„Der Rückgang der sogenannten Misshandlungen, die eigentlich „Schwere Gewalt gegen ein Kind“ genannt werden müssten, weil hier über einen längeren Zeitraum mehrfach und besonders quälend Knochen gebrochen, Zähne herausgeschlagen, Organe verletzt, Haut verbrannt, verbrüht, verätzt oder durch Hunger oder auf andere Weise gequält wurde, ist mit einem Minus von 1,91 % (von 4.180 auf 4100 Fälle) eher als nicht signifikant einzustufen. Tendenz also gleichschlecht wie schon im Vorjahr.“ ***– Rainer Becker, Vorstandsvorsitzender der Deutschen Kinderhilfe.***[1]

1 https://www.riskid.de/kindesmisshandlung/situation-in-deutschland/ (01.11.2020)

Die Dunkelziffer ist bekanntlich weitaus höher als die Zahl der tatsächlich angezeigten Straftaten. Dennoch höre ich häufiger Sätze wie „Kindesmisshandlung in Deutschland? Gibt's doch gar nicht!", was mich unheimlich traurig macht. Leider wird viel zu selten erkannt, wenn Eltern ihre Kinder misshandeln – ob seelisch oder körperlich; durch Vernachlässigung oder gezielte Gewalt. Zeugen verschließen Augen und Ohren, denn wir wissen alle: Kindesmisshandlung in Deutschland gibt es ja gar nicht.

Ich möchte dir an dieser Stelle nicht die Ohren darüber zutexten, dass wir alle etwas ändern, uns sensibilisieren und aufmerksam sein müssen. Denn ich glaube, Kanela hat dir all das bereits gezeigt. Sie steht sinnbildlich für das, was viele Kinder täglich und oft jahrelang durchleiden müssen, egal, aus welcher Schicht sie kommen. Egal, wie gebildet die Eltern auch sind.

Aus diesem Grund besitzen Kanelas Eltern keine Namen. Keine eigene Geschichte. Kein Gesicht. Denn warum auch immer sie das getan haben; ob es auch nur einen winzigen, oberflächlichen Grund gab, den wir Autoren den Antagonisten so gern geben, damit man mit ihnen fühlen kann – sie haben all das nicht verdient.

Kinder gehören zu ihren Eltern,
aber manche Eltern nicht zu ihren Kindern.
Vergesst das bitte nie.

Danke

Mir fällt es ziemlich schwer diese Danksagung anzufangen, weil es so viele Menschen gibt, die ein „Danke“ von mir verdient haben. Zuerst möchte ich mich bei einer Person bedanken, die zwar nicht immer an mich geglaubt hat, aber die dennoch niemals aufgegeben hat. **Mir selbst.** Danke, dass ich heute die bin, die ich bin.

Danke an **Kira,** weil du von Anfang an dabei warst und ohne dich diese Geschichte wahrscheinlich nie fertig geworden wäre. Du hast mich nie bereuen lassen, dir hiervon erzählt zu haben und mit deinen (zugegenenermaßen von Büchern ahnungslosen) Kommentaren hast du mich bis zu dem Punkt gebracht, an dem ich selbst gar nicht mehr ans Aufhören gedacht habe. Auch wenn du verpeilt bist und das Meiste aus diesem Buch vergessen hast – danke! Für alles.

Meine Familie erträgt nicht nur mein stundenlanges Gequassel über alles, was mit diesem Buch zu tun hat, sondern auch unzählige Kartons im Arbeitszimmer, Postkartenverpackungen auf der Treppe und eine Kerzengießerei in der Küche. Danke, dass ihr mich liebt wie ich bin und mir das jeden Tag zeigt.

Deni, ohne dich hieße Kanela heute nicht Kanela. Und irgendwie hast du damit auch zur Entstehung dieser Geschichte beigetragen. Ich bedanke mich für die gemeinsame Zeit, die ich mit dir verbringen durfte und werde sie nie vergessen.

Danke an **Kimmy und Tine,** weil ihr immer für mich da seid. Die Distanz zwischen uns ist viel zu groß und wir sehen uns viel zu selten. Dennoch spielt ihr eine so wichtige Rolle in meinem Leben und erfüllt es Tag für Tag mit Liebe.

Noch weit vor Splitterseele gab es eine Person, die mich im Schreiben unterstützte. Meine Grundschullehrerin **Frau Theis,** die mich seitenlange Kurzgeschichten vorlesen ließ und mir damit das Selbstvertrauen gab, das ein Autor braucht. Danke! Ohne Sie hätte ich mich niemals getraut.

Ein riesen Dank geht auch an **Teodora,** weil du nicht nur der beste Schreibbuddy bist, den man sich vorstellen kann, sondern auch, weil du ein wundervoller Mensch bist, den ich zum Glück zu meinen Freunden zählen kann. Ich liebe unsere ewig langen Sprachmemos, in denen wir uns um Rat fragen oder manchmal auch einfach nur beschweren.

Ohne meine **Testleser,** wäre das Buch heute nicht so, wie es ist. Danke an **Sophie, Helen, Paula, Teodora** und **Lea.** Weil letztere einen besonderen Teil in der Danksagung forderte, extra nur für dich: Zu unendlichem Dank bin ich dem großartigen Genius, Lea Fliegner, verpflichtet, die in selbstloser Hingabe ihre wertvolle Zeit opferte, um dieses Buch zu der Brillanz zu formen, das es jetzt ausstrahlt.

Viele Autoren haben Angst vor dem Lektorat und Korrektorat, vor der harten Kritik, der man gegenübertritt. Dieses Gefühl hatte ich an keiner Stelle, denn **Marie Döling** gibt die schönste Art von Kritik, die ich kenne. Danke, dass du mich Szenen hast streichen lassen, die zu viel waren und dass du mit mir das Beste aus dem Buch herausgeholt hast. Du bist eine wundervolle Person.

Auf der Suche nach einem Coverdesigner führte mich mein Weg zu **Giesseldesign/Christin Thomas.** Für mich stand schnell fest, dass du die Richtige für mich bist und das Cover dieses Buches zeigt deutlich, dass ich die richtige Entscheidung getroffen habe. Danke, danke, danke für dieses wunderschöne Gewand. Es passt wie angegossen zu der Geschichte.

Ich hatte eine leise Vorstellung möglicher Kapitelzierden und **Kathleen Saevecke** hat diese wundervolle Illustration gezeichnet, die ihr in diesem Buch sehen könnt. Vom ersten Moment an war ich begeistert und ich bin es noch immer.

Es gibt noch so viele weitere **Autorenkollegen und Blogger,** denen ich von ganzem Herzen danken muss. Dafür, dass ich sie mit Fragen durchlöchern darf und sie mich auf vielerlei Art und Weise unterstützen. Die gemeinten Personen wissen denke ich, wenn sie gemeint sind. Danke, dass ich euch kennen darf.

Mein letzter Dank geht an **dich.** Ein Autor ist nichts ohne seine Leser. Danke, dass du Kanela auf ihrem Weg begleitet hast.

Trigger-warnung

Folgende Inhalte könnten Betroffene triggern. Ich garantiere nicht für die Vollständigkeit der Liste.

- Häusliche Gewalt und Kindesmisshandlung
- Gewalt
- Depressionen (Selbsthassgedanken, Selbstverletzendes Verhalten [nicht beschrieben], Selbstmordgedanken,...)
- Magersucht und Bulimie
- PTBS
- Panikattacken
- Toxische Beziehung
- Beschreibungen von Übelkeit und Erbrechen
- Klaustrophobie

Kleine Bitte

Liebe*r Leser*in, ich bedanke mich von ganzem Herzen dafür, dass du mein Buch gelesen hast. Wenn dir Splitterseele gefallen hat und du mir helfen möchtest, noch mehr Bücher schreiben zu können, würde ich mich sehr über eine kleine Rezension auf Amazon und gegebenenfalls anderen Plattformen freuen.

Das dauert nicht lang, ist aber für uns Autoren sehr wichtig.

Falls du nichts mehr verpassen möchtest und dich Bonusmaterialien zu meinen Geschichten (wie gelöschte Szenen aus Splitterseele) interessieren, ist mein Newsletter genau das Richtige für dich. Du findest ihn unter:

https://leafreidinger.wixsite.com/autorin/newsletter

Falls du mir persönlich etwas mitteilen möchtest, kannst du mir gern per E-Mail:

leafreidinger@web.de

oder über meine Social Media Kanäle:

@papierzeiten auf Instagram

Lea Freidinger - Autorin auf Facebook

schreiben. Ich freue mich über jede Nachricht, Anmerkung oder Frage.

Danke und bis zum nächsten Buch

Deine Lea

Leseempfehlungen:

Emely Dark
NACHTANGST
DAS WESEN DER STILLE
360 Seiten

Nacht für Nacht kämpft Emely mit den Dämonen ihrer Kindheit. Vom wahnhaft christlichen Vater jahrelang seelisch misshandelt, kann sie auch als Teenager die widersinnige Angst vor Hexen und Wiedergängern nicht abschütteln, die er in ihr gesät hat. In ihren Träumen erwachen die Wesen der Dunkelheit zum Leben und verzehren sich nach ihrem Blut.

Als ein schwerer Schicksalsschlag die junge Frau gänzlich aus der Bahn wirft, beginnen Vision und Realität zu verschmelzen – bis es kein Entrinnen mehr gibt und Emely sich der Wahrheit stellen muss. Der Wahrheit über die Angst. Aber vor allem über sich selbst.

Teodora Timea
Girl on Ice

330 Seiten

Die siebzehnjährige Abby hat allem Anschein nach das perfekte Leben: Sie ist nicht nur eine begabte Eiskunstläuferin, sondern auch ein Social-Media-Star und wird von der ganzen Welt geliebt. Beim alljährlichen Winterurlaub im verschneiten Kanada beginnt ihre Fassade jedoch zu bröckeln. Niemand weiß, dass sie mit ihren Instagram-Posts eigentlich nur ein Ziel verfolgt – ihre verschwundene Mutter auf sich aufmerksam zu machen. Während Abby im Hotel ihrer Tante ständig an sie erinnert wird, trifft sie ausgerechnet dort auf ihre erste große Liebe, den charismatischen Easton, und fühlt sich durch die gemeinsame Suche nach ihrer Mutter sofort wieder mit ihm verbunden. Doch auch er hat ein Geheimnis, von dem niemand erfahren soll ...

ROBYN LABOD
Sky house
ERBE DER MENSCHHEIT